Rhiannon Lassiter

Der 13. Gast

Aus dem Englischen
von Nina Schindler

Erschienen bei FISCHER KJB

Die englische Originalausgabe erschien 2011 unter dem Titel
›Ghost of a Chance‹ bei Oxford University Press
This translation is published by Arrangement with
Oxford University Press, Oxford
Copyright © Rhiannon Lassiter 2011
Für die deutschsprachige Ausgabe:
© S. Fischer Verlag GmbH, Frankfurt am Main 2013
Satz: Dörlemann Satz, Lemförde
Druck und Bindung: CPI – Clausen & Bosse, Leck
Printed in Germany
ISBN 978-3-596-85493-6

Nach den Regeln der neuen Rechtschreibung

Für Steve
mit Liebe

Prolog

Sechzehn Jahre zuvor

Das Geräusch war ein schwaches, klagendes Weinen, überdeckt vom morgendlichen Vogelkonzert. Als der frühe Morgennebel verflog, war nur noch das Plätschern der Wellen am Uferrand zu hören und ihr Schwappen gegen das kleine Ruderboot, das auf dem See trieb.

Beim Anblick des Bootes stießen die ersten Sucher laute Rufe aus, hoben die Ferngläser oder beschatteten die Augen, um zu sehen, ob jemand darin war. Als einer behauptete, er habe im Bug eine Gestalt liegen sehen, wurden die Stimmen drängender.

Noch eine halbe Stunde verging, bis jemand den Schlüssel zum Bootshaus fand und ein zweites Boot die Mitte des Sees ansteuerte. Am Ufer hielten die Zuschauer den Atem an, als es sich dem treibenden Boot näherte. Einer der Sucher griff hinein und holte etwas Triefendes, Schlaffes heraus: zurückgelassene Kleidungsstücke.

Es dauerte nicht lange, bis die Kleider als die der verschwundenen Frau identifiziert waren. Ihre Familie gehörte zu den Suchern, deren Zahl von Minute zu Minute wuchs. Die beiden Boote wurden an Land gebracht und Ersatzruder für das abgetriebene geholt, damit die Suche an Land und auf dem Wasser weitergehen konnte.

Stiefel platschten am Ufer entlang, als sich die Sucher an Land in zwei Gruppen aufteilten: Die eine umrundete den See im Uhrzeigersinn, die andere in der entgegengesetzten Richtung, bis sie etwas finden oder sich wieder begegnen würden. Leises Gezwitscher der aufgestörten Drosseln und Spatzen eilte ihnen auf ihrem Marsch durch die Schilfbüschel voraus. Die Boote auf dem Teich ruderten hin und her und hielten ab und zu inne, während die Ruderer mit Bootshaken zwischen den dunklen Grasklumpen dicht unter der Wasseroberfläche herumfischten. Alle wussten nun, dass sie nach einer Leiche suchten.

Graue Wolken spiegelten sich in dem aufgewühlten Wasser, und die Luft war feucht. Die Insel in der Mitte des Sees bestand aus einem unübersichtlichen Wirrwarr von Sträuchern und Bäumen, die sich über das Wasser neigten und dunkle Schatten warfen. Das Inselufer blieb unerreichbar, obwohl die Ruderer mehr als einen Versuch unternahmen, dort zu landen. Jedes Mal wurden sie von den Baumästen oder dem Kreischen der Pfauen zurückgetrieben.

Die Pfauenfedern schimmerten in dem trüben Licht, die langen, üppigen Schwänze hingen wie Gardinen von den Baumästen herab, auf denen die Vögel saßen. Die kleineren braunen Pfauenweibchen waren nicht so leicht zu erkennen, bis sie aus ihren Nestern schwirrten und sich unter Protestgeschrei auf die Boote stürzten.

Die Sucher ruderten zurück und umrundeten vorsichtig die Insel, leuchteten mit ihren Taschenlampen in das nasse Laub und redeten leise miteinander, während sich die Ruder hoben und senkten und die Boote zum Treffpunkt auf halber Strecke glitten.

Mittlerweile hatte das Weinen wieder begonnen, zuerst als leises Wimmern, aber es steigerte sich schnell zu einem lauten Wehklagen, das über die Ruderboote und das Wasser hinweg bis zum Ufer schallte. Es war zwar zu hören, wurde aber nicht wahrgenommen. Zwischen den Vogelrufen, dem Geräusch des Windes und des Wassers war es ein winziger Ton, nicht laut genug, um Aufmerksamkeit zu erregen.

Keith Stratton, einer der Sucher, strich sich über sein kurzgeschorenes Haar, seine Kopfschmerzen wurden stärker. Im vergangenen Monat hatte seine Frau Zwillinge geboren, und durchwachte Nächte und Babygebrüll hatten ihn müde und schwerfällig bei der Arbeit werden lassen. Ihm war jetzt, als würde er verrückt, weil er im Hinterkopf immer noch diese schrillen Schreie um Aufmerksamkeit hörte.

Die Boote trennten sich und pflügten durchs Wasser zurück. Die Sucher waren enttäuscht und schlugen nun vor, den See trockenzulegen oder Taucher zu holen. Die Fußgänger hatten sich getroffen und waren um den See herum zum Ausgangspunkt zurückgekehrt.

Doch während das eine Boot weiterruderte, hielt das andere an; Keith saß im Heck, schüttelte den Kopf und zeigte zur Insel hinüber. Langsam, als zögerte es, glitt das Boot in den Schatten der Bäume. Auf dieser Seite der Insel standen die Sträucher nicht so dicht, stattdessen ragten zerklüftete Felsen aus dem Wasser, hinter ihnen erhob sich eine Felsnase, und weiter oben sah man eine Höhlenöffnung, weit außerhalb jeder Reichweite.

Während die Retter debattierten, schaukelte das Boot.

Ein Schwimmer konnte es bis zu den Felsen schaffen und hoch zu der Höhle klettern, aber der Weg dorthin war gefährlich steil und von Wasserpflanzen überwuchert, von langen lanzettenartigen Blättern, die aus schlanken Stängeln mit dichten, gezackten Blüten ragten. Hinten im Boot hörte Keith den anderen nicht zu, er hatte den Kopf zur Seite geneigt und lauschte konzentriert, während er das Ufer aufmerksam betrachtete und seinen Blick über das grüne Pflanzengewirr schweifen ließ.

Beim ersten Mal hatte er ihn übersehen und die miteinander verwobenen Weidenruten für ein Nest gehalten, aber das Weinen hatte ihn dorthin zurückgeführt. Mit wenigen Ruderschlägen hatte er das Boot längsseits gebracht, so dass er nahe genug war, um den Korb zu ergreifen. Der hatte zwischen den Pflanzenstängeln geklemmt, Wasser war gegen das dichte Weidengeflecht geschlagen. In dem Korb, eingehüllt in einen fast trockenen Wollschal, lag ein Baby.

Als Keith es in das Boot holte, wurde sein Geschrei lauter, weil die Bewegung und die überrascht auf das Baby niederstarrenden Gesichter es erschreckten.

Den ganzen Tag hatten sie nach der verschwundenen Frau gesucht, und jetzt wusste niemand, was sie von dem Fund halten sollten.

»Wie Moses in den Binsen«, sagte Keith Stratton schließlich. Als das Baby dann den Mund zu einem erneuten verzweifelten Wimmern öffnete, fügte er hinzu: »Wir sollten das Kerlchen lieber ins Warme bringen.«

Das vermutlich neugeborene Kind war winzig und wurde rasch in das örtliche Krankenhaus gebracht, wo man eine leichte Verkühlung und Untergewicht feststellte.

Im Brutkasten erholte es sich, und die Retter betrachteten es durch die Glaswand. Keith wehrte alles Lob ab und schob die Schuld an seiner düsteren Stimmung den Kopfschmerzen zu.

Das Geheimnis um die verschwundene Frau und das unverhoffte Auftauchen des Babys beherrschten die Gedanken der Retter, als sie sich schließlich voneinander trennten. Inzwischen hatte das Pflegepersonal eine andere Entdeckung gemacht. Trotz Korb und Binsen wäre Moses kein passender Name gewesen. Das Baby war ein Mädchen.

1
April, April

Dienstag, 1. April
Eva Chance wurde durch das Geschrei der Pfauen vor ihrem Fenster aus dem Schlaf gerissen. Das Zimmer war kalt, und ihre Haut unter den eiskalten Bettlaken war feucht, sie fröstelte.

Eva rollte sich unter den Decken zu einer Kugel zusammen und blies ihren Atem in die kleine Höhle, um sie zu erwärmen. Ihre Muskeln waren angespannt, und sie zitterte so stark, dass ihre Knochen schmerzten. Sie hatte von kleinen dunklen Räumen und lauernden Schatten geträumt, und die Enge des Betts drohte, sie zu ersticken. Sie warf die Decken von sich, zog die Bettvorhänge beiseite und tappte zum Fenster. Das graue Licht der Morgendämmerung reichte nicht, um die Angst zu vertreiben, die ihr Albtraum ausgelöst hatte.

Oberflächlich betrachtet war der purpurrote Raum luxuriös. Mit zehn Jahren hatte sie sich in das Himmelbett und seine blutroten, mottenzerfressenen Damastvorhänge verliebt. Sie sehnte sich danach, dem beginnenden Tag vom Fenstersitz aus zuzusehen, und wollte unbedingt den Toilettentisch haben, einen kleinen Tisch, an dem vielleicht einst Lady Jane Grey gesessen hatte. Aber die Reize des Zimmers beinhalteten keine Zentralheizung, und es war lange her, dass einmal ein Feuer in dem Marmorkamin gebrannt hatte.

Eva zwang ihre eisigen Füße in drei Paar Wollsocken und zog sich ein Sammelsurium der verschiedensten Kleidungsstücke an, die alle geerbt waren: ein Herrenhemd aus Baumwolle mit aufgekrempelten Ärmeln, graue Cordhosen, einen formlosen, schlammfarbenen Strickpullover mit Löchern an den Ellenbogen und alte grüne Gummistiefel. Die Wirkung des Ganzen war, wie sie sie in dem mannshohen Spiel mit Silberrahmen beäugen konnte, die einer kleingeratenen Vogelscheuche, und Eva verschwendete ihre Zeit nicht mit einem zweiten Blick.

Sie verließ das purpurrote Zimmer und lief durch den Flur im ersten Stock. Kokosmatten lagen auf den ausgeblichenen antiken Teppichen, ein blasses Band führte zur Haupttreppe und markierte die Touristenroute durch das Haus. Eva blieb auf der Treppe zunächst auf dem Läufer, dann schwang sie sich auf das Geländer, rutschte so die letzten Stufen hinunter und landete mit einem großen Satz auf dem Boden der Eingangshalle.

Auf der gegenüberliegenden Seite der Halle stand die große Uhr, eine massive dunkle Säule mit mehreren konzentrischen Zifferblättern in einem Glaskasten, unter dem sich Flaschenzüge hoben und senkten und Zahnräder drehten und jede einzelne gewichtige schwerfällige Sekunde der endlosen Tage im Haus anzeigten.

Der Stundenzeiger hatte fast die Sieben erreicht, und der Minutenzeiger stand auf der Neun davor, ein zweiter Zeiger tickte ruckartig um das Zifferblatt. Aber es war das nächste Zifferblatt, das Evas Aufmerksamkeit auf sich zog:

der Kalender, wo zwei weitere Uhrzeiger Tag und Monat angaben. Sie zeigten auf den ersten April.

Eva starrte die Uhr an. Die Schrecken der Nacht mussten ihren Verstand benebelt haben, weil sie vergessen hatte, welcher Tag heute war.

Der erste April.

Sechzehn Jahre seit dem Tod ihrer Mutter.

Sechzehn Jahre seit ihrer Geburt.

Eva trat aus der Tür und stand im blassgrauen Morgenlicht auf dem von Unkraut überwachsenen kiesbestreuten Halbkreis der einstmals eleganten Auffahrt.

Das Haus blickte mit seinen fünf Fensterreihen auf sie, sein glasiges Starren wurde hier und da von Fensterläden überschattet oder durch ein Muster von Rissen im Putz unterbrochen. Über das Mauerwerk aus goldgelbem Stein krochen die skelettartigen vertrockneten Ranken von wildem Wein über die Leiter aus Mörtellinien, und dunklere Flecken sickerten von dem durchhängenden Dachfirst an der Mauer herunter. In Efeu gehüllt und von Flechten überwuchert, kauerte das Haus über dem fünf Hektar großen, seit langem verwilderten Park. Nebelschwaden schlängelten sich aus dem See empor und hingen schwer über dem Land, und eine Welt jenseits des Parks war nur schwer vorstellbar. Eva konnte sich nicht daran erinnern, wann sie zum letzten Mal durch das rostige Eisentor am Ende der Auffahrt geschritten war. Die Grenzen des Hauses und seines Parks waren die Grenzen ihrer Welt.

Seit einiger Zeit verschwammen die Tage ineinander, bis sie an diesem Morgen auf der Uhr gesehen hatte, dass der April gekommen war.

»Alles Gute zum Geburtstag, Evangeline Chance«, sagte sie. »Du könntest genauso gut Spiegel zerbrechen und unter Leitern hindurchgehen, denn dein Leben könnte nicht verfluchter sein.«

※

Vom Herrenhaus sprach man immer nur mit großer Hochachtung als von DEM Haus. Zu DEM Haus gehörte die lange Reihe der Ställe hinter dem Westhof und die Punkte und Kommas der Sommerhäuser und Säulengänge, die den verwilderten Park schmückten. Es war in dem Buch über Englands Adelshäuser aufgelistet, zusammen mit einer schwärmerischen Beschreibung des Parks (ungepflegt und verwildert), des kleinen Zierpavillons (geschlossen wegen Restaurierung), der (ehemaligen) Orangerie und dem historischen Mobiliar und den Wandbehängen (unbedeutende Kunstwerke von unbekannten Kunsthandwerkern).

Im 16. Jahrhundert zur Zeit der Königin Elisabeth von prunkliebenden Adligen erbaut, war das Haus zunächst zu monströser Größe angeschwollen, dann dem Verfall überlassen und von nachfolgenden Generationen von Chances wieder restauriert worden.

Im 21. Jahrhundert war das Haus ein alternder Tyrann. Es verübelte den Mangel an Dienstboten und rebellierte mit undichten Dachstuben, bröckelndem Putz und Legionen von Mäusen und Küchenschaben. Der Park im Barockstil war völlig verwildert und erstreckte sich ungebändigt über die Trennmauern und Hecken in einem märchenhaften Dickicht mit Vorhängen aus Efeu. Der lange See wurde von Wasserpflanzen erstickt, und Algen bildeten auf der Wasseroberfläche einen dicken grünen Teppich.

Das Haus war seit sechzehn Jahren Evas Zuhause, und jedes Jahr nahm sie wahr, wie es weiter zerfiel, die Ersparnisse ihres Großvaters auffraß und außerdem jeden Penny an Einnahmen aus Stiftungen oder Eintrittsgeldern. Dennoch benötigte es ständig mehr Reparaturarbeiten. Eva liebte und hasste das Haus – immer abwechselnd. Ihr Großvater hatte ihr im Ballsaal das Walzertanzen beigebracht und in der langen Galerie unter den missbilligend blickenden Porträts ihrer Ahnen Fechtunterricht erteilt. Sie hatte sich durch die Bibliothek gelesen und regelmäßig eine schier endlose Ansammlung von Kuriositäten und Nippes abgestaubt. Jeder Winkel des Hauses barg für sie irgendeine Erinnerung: gute und schlechte.

»Unser Familienschicksal hat sich immer wieder gewandelt«, hatte ihr Großvater zu ihr gesagt. »Der Name Chance passt zu uns.«

Aber Eva kam es so vor, als hätte sich ihr Leben stetig zum Schlechteren hin verändert. Großvater war jetzt alt und müde. Seit seinem Schlaganfall im letzten Jahr sprach er nicht mehr von der Zukunft, sondern er redete überhaupt nicht mehr, schloss sich in der Bibliothek ein und wühlte sich bis spät in die Nacht durch Stöße von Papieren.

༄༅༄

Ziellos schlenderte Eva zurück ins Haus. Die langen Flure und leeren Räume wirkten überfüllt und stickig, bedrängt von schattenhaften Gästen. Von jedem Gemälde fühlte sie sich beobachtet; jeder Spiegel oder geschnitzte Löwe, jede ausgestopfte Eule oder das knorrige Gebälk schien sie mit bösartigen Blicken zu durchdringen.

Da half es auch nicht, wenn sie sich sagte, dass sie sich das alles nur einbildete. Das hatte sie ihr ganzes Leben lang gehört, auch bei Dingen, die ihr sehr real erschienen. Schon als ganz kleines Mädchen hatte Eva gewusst, dass Großvater der Einzige war, der ihren Erzählungen glaubte – die alle anderen Menschen unglaublich fanden.

Mit fünf Jahren hatte sie einen Freund gefunden, einen etwas älteren Jungen, der sich ängstlich darum bemühte, sein Gesicht zu verstecken, damit man seinen vernarbten Mund nicht sah. Er redete nicht viel, aber wenn sie mit ihrer Arche und den Holztieren spielte, hatte er ihr geholfen, die Tiere paarweise aufzustellen. Sie waren schon einige Wochen lang befreundet, als Eva sich fragte, wer der Junge war und warum sie ihn immer in dem alten Kinderzimmer im zweiten Stock des Ostflügels sah. Ihre Tanten hatten ihre Fragen ignoriert, doch Großvater hatte ihr zugehört und war danach mit ihr in die Eingangshalle gegangen, wo ihr Familienstammbaum hing, der jeden Generationszweig der Chances in leuchtenden Buchstaben zeigte. Er hob Eva hoch, damit sie an einem Ast einen fast unleserlichen Namen erkennen konnte.

»St. John Stanton Chance«, las er vor. »Geboren 1701, gestorben 1707. Ich glaube, das ist dein Freund. In unserer Familiengeschichte steht etwas von einer Hasenscharte, das ist der vernarbte Mund, von dem du erzählt hast. Heutzutage ist das leicht zu beheben, aber nicht zu seinen Lebzeiten, armes Kerlchen. Spiel mit ihm, wenn du möchtest, aber ich würde ihn nicht mehr vor deinen Tanten erwähnen.«

Da Großvater gesagt hatte, sie dürfe mit ›Sinje‹ spielen, hatte es ihr nichts ausgemacht, wenn die Tanten über Evas ›kleinen Phantasiefreund‹ sprachen. Die Freundschaft hatte ohnehin geendet, als sie zu alt für die Spielsachen im Kinderzimmer wurde. Als sie ihn zum letzten Mal sah, hatte Sinje im Vergleich zu ihr schrecklich klein gewirkt.

Aber Evas Phantasie war nicht immer ihre Freundin. Nie konnte sie die Haupttreppe hinuntergehen, ohne dass alle ihre Sinne wie eine schlechtgestimmte Geige aufjaulten. Der blutrote Treppenläufer war auf den letzten drei Stufen dunkler, und es roch da wie in einem Metzgerladen, was auch noch so viel Schrubben nicht beseitigen konnte. Manchmal hatte Eva gesehen, wie sich der Fleck wie eine glänzende klebrige Lackschicht über die Steinplatten der Halle ausbreitete. Mittlerweile konnte sie die anderen Stufen hinuntergehen, aber über die letzten drei sprang sie immer noch oder schwang sich aufs Geländer und rutschte hinab.

Vielleicht wäre alles anders, wenn sie nicht schon immer so allein gewesen wäre, dachte sie, umrundete die Ecke der Treppe und schlenderte in Richtung Küche. Aber ihre Phantasie hatte ihr auch nicht geholfen, Freunde zu finden. In ihren Schulzeugnissen stand, sie wäre introvertiert, eine Einzelgängerin und nicht gruppentauglich – alle drei Begriffe meinten dasselbe. Außerdem würde sie sich Geschichten ausdenken, was eine höfliche Umschreibung für ›lügen‹ war. Die Lehrer waren wie Evas Tanten der Ansicht, dass Eva eine viel zu blühende Phantasie hatte, und Eva hatte sich in den Fächern ›kreatives Schreiben‹ und ›Kunst‹ keine Mühe mehr gegeben, weil ihre größten Anstrengungen ihr immer nur schlechte Noten und einen Besuch beim Schulpsychologen eingebracht hatten. Im Lauf der Jahre war sie immer seltener zur Schule gegangen, weil sie den spöttischen Hänseleien der anderen Kinder entkommen wollte, die in Eva nur eine besondere Freakshow sahen.

Sie fand sich in der Welt außerhalb des Hauses nur sehr schlecht zurecht, als wäre sie in der Vergangenheit aufgewachsen, statt ständig von ihr umgeben zu sein. Das Haus hatte keinen Fernseher, und die einzige Musik, die sie kannte, waren Schallplattenaufnahmen mit klassischer Musik. Mangas, Hip-Hop oder iPods waren für sie Begriffe einer unbekannten Sprache. Das Internet kannte sie nur wegen der Computer in der Schulbibliothek, und im Haus gab es kaum Bücher, die nach 1950 erschienen waren.

Eva wusste, dass sie ein Freak war, aber sie konnte nichts daran ändern, dass ihr die Vergangenheit oft wirklicher erschien als die Gegenwart. Manchmal lauschte sie im Ballsaal fernen Klängen und hörte das Rascheln von Taft und Brokat. Dann redete sie sich ein, es wäre Glück, eine solche Gabe zu besitzen. Aber zu anderen Zeiten, wenn sie an dem Gelass vorbeischlich, in dem vor vielen hundert Jahren ein Priester eingemauert worden war, und Geisterfinger an dem verborgenen Riegel herumtasteten, oder wenn sie aus dem Schlaf aufschreckte, weil Stimmen in ihrem Zimmer flüsterten, dann empfand sie ihre Einbildungskraft als schrecklichen Fluch.

In den vergangenen Monaten war Eva immer ängstlich

gewesen, wenn sie eine Tür geschlossen oder Gardinen von einem Fenster zurückgezogen hatte. Stufen waren trügerisch, und Messer kamen ihr schärfer vor; Schubladen klemmten plötzlich und flogen dann unter einem Schauer von unerwarteten und oft unerfreulichen Gegenständen auf. Rätselhafte Geräusche drangen aus den Wasserrohren oder unter den Dielen hervor, oder die Fenster klapperten in ihren Rahmen. Schwere Schritte folgten ihr durch die endlosen Flure und wurden wie sie langsamer oder schneller.

Frisches Gemüse welkte, wenn es ins Haus gebracht wurde, gewaschene und gebügelte Wäsche zerknitterte und wurde von einer seltsam teerartigen Feuchtigkeit befleckt, kleine Gegenstände verschwanden und größere veränderten ihre Position, so dass sie ständig Sachen verlor oder gegen Möbel prallte. Und überall war Staub, als käme er aus den Mauern oder fiele wie endloser körniger Regen aus der Luft herab.

Etwas war total verkehrt.

Vielleicht kam ihr das Haus noch gespenstischer vor als sonst, weil Großvater sich der Grenze zwischen Leben und Tod näherte. Aber wenn die Geister auf Großvater warteten – warum kam es ihr dann so vor, als folgten ihr überallhin Blicke?

❦

Als der Dunst aufriss und einen blassblauen Himmel enthüllte, verließ Eva das Haus wieder durch die Küchentür, pflückte alles, was in dem fast leergeernteten Gemüsegarten noch zu finden war, und schleppte danach einen Sack Scheite vom Holzstapel herein. Der uralte Küchenherd und der zischende Boiler kämpften beharrlich gegen die Kälte im Haus an, aber Eva hatte keine Zeit, um die Wärme zu genießen. Es war zwar ihr Geburtstag, aber eine Feier würde es nicht geben. Stattdessen musste sie sich auf die Invasion der Tanten vorbereiten.

Die Tanten kamen immer am 1. April. Vielleicht war das früher geschehen, um Evas Mutter oder Evas Geburtstags zu gedenken, aber im Laufe der Jahre hatten sich ihre Besuche immer mehr auf die bevorstehende Touristensaison konzentriert. Sie kamen voller Vorschläge und Pläne, um ein winziges Einkommen aus ihrem vermodernden Erbe herauszupressen. Eva hasste es, wenn sie das Tafelsilber zählten oder mit den Fingern über die Kaminsimse fuhren oder kleine Möbelstücke verrückten. Sie besaßen zwar eigene Häuser, aber nach Ansicht der Tanten war das hier ihr Zuhause – und sie trauten Eva oder ihrem Großvater nicht zu, dass die sich richtig darum kümmerten. Sie hörte jemanden in der Bibliothek herumgehen. Großvater war wach und hatte sich wieder mit seinen Büchern und Papieren eingeschlossen. Er hatte ihr noch nicht mal zum Geburtstag gratuliert. Aber eigentlich war Evas Geburtstag für ihn auch keine fröhliche Angelegenheit, und Eva wäre es ganz recht, wenn er ihn vergäße, denn die Umstände ihrer Geburt waren mit traurigen Erinnerungen verbunden. Sie ging leise an der Bibliothek vorbei und wollte den Tanten frische Blumen in ihre Zimmer stellen.

Seit altersher lagen die Wohnräume der Familie in der zweiten Etage und waren für Touristen verboten. Die Tanten wollten immer die Zimmer, die sie schon als junge Frauen bewohnt hatten, und als Eva mit den Blumen und Vasen hantierte, fiel ihr auf, dass die Zimmer in der Erwartung der Ankunft die Aura der jeweiligen Tante angenommen hatten. In Tante Coras Rosenzimmer standen jedenfalls mehr ägyptische Katzenstatuen als beim letzten Saubermachen. Und ganz bestimmt hatten nicht so viele Karten des Britischen Empires die Wände des Raleigh-Zimmers geschmückt, das Tante Helen am liebsten mochte. Kleine Gegenstände schienen im Haus herumzuwandern und ständig von Zimmer zu Zimmer zu ziehen. Eva versuchte, das zu ignorieren, während sie für Tante Joyce frische Blumen in das lila Zimmer brachte und die Vase neben ein Set zeremonieller Jagdmesser stellte.

Doch sie war auch danach noch nicht fertig, denn sie hatte keine Ahnung, was die Tanten als Abendessen erwarteten. Eva wusste, dass sie stilvoll speisen wollten, und dieser Gedanke ließ sie zurück in das Speisezimmer rennen, um das Tafelsilber zu polieren. Vielleicht gab es nur Brunnenkresse und Kapuzinerkresse zu essen, aber wenigstens würde das Besteck auf dem Mahagonitisch stolz glänzen.

Tante Cora kam als Erste.

Eva sah vom Esszimmer aus das Taxi langsam die Auffahrt heraufschleichen. Tante Cora kam nicht oft zu Besuch, denn sie zog ihr kleines Cottage mit den chintzbezogenen Sesseln und den Vitrinen voller Porzellankätzchen dem verschimmelnden Gemäuer hier vor. Tante Cora kletterte in mehreren Lagen Strickkleidung aus dem Taxi, eine kleine, füllige Frau mit weißen flaumigen Haaren wie eine Pusteblume. Sie flatterte hinter dem Taxichauffeur herum, während er ihren Koffer auslud, zeigte auf den Rücksitz und zappelte aufgeregt, als der Chauffeur ihren kostbarsten Besitz herausholte – einen miauenden Korb, aus dem eine goldbraune Pfote einen hoffnungsvollen Schlag gegen die Nase des Taxifahrers ausführte. Er hielt den Korb auf Armeslänge von sich, bevor er ihn vorsichtig neben dem Gepäck abstellte. Tante Cora zählte sorgfältig das Fahrgeld ab und hatte wohl ein Trinkgeld dazugetan, was sie sich eigentlich kaum leisten konnte, weil der Fahrer erfreut schien, als er sich wieder hinters Steuer setzte. Eva wusste, dass das nicht die normale Reaktion auf eine Fahrt mit Ramses war, Tante Coras schlechtgelauntem abessinischem Kater.

Als Tante Cora die Haustür öffnete, zog sich Eva über die Hintertreppe zurück. Als kleines Mädchen hatte sie sich immer auf die Besuche der Tante gefreut, weil sie von selbstgebackenen Keksen und Büchern mit biblischen Geschichten begleitet wurden. Doch als sie älter wurde, kamen ihr die biblischen Geschichten immer bedeutungsschwerer und die Kekse immer fader vor. Tante Cora sah Eva ständig an, als wäre sie ein kaum gezähmtes Tier, das plötzlich zuschnappen könnte, und das machte Eva reizbar und unbeherrscht.

Eva brachte die Möbelpolitur und den Staubwedel in die Lange Galerie und arbeitete an den Ahnenporträts weiter, während sie deren Blicken auswich.

»Es ist nicht meine Schuld, dass das Haus so heruntergekommen ist«, teilte sie ihnen mit. »Ihr hättet nicht euer ganzes Vermögen für Banketts und Pferde und juwelenbesetzte Schuhe verschwenden sollen.« Sie hatte dabei eine besonders prächtig gekleidete Ahnfrau im Visier, um deren feisten Hals Perlencolliers geschlungen waren und an deren Händen unzählige Edelsteine funkelten. »Du brauchst mir gar nicht die Schuld in die Schuhe zu schieben, Großvater hat mir erzählt, dass du deinen gesamten Schmuck beim Kartenspiel verloren hast. Und du«, sie stand jetzt vor einem anderen, offensichtlich magenkranken Chance, »du hast all dein Geld für Opium ausgegeben.« Sie beschwerte sich bei den übrigen an der Wand versammelten Chances: »Keiner von euch war so nett und hat irgendeinen Schatz hinter den Geheimtüren versteckt.«

Während sie sprach, schienen sich die Schatten im Flur zu verdichten, und die Atmosphäre wurde drückender. Eva zuckte seufzend mit den Schultern, ging zum nächsten Fenster, öffnete es weit und atmete tief die frische Luft ein. Als sie sich hinauslehnte, sah sie einen silberfarbenen Bentley protzig die Auffahrt heraufrollen. Er hielt genau vor dem Haus, und ein livrierter Chauffeur öffnete Tante Helen und ihrem Mann die Türen.

Tante Helen hatte Geld geheiratet, ›altes Geld‹, sagten die Leute spöttisch, denn Richard Fairfax war dreißig Jahre älter als seine Frau. Er besaß in Nordengland einen Landsitz, Häuser in London und Frankreich und zahlreiche Investments an der Börse. Eva hatte ihn heimlich im Verdacht, dass er Tante Helen nur wegen eines Erben von ihrem Singledasein erlöst hatte. Er und Tante Helen schienen einander völlig gleichgültig zu sein und rivalisierten miteinander, indem sie ihren Sohn verschwenderisch mit Geschenken verwöhnten: Felix.

Tante Helen und Richard Fairfax tauchten aus dem

Auto auf und drehten sich um, um die Hausfassade kritisch zu beäugen. Keiner der beiden sah Eva, als sie ihre Blicke nach oben zu dem durchhängenden Dach wandern ließen. Eine Minute später rannten sie hastig zur Seite, weil ein roter Jaguar die Auffahrt heraufbretterte und nach allen Seiten Kies verspritzte. Mit quietschenden Reifen hielt er, und Felix wälzte sich aus dem niedrigen Fahrersitz und entfaltete sich zu seiner vollen Länge.

Felix Fairfax war groß, weshalb er gut auf andere hinabsehen konnte. Er hatte die leicht gekrümmte pferdeähnliche Nase seiner Mutter, kombiniert mit Onkel Richards berechnendem Blick – als würde er von allem und jedem den Preis taxieren. Felix vermittelte allen Menschen das Gefühl, als wären sie im Vergleich zu ihm minderwertig. Als die Fairfaxes gemeinsam das Haus betraten und es dem Chauffeur überließen, das Gepäck hereinzubringen, duckte Eva sich vom Fenster weg.

Sie hatte kein Zimmer für Felix vorbereitet, weil sie nicht mit ihm gerechnet hatte. Aber natürlich war Großvater jetzt neunzig, und Felix fragte sich wohl, wann er endlich sein Erbe antreten konnte. Eva spuckte aus dem Fenster und sah befriedigt zu, wie die Spucke auf das Dach des Sportwagens klatschte. Als wäre es nicht schon genug, dass Felix Fairfax das große Vermögen seines Vaters erben würde, war er auch noch Großvaters Erbe, der einzige männliche Nachkomme und zukünftige Besitzer von Haus und Park.

Eva konnte sich Felix' Porträt gut in der Langen Galerie vorstellen. Er hieß zwar nicht Chance, aber besaß bis auf den Millimeter dieselbe hochmütige Arroganz, noch verstärkt durch sein anmaßendes Lächeln. Eva tat der Chauffeur leid, der nach und nach alle Koffer hereinschleppte. Er musste das Gepäck nicht nur zwei Stockwerke hochwuchten, sondern ihm oblag es auch noch, die Autos zu parken. Aber die Fairfaxes waren wahrscheinlich so daran gewöhnt, dass ihre Angestellten ihnen stets alle Wünsche erfüllten, dass sie seine Mühen gar nicht wahrnahmen – so wie sie sich noch nie bei Eva für das Beziehen der Betten bedankt hatten. Der Chauffeur hatte eben erst den roten Jaguar weggefahren, als ein Hupsignal die Ankunft der letzten Tante ankündigte.

Tante Joyces Auto war ein gelber Käfer. Wie Tante Joyce war es laut, vulgär und aufdringlich. Es hielt genau vor der Haustür, und Tante Joyce und ihr Partner stiegen aus. Tante Joyce wohnte in Chelsea, wo sie als Schmuckdesignerin ein eigenes Geschäft besaß und zwischen angesagten Boutiquen und beliebten Clubs umherzog. Sie ging nirgendwohin ohne einen Begleiter. Der heutige Typ war wie die anderen: groß, dunkel, gutaussehend und bekleidet mit einem Designeranzug. Tante Joyce trug einen grün-weiß gestreiften Mantel über einem schrillrosa Kleid mit schwarzen Tupfen. Erst nachdem Joyce und ihr Begleiter unter dem Säulendach vor dem Hauseingang verschwunden waren, fiel Eva ein, an was die Farben sie erinnerten – an ein Stück Wassermelone, um das der Begleiter wie eine Wespe herumschwirrte.

Eva hörte die Menschen im Haus herumgehen, die Gäste verursachten ein tiefes Summen als Hintergrundgeräusch. Wahrscheinlich unterhielt sich nun eine Tante nach der anderen mit Großvater, und überall im Haus wurden Koffer ausgepackt und Zimmer inspiziert. Lebendige Menschen schufen eine ganz andere Atmosphäre als die, die üblicherweise im Haus herrschte. Eva mochte ihre Verwandten nicht leiden, aber sie musste zugeben, dass ihre laute Ankunft dafür sorgte, dass die gespenstische Atmosphäre wich – Evas Verärgerung und Unmut wegen der Invasion wurden einfach beiseitegewischt. Sie wanderte durch das Haus bis zur Bibliothek, um nach ihrem Großvater zu sehen. Dabei verspürte sie wie immer Furcht, sie hatte Angst, dass er in ihrer Abwesenheit die Grenze überschritten haben könnte und sie ihn kalt und steif vorfinden würde.

Die Tür zur Bibliothek stand halb offen, und laute Stimmen drangen heraus, ganz im Gegensatz zu der Stille, die sonst zwischen den Bücherregalen herrschte. Tante Helen redete gerade; wütend und abgehackt geigte sie allen die Meinung.

»Ich begreife einfach nicht, wie du das Haus so hast verfallen lassen können, Vater. Es sieht nicht so aus, als hättest du seit dem letzten Sommer auch nur einen Penny hineingesteckt, und ich habe dir schon damals gesagt, dass das Dach durchsackt und dass die Dachkammern voller Schwamm sind.«

»Vater ist es nicht gutgegangen, und außerdem hatte er auch noch all den Kummer mit Eva …« Das war Tante Cora, und ihre Verteidigung war so wirkungslos wie ein Sonnenhut zum Schutz vor einem Platzregen.

»Ich habe immer gesagt, dass es ein Fehler von ihm war, das Mädchen hier aufwachsen zu lassen. Man hätte ein hübsches Zuhause für sie finden können, aber Vater bestand auf seinem Wunsch, und sie hat nichts als Ärger gemacht«, behauptete Tante Helen, wie sie es nie gewagt hätte, wenn Großvater noch gesund genug gewesen wäre, um sich gegen sie zu wehren. »Doch ungeachtet der Situation mit dem Mädchen muss das Haus erhalten werden. Wenn das so weitergeht, wird Felix eine Ruine erben – und wir werden ein Vermögen investieren müssen, um sie wieder bewohnbar zu machen.«

»Noch ist es nicht so weit.« Das war Tante Joyces Stimme, ein verächtliches heiseres Näseln. »Vielleicht solltest du und Richard endlich mal ein bisschen Bares hier reinstecken, anstatt euren blöden Sprössling damit zu überhäufen.«

»Oh, ganz im Gegensatz zu den Gigolos, die du mit deinem Geld überhäufst?«, schoss Tante Helen zurück.

»Genug gestritten.« Großvaters Stimme klang müde. »Wenn ihr eine völlige Offenlegung aller Finanzen oder mein Testament diskutieren wollt, Helen, dann musst du mit meiner Verwalterin oder mit meinem Rechtsanwalt sprechen. Ich habe beide für heute Nachmittag hierhergebeten. Sie werden euch klarmachen – so wie ich es versucht habe –, dass Geld bei einem Besitz dieser Größe nicht viel ausrichtet, und Felix wird sein Erbe so antreten müssen, wie er es vorfindet.«

»Mir sind die Kosten des Hauses durchaus vertraut«, sagte Tante Helen eisig. »Schließlich bin ich hier groß geworden. Und Richards Besitz ist dreimal so groß. Mir ist bestens bekannt, wie viel Arbeit vonnöten ist, um ein Herrenhaus zu erhalten.«

»Ach, nee.« Eva brauchte Tante Joyce nicht zu sehen, um zu wissen, dass sie die Augen verdrehte. »Als hätte es irgendwas mit Arbeit zu tun, wenn man vor sechs Angestellten die Schlossdame gibt. Ich weiß von meinem Schmuckgeschäft, wie kompliziert Finanzierungen sein können und wie sehr das Finanzamt hinter unsereinem her ist.«

»Dieses Haus hier zu verwalten ist äußerst schwierig«, ließ sich Tante Coras heiseres Flüstern wieder vernehmen. »Probleme wie die hier trifft man sonst nicht an …« Ihre Stimme erstarb, als Tante Helen erneut vorpreschte.

»Ich nehme an, dieser Verwalter und dein Anwalt werden zum Essen bleiben. Ich habe eine Cateringfirma aus dem Ort engagiert, die sich um das Essen kümmert. Ich hatte mir schon gedacht, dass du nichts dergleichen vorbereitet hast.«

»Das war sehr umsichtig, Helen«, sagte Großvater, aber Eva knirschte draußen im Flur mit den Zähnen und wünschte, ihre Tante wäre weniger umsichtig. Doch wenn sie Großvater zu Hilfe eilen würde, würden die Tanten einfach behaupten, das hier ginge nur Erwachsene an und dass sie ja bloß helfen wollten. Sie hörten Großvater kaum zu, und dabei war es doch sein Haus. Eva hingegen hatte gar kein Stimmrecht.

2
Das schwarze Schaf

Während die Tanten zum Mittagessen die mitgebrachten Delikatessen eines Feinkostladens verzehrten, entkam Eva durch die Seitentür. Wolken jagten über den Himmel, und ein kalter Wind zauste den Park, aber wenigstens waren hier draußen keine Verwandten.

Eva wusste, dass sie nicht allein das Haus für die Touristensaison öffnen durfte, aber sie verübelte es den Tanten, dass sie auftauchten und die Führung übernahmen. Sogar das Haus sah aus, als würde es schmollen und übelnehmen, das durchhängende Dach wirkte wie eine gerunzelte Stirn, und die Mauern stemmten sich gegen den Wind. Es tat Eva weh, dass die Familie ihrem Großvater vorwarf, er würde das Haus vernachlässigen, denn schließlich verschwendete er kein Geld für Sportwagen oder Juwelen oder Katzenfigürchen. Sie konnte sich nicht erinnern, wann sie das letzte Mal eine richtige Mahlzeit gehabt hatte, aber bei der Vorstellung, sich bei Helens mitgebrachten Delikatessen zu bedienen, wurde ihr übel.

Und wieso wagte Tante Helen anzudeuten, Eva wäre eine Last? Sie erledigte alle im Haus anfallenden Arbeiten, vom Kochen und Putzen bis zum Holzhacken. Sie war eine fünfzehn Meter hohe Leiter hochgestiegen, um das alte Laub aus der Dachrinne zu entfernen. Aber egal, wie schwer Eva auch arbeitete, für ihre Tanten blieb sie immer das schwarze Schaf der Familie. Für sie blieb sie immer das uneheliche Kind, die kleine Streunerin ohne richtigen Stammbaum, der wurmstichige Apfel vom falschen Baum.

Auf der Ostseite des Hauses stand eine ausladende Eiche. Eva zog ihre Gummistiefel aus und kletterte daran hoch, griff nach vertrauten Ästen und zog sich höher, bis sie miteinander verkreuzte Zweige erreichte, eine Art Plattform, abgeschirmt durch neue grüne Blätter. Von hier aus konnte sie zwei Seiten des Hauses sehen: die vordere Auffahrt bis zur Haustür und über die Mauer des Gemüsegartens rüber bis zur Seitentür. Es war ein guter Platz, um unerwünschte Besucher zu meiden und mitzubekommen, wann sie wieder gingen. Hierher war Eva geflüchtet, wenn die Lehrer mit Großvater über ihre Fehltage redeten, und als der Pastor gekommen war und gefragt hatte, warum sie nicht zum Gottesdienst erschien, und als ein paar Klassenkameraden miteinander gewettet hatten, ob sie sich durchs Tor trauten, und dann in alle Fenster an der Vorderseite spähten und glotzten.

Jetzt sah sie, wie der Lieferwagen der Cateringfirma ankam und mehrere Leute Kühlboxen und Tüten in die Küche trugen. Bald darauf trat der Chef der Cateringfirma aus der Hintertür und rauchte drei Zigaretten, während er telefonierte. Sie rätselte noch über seinen Anruf, als aus einem zweiten Lieferwagen eine Gruppe Jugendlicher ausstieg und mit Feudeln, Eimern und Profiflaschen mit Reinigungsmitteln im Haus verschwand. Die Küche befand sich nicht gerade in einem Zustand, um ein Drei-Gänge-Menü anzurichten. Eva hatte schon vor einiger Zeit den Kampf mit dem uralten Herd aufgegeben und nur noch die eine Ecke sauber gehalten, die sie und ihr Großvater brauchten.

Oben im Baum versteckt, grübelte sie darüber nach, woher einige der Jugendlichen ihr bekannt vorgekommen waren. Vielleicht sind jetzt Ferien, überlegte sie und versuchte sich an die Termine zu erinnern. Es lag schon Wochen zurück, dass sie zu einer Schulstunde erschienen war oder ein Schulbuch in die Hand genommen hatte, um sich auf die ach-so-wichtigen Prüfungen vorzubereiten.

Die Ankunft des Pastors auf seinem klapprigen alten Fahrrad verursachte bei Eva erneutes Unbehagen. Sie hatte nicht gewusst, wie sie Pastor Hargreaves erklären sollte, dass sie nicht mehr zum Gottesdienst ging, weil die Bänke mit der konzentrierten Trauer von einem halben Dutzend sündiger und reuiger Familiengespenster überfüllt waren. Und es war zu dicht an der Schmerzgrenze, wenn sie über den Friedhof neben der kleinen Dorfkirche ging und den Grabstein ihrer Mutter mit dem Todesdatum 1. April sah. Sie hatte noch nie den Geist ihrer Mutter gesehen, aber jedes Mal, wenn sie an dem schlichten kleinen Grabstein vorbeikam, hatte sie Angst, dass Adeline aus der Erde aufsteigen und mit anklagendem Finger auf sie zeigen würde.

Bei der Ankunft des Arztes und seiner Frau schnitt sie hinter ihrem Blattvorhang eine Grimasse. Dr. Buxon war vor zwei Monaten zum letzten Mal erschienen und hatte versucht, Großvater zum Umzug in ein Seniorenheim zu überreden, wo man sich ›richtig um ihn kümmern würde‹. Offensichtlich kam niemand auf den Gedanken, dass Eva alt genug war, um sich um jemanden zu kümmern, und dass ihr wichtig war, wie es dem einen Menschen ging, der immer für sie gesorgt hatte.

Zweifellos waren der Doktor und seine Frau genau wie der Pastor heute Abend zum Essen eingeladen. Tante Helen und Tante Joyce genossen es immer, die Leute aus der Stadt herumzukommandieren, die sie hinter sich gelassen hatten, und wetteiferten miteinander, wer die angeberischste Geschichte von Jagdbällen auf dem Lande und von Partys mit Berühmtheiten in den Londoner Clubs erzählen konnte.

Die letzten Gäste kamen aus geschäftlichen Gründen und nicht, um zu feiern. Ein jüngerer Mann im Anzug parkte seinen bescheidenen grünen Citroën und strich sich glättend über seine Locken, während er in den Außenspiegel schaute.

Gleichzeitig glitt ein eleganter schwarzer Saab die Auffahrt herauf, und der Mann drehte sich um und sah bewundernd zu, wie Lisle Langley in einem makellosen schwarzen Kostüm vom Fahrersitz glitt. Sie trug eine dezente schwarze Aktentasche. Eva konnte ihn verstehen. Die Hausverwalterin arbeitete seit einigen Jahren für ihren Großvater, und Eva beneidete sie um ihre kühle Kompetenz, die durch nichts zu erschüttern war. Jetzt begrüßte Lisle den Mann mit festem Händedruck.

»Ich bin Michael Stevenage.« Der Mann holte seine Aktenmappe aus dem Auto. »Ich fürchte, ich bin etwas zu früh.«

»Lisle Langley.« Sie schenkte ihm ein sphinxartiges Lächeln. »Die Verwalterin. Ich bin auch etwas zu früh und wollte noch einen kleinen Spaziergang durch den Park machen und die frische Luft genießen, bevor ich mich den versammelten Heerscharen stelle.«

»Es ist ein unglaublich alter Besitz.« Michael sah am Haus hoch und schien den Verfall nicht zu bemerken. »Ich hatte bisher noch keine Gelegenheit, ihn genauer zu betrachten – es waren rein geschäftliche Besuche. Ich habe die Akte Chance erst in diesem Jahr von meinem Vater übernommen, als er sich zur Ruhe setzte. Anscheinend wollte Sir Edward, dass alles in unserer Familie bleibt. Ähm ... wenn ich schon gerade von Familie spreche ... eine wohl von hier stammende Frau rief mich heute in der Kanzlei an, um mir mitzuteilen, dass ich zum Abendessen eingeladen wäre, aber sie legte auf, bevor sie ihren Namen genannt hatte.«

»Das war sicherlich Mrs Fairfax, Sir Edwards zweitälteste Tochter«, sagte Lisle. »Ich hatte auch so einen Anruf, aber ich bin ihr schon mal begegnet und weiß, wie sie das handhabt. Sie will damit sagen, dass sie Sie wegen der Familienfinanzen löchern möchte, und ihr geht der Ruf voraus, sie wäre eine gnadenlose Gastgeberin – eine, die keine Gefangenen macht.«

»Aha.« Michael wirkte etwas nervös. »Ich weiß kaum etwas über die Familie, fürchte ich. Bislang hatte ich noch keine Zeit, alle Akten einzusehen.«

»Es gibt einiges, das Sie nicht in den Akten finden werden.« Lisles Stimme klang so cool wie immer. »Kommen Sie, wir machen einen Spaziergang durch den Park, und ich werde Sie davon in Kenntnis setzen.«

Michael war einverstanden und folgte Lisle wie ein erwartungsvolles Hündchen, das sich hechelnd aufs Gassigehen freut. Eva beobachtete die beiden von ihrem Versteck im Baum aus. Sie kamen näher, betraten dann den Gemüsegarten und schlenderten hinüber zum Park.

Als sie außer Sichtweite waren, rutschte sie ungeachtet der Zweige und des Harzes am Baum hinunter und schlüpfte wieder in die Gummistiefel. Sie wollte wissen, was Lisle erzählen würde.

Eva wartete, bis das Paar den Gemüsegarten verlassen hatte, und folgte ihnen durch das Törchen. Schnell rannte sie den Pfad entlang bis in den Teil des Parks mit den geometrisch angeordneten Büschen.

Eva kannte den Park besser als irgendwer sonst, seine Geheimnisse und seine verborgenen Winkel. Wenn sie sich nicht über Lisles Ziel täuschte, konnte sie einen Bogen schlagen und die beiden einholen.

Auf der anderen Seite des formalen Gartens begann der Eibengang mit seinen unregelmäßigen Hecken, die früher einmal zu Vögeln und anderen Tieren beschnitten worden waren. Inzwischen sahen sie nur noch aus wie wilde Bestien, die sich über die Heckenkanten beugten, ihre ursprünglichen Formen waren durch überzählige Gliedmaßen und Laubauswüchse deformiert.

Eva schlich sich leise hinter ein fünfbeiniges Heckentier mit einem gebrochenen, herabhängenden Flügel und erkannte, dass sie sich nicht geirrt hatte. Lisle und der Anwalt standen am Eingang zum Irrgarten.

Michael Stevenage blickte zweifelnd auf die hohen, verwilderten Hecken und überlegte laut, ob man hier auch wieder rausfand.

»Oh, ich denke doch«, sagte Lisle Langley amüsiert. »Es

ist ein ziemlich schlichtes Muster. Machen Sie sich keine Sorgen, wir werden uns nicht verirren.«

»Wenn Sie es sagen.« Michael folgte ihr in das dunkelgrüne Innere, und Eva rannte rasch den Weg entlang und folgte ihnen hinein. Aber anstatt den Laubengang entlangzugehen und nach links abzubiegen, bog sie sofort rechts ab, schob einen elastischen Ast beiseite und drückte sich darunter in die Hecke.

Die Wege des Irrgartens waren überschaubar, auch wenn die Hecken zerrupft waren und wild wucherten. Aber die breiteren Hecken verbargen andere geheime Wege. Im Lauf der Jahre waren sie so breit und hoch gewachsen, dass man sich durch den Asttunnel auf dunkleren, gewundenen Routen bis zur Mitte einen Weg bahnen konnte. Es bestand keine Gefahr, dass die beiden anderen Eva sahen, und solange sie kein Geräusch verursachte, konnte Eva ihnen dicht genug folgen, um ihr Gespräch zu belauschen.

Während sie vorsichtig hinter den beiden herschlich, gab es zuerst ein paar Minuten langweiligen Smalltalk, aber dann stellte der Anwalt die Frage, die Eva sich gewünscht hatte.

»Was haben Sie gemeint, als Sie von Einzelheiten sprachen, die ich nicht in den Akten finden würde?«, fragte er. »Ich hoffe, es gibt hier keine Leichen im Keller!«

»Falls es die gibt, werden Sie sie nie finden, denn sie sind unter fünfhundert Jahre altem Krimskrams begraben.« Lisle Langley lachte. »Nein, soweit ich weiß, ist da nichts zu befürchten, aber die Familie kann manchmal etwas schwierig sein.«

»Schwierig inwiefern?« Der Anwalt sah sie nachdenklich an, und die Verwalterin schwieg kurz, als wählte sie ihre Worte mit Bedacht.

»Sir Edward ist schon etwas älter«, sagte sie. »Und es steht nicht gut um seine Gesundheit. Er hat es geschafft, das Haus einigermaßen zu erhalten, wenn man bedenkt, dass es anscheinend kaum Geld für Renovierungen gibt. Aber so sehen das nicht alle. Ich glaube, seine Töchter erinnern sich an das Haus ihrer Jugend, aber damals konnte Sir Edward sich noch Angestellte leisten.« Sie schwieg kurz. »Nur mal so aus Interesse: Haben Sie eine Idee, warum es jetzt kein Geld mehr gibt?«

»Schwer zu sagen.« Er vermied eine direkte Antwort. »Aber ich gehe davon aus, dass sich die Familie danach erkundigen wird.«

»Sie brauchen gar nicht so zugeknöpft zu sein«, sagte Lisle Langley belustigt. »Es ist allgemein bekannt, dass Felix Fairfax den Besitz erben wird. Da sehen Sie mal, wohin Frauenhass führt. Sir Edward hat vier Töchter, drei davon leben noch, aber nun erbt der Enkel alles. Und wie wahrscheinlich ist es, dass ein Teenager sich mit einem Haus wie diesem hier belasten will? Nächstes Jahr um diese Zeit ist das hier ein Golfplatz oder ein Wellness-Center.«

»Wenn das stimmt, wäre es schade«, sagte Michael Stevenage.

»Cora ist die Älteste. Sie ist eine alte Dame mit weißem Wuschelkopf, eine Sklavin ihres Katers. Sie hat den Kater bestimmt mitgebracht, das macht sie immer.«

»Ich bin ganz gut im Zuhören bei Katergeschichten«, sagte der Anwalt nachsichtig. »Meine Patentante züchtet die Viecher.«

»Dann werden Sie bestimmt alles richtig machen.« Sie lachte ihn an. »Ich wette, bei diesem höflichen, aufmerksamen Blick fressen Ihnen die Katzendamen aus der Hand.«

»Da wäre ich mir nicht so sicher.« Der Anwalt war etwas errötet. »Also dann, die nächste Tochter.«

»Das wäre Helen, eine reitende, jagende und angelnde Konservative, verheiratet mit einem reichen und sehr viel älteren Mann, einem gewissen Richard Fairfax. Sie sind die Eltern des goldnen Enkels Felix.«

»Helen, Richard und Felix Fairfax.« Der Anwalt nickte. »Ja, von Felix habe ich gehört.« Er sagte aber nicht, was er gehört hatte.

»Die dritte Tochter ist Joyce, die man für eine Dame halten könnte, wenn sie nicht bei jeder Gelegenheit erwähnen würde, dass sie eine Geschäftsfrau ist. Sie entwirft und verkauft Schmuck. Modeschmuck mit Halbedelsteinen, aber sehr große und auffallende Stücke.«

»Dann denke ich mal, dass sie Schmuck tragen wird.« Michael Stevenage lachte. »Ich werde ihn also ganz ausführlich bewundern. Hat sie Familie?«

»Keinen Gatten oder Kinder, aber sie hat bestimmt einen sogenannten ständigen Begleiter dabei«, antwortete die Verwalterin. »Machen Sie sich nicht die Mühe, seinen Namen zu behalten, denn Sie werden ihn höchstwahrscheinlich nie wiedersehen; sie bringt sie nie zweimal mit.«

»Verstehe.« Michael hob leicht die Brauen. »Ich verlasse mich auf Ihr Wort. Was ist mit der vierten Tochter?«

»Die jüngste ist tot. Sie war hier in der Gegend eine Art Mythos, der Wildfang der Familie. Die Chances sind eigentlich sehr sittenstreng, aber Adeline war eine echte

Rebellin. Sie rannte immer wieder von Zuhause fort, blieb monatelang verschwunden und wurde von der Polizei später in weiter Ferne aufgegriffen. Und immer war ein Mann dabei im Spiel, einer war ein irischer Zigeuner, einer war ein Gesundbeter – immer war es bei Adeline etwas Übersinnliches und Bizarres.«

»Haben Sie sie gekannt?«, fragte Michael Stevenage, aber Lisle Langley schüttelte den Kopf.

»Nicht richtig. Sie war in der Schule ein paar Klassen über mir, deshalb ist das nur Klatsch, doch sie war ziemlich bekannt für ihre Exzentrik. Aber an eine Sache kann ich mich erinnern: Sie trug immer eine Halskette mit religiösen Symbolen – einem Kreuz, einem Davidstern oder einem ägyptischen Ankh und lauter solche Sachen. Sie behauptete immer, sie würde auf Nummer Sicher gehen. Aber das hat ja dann leider nicht funktioniert.«

»Was ist denn passiert?«

»Ach, das Ganze endete in einem Riesenskandal. Sie verschwand wieder mal für einige Jahre und tauchte dann schwanger und drogenumnebelt zu Hause auf. Die Familie nahm sie wieder auf, kümmerte sich um den Entzug und schaffte es, dass sie sogar halbwegs normal wurde. Eines Nachts haben sie sie aus den Augen gelassen, und genau da bekam sie ihr Baby und beging dann auf entsetzliche und theatralische Weise Selbstmord.«

»Du meine Güte.« Der Anwalt sah äußerst unbehaglich drein.

Verborgen in der Hecke überlegte Eva, dass er eigentlich einiges davon aus den Unterhaltungen mit Großvater bezüglich des Testaments gewusst haben musste. Aber Großvater hätte niemandem von Adeline erzählt. Eva war überrascht, dass Lisle Langley so viel über Adeline wusste. Die kurze Personenbeschreibung hatte ihre Mutter auf unangenehme Weise zum Leben erweckt.

»Wie Sie sich vorstellen können, wird darüber nie gesprochen.« Lisle Langley führte Michael Stevenage um die nächste Ecke des Irrgartens. »Ich habe es nur erwähnt, damit Sie sich nicht aus Versehen nach Adeline oder dem Kind erkundigen – der Familie ist ihr schwarzes Schaf sehr peinlich. Das Kind entwickelte sich nämlich genau wie die Mutter, müssen Sie wissen. Auch so eine seltsame, depressive Jugendliche.«

»Hab's mir gemerkt«, sagte der Anwalt. »Sehr freundlich von Ihnen, dass Sie mir das alles erzählen. Ich komme mir vor, als würde ich wie Daniel in eine Löwengrube steigen.«

»Gern geschehen«, erwiderte sie freundlich. »Es vereinfacht auch für mich die Dinge, wenn ich Sie von den schlafenden Löwen weglocken kann.«

Ihre Stimmen wurden leiser. Eva befreite sich aus der Hecke, verließ den Irrgarten und ging zum Rosengarten, der jetzt ein dorniges Dickicht aus stacheligen Zweigen war. Sie wich den Dornen und Stängeln aus und versuchte gleichzeitig, ihre Ängste zu unterdrücken.

Die Geschichte vom Tod ihrer Mutter und ihrer Geburt war für sie nicht neu, obwohl niemand sie ihr direkt erzählt hatte. Im Laufe der Jahre hatte sie sich durch Lauschen an

Türen alles zusammengereimt. Lisles Langleys Version entsprach den anderen und hatte noch nicht mal alle dramatischen Höhepunkte benannt. Sie hatte nicht erwähnt, dass die halbe Stadt nach Adeline gesucht hatte, als sie nach ihrer letzten Rückkehr endgültig verschwunden war, und nur ein winziges blaugefrorenes ausgesetztes Neugeborenes gefunden hatte, das kaum noch atmete.

In ihrem ersten Lebensmonat hatte Eva im Krankenhaus im Brutkasten um ihr Leben gekämpft, während man ihre Identität festgestellt hatte. Ihre angebliche Mutter wurde vermisst und für tot gehalten. Evas Leben war eine einzige Frage, umgeben von halben Antworten und Vermutungen.

DNA-Tests waren notwendig gewesen, um zu bestätigen, dass dieses Baby Adeline Chances Kind war. Adelines drei ältere Schwestern hatten die Angelegenheit besprochen – mit dem Ergebnis, dass das unerwünschte Baby am besten zur Adoption weggegeben werden sollte.

Edward Chance hatte sie alle überstimmt. Trotz seiner mehr als siebzig Jahre und trotz der Arthritis, die ihn zwang, am Stock zu gehen, war er immer noch ein autokratischer Patriarch. Zur Überraschung aller Beteiligten hatte er »Unsinn« zu den Plänen der Tanten gesagt, war mit dem Taxi zum Krankenhaus gefahren und hatte das Baby abgeholt. Er hatte ihm an diesem Sonntag den Namen Evangeline gegeben, und das war das Ende der Debatte gewesen.

Aber für Eva hatte das bedeutet, dass keine ihrer Tanten sie in der Familie gewollt hatte, und wenn Großvater starb, würde man sie vielleicht auf die Straße setzen. Mit ihren sechzehn Jahren war sie seit heute gewissermaßen eine Erwachsene, und sie wusste nicht, ob die Familie sie unterstützen würde. Mit ihren Schulnoten war sie gewiss keine Kandidatin für das Abitur oder ein Studium, aber sie besaß auch keinerlei Berufserfahrung und konnte außer Gärtnern und Hausarbeit nichts, um ihren Lebensunterhalt zu bestreiten. Von Sekunde zu Sekunde sah die Zukunft trostloser und kälter aus.

※

Als Eva sich durch das Dornendickicht des ehemaligen Rosengartens kämpfte, erklang nur wenige Meter entfernt ein Schrei wie ein Eisenbahnsignal. Während die Dornen an ihren Haaren und Kleidern zerrten, brach sie gerade noch rechtzeitig durch das Gestrüpp, um einen dunklen Schatten vorbeiflitzen zu sehen, der sich auf das zerbrochene Geländer der Südterrasse setze.

Es war ein Pfau. Er machte ein paar majestätische Schritte auf dem Geländer und nickte dabei mit dem bekrönten Kopf, bevor er das Interesse verlor und auf die Erde hüpfte, wo er planlos an den gesprungenen Steinplatten herumpickte. Der große lange grüngoldene Schwanz fegte wie eine Schleppe durch das Laub, beschmutzt von all dem Gartendreck, den der Vogel aufgewischt hatte. Über die ganze lange Terrasse verstreut sah man andere Pfauen und ihre unauffälligen graubraunen Hennen herumlaufen.

Eva betrachtete sie misstrauisch. Pfauen war eins der wenigen Themen, bei denen die Fremdenführer nicht zu lügen brauchten. Immer noch nisteten mindestens fünfzig im Wald und auf der Insel, obwohl sie manchmal wochenlang dem Haus fernblieben. Pfauen stolzierten wie exotische Potentaten aus fernen Ländern durch den Park, nickten und verbeugten sich voreinander und schlugen für die entzückten Hennen ihre Räder. Eva war überhaupt nicht entzückt. Pfau hörte sich vielleicht poetisch an, aber nicht um drei Uhr morgens, wenn ihr schauriger Schrei wie eine Rakete vor dem Fenster aufstieg. Außerdem konnte der gekrümmte Schnabel bösartig zuschlagen, so dass man noch tagelang blaue Flecken hatte.

Eva schlüpfte hinter den Vögeln in die Orangerie und schloss sorgfältig die Tür. Sie wusste nicht, warum die Pfauen plötzlich so vom Haus angezogen waren, aber sie wollte nicht riskieren, dass sie es aus Versehen betraten. Außerdem brachten sie angeblich Unglück, und gerade jetzt sah Eva in ihrer Ankunft ein schlechtes Omen für den Familienrat.

Doch als sie die Halle betrat, stellte sie fest, dass nicht alle so dachten. Eine Vase, in der heute Morgen noch ein verstaubtes Arrangement aus Trockenblumen gesteckt hatte, quoll nun von goldgrünen Federn über, die irisierenden blauen Flammen in der Mitte bildeten eine Ansammlung wachsamer Augen.

Dieser Zurschaustellung haftete etwas Unheildrohendes an, und Eva wusste nicht, ob sie ihren Verwandten oder den Gespenstern oder ihrer eigenen Phantasie die Schuld daran geben sollte. Aber die leuchtenden Pfauenaugen zogen sie an und stießen sie gleichzeitig ab, die glänzenden Farben besaßen eine ölig glatte Giftigkeit, und als sie näherkam, roch sie etwas Verwestes und Moderndes. Die Federn waren nass von faulig stinkendem Schlamm.

Eva drehte den Pfauenfedern den Rücken zu, übersprang die untersten Stufen der Flügeltreppe und flüchtete sich in die Sicherheit ihres Zimmers.

※

Evas Zuneigung zum Purpurzimmer hatte nach ihrem Einzug durch ihre erste Erfahrung mit der Touristensaison gelitten. Die öffentlichen Räume wurden nicht verschlossen gehalten wie die der Familie in der zweiten Etage – sie standen offen, damit die Touristen reinglotzen konnten. Man fühlte sich nicht als Besitzerin eines Zimmers, wenn man es immer so makellos hinterlassen musste, dass Fremde darin herumwandern konnten. Alle persönlichen Habseligkeiten mussten ordentlich weggeräumt werden, damit sie nicht den Eindruck verdarben. Selbst ihre Bücher wurden hinter Schranktüren verbannt. Doch trotz der regelmäßigen Invasionen der Besucher sah Eva diesen Raum immer noch als ihren Zufluchtsort an. Wie sie auf die Eiche kletterte, die die Auffahrt überblickte, so kam sie hierher, wenn sie ungestört sein wollte.

Es war wie ein Schock, als sie die Tür öffnete und merkte, dass sie nicht allein war. Im Raum war es dämmrig, denn die Fenster gingen nach Westen und ließen nur Nachmittagslicht herein, so wirkte alles grau. Jemand saß auf dem Fenstersitz, umgeben von Rauchschwaden und einer schweren grübelnden Atmosphäre. Eva war sich sicher, dass es sich um einen Geist handelte, bis sich ihre Augen an das Licht gewöhnt hatten und sie ihren Cousin Felix erkannte.

Er hatte ihr Hereinkommen nicht einmal bemerkt, hatte es sich auf dem Fenstersitz bequem gemacht und hielt in der Hand eine lange, dünne Zigarette. Er hatte auch nicht das Fenster geöffnet und benutzte eine leere Bierflasche als Aschenbecher. Sein Kaschmirmantel war lässig über das Fußende des Bettes geworfen, und drei Lederkoffer stapelten sich auf dem Bett, einer war halb geöffnet und ließ einen durchwühlten Stapel teurer Kleidungsstücke erkennen. Von allen Zimmern des Hauses hatte Felix ausgerechnet ihr Zimmer genommen.

Empört über so viel Ungerechtigkeit knallte Eva die Tür hinter sich zu und empfand einen Hauch von Befriedigung, als Felix erschreckt hochfuhr und sie überrascht anstarrte. Plötzlich roch es nach verbrannter Wolle, und als er mit einer schnellen panikartigen Bewegung über seine Hose wischte, begriff sie, dass er die Zigarette fallen gelassen hatte.

»Verschwinde aus meinem Zimmer!«, forderte sie, und ihre Entrüstung verlieh ihr die Kraft, ihrem arroganten Cousin gegenüberzutreten. »Wie kannst du es wagen, hier zu rauchen?«

Felix' Schultern strafften sich, er hob die Zigarette auf und drehte sie zwischen seinen Fingern, dann lehnte er sich langsam im Fenstersitz zurück und fixierte sie mit einem harten, kalten Blick. Sie hatte immer gewusst, dass er sie nicht leiden konnte, dass er sie sogar verachtete, aber jetzt sah er sie an, als hätte er sie gerade von seiner Schuhsohle abgekratzt.

»Du?«, sagte er und gab sich nicht mal die Mühe, ihren Namen zu nennen. »Du hast immer hier gewohnt? Bist herumgeschlichen und hast wahrscheinlich Leute ausspioniert und irgendwelche kindischen Spielchen gespielt.«

»Natürlich war ich hier«, sagte Eva wütend. »Wo sonst? Ich wohne hier. Dies ist mein Zuhause. Und du bist in meinem Zimmer.«

»Was ist denn los? Bekommst du nicht genug Aufmerksamkeit?«, stichelte Felix weiter und kniff die Augen zusammen. »Großvater ist krank, und du versteckst dich und schmollst?«

»Ich habe mich nicht versteckt, ich habe den ganzen Tag für euch geschuftet. Wer, denkst du denn, kümmert sich hier um alles, wenn ihr nicht da seid? Obwohl ich heute Geburtstag habe, hat mir keiner von euch gratuliert, ihr könnt nur rummeckern. Ich habe mich um Großvater gekümmert, ich bin die Einzige, die immer hier ist.«

»Warte mal.« Felix runzelte die Stirn, dann ließ er die Zigarette in die Bierflasche fallen und stand auf. Er war größer als sie, mehr als ein Meter achtzig zu ihren nicht ganz ein Meter siebzig, und nun überragte er sie drohend in der engen Fensternische.

Eva fuhr zurück, plötzlich fürchtete sie sich und hatte Platzangst, weil er so dicht vor ihr stand. Sie starrte ihn an.

»Rühr mich nicht an! Was willst du?«

Felix starrte zurück, seine verächtliche Miene veränderte sich zu unversöhnlicher Feindseligkeit, sein Blick war hart, und seine Lippen presste er aufeinander.

»Du bist doch echt nicht normal, oder?« Seine Stimme war leise und eindringlich. »Du glaubst, das ist dein Zuhause? Das stimmt nicht. Damit musst du dich abfinden. Das ist jetzt mein Haus.«

»Es ist nicht dein Haus«, fauchte Eva und betrachtete ihn argwöhnisch von der anderen Seite des Bettes. »Noch nicht. Es gehört dir noch nicht, solange Großvater lebt.«

»Aber es wird mir gehören.« Felix' Stimme gewann an Sicherheit. »Und dann wird es keinen Platz für dich geben. Du musst ausziehen.«

»Wohin?« Eva zitterte vor Wut und Enttäuschung. »Hier habe ich immer gewohnt! Ich kann nirgendwo sonst hingehen.«

»Das ist nicht mein Problem.« Felix schüttelte den Kopf. »Du bist nicht mein Problem. Wenn Großvater tot ist, musst du verschwinden.«

Eva schwankte und taumelte gegen das Bett, ihr war, als hätte Felix sie geschlagen. Während er an ihr vorbeiging und die Bierflasche auf Lady Greys Tisch stellte und die Tür aufmachte, hielt sie sich am Bettpfosten aufrecht.

»Du kannst das Zimmer jetzt noch mal haben.« Er wandte sich zu ihr um. »Aber wenn ich das Haus erbe, will ich dich hier nicht mehr sehen.«

Er schlug die Tür hinter sich zu und ließ Eva zwar im Besitz ihres Zimmers, aber mit dem Wissen zurück, einen hohlen Sieg errungen zu haben. Unten ertönte der Gong – eine tönende Mahnung, dass Caterer engagiert worden waren, um ein festliches Abendessen zu servieren. Jemand hatte den Messinggong in der Halle gefunden und rief damit nun die Gäste zum Aperitif.

Eva wurde gewahr, dass sie immer noch die Gummistiefel anhatte. Sie kickte sie weg und betrachtete mit plötzlichem Erschrecken ihre dreckigen Klamotten. Ihr blieb keine Zeit mehr zum Waschen und Umziehen. Ihre Hände waren zerkratzt und zerschrammt, ihre Haare strähnig und ihre Hosen zerrissen und verschmutzt.

Sie öffnete den Schrank und betrachtete ratlos ihre Kleider. Die Schuluniformblusen und -röcke nahmen den meisten Platz ein, deprimierend vertraut, obwohl sie schon seit Wochen nicht mehr zur Schule gegangen war. Daneben hingen die Geschenke der Tanten: Laura-Ashley-Kleider und Wolljacken von Tante Cora, Seidenschals und ein Kaschmirponcho von Tante Joyce und jede Menge Reithosen und ein Helm von Tante Helen, die sie offensichtlich mit einer anderen verwechselt hatte – einer Pferdebesitzerin. Als Eva zum ersten Mal eine Reithose geschenkt bekam, war sie noch so naiv gewesen und hatte gedacht, es würde auch ein Pferd dazugehören.

Manchmal fragte sich Eva, wo die anderen Mädchen in der Schule ihre Kleider herbekamen. Egal, ob sie wohlhabend waren oder nicht, sie wussten, was ihnen stand und wie sie sich darin bewegen mussten. Sogar die Schuluniform sah an ihnen weniger doof aus, und nach dem Unterricht wirkten sie in ihren Privatklamotten wie Menschen mit Persönlichkeit. Eva wollte sich nicht so kleiden wie die Mädchen in der Schule, aber sie hätte gern gewusst, was sie anziehen sollte. Zu oft hatte sie in den Spiegel geschaut und sich geschämt. Sie besaß nichts, was sie wirklich gut oder worin sie sich hübsch fand.

Da es ein offizielles Essen war, zog sie ihr einziges halbwegs annehmbares Kleid an, die anderen waren ihr alle zu klein oder zu alt oder zu hässlich. Das einzige tragbare Kleid war ein Geschenk aus rotem Samt, und sie hatte bei seiner Ankunft gedacht, es wäre vielleicht nicht allzu scheußlich. Im Spiegel sah sie nun eine rappeldürre Gestalt mit schlaffen mausbraunen Haaren in einem Kleid, das mit seinem weiten Rock und den Puffärmeln vielleicht einem achtjährigen Kinderstar gestanden hätte, aber an einem Teenager lächerlich wirkte. Ihre zerkratzten, schlammbespritzten Beine und die ausgelatschten braunen Sandalen – die einzigen Schuhe, die ihr passten – vervollständigten die Scheußlichkeit. Eva verzweifelte bei ihrem Anblick. Aber als unten der Gong wummernd ein zweites Mal ertönte, blieb ihr nichts anderes übrig, als hinunter zum Essen zu gehen.

3
Der dreizehnte Gast

Eva hatte die Ankunft eines letzten Gastes verpasst, aber aus dem Chinesischen Salon drangen Stimmengeplapper und Gläserklirren. Dort hatten sich die Erwachsenen zum Aperitif versammelt, und als sie hineinschlüpfte, schien niemand sie zu bemerken. Uniformierte Kellner wanderten mit Tabletts herum, und die Tanten und ihre Gäste schlürften ihre Drinks und knabberten Snacks.

Felix trank Champagner und sah fast feierlich aus, wie er mit einer Hand auf der Sessellehne des Großvaters dastand, als könnte er es kaum erwarten, dass der alte Mann seinen Sessel endlich freimachte. Sein arroganter und selbstzufriedener Blick schweifte durch den Raum wie der Strahl eines Leuchtturms und streifte Eva, ohne sie zur Kenntnis zu nehmen.

Eva blieb in einer dunklen Ecke und hielt Abstand zu den anderen. Normalerweise hätte sie neben dem Sessel ihres Großvaters gestanden, aber nun hatte Felix diesen Platz für sich reklamiert.

Tante Cora hatte den Pastor in ein Gespräch verwickelt und betupfte ihre Augen mit einem Taschentuch, während sie dem Großvater zwischen den Tupfern verzweifelte Blicke zuwarf. Tante Joyce führte dem Doktor und seiner Frau ihr neuestes Schmuckstück vor: eine große braungelbe Hornisse aus Golddraht und Messing mit Augen aus Zitrin. Tante Helen löcherte die Verwalterin mit Fragen.

»Die Instandhaltung scheint sehr nachlässig zu sein, mein Mann und ich haben überall bröckelnden Putz und wurmstichige Balken gesehen. Das Dach zeigt ernste Schäden, und der Zustand des Parks ist unglaublich. So kann er den Besuchern keinesfalls gezeigt werden. Hat das Haus im letzten Jahr überhaupt etwas eingebracht?«

»Unglücklicherweise verschlingen die laufenden Kosten alle Eintrittsgelder und das meiste der Subventionen.« Lisle Langley hielt inne, um elegant an ihrem Sherry zu nippen. »Die restlichen Subventionsgelder gehen für die Gehälter der Angestellten während der Saison drauf, und danach ist für Renovierungen nichts mehr übrig. Die meisten Herrensitze in England kämpfen mit den gleichen Problemen. Einige wenige wie Chessington und Longleat haben Nebeneinkünfte durch Freizeitparks oder Safariparks. Doch die meisten leiden unter der Langzeitwirkung von Grundsteuern und Versicherungskosten.«

»Wollen Sie damit sagen, dass die Landsitze zum Untergang verurteilt sind?«, fragte Felix mit hochgezogenen Brauen.

»Ganz und gar nicht«, sagte sie und lächelte völlig ungerührt zurück. »Nur, dass es ungewöhnlich ist, dass solch ein Haus sich selbst tragen kann.«

Die Gespräche wurden lauter, während alle sich an der Diskussion über Geld beteiligten. Jeder schien aufgrund seiner Erfahrungen und seines Berufs mitreden zu wollen: wie man Geld verdiente, Geld sparte oder Geld verlor.

Eva hätte bezüglich des Letzteren keinen Rat gebraucht. Bisher hatten die Tanten jedes Jahr mit einem neuen Trick versucht, die Touristen zu beeindrucken, und jeder Versuch war ein Desaster gewesen: Die Bewirtung von Geschäftskonferenzen hatte ihnen fast eine Klage vom Gesundheitsamt eingebracht, die Vermietung des Hauses als Veranstaltungsort für Hochzeiten hatte zu drei nichteingehaltenen Verträgen geführt, das Bootfahren auf dem See hatte um ein Haar zur Erschaffung von funkelnagelneuen Geistern geführt. Jede neue Unternehmung war schon von Anfang an mit einer Kette von Problemen behaftet.

Keiner der Kellner schien Eva zu bemerken. Einige der Jungen wären dem Alter nach etwa in ihrem Schuljahrgang gewesen, und ihr war es nur recht, wenn sie sie nicht wahrnahmen. Ein großer blonder Typ kam ihr bekannt vor – aber Eva hatte sich in der Schule immer von den Jungen ferngehalten, weil sie keine Ahnung hatte, wie sie sich in ihrer Nähe verhalten sollte.

Die anderen Gäste unterhielten sich bestens, und Tante Joyce war bei ihrem dritten Cocktail angelangt, als der Gong wieder ertönte und die Gäste sich in einer ungeordneten Schlange zum Speisesaal aufmachten. Felix rührte sich als Letzter, er half Großvater mit einer überaus fürsorglichen Miene hoch, der Eva keine Sekunde lang traute.

Sie huschte durch die Fenstertüren über die Terrasse in den kleinen Salon und betrat den Speisesaal durch eine verborgene Tapetentür. Der lange Mahagonitisch war blankpoliert, auf beiden Seiten war gedeckt, vor jedem Platz stand eine perfekt gestaltete Insel aus edelstem Porzellan, geschliffenem Kristall, umrahmt von glänzendem Tafelsilber und dem perfekt gefalteten Dreieck einer Leinenserviette. Vor jedem Platz waren weiße Karten mit Schnörkelschrift zwischen die Schwanzfedern eines silbernen Pfauen-Tischkartenhalters geklemmt, und in der Mitte des Tischs stand ein riesiger Tafelaufsatz mit einem Arrangement aus Farnen und Binsen. Hinter dem Tafelaufsatz starrten die leeren Stühle auf die der anderen Seite.

Eva wusste, dass man ihrem Großvater als Platz den schweren geschnitzten Stuhl am Kopfende der Tafel zuweisen würde, während die anderen Gäste sich ihre Plätze suchten. Sie selbst würde am unteren Ende sitzen, und sie arbeitete sich dorthin durch und dann an der anderen Seite entlang, bis ihr langsam klar wurde, dass für sie nicht gedeckt worden war.

Großvater saß am Kopfende, auf der einen Längsseite waren sechs, auf der anderen fünf Gedecke, immer mit dem säuberlich geschriebenen Namen des Gastes auf den Tischkarten. Von Miss Cora Chance bis Miss Lisle Langley waren alle Namen aufgeführt außer einem.

Evas Name und Gedeck fehlten.

Sie hatte gehört, dass dreizehn Gedecke bei Tisch Unglück brächten, aber noch schlimmer war es, selber der unerwünschte dreizehnte Tischgast zu sein. Ob aus Unachtsamkeit oder aus Boshaftigkeit war ihr Name auf der Liste der Tischgesellschaft offenkundig nicht aufgetaucht.

Eva fragte sich, ob Tante Helen vergessen hatte, sie gegenüber den Caterern zu erwähnen, oder ob Felix dafür verantwortlich war. Doch ganz gleich, wer es gewesen war, Eva wand sich vor Peinlichkeit, denn sie wusste, dass ein Hinweis auf den Fehler sie auf die schlimmste Weise in den

Mittelpunkt der Aufmerksamkeit rücken würde, die man sich vorstellen konnte.

Sie hörte das Stimmengemurmel am anderen Ende des Saals, als zwei Kellner elegant die Türflügel öffneten und die Gäste hereingeleiteten. Sie führten sie an ihre Plätze, für die Damen wurden die Stühle zurückgeschoben, und alle nahmen Platz und zupften ihre Jacketts oder Stolen zurecht.

Wie in einem Albtraum setzte sich Eva auf den leeren Stuhl neben Lisle Langleys Gedeck. Lisle bedachte sie mit keinem Blick, weil ihre Aufmerksamkeit ganz auf Tante Joyce' Begleiter auf ihrer anderen Seite gerichtet war. Versteckt vor Joyce' Blicken hinter den breiten Farnwedeln des Tafelaufsatzes machte er Lisle übertriebene Komplimente. Auf der anderen Tischseite widmete sich der Doktor seinem Champagnerglas und gleichzeitig einer ziemlich wirren Geschichte von einem Katzenschutzverein, die ihm Tante Cora erzählte – doch dem Champagner galt ganz offensichtlich sein größeres Interesse.

Durch einen Wald von gestikulierenden Händen trug eine Gruppe von Kellnern in schwarzweißen Uniformen die Speisen herein und schenkte Wein nach. Eva hörte Helens und Joyces Stimmen in schrillem Disput über die Möglichkeiten, wie das Haus in dieser Saison Geld einbringen könnte – Helen war für Gartenpartys, wenn der Park erst einmal wieder gepflegt wäre, und Joyce schlug Bootsfahrten vor, falls der See dafür sicher gemacht werden konnte.

In der Zwischenzeit wogte die Welle der Kellner geräuschlos am Tisch entlang. Die ihr nächste Kellnerin war ein Teenager in einem engen schwarzen Minirock und einer gutsitzenden weißen Bluse. Sie hatte blonde, von rosa Strähnchen durchzogene schulterlange Haare. Eva schrak in ihrem Stuhl zurück. Aber bei ihrem Pech hätte sie nicht überrascht sein dürfen, dass das Kyra Stratton war.

Kyra war die Anführerin der Mädchenbande und regierte die Schule mit ihrem von der Clique beflügelten Selbstbewusstsein. In direktem Gegensatz zu Evas ererbter aristokratischer Armut schien es Kyra und ihrer Truppe niemals an Geld zu mangeln, und sie trugen die teure Boutiquenmode, die Eva mit Neid erfüllte und die sie gleichzeitig verachtete. Mit ihren lauten Stimmen, bunten Haarsträhnchen, Nasen- und Zungenpiercings wollten sie die Jungen beeindrucken, und man sah sie entweder als kichernde, gackernde Gruppe oder einzeln mit einem watschelnden Jungen im Schlepptau. Kyras Clique hatte Eva das Leben in der Schule zur Hölle gemacht. Von Anfang an hatten diese Mädchen sie als nichtdazugehörig abgestempelt, und Evas hochgestochene Redeweise bis hin zu ihren altmodischen Kleidern war die Zielscheibe ihrer Witze gewesen.

Sie hatte mal mitbekommen, dass Kyra in London bei Promi-Events bediente, aber sie hatte keine Verbindung zwischen diesem Job und der hiesigen Cateringfirma hergestellt. Eva sah stur auf den Tisch und ihr fehlendes Gedeck, während Kyra näherkam. Kyra war nun hinter ihr, noch ein Schritt, und sie war vorbeigegangen. Eva sah Kyras Rücken, während die weiterging, die rosagesträhnten blonden Haare schwangen über ihre Schultern, als sie sich auf dem Absatz umdrehte und wieder zum Kopfende des Tisches zurückging. Sie hatte vor Lisle einen Vorspeiseteller hingestellt und Eva total übersehen.

Eva starrte auf den leeren Tisch vor sich und wäre am liebsten gestorben. Vielleicht war das fehlende Gedeck kein Versehen ihrer Familie, sondern ein dreister Spaß, den sich Kyra und ihre Freunde in der Küche ausgedacht hatten. Vielleicht würden die Kellner während des restlichen Abends immer so tun, als ob sie sie nicht sähen, bis sie in irgendeinem entscheidenden Moment als der übriggebliebene dreizehnte Gast bloßgestellt wurde.

Bestecke kratzten auf Porzellan, während Stimmen angeregt schwatzten und Wein gluckerte, und Eva fühlte sich durch die Mischung aus Lärm, Hitze und den verschiedenen Gerüchen und Alkoholdünsten wie betäubt und angeekelt. Wieder ging jemand am Ende der Tafel vorbei, und Eva spürte hinter sich einen kühlen Windstoß wie aus einem offenen Fenster. Sie drehte sich um und sah die Kellner im Gänsemarsch aus dem Zimmer eilen. Kyras weißer Bluse und ihrem schwarzen Minirock folgte eine Gestalt in altmodischer Dienstbotenuniform aus schwarzem Kleid und weißem Schürzchen, die etwas von einer Elster hatte. Im Gegensatz zu Kyra sah das Elstermädchen Eva direkt an – und eins ihrer kohlschwarzen Augen zwinkerte ihr ganz offensichtlich zu.

Eva zuckte überrascht zusammen und starrte dem Elstermädchen nach, als es der Reihe der Kellner folgte. Ihre schwarzen Haare waren zu einem straffen Zopf geflochten und hingen wie ein Pferdeschwanz unter einem weißen Häubchen herunter. Kyra war etwa fünf Schritte vor ihr, und die Tür schwang hinter ihrem Hüftschwung zu, gerade als das Elstermädchen sie erreicht hatte. Aber die schwarzweiße Gestalt hielt nicht inne, sondern marschierte durch die Tür hindurch, als gäbe es das schwarze Holz nicht, und als Letztes verschwand ihr schwingender Zopf.

Auch ohne die altmodische Kleidung und die Art, wie sie durch eine feste Tür hindurchging, hätte Eva durch den kalten Windhauch gewusst, worum es sich hier handelte. Das Dienerinnengespenst hatte so gut in die Gruppe gepasst, dass niemand es bemerkt hatte – niemand außer Eva.

»Geister! Das ist aber eine gute Idee«, sagte jemand laut, und Eva fuhr zusammen und sah an der Tafel hinunter. Sie konstatierte, dass Tante Joyce' Begleiter sich unerwarteterweise in die Debatte eingemischt hatte, wie man die Hausbesichtigungen besser verkaufen könnte.

»Marketing ist mein Ding«, verkündete er. »Ich habe zahllosen Betrieben geholfen, erfolglose Marken wiederzubeleben. Sie müssen einfach auf Ihre Stärken setzen.« Wie um sich selbst Mut zu machen, trank er einen Schluck Wein und redete schnell weiter. »Sind Häuser wie dieses hier denn nicht voller Gespenster? Damit könnte man Besucher anlocken. Eine Geistertour, so nennt man das. Sie können mir doch nicht weismachen, dass dieses alte Gemäuer nicht jede Menge Sagen hat, aus denen man irgendwas Attraktives fabulieren könnte.«

»Ich glaube nicht, dass wir so etwas machen wollen.« Tante Helen duldete keinen Widerspruch. »Das klingt doch ziemlich geschmacklos …«

»Unsinn«, kam Tante Joyce ihrem Begleiter zu Hilfe. »Wenn das Geld einbringt, bin ich total dafür.« Während weiter heftig debattiert wurde, versuchte sie, die übrigen Dinnergäste auf ihre Seite zu ziehen.

»Wir könnten das bestimmt schaffen«, fuhr der Marketing-Experte mit wachsender Begeisterung fort und wandte sich an seine Tischnachbarin Miss Langley. »Man könnte das sehr dezent arrangieren, zum Beispiel in Verbindung mit einem Renovierungsfond. Was halten Sie davon?«

»Geistertouren sind in anderen Herrenhäusern sehr erfolgreich gewesen«, stimmte Lisle ihm hoffnungsvoll zu. »Doch das wäre für das Haus etwas ganz Neues und müsste fachmännisch gemanagt werden.«

»Aber unter den herrschenden Umständen müsste doch bestimmt ...« Als sich alle Tante Cora zuwandten, begann ihre Stimme zu zittern, und Eva merkte, dass Tante Cora den Tränen nahe war. »Ist es denn so eine gute Idee, den Tod zum Thema zu machen?«

Alle an der Tafel schwiegen, die Gäste sahen sich unbehaglich an, und zum ersten Mal hörte man das Krächzen von Großvaters Stimme.

»Es gibt mehr Dinge zwischen Himmel und Erde ...« Er stieß jedes Wort hervor, als wäre es eine körperliche Anstrengung, »... als eure Schulweisheit sich träumen lässt«. Er holte mühsam Luft, und Eva starrte ihn an, als wollte sie ihn zum Weitermachen ermuntern. Und er zwang die Tafelgesellschaft, ihm zuzuhören. »Ihr redet von Geistern – aber wer von euch glaubt wirklich daran? Haltet ihr es für möglich, in diesem Bereich zwischen Leben und Tod gefangen zu sein? Wer von euch gibt zu, dass er die Gespenster sieht, die zwischen uns herumwandern? Ich habe die Geister von früheren Chances gesehen und möchte, dass wir sie in Ruhe lassen.«

Eva beugte sich nach vorn und versuchte, durch das Meer von Kristallglas und Silberbesteck dem Blick ihres

Großvaters zu begegnen. Sie wollte ihn wissen lassen, dass zumindest sie ihm glaubte.

»Ich habe Geister gesehen«, sagte sie. Aber ihre Stimme war anscheinend kaum zu hören, und sie merkte, dass sie geflüstert hatte.

Am Kopf der Tafel schüttelte Felix den Kopf, und als plötzlich jeder anfing zu sprechen und der Lärm wieder anschwoll, klopfte er dreimal mit der Gabel an sein Weinglas, und es wurde still.

»Es gibt keine Geister«, sagte er. »Es gibt auch keine Spukhäuser. Das sind nur Themen für spannende Geschichten, nichts weiter. Ich glaube kein Wort davon.« Er blickte sich um, bis er sicher war, dass alle ihm aufmerksam lauschten, und fuhr fort: »Ich finde, wir sollten den Vorschlag aufgreifen und in dieser Saison Gespenster zur Hauptattraktion machen. Denn, ehrlich gesagt, brauchen wir jeden Penny, den wir den Touristen aus der Tasche ziehen können, um dieses Haus vor dem Zusammenbruch zu retten.«

»Aber Großvater hat gesagt, wir sollen sie in Ruhe lassen!«, rief Eva aus. »Und die Geister sind schon durch irgendwas beunruhigt. Geistertouren sind *gefährlich*!«

Doch niemand hörte ihr zu.

Großvater war zurück in seinen Sessel gesunken, und Eva fand es schrecklich, ihn so zu sehen. Felix' Selbstvertrauen loderte über die Tafel und löschte die Einwände seiner Eltern aus, genau wie die wirren Proteste von Tante Cora. Als die Verwalterin und der Anwalt nun anfingen, die praktische Umsetzung zu besprechen, war es offensichtlich, dass der Kampf schon verloren war – die Hauptattraktion dieser Saison sollten die Geistertouren werden.

Eva stand auf. Keiner der Gäste beachtete sie, und sie gelangte unbeobachtet bis zur Tür, drückte leise die Klinke runter und verließ das Speisezimmer.

⁕

Eva schlich hinter den Caterern vorbei, die in der Küche beschäftigt waren, und ließ den Lärm der Dinnerparty hinter sich. Zum ersten Mal seit der Ankunft ihrer Verwandten war das Haus wieder still, weil alle an einem Ort versammelt waren. Aber Eva spürte die unsichtbare Spannung, die wachsamen Augen der Vergangenheit. Und da ihre Familie entschlossen war, Ärger zu schüren, wollte Eva ihn lieber gleich im Keim ersticken. Vielleicht würden die Geister nicht böse werden, wenn sie ihnen alles erklärte.

Im einundzwanzigsten Jahrhundert glaubt niemand an Geister. Das waren Relikte aus der Vergangenheit, wie die Überreste vergangener Zeiten, die überall im Haus verstreut lagen: etwas, das einfach nicht in die Welt da draußen passte. Eva hatte keine der Tanten je zugeben hören, dass sie Geister gesehen hatte. Nur Großvater hatte davon gesprochen, als gäbe es sie wirklich. Wie die Spinnen und Küchenschaben, den Schimmel und die Fäulnis hatte das Haus im Lauf der Zeit auch Geister bekommen, alles zusammen ergab die Atmosphäre. Die meisten Besucher bekamen von ihnen nichts mit, da die Geister nicht stöhnend oder kettenrasselnd mit dem Kopf unterm Arm herumwanderten. Der Einfluss der Geister war subtil und heimtückisch.

Wann immer bislang das Haus für die Touristen geöffnet

wurde, hatte Evas Großvater erfolgreich alle Pläne gestoppt, wonach Geister zur Reklame eingesetzt werden sollten.

»*Daran soll man nicht rühren*«, hatte er immer gesagt, und Eva wusste, was er meinte. Geister waren beunruhigend – ganz gleich, wie sehr man an sie gewöhnt war.

Wenn man die Geister ausnutzen wollte, konnte das Ärger bringen. Wenn Felix die Wünsche ihres Großvaters ignorierte, beging er einen schrecklichen Fehler, und dann war nicht er derjenige, der die Folgen zu spüren bekam. Nach dem Familienrat würde Felix in die Villen seines Vaters zurückkehren, und dann mussten Eva und ihr Großvater mit einer Legion wütender Geister klarkommen, die von den Touristen aufgestört und wie Tiere in einer Menagerie gereizt würden.

In der Halle schimmerten die Pfauenaugen im Dämmerlicht und hielten blind Wache über das Haus. Durch die Glaskuppel oben über der Treppe drang Mondschein. Er tauchte die Treppe in einen verträumten Glanz und versilberte sie mit diffusem Licht.

Die einzelnen Teile des Hauses besaßen sehr unterschiedliche Atmosphären. Eva wusste, dass man das Spukgefühl leicht dem Staub und der Vernachlässigung anlasten konnte. In allen Räumen waren die Möbel mit Laken abgedeckt, und vor den Fenstern hingen schwere dunkle Vorhänge und schützten so die Tapeten vor Sonnenlicht. Dielen vibrierten und knarrten, und von den Wänden fiel raschelnd der Putz, und in den Kaminen rieselte der Ruß herab. Aber es gab auch andere Geräusche. Das Schleifen eines Seidenkleids über den Fußboden, das Knistern und Zischen einer aufflackernden Gasflamme, Gelächter oder Musikgeklimper aus einem entlegenen Raum. Die Vergangenheit war im Haus nie weit entfernt. Jetzt kam es Eva so vor, als könnte sie sie mit der ausgestreckten Hand berühren.

Ihr Entschluss, mit den Geistern ein Gespräch zu suchen, schwand schon bei den ersten Stufen. Das Elsterhausmädchen hatte ihr wie eine Verbündete zugezwinkert. Aber hier war der Boden kalt, und das Mondlicht über der Treppe endete nach den letzten Stufen in einer Pfütze. Bildete sie es sich ein, oder sah dieses Dunkle nass aus? Konnte man mit einem Spukfleck vernünftig reden?

Eva kniete sich hin und tastete widerstrebend nach dem Fleck. Ihre Fingerspitzen berührten den Teppich und zuckten zurück. War er nass oder nur kalt? Sie zitterte. Wurde sie nur von den Pfauenaugen beobachtet, oder stand etwas Unsichtbares hinter ihr, bereit sie anzuspringen?

Sie stand schnell auf und sah sich um.

Da war niemand.

Aber das Spukgefühl verschwand nicht, und Eva sah, wie sich der Fleck unten ausbreitete – die Schwärze tropfte auf die unterste Stufe und näherte sich ihren Füßen.

Mit einem gewaltigen Satz sprang sie darüber weg, klammerte sich an das Geländer und drehte sich um aus Angst, der Blutfleck würde sie verfolgen. Aber die Dunkelheit war reglos, und der Fleck lag hinter ihr, jetzt unbewegt.

Gelächter splitterte durch die Halle, es kam nicht aus dem Speisezimmer, sondern von weiter oben. Auf dem oberen Flur erhaschte das Licht den Spitzenrand einer weißen Haube, und ein bleiches Gesicht sah zu ihr herunter: das Elstermädchen.

Eva eilte die Stufen hinauf, aber als sie in der Galerie ankam, war das Mädchen verschwunden. Sie blieb stehen und wusste nicht, was sie tun sollte, als sie ein leises Geräusch vernahm. Eine Diele knarrte unter einem schweren Tritt. Ein nächster, noch schwererer Tritt folgte: Langsame, leise Schritte kamen die Treppe herauf.

Eva machte einen Schritt, und hinter ihr im Flur machte irgendetwas ebenfalls einen leisen Schritt nach vorn. Eva bewegte sich nicht mehr, und die Schritte verharrten nach einer Sekunde ebenfalls, sie ahmten Evas Bewegungen nach. Sie wurde verfolgt.

Eva hatte Geister finden wollen, und nun hatten die sie gefunden. Aber nichts an diesen Schritten deutete auf einen Verbündeten hin – oder auf etwas, mit dem man vernünftig reden konnte. Alle ihre Instinkte schrien auf aus Angst der Verfolgten vor dem Verfolger. Der Geist hinter ihr folgte ihr nicht einfach – er verfolgte sie.

Mit den riesigen Räumen vor sich und den Schritten hinter sich zögerte sie und blickte sich unentschlossen im Flur um. Währenddessen setzten die Schritte wieder ein, diesmal warteten sie nicht auf sie, sie klangen noch schwerer und langsamer. Eva strengte die Augen an, um irgendeine Bewegung wahrzunehmen, aber in dem schlechtbeleuchteten Flur war nichts zu sehen, obwohl die Schritte immer näher kamen.

Noch drei Meter, zwei Meter, ein Meter.

Evas Füße scharrten über den Fußboden, ihre Beine zitterten, und sie konnte es nicht unterdrücken. Ihr Körper gehorchte ihr nicht mehr, er fasste ohne sie einen Entschluss und bestand darauf, weiterzugehen.

Ein schwerer Tritt ließ die Dielen vibrieren, und Eva verlor die Beherrschung. Sie drehte sich um und bewegte sich entschlossen von den Schritten weg zum Ostflügel hin. Hinter ihr knarrten die Dielen, als die Tritte ihr folgten und mit ihr Schritt hielten.

Sie beschleunigte ihre Schritte, doch die hinter ihr wurden ebenfalls schneller. Schon rannte sie los, ihre Sandalen klatschten wild auf den Fußboden und rutschten kratzend um eine Ecke im Flur, donnerten über drei niedrige Stufen und klackerten weiter. Die anderen Schritte folgten: Sie hallten von den Dielen wider und bogen um die Ecke, donnerten über die Stufen und jagten hinter ihr her.

Die rennenden Schritte hörten sich noch bedrohlicher an, das war kein unheimliches Geräusch mehr, sondern hinter ihr war der nackte Horror. Der unsichtbare Verfolger schloss auf, kam näher trotz ihrer wilden Flucht. Sie wagte nicht, sich umzublicken, aus Angst, was sie dann sehen würde – oder was sie nicht sehen würde. Wäre der Korridor leer trotz der Schritte fast neben ihr? War das ein Lufthauch oder ein kalter, feuchter Atem in ihrem Nacken?

Ihre Sicht verschwamm, ihr Herz hämmerte, ihr Puls jagte schwindelerregend, ihre Lungen schrien nach mehr Luft, als sie einatmen konnte.

»Hier lang!« Ein schwarzweißer Blitz tauchte plötzlich vor ihr auf, und Eva hielt darauf zu, ihre Sandalen rutschten, als sie auf das Elstermädchen am Ende des Korridors zustürzte.

Die Schritte waren nur noch Sekunden entfernt, sie landeten bereits auf ihren Fußspuren, als sie sich mit letzter Kraft nach vorn warf. Ein drahtiger Arm griff nach ihrem Ärmel und zerrte sie weiter zu einer Wand und in das dunkle Loch, das sich darin auftat. Dunkelheit umgab Eva, als sie hart auf einen kalten Boden stürzte, der Aufprall erschütterte sie, und im gleichen Moment gab der Boden unter ihr mit rasselndem Getöse nach.

In hilfloser Panik rang sie keuchend nach Luft und merkte, dass der Boden sich senkte. In einem metallenen Käfig fiel sie in einen dunklen Schacht, der nur von einer schwachen Glühbirne an der Decke des Käfigs erhellt wurde. Es war der Lastenaufzug. Ihr gegenüber stand das Hausmädchen in ihrer schwarzweißen Uniform, das sie hierhergelotst hatte. Das Gesicht des Mädchens war schmutzig. Sie drehte an einem Metallrad, das den Aufzug durch den Schacht senkte. Die Schritte über ihnen waren völlig verklungen.

»Du willst dich von dem nicht erwischen lassen«, sagte das Elstermädchen mit leichter Dialektfärbung. »Das ist der Stalker, und der bleibt immer hinter dir, wohin du auch gehst oder rennst.«

Eva stand zitternd auf, das Rumpeln des Käfigs übertönte ihr Gefühl der Unsicherheit, nachdem es ihr buchstäblich die Füße weggerissen hatte. Der Lastenaufzug war zu Zeiten von Königin Viktoria eingebaut worden und war, soweit sie wusste, seit fünfzig Jahren nicht benutzt worden. Die Steinmauern des Hauses glitten dunkel-ölig hinter dem schmiedeeisernen Gitter des Aufzugs vorbei. Während sie sich von Stockwerk zu Stockwerk bewegten, begriff Eva, dass sie einen Schritt zur Seite in eine andere Welt getan hatte: eine, die schattenhaft verborgen parallel zu ihrer eigenen lag.

»Ich kenne dich«, sagte das Hausmädchen. Ihre dunklen Augen blickten Eva forschend über die kleine Fläche des Metallkäfigs hinweg an. »Ich habe dich unten gesehen, du hast bei deiner Familie gesessen, und niemand hat dir Beachtung geschenkt.«

»Du hast mir zugezwinkert«, sagte Eva, und das Mädchen zuckte die Achseln.

»Du hast mich gesehen. Sonst niemand. Ich dachte eine Sekunde lang, du wärst wie ich, aber das stimmt nicht, nicht wahr? Du bist eine von ihnen. Eine von den Chances.«

»Ich bin Eva.« Eva versuchte, die schwarzen Augen zu ergründen. »Evangeline Chance.«

»Mir egal, wie du heißt.« Das Elstermädchen ruckte am Ende jeden Satzes mit dem Kopf nach vorn, als wollte sie zubeißen. »Wieso kannst du mich sehen, wenn die anderen von deiner Familie das nicht können?«

»Das weiß ich nicht.« Eva schüttelte den Kopf. »Ich habe immer schon Dinge sehen können, die – Dinge, die angeblich nicht existieren, wie Geister.«

»Glaubst du, ich bin ein Geist?«, fragte das Mädchen mit raschem, vogelähnlichem Blick, und Eva schrak zurück.

»Ja«, gestand sie. »Tut mir leid. Entschuldige. Aber nicht so ein Geist wie das, was mich gejagt hat. Ihr seid beide Geister, stimmt's? Aber du hast mir geholfen, und das Ding da …«

»Der Stalker«, sagte das Elstermädchen ausdruckslos. »Wenn er dich erwischt hätte, hätte er dich umgebracht. Das macht er immer. Er folgt dir, dann jagt er dich, und wenn er dich einholt, stirbst du.«

Eva überlief ein Schauder. Sie wollte fragen, ob der Stalker-Geist auch lebendige Menschen umbrachte oder nur Geister verfolgte, aber sie ahnte, dass diese Frage unpassend war. Doch da keine erwähnenswerte Anzahl von Leichen herumlag oder Gerippe aus den Schränken fielen, nahm sie an, dass der Stalker wohl meistens andere Geister attackierte.

»Warum hast du mir geholfen?«, fragte sie stattdessen.

»Das geht dich nichts an«, fauchte das Mädchen, offensichtlich verärgert über die Frage. Sie drehte heftig am Rad, so dass sie schneller nach unten fuhren und die Wände nur noch so vorbeirauschten. »Vielleicht wollte ich rausfinden, warum er dich verfolgt. Was ist an dir so Besonderes, dass du das ganze Haus in Aufruhr versetzt? Du stinkst nach Ärger!«

»Gar nicht wahr!« Eva war gekränkt und dachte, immer bekommt der Bote die Schuld. »Das bin ich nicht. Ich mache keinen Ärger.«

»Alle Chances machen Ärger.« Als der Aufzug rumpelnd zum Stehen kam, drehte sich das Elstermädchen wieder zu Eva um. »Du bist entweder bösartig oder verrückt, und die Schlimmsten von euch sind beides gleichzeitig.«

»Dafür kann ich nichts.« Eva funkelte sie an. »Ich kann nichts für die Familie, in die ich hineingeboren wurde, oder dafür, wer meine Verwandten sind. Außer meinen Großvater kann ich keinen von denen ausstehen.«

»Oh, jammern, jammern, jammern.« Das Elstermädchen war kein bisschen beeindruckt. »Dann versuch mal, von Sonnenaufgang bis Sonnenuntergang diese launenhaften, kaltherzigen Monster zu bedienen, eine miesgelaunte Sau und einen Wurf Mistviecher, von denen keins wert ist, deine Stiefel zu lecken.«

Eva erschauerte wieder. Die Luft um das Geistmädchen war frostig, kälter als die Steinwände ringsumher. Jedes Mal, wenn sich das Elstermädchen aufregte, wurde es noch ein paar Grad kälter.

»Entschuldige«, sagte sie. »Ich wollte mich nicht beklagen.« Sie hatte genug Erfahrung in Hausarbeit, um sich dafür zu schämen, wie rücksichtslos ihre Vorfahren ihre Dienstboten behandelt hatten. »Hast du gehört, worüber die Gäste beim Essen geredet haben?«

»Über Besucher, die Geister sehen wollen.« Das Elstermädchen warf ihr einen lauernden Blick zu. »Ich hab's dir doch gesagt: Sie sind entweder böse oder verrückt genug, um es zu versuchen. Und wenn sie es tun, droht ihnen Gefahr.«

»Wie meinst du das? Was für eine Gefahr?«

»Du solltest das wissen«, sagte der Geist. »Du steckst doch mittendrin, auf dir liegt ein Fluch. Auch wenn du das nicht weißt. Ich bin keine Unruhestifterin, das war ich nie – trotz allem, was behauptet wird.« Jahrhundertealte Wut loderte kurz auf. »Aber ich weiß, woher der Wind weht. Und das Glück hat die Chances verlassen, ist doch so, oder?« Sie sah Eva durchdringend an.

»Ich weiß nicht.« Eva dachte an ihren kränkelnden Großvater und dass Felix demnächst das Haus erben würde und drohte, daraus einen Golfclub oder ein Hotel zu machen, und dass sich bald die Touristen versammeln würden wie Geier, die sich von einer Leiche ernähren. »Vielleicht hat uns das Glück verlassen. Aber noch sind wir nicht tot.«

»Wenn du meinst.« Das Elstermädchen sah sie wütend an, und Eva wurde rot.

»Entschuldige. Aber wenn mein Großvater stirbt, wird mein Cousin Felix mich rausschmeißen. Und Großvater wird nicht gesund werden, wenn im ganzen Haus die Geister verrückt spielen. Falls es gefährlich wird, muss ich sie daran hindern.«

»Dann bist du also eine von den Verrückten.« Das Elstermädchen lächelte bissig und zeigte ihre Zähne. »Tja, aber gib nicht mir die Schuld, wenn du eines Morgens tot bist.« Sie rüttelte an der Tür, die sich daraufhin öffnete, und trat in den Flur dahinter.

»Wart mal«, sagte Eva. »Es muss doch irgendwas geben, was ich tun kann. Ich brauche deine Hilfe.«

»Ach wirklich?« Das Elstermädchen wandte Eva ruckartig das Gesicht zu. »Pah, wenn du unbedingt Ärger kriegen willst, dann solltest du mal im Keller nachschauen.«

Dann war sie verschwunden, zwischen zwei Herzschlägen, ihre weiße Schürze war ein Spritzer Mondlicht auf der Wand, das dunkle Kleid die finstere Kurve des Tunnels.

4
Das unsichtbare Mädchen

Der Aufzug brachte Eva zurück ins Erdgeschoss, und nun stand sie in dem grauen Mauerdurchgang und wünschte, sie hätte den Mut, in das Speisezimmer zurückzugehen und alle aufzufordern ihr zuzuhören. Sie wusste, dass die Familie auf keinen Fall Geistertouren organisieren sollte, aber ihr fiel kein Argument ein, mit dem sie sie davon überzeugen konnte, dass Geister wirklich existierten.

Der Steinfußboden unter ihren Füßen schien kälter zu sein als sonst, und sie musste immer wieder hinunterschauen und an den Keller denken. Einfach unglaublich, dass sie noch nie dort unten gewesen war. Vielleicht gab es da Vorräte, mit denen man die leere Speisekammer auffüllen konnte. Der Zugang zum Keller war vorn in der Halle, bestimmt lief sie jeden Tag zwanzigmal daran vorbei. Aber ihr Großvater hatte ihr immer eingeschärft, sie solle den Keller nicht betreten. »Es gibt dort unten nichts, was wir brauchen könnten. Dieser Keller ist alt und baufällig. Vergiss ihn einfach.«

Bis zur Tür am Ende des Flurs waren es nur ein paar Schritte. Es war einfach lächerlich, sich wegen einer schlichten Holztür so aufzuregen, wenn sie bereits einem mordlüsternen Geist entkommen war und sich minutenlang mit einem anderen unterhalten hatte. Eva machte ein paar behutsame Schritte, während sie die Form der Tür aufmerksam betrachtete und dieselbe solide Holzoberfläche wie immer zu sehen glaubte.

Sie brauchte einen Augenblick, um zu begreifen, dass die Tür verschwunden war – nein, sie stand offen. Sie sah die Stufen, die nach unten führten und von einem flackernden Licht erhellt wurden. Langsam machte sie einen Schritt nach vorn und dann noch einen und versuchte, die Treppe hinunterzusehen, ohne sich ihr noch weiter zu nähern. Doch alles, was sie sah, waren rau verputzte Wände und ein schwächer werdendes Licht.

Es rumpelte irgendwo, und Eva duckte sich zurück ins Dunkel, als ein Jugendlicher mit einem Servierwagen voll schmutzigem Geschirr durch den Flur auf sie zukam.

»Oi«, sagte er, als er zur offenen Tür kam. »Wer ist denn da unten?«

Schritte erklangen auf der Treppe, und im heller werdenden Lichtschein sah Eva einen anderen Jungen mit einer Taschenlampe in der Hand die Treppe hochkommen.

»Seine Hoheit wünscht Portwein.« Er zog eine Grimasse. Es war der große blonde Junge, den sie vorhin bemerkt hatte, auf dessen schwarzer Jacke nun Spinnfäden über den Rücken hingen. »Eine der alten Damen meinte, es könnte welcher im Keller sein, deshalb hat man mich nachsehen geschickt. Aber da unten ist es total finster.«

»Komm, wir schauen mal nach«, sagte der andere Junge, ließ den Servierwagen stehen und ging zur Türöffnung. »Wenn sie keine Ahnung haben, was da unten ist, stört es doch keinen, wenn wir uns auch ein paar Flaschen greifen.«

»Dann wünsch ich dir Glück«, sagte der Blonde, während die beiden nach unten gingen. »So wie die Küche aussieht, gibt's hier nichts zu essen außer dem, was wir heute Abend mitgebracht haben.«

»Solche Leute essen doch immer auswärts.« Die Stimme des anderen wurde leiser. »Aber saufen tun sie zu Hause.«

Eva huschte bis zum Türrahmen und sah hinunter. Doch da war nur eine schlichte Holztreppe. Die Jungen waren bereits unten angekommen, und das Licht der Taschenlampe wurde schwächer, je weiter sie sich von der Treppe entfernten.

Sie wollte ihnen nicht folgen. Sie wusste nicht, warum das Elstermädchen ihr geraten hatte, mal einen Blick in den Keller zu werfen, oder welche Verbindung es zwischen den vagen Andeutungen des Geistes und der drohenden Gefahr gab. Aber als sich das Licht der Taschenlampe immer weiter entfernte, überlegte sie, dass das vielleicht ihre einzige Chance war, in der Nähe anderer Menschen weiterzuforschen. Es wäre vielleicht entsetzlich peinlich, um Hilfe zu schreien, aber die beiden Jungs hatten ausgesehen, als könnten sie ganz gut für sich sorgen. Was immer dort unten war – sie würde nicht völlig allein damit sein.

Während sie die ersten Stufen hinabstieg, merkte sie wieder, wie die Geräusche des Hauses gedämpfter wurden. Die Treppe war steil und führte zwischen eng beieinanderstehenden Mauern hinab. Im Licht vom Korridor oben sah sie Spinnweben in langen Fetzen wie graue Musselingardinen über der Treppe hängen. Sie waren zu hoch, um sie zu berühren, aber sie bildete sich ein, dass sie sie streiften, und zog den Kopf ein, um ihnen auszuweichen.

Am Ende der Treppe war ein dunkler, langer Raum. In einiger Entfernung hörte sie Stimmengemurmel und sah das gelbe Licht der Taschenlampe ein Gewölbe beleuchten. Die Strecke bis dorthin war stockdunkel, und Eva holte tief Luft, bevor sie so schnell sie konnte von der Treppe zu dem Gewölbe hinübereilte. Bei jedem Schritt streckte sie die Hände nach verborgenen Hindernissen aus, aber sie erreichte den Durchgang rechtzeitig und konnte in den Kellerraum dahinter sehen.

Es war ein Weinkeller: An den Wänden standen hohe Holzregale, und das Licht der Taschenlampe ließ staubige alte Flaschen aufglänzen. Riesige Holzfässer standen in den Ecken, die alles oder nichts enthalten konnten. Aber die Jungen schienen vergessen zu haben, weshalb sie hierhergekommen waren.

Auf der anderen Seite des Raums gab es noch einen Durchgang, und hier standen die beiden mit dem Rücken zu Eva, so dass sie nur den blonden Schopf des Jungen mit der Taschenlampe und die Zöpfchenfrisur des anderen sehen konnte.

»Was zum Teufel ist das?«, fragte der Blonde, als er etwas vor sich beleuchtete, das Eva noch nicht sehen konnte. Während sie an den Weinregalen vorbeischlich, antwortete der andere.

»Schaueeerliiiich!« Er dehnte das Wort über mehrere Silben und trat dann in die Dunkelheit vor. Der blonde Junge folgte, und nach ein paar Sekunden war sie mit hämmerndem Herzen bis zum Durchgang gelangt und erkannte nun, was die beiden gesehen hatten.

Das hier konnte unmöglich ein Kerker sein, sagte sie

sich. Die Kellerräume waren gleichzeitig mit dem Haus erbaut worden, und dieser Raum war bestimmt während all der Zeit als Vorratskammer für Lebensmittel und die Fässer und Regale für Bier- und Weinvorräte genutzt worden. Aber irgendwann im Laufe der Jahrhunderte hatte irgendein Chance eine ungewöhnliche Sammlung zusammengetragen und sie in den Kellerräumen untergebracht. Die ungewöhnliche Sammlung hatte den feuchten Raum zu einer Art Albtraum werden lassen: ein Museum von Folterwerkzeugen.

Eva hatte immer gewusst, dass die Chances irgendwelche gruseligen Dinge erworben hatten, aber sie hatte darüber lieber nie nachgedacht. Im Haus gab es genug Kuriositäten, ohne dass sie sich für jeden einzelnen Gegenstand interessieren musste. Solange sie die Schrumpfköpfe oder mumifizierten Katzen nicht zu genau betrachtete, konnte sie sie einfach als weitere Gegenstände in einem Kuriositätenkabinett abtun. Diese Sammlung hier war jedoch viel bedrohlicher und viel schwerer zu ignorieren.

Da sich die Kellerräume von hier aus in einem Gewirr von Säulen und halbhohen Mauern erstreckten, gab es ein scheinbar endloses Aufgebot von Metallstühlen und Folterbänken und Hakenreihen mit Instrumenten, die erdacht waren, um zu pressen, zu drehen und zu zerren. Sie ließ ihren Blick durch den Raum wandern und betrachtete alles eingehend mit wachsendem Grausen, als sei sie gezwungen, jeden Gegenstand prüfend anzusehen. Die Jungen waren in einen anderen Raum verschwunden, Eva schlich hinterher und hörte die Stimmen der beiden bei jeder neuen Entdeckung lauter und dann wieder leiser werden.

Sie folgte ihnen langsam, mit jedem Schritt wuchs ihr Entsetzen. Im Keller herrschte eine drückende Atmosphäre, schwach und unverkennbar wie Fäulnis, die sie zum Würgen brachte, als sie sie um sich herumwirbeln fühlte. Hier war etwas Grauenhaftes, etwas, das den Keller mit seiner Anwesenheit wie eine verwesende Leiche erstickte. Die Stimmen der zwei Jungen waren mittlerweile kaum noch zu hören.

Eva folgte ihnen und achtete darauf, nichts von der Sammlung zu berühren. Sie fühlte sich in der Dunkelheit hilflos, sie konnte die Jungen jetzt zwar wieder hören und sah das Licht, aber sie konnte sie nicht einholen. Das Licht schien sich von ihr immer weiter zu entfernen, und ihre Phantasie füllte die Dunkelheit mit lauernden Schrecken – sie wusste nicht mehr, wie sie zurückfinden sollte.

Licht glänzte feucht über den Boden, wurde um eine Ecke herum reflektiert, keine Taschenlampe, sondern Feuer, ein zerfließendes rotes Glühen. Einer der Feuerkörbe brannte, glühende Kohlen in einem eisernen Käfig ließen das Korkenzieherende eines Folterwerkzeugs heiß werden. Eva starrte auf das flackernde Licht und verschwendete Sekunden mit der Überlegung, was den Feuerkorb angezündet hatte, bevor sie merkte, dass sie das Licht der Taschenlampe nicht mehr sah.

Zu spät – das wurde ihr klar, als die Kohlen heller aufglühten und sich ihr Feuerschein in den glänzenden Bodenplatten bis zu dem Gerüst widerspiegelte, das sich mitten im Raum erhob. Es war ein mittelalterlicher Tauchstuhl mit Handschellen und Riemen, mit denen die Gefangenen gefesselt wurden.

Irgendeine Gestalt saß auf dem Stuhl. Ihre Hand- und Fußgelenke waren durch blutige Striemen angeschwollen, wo die Haut von den eisernen Handschellen eingeschnitten war, und die knochigen Füße waren blau vor Kälte. Der Körper war verkrümmt und zerbrochen, ein Lumpenbündel aus Haut und Knochen. Aber der Kopf wurde durch eine rostige Stütze aufrecht gehalten, der Schädel war verschleiert durch jahrhundertealte Spinnweben, so dass er den Raum durch einen schmutzigen grauen Umhang betrachtete.

Das war nicht wirklich. Eva redete sich ein, dass das nicht echt war, doch das Wissen half ihr nicht. Das hier war so echt wie Schmerzen, so echt wie Zorn, so echt wie Hass. Es war ein totes Etwas, das nicht gestorben war. Geist war nur ein blasses, nebelhaftes Wort für solch eine Erscheinung.

Es sah sie direkt an. Seine Präsenz überwand die rostige Bosheit der Folterwerkzeuge, es erfüllte den Raum mit einer wirbelnden wütenden Kraft, die aus dem zerschmetterten Körper in einer Welle aus verpestendem Schmutz brauste.

Ich sehe dich.

Es war eine Hexe. Als dieses Wissen in Evas Gedanken eindrang, konnte sie sich nicht dagegen wehren, genauso wenig, wie sie sich bewegen oder ein Geräusch machen konnte. Es war eine Hexe, und sie drehte Evas Verstand um und um, untersuchte die nackten Emotionen, die sie fand, und verbog die, die am meisten weh taten. Die Hexe wusste alles über Evas schlimmste Erfahrungen, sie kannte ihre geheime Trauer und verstärkte ihre Verzweiflung. Sie wollte ihr Angst machen und ihr weh tun.

Vor Hunderten von Jahren war eine Frau auf dem Tauchstuhl gestorben, eine Frau hatte gelitten, geblutet und der gleichgültigen Welt ihre Wut entgegengeschrien. Die Frau, die gestorben war, war eine Hexe gewesen. Sie hatte sich selbst als Hexe gesehen, denn wie Eva sah sie Dinge, die nicht wirklich waren. Sie hatte mit diesem Wissen Menschen Angst gemacht und ihnen Schmerzen zugefügt. Die Hexe war mit einem solchen Unmaß an Bosheit gestorben, dass sie Jahrhunderte überdauerte, und jetzt war die Geisterhexe gefährlicher, als es die lebende jemals gewesen war.

Ich sehe dich – und du bist nichts. Letzte Chance, verlorene Chance, keine Chance mehr übrig.

Während ihr Verstand zersplitterte, erkannte Eva diese Gedanken besser als ihre eigenen.

Die Hexe hatte die Familie Chance gehasst, sie hasste alle Lebenden und die Chances am allermeisten. Chances hatten zugesehen, wie die Hexe starb, und Chances hatten den Stuhl in ihrer Sammlung ausgestellt und die Hexe ins Haus gebracht. Die hatte sie im Sterben verflucht und ihnen den Untergang gewünscht. Jetzt spukte ihr Geist im Haus herum, überschattete die Familie Chance, nutzte seine dunklen Kräfte, um ihr Leben zu zerstören und die Familie in die Knie zu zwingen.

Im letzten Winkel ihres Verstandes erschauerte Eva, während die Macht der Hexe sie durchströmte. Die Hexe wollte die Geistertouren. Sie freute sich auf die Katastrophe, sie sah die Qualen vor sich, die sie die Geistertouristen erleiden lassen konnte. Sie lebte von der Angst und dem Aberglauben, und sie hatte beides bestens genährt. Mit blutigem, verzerrtem Lächeln sah sie das Unheil vor sich.

»Nein.« Eva wusste nicht, wie sie das Wort hatte aussprechen können, aber sie hatte es getan. »Nein, das kannst du nicht tun. Ich lasse es nicht zu.«

Du kannst es nicht verhindern. Die Hexe blieb unbeeindruckt. Ihre Stimme war ein spöttisches Echo aus ihrem Innern, sie triumphierte, weil sie Eva durch und durch auswendig kannte. *Ich bin die Fäulnis in dir. Ich weiß, wie schwach du bist.*

Wellen der Niedertracht zwangen Eva auf die Knie, sie kauerte vor der Hexe. Das hier war so viel stärker als die schwarze Wut des Stalkers oder das spöttische Misstrauen des Elstermädchens. Die Gegenwart der Hexe war eine gewaltige Wolke aus Hass, sie vertrieb die Luft und das Licht aus den Kellerräumen.

»Ich erzähle alles meiner Familie, ich bringe sie dazu, dass sie die Geistertouren bleiben lassen«, beharrte Eva, und die Hexe lachte. Wogen von ruchloser Schadenfreude kamen von ihr angerollt, schlugen über Eva zusammen und versuchten, sie in Verzweiflung zu stürzen. Die Hexe tat nicht nur, als hielte sie Eva für einen Jammerlappen, für sie war Eva weniger als nichts.

Sie werden nicht zuhören. Sie können dich nicht hören. Sie können dich nicht einmal sehen. Das unglückliche, verschmähte Kind, verirrt in der Dunkelheit, du weißt ja nicht mal, wer du bist.

Eva wusste, dass sie den Hohn der Hexe ignorieren sollte. Die hatte ihre Gedanken gelesen und nutzte jetzt ihre Angst, schürte Zweifel und Unsicherheit, um sie weiter zum Buckeln zu zwingen.

»Ich bin Eva Chance«, sagte sie und suchte nach irgendeiner Gewissheit. »Mehr brauche ich nicht zu wissen.«

Der zerstörte Körper der Hexe zitterte wie eine Lumpenpuppe, brachte den Tauchstuhl zum Knarren und Wackeln, und lautes Knacken erfüllte den Raum. In der Ferne hörte Eva Rufe, und das Licht im Raum flackerte und zuckte, als die Hexe vor Lachen kreischte.

Du bist nichts. Ein Lidschlag, ein angezündetes Streichholz, ein Herzschlag, eine Eintagsfliege.

In der Ferne waren rennende Schritte zu hören, eine Tür knallte zu und stürzte den Raum in tiefe Dunkelheit. Während der Lärm durch die Gewölbe hallte, verlor Eva die Kontrolle über sich. Sie fühlte die Hexe in ihrem Kopf und überall um sich herum, die Luft war so erfüllt von ihr, dass Eva nicht mehr atmen konnte. Alle anderen Geister ließen die Luft um sich herum erkalten, doch die Hexe verursachte eine so durchdringende Kälte, dass sie brannte. Eva rutschte über die feuchten Steinplatten und kämpfte sich Schritt für Schritt von dem Tauchstuhl weg. Weit entfernt sah sie einen Lichtstrahl über ein Geländer gleiten und floh dorthin.

Du bist tot, Eva Chance. Deshalb sieht dich niemand. Du bist gestorben, und niemand hat es gemerkt.

⁂

Auf der obersten Treppenstufe angekommen, riss Eva an der Klinke und rüttelte so heftig daran, dass die Tür im Rahmen wackelte. Als sie endlich aufging, stürzte Eva in den Korridor und stolperte über den Speisewagen, Teller zersprangen auf der Erde, und Scherben flogen in alle Richtungen. Sie blieb nicht stehen, um sich das anzusehen, ein kalter Wind jagte sie durch den Korridor bis zum Speisezimmer und ließ Türen knallen und Fenster klappern.

Der Raum war leer.

Die Reste eines Johannisbeersorbets schmolzen auf den Desserttellerchen, umringt von Gläsern mit Rotwein; Porzellan und Glas hatten rote Flecken, als hätte die Familie Blut gespeist.

Die Konferenz war beendet. Die Familienmitglieder waren verschwunden, wahrscheinlich in ihre jeweiligen Zimmer, und der Anwalt und die Verwalterin waren ebenfalls nicht mehr da. Wie die Hexe ihr gesagt hatte, hatte niemand ihre Abwesenheit bemerkt.

»Ich kann doch nicht tot sein.« Eva zitterte in dem leeren Zimmer, sie fühlte die Kälte und den Geisterwind um sich herumwirbeln. »Ich wüsste doch, wenn ich ein Geist wäre, oder nicht?« Die Hexe war verschwunden, und Eva sagte sich, dass die ihr nur Angst machen wollte, dass sie Evas Furcht gegen sie gerichtet und genau das gesagt hatte, was ihr die größte Angst einflößte.

Im Korridor hörte sie einen Erwachsenen seinem Ärger Luft machen.

»Wer von euch hat das umgeworfen? Wer hat den Servierwagen gefahren? Damon, Kyle?«

Es gab eine Pause und dann empörte Stimmen, die alle Schuld abstritten.

»Das war'n wir nicht, Chef.« Sie erkannte die Stimme des Jungen mit den Cornrow-Zöpfchen. »Wir waren unten im Keller. Und die meisten Teller waren eh schon angeschlagen. Das ganze Zeug hier ist Ramsch.«

»Ramsch oder nicht, ich will, dass hier alles sofort abgewaschen wird. Und holt die übrigen Teller aus dem Speisezimmer.«

Als die Tür aufging und die zwei Jungen hereinkamen, stand Eva wie festgenagelt ohne Fluchtmöglichkeit am anderen Ende des Speisezimmers.

»Tony soll uns diese Teller bloß nicht vom Lohn abziehen«, sagte der Cornrow-Junge verärgert und stellte den Servierwagen wie einen Türstopper zwischen Tür und Wand. Er drehte sich um und sah seinen Freund an. »Da war doch jemand im Keller, oder? Hat da rumgelungert und Krach gemacht. Mit Ketten gerasselt und so. Die haben den Wagen umgeschmissen, die sind vor uns rausgekommen.«

»Keine Ahnung.« Der Blonde kam ins Zimmer und begann, Teller aufeinanderzustapeln. »Ich wünschte nur, wir wären nie da runtergegangen. Komm. Wir beeilen uns und hauen ab, hier drinnen ist es ja eiskalt.«

Eva wartete darauf, dass sie zu ihr hinsahen. Sie kam sich blöd vor, wie sie da stand und darauf wartete, dass sie sie bemerkten. Wahrscheinlich hielten die sie für bekloppt, weil sie nichts sagte. Aber ihr fiel nichts ein. »Könnt ihr mich hier stehen sehen?«, würde sich ziemlich bescheuert anhören.

»Hey, Kyle«, fragte eine Mädchenstimme im Korridor. »Stimmt es, dass ihr da unten eine Folterkammer gefunden habt?«

Der Blonde stellte den Tellerstapel auf den Wagen und sah über seine Schulter, als Kyra in der Türöffnung auftauchte. Zum ersten Mal bemerkte Eva die Ähnlichkeit. Der Junge war etwa 20 Kilo schwerer und mindestens zehn Zentimeter größer als Kyra, aber beide hatten blonde Haare, ähnliche Gesichtszüge und blaue Augen. Sie hatte zwar gewusst, dass Kyras Zwillingsbruder ebenfalls auf ihre Schule ging, aber sie hatte ihn nie bemerkt. Das musste er sein.

»Ich weiß nicht genau, was wir gesehen haben.« Kyle wartete, bis der andere Junge mit dem Servierwagen das Zimmer verlassen hatte, und fügte dann hinzu: »Geh bloß nicht selber nachschauen. Da unten war ziemlich unheimliches Zeug.«

»Wieso unheimlich? Du siehst ziemlich geschafft aus. Als hättest du ein Gespenst gesehen oder so.« Kyra setzte sich mit dem Rücken zu Eva auf die Tischkante. Vielleicht hatte sie Eva dort hinten einfach nicht wahrgenommen. Vielleicht tat sie auch nur so, als würde sie sie immer noch nicht sehen.

Vielleicht.

»Ich hab dir doch gesagt, dass ich nicht weiß, was ich gesehen habe. Oder gehört«, knurrte Kyle. »Gelächter und Kreischen. Ich wünschte, jemand hätte sich da bloß einen dummen Scherz erlaubt.« Er schwieg kurz, dann fuhr er fort: »Wann können wir uns hier vom Acker machen?«

»Vielleicht in einer Viertelstunde.« Kyra tat so, als würde sie ihm einen Boxhieb versetzen. »Wenn wir uns beeilen. Komm, wir machen schnell und hauen ab.«

Den Jungen schien das zu beruhigen, er fuhr ihr liebevoll durch die Haare und sah dabei an Kyra vorbei direkt zu Eva hin.

Nein, nicht zu ihr – er sah nichts an. Sein Blick begegneten nicht ihrem, er wanderte über sie hinweg, durch sie hindurch, sein Gesichtsausdruck war unkoordiniert, nichtssagend. Eva starrte ihn an und wollte ihn dazu bringen, dass er sie ansah – wie sie da direkt vor ihm stand. Aber seine Miene veränderte sich nicht.

»Das hier ist schon ein seltsamer Kasten«, sagte Kyra und rutschte vom Tisch. »Weißt du noch, was ich dir von diesem Mädchen erzählt habe? Der aus meiner Klasse? Die wohnt hier.«

»Welches Mädchen?« Kyle ergriff Kyras Arm und zog sie aus dem Zimmer.

»Du erinnerst dich nie an etwas«, sagte Kyra. »Es ist doch erst ein paar Wochen her. Die Durchgeknallte. Die verschwunden ist. Die hat hier gewohnt.«

»Ach, ja, stimmt ja«, erwiderte Kyle. »Wegen der gab es doch eine Schülerversammlung, stimmt's? Die hieß doch Evelyn? Emily? Jedenfalls so ähnlich.«

»Eva«, verbesserte ihn Kyra. »Sie ging in meine Klasse. Sie hieß Eva Chance, und sie war die durchgeknallteste Type, die du je gesehen hast. Alle glauben, dass sie sich umgebracht hat.«

»Und die hat hier gewohnt?« Kyle schüttelte den Kopf, während sie zur Küche gingen. »Die hat aber kaltherzige Verwandte. Kein einziger hat sie beim Essen auch nur erwähnt.«

Pfauen kreischten auf der Terrasse und schlugen so heftig mit den Flügeln, dass die Fensterscheiben klirrten. Eva hörte sie kaum. Die Hexe hatte recht gehabt. Sie war tot, und sie erfuhr es als Letzte.

Der Lauscher an der Wand hört nur die eigne Schand. Das sagte ein altes Sprichwort. Aber sie hätte nie gedacht, dass sie mal von ihrem eigenen Tod hören würde. Sie sah auf ihre schmutzigen Fingernägel, ihr mit Spinnweben überzogenes Kleid und ihre Füße in den verkratzten Sandalen, und irgendwie schien das unmöglich zu sein. Wie konnte sie ein Gespenst sein?

Mehr als alles auf der Welt wünschte sie sich, dass das nur ein böser Scherz war. Sie zählte kurz auf, mit wem sie heute gesprochen hatte. Das fehlende Gedeck hätte ein Streich von Kyra sein können, in den alle Caterer eingeweiht waren. Doch niemand von ihrer Verwandtschaft hatte sie gesehen. Aber vor dem Essen hatte sie Felix in ihrem Zimmer erwischt, und der hatte sie ganz bestimmt gesehen – Eva taumelte vor Erleichterung. Felix hasste sie vielleicht, aber er hatte sie gesehen und mit ihr gesprochen.

Es war ein böser Streich. Ein grausamer, schrecklicher Streich, und die Hexe hatte ihn benutzt, um Eva in Angst und Schrecken zu versetzen. Evas Gedanken scheuten vor der Erinnerung an die Hexe zurück und wanderten zu Kyra. Kyra hatte ihren Bruder und den anderen Jungen überredet, so zu tun, als gäbe es Eva nicht, und sie hatte ihnen fast geglaubt.

Evas Gesicht brannte vor Scham und Wut, als sie auf der Suche nach Kyra zur Küche ging und die Tür aufstieß.

Eine Gruppe Jugendlicher war hier am Arbeiten. Die Hintertür wurde durch einen Mopp und einen Eimer aufgehalten, und der Junge mit den Cornrows stand in der Türöffnung und rauchte eine Zigarette. Kyra, ihr Bruder Kyle und die übrigen Caterer waren beim Putzen.

Gerade als die Pfauen draußen wieder kreischten, betrat Eva die Küche, und Kyle drehte sich rasch um und blickte nach draußen.

»Was zum Teufel ist das?«, wollte er wissen.

»Entspann dich«, antwortete sein Freund an der Tür. »Das sind bloß diese großen Vögel, die wir vorhin gesehen haben. Die machen einen höllischen Krach.«

»Das ist ein Vogel?«, fragte Kyle ungläubig. »Wahnsinn. Hört sich an wie eine Polizeisirene.«

Eva stand nun in der Mitte der Küche und wartete darauf, dass jemand sie bemerkte, doch ihr wurde immer kälter, während die Caterer sie weiterhin übersahen.

»Wenn ich mir das alle fünf Minuten anhören müsste, würde ich durchdrehen«, sagte eins der älteren Mädchen, als die Pfauen endlich schwiegen. »Hört sich an wie eine arme Seele in Todesqualen.«

»Vielleicht war es ja einer von den Vögeln, den wir da unten gehört haben.« Der Junge mit den Cornrows lachte. »Da gab es so merkwürdige Geräusche, Holz hat geknarrt, und Ketten haben gerasselt. Ihr hättet mal sehen sollen, wie schnell Kyle weggerannt ist, als wäre der Teufel hinter ihm her.«

»Du warst auch nicht gerade langsam, Damon«, erwiderte Kyle schnell. »Und du warst es, der die Tür zugeschmettert hat.«

»Ja, aber ich hab nicht die Teller zerdeppert«, beharrte Damon. »Hat sich da wer einen Scherz erlaubt?«

Die Caterer sahen sich an. Einige wirkten misstrauisch, andere belustigt, als sie mit ihren Kollegen Blicke tauschten. Zwei sahen erschrocken aus und versuchten, ihre Arbeit so rasch wie möglich zu erledigen. Keiner sah Eva an. Sie konnte nicht glauben, dass Kyra alle auf eine so perfekte gemeinsame Vortäuschung eingeschworen hatte. Die übersahen sie nicht. Sie stand mitten in der Küche, und die anderen sahen sie einfach nicht.

»Das war ich«, sagte Eva laut. »Ich habe die Tür aufgemacht und die Teller zerbrochen.«

»Egal wer – Hauptsache, wir müssen nicht dafür bezahlen«, sagte ein anderer. »Nachdem wir uns hier abgeschuftet haben, um diesen Saustall so hinzukriegen, dass man von hier aus überhaupt Essen servieren konnte. Ein echter Saustall war das, und das würde ich immer wieder sagen.«

»Ich hör dich ja.« Damon schüttelte den Kopf. »Das hier wird die schlimmste Touristenfalle seit dem Millenium Dome.«

»Touristen?« Kyle sah ihn ungläubig an. »Du meinst, die Leute wollen sich echt diese Bruchbude ansehen?«

»Hast du denn nicht gehört, worüber sie beim Essen gesprochen haben?«, fragte Kyra. »Das Haus und der Park werden im Sommer immer für die Touris geöffnet, und die müssen dafür Eintritt bezahlen. Aber weil alles so runtergekommen ist, kommt keiner mehr, und deshalb wollen sie Geistertouren und Geisterbeschwörungen veranstalten, um die Trottel anzulocken.«

»Ich wette, die Leute würden dafür bezahlen, wenn sie das Zeug im Keller sehen dürften«, spekulierte Damon. »Da gibt es einen richtigen Kerker. Mit 'n bisschen Musik und ein paar Puppen bringst du die Leute dazu, sich in die Hosen zu scheißen. Meinst du nicht, Kyle?«

Kyle beachtete ihn nicht.

»Die haben den ganzen Abend rumgejammert, wie pleite sie wären.« Kyra schüttelte den Kopf. »Wie kann man pleite sein, wenn hier hundert Zimmer mit Antiquitäten vollgestopft sind? Die sind nicht pleite, nur geizig.«

Während sie redete, kam sie genau auf Eva zu. Eva sah Kyras blaue Augen nur Zentimeter entfernt, bevor sie einen Satz zurück machte.

»Hier drin zieht es schrecklich.« Kyra bewegte sich nun von Eva weg. »Sind wir jetzt fertig oder was?«

Die Caterer waren sich einig, dass sie fertig waren, und nachdem die letzten Teller eingeräumt waren, betrat ein älterer Mann die Küche und blickte sich um. Als er sprach, erkannte Eva die befehlsgewohnte Stimme aus dem Korridor wieder.

»Gut gemacht, Leute. Habt ihr heute Abend gut hingekriegt. Macht euch keine Sorgen wegen der Teller. Wie Damon schon sagte, können sie nicht viel wert gewesen sein, oder man hätte sie nicht so vergammeln lassen, wie wir sie vorgefunden haben. Ihre Hoheit hat gelöhnt, und ich denk mal, wir können los.«

Während alle die Küche verließen, blieb Eva in der Mitte stehen. Sie gingen um sie herum, ohne es zu merken, schlüpften in ihre Jacken und Mäntel und beklagten sich über die Kälte. Kyra ging als Letzte und hatte die Hand bereits am Lichtschalter. Sie blieb in der offenen Tür stehen und blickte zurück. Einen Augenblick lang schien sie unsicher, mit zusammengekniffenen Augen blickte sie dorthin, wo Eva stand. Dann schüttelte sie sich, als wollte sie einen unangenehmen Gedanken loswerden.

»Ist bloß Gänsehaut«, knurrte sie und wandte sich ab.

»Mach mal zu, Kyra«, rief jemand auf dem Hof, und das blonde Mädchen knallte die Tür hinter sich zu. Draußen hörte man ihre Schritte auf den Steinplatten, eine Autotür schlug zu, und ein Motor startete.

Allein in der Küche, lauschte Eva, bis sie den Lieferwagen nicht mehr hören konnte und alles wieder still war. Es war ein dunkles, schweres Schweigen. In dem unbeleuchteten Raum konnte sie weder ihre Hände oder Füße noch sonst irgendwas sehen. Das Haus war ihr Territorium, sie kannte jedes einzelne Zimmer von vorn bis hinten auswendig, sie hätte mit verbundenen Augen den Weg durch die Korridore gefunden. Aber diese Dunkelheit schien von hinten zu kommen, durch den Korridor, durch die offene Kellertür, von der Folterkammer unten mit den Folterwerkzeugen, von dem dunklen Gewölbe, in dem die Hexe saß.

Letzte Chance, verlorene Chance, keine Chances mehr übrig.

5
Elster und Kuckuck

Mittwoch, 2. April
Der Nebel hing feucht über dem See, während die Morgendämmerung ihn stufenweise von Schwarz zu Grau zu Weiß färbte. Allmählich wurden durch den zarten Dunst Wasserwellen sichtbar, und die Farbe der flüsternden Marschgräser wechselte von Grau zu Grün.

Eva saß am Ufer, ihr Samtkleid war schmutzig und klamm von Schlamm, ihre Hände und Füße waren blaugefroren, und die Haare hingen wie wirrer Seetang um ihr nasses Gesicht. Wie betäubt vor Kälte wusste sie nicht, wie lange sie dagesessen und zugesehen hatte, wie die Nacht zum Tag wurde. Sie wusste nicht, wie sie hierhergelangt war, was sie zum Ufer geführt hatte. Die Erinnerung an den gestrigen Tag schien vor ihr zurückzuschrecken und ließ sie benommen und todtraurig zurück.

Weit hinter ihr lag das Haus, noch weiter weg war das Leben, an das sie sich erinnerte. Vögel sangen, dabei wurde das Zwitschern der Zaunkönige und Spatzen im hohen Gras übertönt von den Pfauenschreien auf der Insel mitten im See.

Die Hexe hatte behauptet, Eva wäre gestorben und niemand hätte es bemerkt. In Kyras Geschichte hatte Eva sich umgebracht; sie war an ihrem sechzehnten Geburtstag von allen, die das Haus betreten hatten, übersehen worden. Eva fragte sich, ob sie noch Geburtstag haben konnte, wenn sie tot war. War sie noch fünfzehn und dazu verurteilt, für immer fünfzehn zu sein und zuzusehen, wie das Haus verkauft oder zerstört und der Park in einen Golfplatz verwandelt wurde? Felix hatte ihr unmissverständlich mitgeteilt, dass für sie dann kein Platz im Haus war.

Aber Felix hatte sie gesehen. Ihr benebeltes Hirn klarte auf, als sie über die Bedeutung dieser Tatsache nachdachte. Gestern hatte sie gehofft, das würde bedeuten, dass sie doch nicht tot war. Aber nun sah sie in diesem Zusammentreffen mit ihm etwas Unheimliches, und sie erinnerte sich daran, wie er sie einzuschüchtern versucht hatte. Ihr wurde klar, dass seine Feindseligkeit ein Versuch gewesen war, seine Angst zu verbergen. War sein seltsames Verhalten nur die Reaktion darauf gewesen, dass er seinen ersten Geist gesehen hatte? Später beim Essen hatte er allen erzählt, er glaube nicht an Geister und dann den Vorschlag mit den Geistertouren unterstützt. Eva wusste nicht, was ihr Cousin vorhatte, aber es war ihm todernst damit gewesen, dass das Haus ihm gehörte und dass er sie forthaben wollte.

Wie war sie gestorben? Es kam ihr äußerst bizarr vor, dass sie sich nicht daran erinnern konnte. Bestimmt war es nicht wahr, dass sie Selbstmord begangen hatte. Da war sie sich sicher. Trotz aller Armut und den Hänseleien in der Schule und der Verachtung ihrer Verwandten hatte sie niemals daran gedacht, sich umzubringen. Warum auch? Sie hatte damit sechzehn Jahre lang gelebt. Falls ihr Großvater gestorben war, wäre sie vielleicht verzweifelt, ihr war sehr verzweifelt zumute gewesen, als sie Miss Langley und Mr Stevenage im Irrgarten zugehört hatte. Aber selbst da hatte sie nicht aufgegeben und sich die Pulsadern aufgeschlitzt.

»Ich werde auch jetzt nicht aufgeben«, sagte sie. »Nicht bevor ich weiß, was wirklich geschehen ist.« Sie bewegte ihre Finger und versuchte, wieder Gefühl hineinzubekommen, aber sie blieben taub und blass, und die Haut unter den Fingernägeln hatte sich blau verfärbt.

»Wenn ich nicht schon tot bin, werde ich wahrscheinlich an Auskühlung sterben.« Sie sah auf ihre Hände, und ihr war unbehaglich zumute, als hätten ihre Worte eine Erinnerung angestoßen. Als sie sich darauf konzentrieren wollte, war sie wie ein Trugbild verschwunden. Stattdessen zwang sie sich aufzustehen. Ihr Körper war vom langen Sitzen ganz verkrampft, und sie überlegte erneut, wie sie ein Geist sein und trotzdem so real ihren Körper fühlen konnte. Sie konnte die Erde berühren und Wasser durch ihre Hand rinnen lassen und das Stechen der kalten Luft fühlen. Vielleicht wäre sie sich eher tot vorgekommen, wenn sie sich nicht so lebendig gefühlt hätte.

Der Weg wand sich am Ufer entlang, vorbei an dem sonderbaren weißen, zeltähnlichen Sommerhaus. Eva folgte dem Pfad, ohne nachzudenken, obwohl sie kein Ziel und keinen Plan hatte. Sie war tot. Totsein war ganz bestimmt das Ende aller Hausarbeit. Schade, dass sie das nicht gestern gewusst hatte, als sie sich solche Mühe gemacht und das Haus für den Empfang der Verwandtschaft vorbereitet hatte.

Auf dem See spritzte Wasser auf. Trieb da ein Boot auf dem Wasser? Sie spähte stirnrunzelnd durch den aufsteigenden Dunst und dachte erleichtert, dass das nichts mit ihr zu tun hatte.

Das Boot hatte Ruder, sie hingen ins Wasser und stießen mit einem leisen *spritz platsch bums* gegen die Bootswände, was sich mit einem hypnotischen Rhythmus wiederholte. Das Geräusch drang durch die stille Morgenluft. Eva beobachtete immer noch das Boot, und ihr Unbehagen wuchs, während sie überlegte, wie es aus dem verschlossenen Bootshaus hatte forttreiben können.

Im Bug bewegte sich etwas, das Flattern von Stoff, ein abgerissener Ast – oder ein ausgestreckter Arm. Eva strengte sich an, um genauer hinzusehen, auch als sich ihr Magen hob und senkte und mit derselben Bewegung gluckerte wie die unruhige Wasseroberfläche des Sees. Sogar als Geist war sie nicht immun gegen das Gefühl, dass es spukte, und irgendetwas an diesem Boot war nicht richtig.

Im Bug war eine Gestalt, verschwommen im Nebel oder vielleicht auch nicht ganz da. Eva sah, wie sie sich über den Vorderteil des Bootes beugte, eingehüllt in ein dunkles Gewand, das blasse Gesicht leuchtete oval zwischen wirren, langen, nassen Haaren. Der Kopf wandte sich ihr zu, und Eva wurde von einem kalten Windhauch gezaust, als die Gestalt sie anstarrte.

Es war eine Frau, eine Frau mit leeren, wässrigen Augen und einem kleinen, entschlossenen Mund. Sie saß zusammengesunken in dem Boot und starrte stumm über das Wasser zu Eva hinüber. Eva war das Gesicht von Gemälden, Fotos und ihrem eigenen Spiegelbild her vertraut – es war das Gesicht der Mutter, die sie nie gekannt hatte.

Adeline.

»Kommst du mich holen?«, flüsterte Eva. Die Wörter wurden von der Luft verschluckt, und doch war sie sich sicher, dass der Geist sie gehört hatte, obwohl sich in dem Gesicht nichts regte. »Ist dies das Ende?«

Vielleicht war der Geist ihrer Mutter der Fährmann des Todes und sollte sie ins Jenseits holen. Eva machte einen Schritt nach vorn an den Uferrand. Die Schilfgräser und Schwertlilien standen hier in dichten Büscheln, das Wasser schwappte träge und schlammig, modernder Gestank stieg von den Pflanzen auf.

Der Geist hob einen Arm und zeigte auf sie. War das ein Winken? Eva zögerte und sah, wie die Armbewegung durch eine erhobene Hand ergänzt wurde. Eine Warnung. Sie stolperte vom Wasser zurück, als ein Pfauenschwarm in einem Schimmer aus Blau und Grün über das Boot auf sie zugeschwirrt kam.

Eva duckte sich und wich zurück, als die Vögel über sie hinwegflogen. Als sie wieder auf den See schaute, war das Boot verschwunden.

Es war eine Warnung gewesen, dachte sie. Aber eine Warnung wovor? Sie war doch schon tot – was konnte ihr noch passieren? Andere Menschen hatten Mütter, die sie trösteten. Eva hatte einen Geist, der sich nur die Mühe machte, zu erscheinen, wenn das Schlimmste bereits geschehen war. Sehr nützlich. Am liebsten wäre sie in den See gesprungen und hätte nach der hoffnungslos dahintreibenden Gestalt gesucht und ihr die Meinung gegeigt.

Aber Adeline war verschwunden. Sie hatte Eva wieder einmal verlassen, im Tod wie im Leben. Eva drehte dem See den Rücken zu und lief zum Haus.

∽◦◦∾

Eva hatte am Abend zuvor ihre Sandalen verloren und humpelte nun barfuß den Weg entlang. Sie kam nur langsam und unbeholfen voran, und als sie den Park erreichte, stolperte sie über die Wegkante. Sie schlug hart auf dem Kiesweg auf, zerschrammte sich Hände und Knie an den kleinen Kieselsteinen und rang nach Luft.

Alles tat weh. Ihr Körper fühlte sich an wie ein einziger Bluterguss, und ihre Hände und Knie brannten wie Feuer. Bisher hatte sie schon alle Bewegungen anstrengend gefunden. Doch jetzt konnte sie nicht mal den Kopf heben. Sie schmeckte Blut, winzige Steinsplitter stachen in ihre Lippen, und die Zähne schmerzten.

»Jämmerlich.« Ein Schatten fiel auf sie, und schwarze geknöpfte Stiefel tauchten vor ihren Augen auf. »Du musst wirklich höchst jämmerlich gewesen sein, als du noch gelebt hast, wenn du jetzt ein so erbärmlicher Geist bist.«

Es war das Elstermädchen. Sie kauerte sich hin, um Eva anzuschauen, die einen kurzen Blick auf dünne Beine in dicken schwarzen Strümpfen und einen zerrissenen Unterrock erhaschte. Die Hände des Mädchens waren schwarz von Kohlenstaub und die Fingerspitzen gerötet und wund.

»Ich hab gewusst, dass du tot bist«, sagte sie. »Ich hab es

gewusst, als ich dich am Esstisch gesehen habe, die Einzige ohne Gedeck, und immer noch hast du so getan, als wärst du eine von denen. Du musst echt blöd sein, wenn du nicht erraten hast, was mit dir los ist.«

»Geh weg«, flüsterte Eva, aber das Elstermädchen lachte sie aus.

»Zwing mich doch.« Sie lächelte ein hartes, böses Lächeln. »Oh, aber du kannst das ja nicht, weil du keine Ahnung hast, wie es als Gespenst ist.«

»Eine Sache weiß ich.« Wut gab Eva die Kraft, das Gesicht aus dem Schmutz zu heben. »Ich weiß, dass eine Hexe im Keller ist. In dem Keller, wo du mich hingeschickt hast.«

»Du hast gesagt, du wolltest etwas tun.« Das Elstermädchen zuckte mit der Schulter, aber sie wandte das Gesicht ab. »Ich hab gewusst, dass du eine bist, die rumstänkert. Ich hab gewusst, dass die Hexe dich beobachtet. Du willst keine Geistertouren, aber die Hexe will sie. Du solltest von Anfang an wissen, wer deine Feindin ist.«

»Du hast das also absichtlich getan?« Eva rollte sich zu einer Kugel zusammen und starrte ihre Gegnerin an. »Du hast gewusst, dass ich ein Geist bin und hast mich dahin geschickt. Zu ihr. Zu der *Hexe*.« Evas Verdacht verlieh ihr Stärke. »Und du hast den Nerv und behauptest, du wärst keine Unruhestifterin!« Sie spuckte Blut und Kies aus. »Du bist ein Miststück.«

»Und was bist du?« Das Elstermädchen spie die Worte aus. »Dreck? Schleim? Eine Made auf einem toten Köter.«

Du bist nichts. Ein Lidschlag. Ein angezündetes Streichholz. Ein Herzschlag. Eine Eintagsfliege.

Eine winzige Flamme brannte protestierend in Eva. Was

immer ihre Verwandten oder Kyras Kumpel oder die Geister dachten – sie war nicht einfach nichts. Sie hatte einen Namen, den ihr Großvater ihr gegeben hatte.

»Ich heiße Evangeline Chance«, sagte sie, richtete sich auf und schlug dem Hausmädchen ins Gesicht, ihre Knöchel trafen hart die Haut, die weniger kalt als ihre eigene war.

»Giftziege!«, schimpfte das Hausmädchen und setzte hart auf dem Boden auf. Sie hob eine Hand – aber nicht drohend – und betastete ihr Gesicht, wo neben dem Mund die Haut rot anschwoll. »Das hat weh getan.« Dann lachte sie plötzlich. »Vielleicht bist du doch nicht so ein Jammerlappen.«

Eva antwortete nicht. Sie hatte dasselbe gedacht. Sie stand auf und überprüfte ihre eigenen Verletzungen. Kiessplitter steckten in blutigen Schrammen in ihrer Haut – aber noch während sie hinsah, schlossen sich die Schnitte, die Splitter lösten sich und fielen herab, ihre Haut war zwar schmutzig, aber sie blutete nicht mehr. Sie fühlte sich auch stärker, nicht mehr so geschwächt durch die Verletzungen oder die beißende Kälte. Die kurze Zornaufwallung hatte sie gewärmt und gestärkt. Jetzt blickte sie auf das Hausmädchen hinunter.

»Wie heißt du?«, fragte sie. »Ich habe dir meinen Namen gesagt. Aber du hast mir deinen nicht verraten. Falls du überhaupt einen Namen hast.«

»Natürlich habe ich einen Namen, ich heiße Elspeth.« Das Mädchen stand auf und betrachtete Eva mit einer Wachsamkeit, die Eva noch stärker machte. »Sie haben mich früher Elsie genannt.«

»Elsie?« Eva lachte, weil sie es fast erraten hatte. »Elsie, das Elstermädchen.«

»Ich habe immer schon Glitzersachen gemocht«, sagte das Geistmädchen mit einem Achselzucken und sah an ihrer schwarzweißen Uniform hinab. »Aber ich hatte natürlich nie so was. Kannst mich Elster nennen, wenn du willst – man hat mich schon Schlimmeres genannt.«

»Mich auch«, gestand Eva. Sie zögerte. »Können wir Frieden schließen? Du hast recht, ich mache als Geist nicht viel her. Ich habe bis gestern nicht mal gewusst, dass ich einer bin. Bis die Hexe es mir gesagt hat.«

»Ich war mir auch nicht sicher«, gab Elsie zu. »Ich hatte dich im Verdacht, aber ich war mir nicht sicher. Du verhältst dich nicht wie eine von uns.«

»Wie sollte ich mich denn benehmen? Ich verstehe nicht, wie ich einerseits gestorben und trotzdem immer noch hier sein kann.«

»Das geht uns allen so«, sagte Elsie scharf. »Geist ist bloß ein Wort. Es erklärt gar nichts.«

»Stimmt.« Eva seufzte. »Aber du musst doch irgendwas darüber wissen. Wie bist du gestern verschwunden? Und du bist durch die Esszimmertür gegangen, als wäre sie gar nicht da – wie hast du das gemacht?«

»Ich hab mir ein paar Tricks abgekuckt«, sagte Elsie ausweichend mit listigem Blick. »Warum soll ich dir meine Geheimnisse verraten? *Du* brauchst vielleicht Hilfe, aber ich nicht.«

»Ich dachte, wir hätten Frieden geschlossen«, sagte Eva, und Elsie lachte.

»Vielleicht – für den Augenblick. Aber das heißt nicht,

dass ich dir helfe, sondern nur, dass ich das, was ich weiß, nicht gegen dich verwende. Ich hab es selbst lernen müssen. Und bevor du loswinselst, wie schwer dein Leben ist, stell dir einfach mal vor, dass du fast hundert Jahre lang als Hausmädchen in einem Haus voller Familiengespenster gefangen bist.«

»Ich glaube kaum, dass die Familiengespenster zu mir viel netter sind.« Eva wollte auf keinen Fall jammern. »Ich bin ein Kuckuckskind. Niemand weiß, wer mein Vater ist. Die meisten meiner Verwandten denken, ich gehöre nicht zur Familie.«

»Trotzdem musst du dir selber helfen«, sagte Elsie. »Ich bin kein Kindermädchen, ich habe meine eigenen Sorgen.«

»Deine Sorgen?« Eva runzelte die Stirn. »Was meinst du damit?« Sie suchte nach einer höflichen Formulierung für die Frage, was für Sorgen ein Geist wohl haben konnte. »Wenn du mir sagst, was es ist, kann ich dir vielleicht helfen.«

»Mir helfen? Das ist ja wohl ein Witz. Dich würde ich als Allerletzte um Hilfe bitten. Aber ich sag dir ganz umsonst, dass jeder Geist etwas will. Warum glaubst du denn, stecken wir hier fest, statt in den Himmel zu kommen – oder in die Hölle? Weil jeder von uns etwas ändern will.«

»Etwas ändern?« Eva verzog das Gesicht. »Aber man kann doch nicht ändern, was passiert ist. Das ist doch Vergangenheit.«

»Vergangenheit ist, was angeblich geschehen ist«, sagte Elsie scharf. »Das ist nicht die Wahrheit. Warum denkst du nicht mal selber nach? Du bist doch angeblich so schlau. Ich hab dich in der Bibliothek gesehen, immer die Nase im

Buch. Das hier ist dein Haus, und es ist dein Problem – also finde es selbst heraus.«

Sie drehte Eva langsam den Rücken zu und ging davon. Ihre Elstergestalt bog rasch um die Wegbiegung und verschwand hinter den riesigen Rhododendronbüschen. Eva sah sie fortgehen und rief ihr nichts nach. Elsie hatte recht. Sie musste auf eigenen Füßen stehen – oder worauf immer Geister standen.

※

Eva betrat das Haus durch die vordere Tür. Der Knauf ließ sich leicht drehen, und die Tür schwang auf, während sie kurz nachdenklich stehen blieb und mit den Fingerspitzen über die glatten Messingbeschläge und das rauere Holz der Tür strich.

Ihr Körper kam ihr so fest vor wie immer, als sie die Halle durchquerte, stabil genug, um sich in den Fetzen ihres besten Kleides schäbig und schmutzig zu fühlen. Das war auch noch so ein Rätsel. Sie hatte sich gestern umgezogen – wie brachte ein Geist so was fertig? Eva sprang über die ersten Stufen, stieg die Haupttreppe hinauf und beschloss, mit der Suche nach der Wahrheit im Purpurzimmer zu beginnen. Etwas würde sie von nun an anders machen, dachte sie, zog sich am Geländer hoch und fühlte das Holz, das durch die Hände von hundert Vorfahren so glatt poliert worden war. Heute würde sie sich nicht in den dunklen Nischen verstecken, damit war es jetzt vorbei, sie wollte wissen, wer sie sehen konnte.

Aber niemand begegnete ihr auf der Treppe, und ungehindert erreichte sie die Tür des Purpurzimmers. Sie drückte leicht dagegen und versuchte herauszufinden, wie es möglich war, durch eine geschlossene Tür hindurchzugehen. Aber sie besaß nicht die Kraft, drückte deshalb die Klinke runter und trat ein – und wurde vom Anblick eines Massakers begrüßt.

Pfauenfedern lagen schmutzig und blutig über den Teppich verstreut, ihr goldgrünblauer Glanz war mit roten Flecken beschmiert. Inmitten des Blutbads hockte eine goldbraune Katze auf dem Himmelbett und zerrte am Kadaver eines ausgewachsenen Pfaus. Die Katze war Ramses, Tante Coras abessinischer Kater, und er fauchte sie an und knurrte mit warnend angelegten Ohren.

»Das ist mein Zimmer«, sagte Eva, ohne zu zögern. »Hau ab.«

Zu ihrer Überraschung stolzierte Ramses hinaus, sein buschiger Schwanz wehte wie eine Fahne hinter ihm her. Eva sah ihm nach und schloss dann automatisch die Tür, bevor sie sich seufzend dem blutigen Federhaufen zuwandte. Aber es bedurfte nur eines Augenblicks, bis ihr einfiel, dass dieses Schlachtfest momentan nicht ihr größtes Problem war.

Stattdessen untersuchte sie das Zimmer. Sie behandelte es wie den Schauplatz eines Verbrechens, und das war es ja auch. Wenn sie nur ein Tagebuch geführt hätte, dann wäre alles so viel einfacher, aber sie hatte nie Lust dazu gehabt. Auf dem Fenstersitz lagen Schulbücher und ein Arbeitsplan. Eva blätterte nachlässig darin herum. Sie war in diesem Jahr nicht oft zur Schule gegangen, seit Großvaters Herzanfall war das einfach nicht mehr wichtig gewesen. Jetzt war sie sich nicht mal sicher, wann sie das letzte Mal am Unterricht teilgenommen hatte. Es gab da so was wie eine Leerstelle in ihrer Erinnerung, weil sie sich an keine ungewöhnlichen Vorkommnisse erinnern konnte – ganz zu schweigen an *sterben*.

Das Dumme war nur, dass im Haus Tage und Wochen verstreichen konnten, ohne dass sich irgendwas ereignete. Kyra hatte gesagt, Eva wäre vor zwei Wochen verschwunden, und Eva musste das akzeptieren, weil sie sich an nichts Ungewöhnliches erinnern konnte. War das, was immer auch geschehen war, so traumatisch gewesen, dass sie es verdrängt hatte?

Sie machte die Schranktüren auf und sah sich wieder die Kleider darin an. Die scheußlichen Klamotten sahen ziemlich genauso aus wie gestern, und sie versuchte herauszufinden, ob noch alle da waren. Abgesehen von den Sachen, die sie gestern ausgezogen hatte, schien nichts zu fehlen, und sie sah sich im Zimmer um, spähte sogar unters Bett, um zu sehen, was aus ihnen geworden war. Es gab zwar massenhaft Pfauenfedern, aber keine Spur von den Kleidungsstücken, die sie gestern getragen hatte. Hatte sie sich die nur eingebildet? Bildete sie sich auch die zerfetzten Reste ihres roten Samtkleids ein? Müde betrachtete Eva ihr Spiegelbild und runzelte die Stirn. Wieso konnte sie sich sehen, noch verdreckter und schäbiger, als sie geahnt hatte? Diese ganze Sache mit dem Geist ergab keinen Sinn.

Sie schloss die Schranktüren und durchsuchte das übrige Zimmer, aber es gab keinerlei Hinweise. Keinen gekritzelten Abschiedsbrief, keine verräterischen Fläschchen mit Tabletten, nichts, was darauf hinwies, dass jemand oder etwas hier zu Tode gekommen war. Außer dem Pfau natürlich.

Der tote Pfau war schwer zu übersehen. Der unangenehme Blutgeruch schien stärker zu werden, als würde er aus den Vorhängen und dem Teppich dringen, und die scharlachroten Wände rückten näher. Es roch nicht nur nach Blut. Auch nach Erde und Flusswasser, vermischt mit muffiger Feuchtigkeit, die an verschlossene Zimmer erinnerte. Eva trat einen Schritt zurück, als der Geruch stärker wurde, ihren Mund und ihre Nase erfüllte und sie zum Würgen brachte. Sie schmeckte Galle, taumelte zurück und warf die Hände hoch, um den Gestank abzuwehren.

Dunkelheit nahm ihr wie ein Vorhang die Sicht – und wurde ersetzt durch die blassen Korridorwände und ihre geschlossene Zimmertür. Sie hielt die Hände immer noch ausgestreckt, und auf den blassen Handgelenken zeigten sich entzündete rote Striemen.

Eva starrte die Tür und ihre Hände an und rieb sich das geschwollene Fleisch. Sie war kurz vor einer Panikattacke gewesen, und nun verblüffte sie ihr unverhofftes Entkommen. Sie ließ die Hände sinken und trat von der Tür weg. Was immer auch geschehen war, sie war nicht wild auf eine Wiederholung. Sie wollte keine Geisterkräfte entdecken, sie wollte herausfinden, wie sie gestorben war und es nicht mal gemerkt hatte.

⁕ ⁕ ⁕

Eva erforschte das Haus wie eine Touristin und ging nacheinander in alle Zimmer. Überall verstreut waren die Beweise für die Anwesenheit ihrer Tanten. Tante Coras Strickzeug und ihre Kreuzworträtsel, Tante Helens Lesebrille und eine Ausgabe von *Horse and Hound*, Tante Joyce' Apotheke der verjüngenden Cremes, Make-ups und Medikamente. Aber von den Tanten selbst war nichts zu sehen. Die Familie schien sich in Luft aufgelöst zu haben.

Eva kehrte ins Erdgeschoss zurück und suchte im Esszimmer nach ihnen, wo der Geruch nach verbranntem Toast und Kaffee und die stehen gebliebenen Tassen und Teller bewiesen, dass sie gemeinsam gefrühstückt hatten. Im Salon roch es nach abgestandenem Zigarettenrauch, und ein Stoß handbeschriebener Papiere stapelte sich auf dem Couchtisch. Ein Blumentopf war zu einem Aschenbecher erniedrigt worden und enthielt einen kleinen Hügel aus Zigarettenstummeln und das Ende einer Zigarre. Eva blieb stehen, blätterte in den Papieren und versuchte, sie zu entschlüsseln. Draußen knirschten Autoräder auf dem Kies, aber versunken in die Lektüre der Papiere hörte sie es nicht. Die Wörter *Unternehmenskonzept* und *Einnahmequelle* tauchten am Anfang auf, und das Übrige schienen Berechnungen von Einkommen und Steuern zu sein.

Gestern noch hatte sie die Geistertouren für einen gefährlichen Blödsinn gehalten, aber hauptsächlich aus Sorge um sich und ihren Großvater, falls die Geister aufgestört wurden. Jetzt befand sie sich auf der anderen Seite – sie war einer der Geister, die man stören würde –, und sie wusste nicht, was sie davon halten sollte.

Großvater.

Plötzlich hatte Eva Angst um ihn. Normalerweise ging sie morgens als Erstes zu ihm, brachte ihm den Tee und versuchte, ihn dazu zu bringen, ein paar Bissen zu essen. Wer hatte sich heute Morgen um ihn gekümmert? Und überhaupt – wer hatte sich denn seit ihrem Tod um ihn gekümmert? In der Rückschau verschwammen die langen Tage von Großvaters Krankheit ineinander, machten es unmöglich, einzelne Augenblicke herauszufiltern. Die Sorge um Großvater hatte den Ablauf ihrer Tage bestimmt, aber an einem Punkt war das Muster durchbrochen worden, und Eva wusste nicht, wann. Sie konnte sich nicht an die letzte richtige Unterhaltung mit ihrem Großvater erinnern oder wann er sie angeschaut oder überhaupt ihre Anwesenheit bemerkt hatte. Sie konnte ihre letzten Augenblicke als lebendiger Mensch nicht genau bestimmen, auch nicht den Tag oder die Woche.

Stimmen drangen aus der Bibliothek. Eva eilte darauf zu und merkte, dass sie unnatürlich angespannt klangen, Menschen jammerten und beschuldigten einander, Anklagen überschlugen sich.

»… alles deine Schuld.« Das war Tante Joyce' Stimme. »Das Essen gestern Abend war zu schwer.«

»Das lag nur daran, dass Vater halb verhungert war«, fauchte Tante Helen zurück. »Bei unserer Ankunft war nichts Essbares im Haus.«

»Ich habe versucht, euch zu sagen, wie schwierig die Dinge hier waren.« Tante Coras Stimme hob sich theatralisch, um bei dem Klagen mitzumachen. »Ich habe euch gesagt, dass er sich wegen Eva Sorgen macht. Dass er nicht mehr derselbe ist, seitdem sie verschwunden ist.«

Evas Herz wurde zu Eis. Sie redeten, als ob … als wäre Großvater tot. Konnte er in der Nacht gestorben sein, in der Eva wie ein Zombie herumgewandert war? Hatte sie vielleicht die letzte Möglichkeit verpasst, um sich von ihm zu verabschieden? Sie schlich zur Tür und sah hinein. Das stille Allerheiligste, die Bibliothek, war voller Menschen. Die Tanten und ihr Anhang saßen im Raum verstreut, und Felix hockte auf der Armlehne eines Sessels, rauchte eine Zigarette und ließ die Asche auf den Teppich fallen.

An der Wand gegenüber sah sie zwei Fremde in grünen Jacken, auf denen in fluoreszierenden gelben Großbuchstaben SANITÄTER stand. Sie rollten gerade eine fahrbare Krankentrage aus Großvaters Arbeitszimmer.

Der dünne Körper war in eine dicke Krankenhausdecke gehüllt, ein dritter Sanitäter ging hinter der Trage und hielt einen Tropf. Eva brauchte drei herzzerreißende Sekunden, um die Szene zu begreifen, und dann sackte sie erleichtert in sich zusammen. Großvater war nicht tot, wenn er am Tropf hing. Aber was war nicht in Ordnung mit ihm? Was hatte er denn?

Als die Gruppe sich auf Eva zubewegte, blieb sie wie angewurzelt stehen. Die Sanitäter schoben das Gestell, und die Tanten teilten sich wie das Rote Meer. Nur Felix blieb, wo er war, und übersah den wütenden Blick, den der eine Sanitäter auf seine Zigarette warf.

»Ich möchte mit seinem Arzt sprechen«, sagte er kurz angebunden. »Und wenn ich nicht zufrieden bin, werde ich einen Spezialisten aus der Harley Street anfordern.«

»Sie werden sich an das Krankenhaus wenden müssen, Sir«, erwiderte der Sanitäter. »Sie brauchen dann eine amtliche Handlungsvollmacht, wenn Sie Einzelheiten über Mr Chances Pflege erfahren wollen.«

»Sir Edward«, widersprach Tante Helen. »Mein Vater hat einen Titel.«

»Gewiss. Wenn Sie uns jetzt bitte entschuldigen.« Die Sanitäter ließen sich von dem Getue ihrer Verwandtschaft nicht beeindrucken, und dafür war Eva ihnen dankbar. Als der Transport sie erreichte, ging sie neben der fahrbaren Trage her und sah hinunter auf das Gesicht ihres Großvaters. Es war grau, die Haut sah aus wie Papier, und der Mund war eingefallen. Aber die Augen waren offen, sie starrten trübe und verständnislos an die Zimmerdecke.

»Großvater.« Eva tastete unter die Decke, suchte seine Hand und umschloss sie fest mit ihren Fingern. »*Großvater, ich bin es, Eva.*«

Bildete sie es sich ein, oder hatte seine Hand kurz gezuckt? Eva ging zwischen den Sanitätern mit und spürte die Wärme ihrer Körper, während die fahrbare Trage schwer über den Korridorteppich rollte und dann leichter wurde, als sie in die Halle kamen. Die Welt um sie herum schien weit weg, es gab nur noch Großvaters Hand in ihrer und seinen Blick, der sich immer schärfer auf ihr Gesicht richtete.

»Eva ...«

»Hat er was gesagt?« Jemand beugte sich herüber und blockierte Evas Sicht. Sie knirschte wütend mit den Zähnen.

»Wirklich? Achte weiterhin darauf. Irgendwas an dieser Truppe war mir nicht geheuer.« Der Sanitäter senkte die Stimme, während die Trage die Treppe hinuntermanövriert und zum wartenden Krankenwagen geschoben wurde. »Die Frau hat am Telefon gesagt, ihr Vater wäre ohnmächtig geworden, und es stimmt, er hat an seinem Kopf eine Beule so groß wie ein Hühnerei. Aber irgendwas an seiner Lage hat nicht gestimmt. Sah mehr danach aus, als hätte ihm jemand eins über den Schädel gehauen.«

Die Wörter waren für Eva nur ein Hintergrundgeräusch, immer noch versuchte sie, einen Blick ihres Großvaters zu erhaschen. Hatte er nicht eben ihren Namen gesagt?

»Evangeline ...« In den grauen Augen blitzte Erkennen auf. »Bist du's?«

»Ja, ich bin's, Großvater!« Als das Fahrgestell automatisch eingeklappt und die Trage in den Krankenwagen geschoben wurde, entglitt Eva seine Hand. Sie versuchte, auch einzusteigen, doch die Metalltür schlug direkt vor ihr zu. Der Krankenwagen fuhr an, und sie geriet in Panik. Diesmal würde sie nicht zurückgelassen werden.

Sie warf sich nach vorn und durchdrang die Metallwand des Krankenwagens, die Luft verdichtete sich einen Augenblick lang, als der Metallschatten durch sie hindurchglitt, und dann stand sie zwischen den dichtgedrängten Männern. Großvater zappelte etwas, als ihm die Sauerstoffmaske auf das Gesicht gedrückt wurde, und Eva merkte, wie die Sanitäter vor der Kälte zurückwichen, als sie sich an ihnen vorbeischob. Als das Auto schneller wurde und die lange holprige Auffahrt entlangratterte, klammerte sie sich an der Trage fest. Das Haus verschwand hinter ihnen, und sie fuhren zwischen den Baumreihen der Allee hindurch.

»Großvater, was ist passiert? Hat dir jemand weh getan?«, fragte sie und betrachtete seinen blutigen Hinterkopf. Aber ihr Großvater dachte nicht an sich oder seine Verletzung.

»Eva«, flüsterte er, so dass sie sich tief hinunterbeugen musste, um ihn zu verstehen. »Was ist dir passiert? Warum bist du nicht nach Hause gekommen?«

Das rostige Haupttor stand offen und blieb hinter dem Krankenwagen zurück, der nun das Grundstück der Chances verließ. Der düstere Innenraum wurde durch blasses Sonnenlicht erhellt, und Eva stand plötzlich zwischen den Torflügeln und sah NOTARZT in der Ferne verschwinden, jenseits einer Grenze aus sich verdichtender Luft. Sie rang nach Atem und versuchte, dem Krankenwagen zu folgen, aber sie wurde von einer unsichtbaren schwammartigen Wand zurückgehalten. Sie konnte das Grundstück nicht verlassen.

»Ich hasse das!«, schrie sie, griff sich eine Handvoll Steine von der Auffahrt und warf sie auf die Straße. Sie landeten hüpfend verstreut vor dem Tor, für sie galt nicht die Kraft, die Eva zurückhielt.

»Warum?«, brüllte sie das Tor an. »Warum muss ich hierbleiben? Ich war hier gefangen, als ich gelebt habe, und jetzt bin ich tot und sitze hier für immer fest! Das ist nicht fair. Ich weiß nicht, wie man als Geist ist. Ich kenne mich mit Geistern nicht aus. Ich habe ja nicht mal gewusst, dass ich tot bin!«

Sie wünschte, sie wäre schon gestern Abend zu Großvater gegangen, statt unbedingt von Kyra Stratton gesehen werden zu wollen. Sie war zu sehr in Panik geraten, um noch vernünftig zu denken und sich daran zu erinnern, dass ihr Großvater ja an Geister glaubte. Er hatte sie jetzt auch gesehen. Nun waren es schon zwei Menschen. Großvater und Felix, einer, der sie liebte, und einer, der sie hasste. Sonst hatte niemand sie gesehen, weder Kyra oder die anderen Caterer noch ihre Familie oder die Sanitäter – nur die anderen Geister.

Eine Brise beugte die langen Gräser, und Eva fühlte sich so machtlos wie ein Windhauch. Als Geist schien sie unter der Oberfläche der Welt flüchtig umherzustreifen, kaum etwas zu berühren, unfähig, zur Wirklichkeit hindurchzubrechen.

Sollte sie auf ewig so weiterexistieren und immer im Haus herumspuken? Eva wandte sich von der Straße ab und lief die Auffahrt hoch zum Haus.

»Ich krieg das hin«, versprach sie sich. »Irgendwie schaffe ich das. Ich krieg raus, wie ich gestorben bin, und falls mich jemand umgebracht hat, werde ich ihn dafür büßen lassen. Ich werde meine Familie heimsuchen und alle anderen, bis ich die Wahrheit herausgefunden habe.«

Sie gab sich Mühe, nicht auf die Stimme in ihrem Hinterkopf zu hören; entweder war es der Einfluss der Hexe, oder es waren nur ihre eigenen Gedanken.

Und was dann? Selbst wenn du herausgefunden hast, was geschehen ist, bist du immer noch mausetot.

6
Corpus Delicti

Samstag, 5. April

Kyra Stratton hatte schon seit Monaten nach einer Teilzeitarbeit gesucht, aber zuerst nichts gefunden. Alle Jobs in Läden hatten ältere Mädchen bekommen oder Schulabgängerinnen, die sie gewarnt hatten, dass sie mies bezahlt würden. Der einzige Job, den sie an Land gezogen hatte, war der als Serviererin in Tonys Catering-Firma, und als sich herausstellte, dass sie in dem riesigen, gruseligen Haus von den Chances bedienen sollte, hätte sie fast abgesagt.

Kyra brauchte Geld. Nicht nur für Klamotten und Discobesuche, sondern richtig viel Geld. In den letzten beiden Jahren hatte sie jeden Penny gespart, den sie erübrigen konnte. Sie brauchte das Geld für den Tag, an dem sie zu Hause ausziehen und ihre erhoffte Karriere beginnen würde. Kyra konnte gut mit Geld umgehen, das sagten alle. Sie half ihrem Vater seit Jahren bei seiner Buchführung. Aber niemand wusste, dass sie Geld sparte, um sich in London eine Wohnung zu mieten und sich bei den großen Firmen zu bewerben, um ihren Fuß auf die unterste Sprosse der Leiter zu stellen, die sie zu ihrem Traumjob als Investmentbankerin hochsteigen wollte. Andere Mädchen träumten vielleicht davon, ein Popstar oder Model zu werden. Kyra träumte von klingendem Cash.

Das Letzte, was Kyra wollte, war, für die Chances zu arbeiten. Eva Chance' Verschwinden hatte bei ihr ein unangenehmes Gefühl ausgelöst. Aber es war der einzige Job, der sich bot, und sie hatte ihn angenommen. Jetzt – vier Tage später – sollte sie wieder im Haus arbeiten. Hinter dem rostigen Tor erstreckte sich die Allee mit den dunklen Bäumen, die die Auffahrt markierten, und sie fragte sich, ob sie nicht doch einen Rückzieher machen sollte.

»Das ist ein schrecklicher Plan.« Die Stimme ihres Bruders hinter ihr hörte sich wie die ihres Gewissens an.

»Du brauchst ja nicht mitzukommen«, wiederholte Kyra, was sie ihm heute schon zweimal gesagt hatte. »Ernsthaft, Kyle, ich schaffe das auch allein.«

»Dein Wort in Gottes Ohr«, erwiderte Kyle und furchte seine Stirn auf echte Neandertaler-Weise.

»Aber es stimmt«, gab Kyra zurück, sie hatte Kyles ewiges Gemecker satt. »Sieh mal, du kannst bei Dad jederzeit jobben, aber er will nicht, dass ich auf seinen Baustellen arbeite. Momentan gibt es nur hier einen Job für mich.«

»Weiß ich doch alles.« Kyle seufzte. »Aber ich bin eben dagegen.«

»Dann geh heim.« Kyra drehte ihrem Bruder den Rücken zu und lief die Auffahrt entlang. Aber schon nach wenigen Metern kam er hinterhergejoggt.

»Geht nicht. Ich habe Mama versprochen, dass ich auf dich aufpasse.«

»Du hast Mama versprochen, dass du mich letzten Samstag von der Disco nach Hause bringst, und dann hast du dir mit deinen blöden Kumpeln die Kante gegeben«, schoss sie zurück. »Du hast Mama versprochen, du würdest für die Prüfung lernen, aber bis jetzt hast du kein Buch aufgeschlagen.«

»Jaja, ist schon gut, hör auf zu meckern.« Kyle warf ihr einen wütenden Blick zu. »Das ist doch was ganz anderes. Dieses Haus ist ...« Er zuckte die Schultern. »Das ist einfach was ganz anderes.«

»Meinst du damit Damons Spukgeschichte? Das ist doch Schnee von gestern. Beim letzten Mal hat er davon gebrabbelt, dass ihr irgendein Höllenmonster mit Weihwasser gebändigt habt.«

»Damon ist ein Depp. Wir haben gar nichts gesehen. Aber wir haben was gehört, was ganz Irres.« Er schüttelte den Kopf. »Du würdest doch auch nicht nachts durch einen finsteren Park gehen, oder?«

»Stimmt genau, ich würde rennen. Okay, was willst du damit sagen?«

»Ich hab so ein seltsames Gefühl bei diesem Haus«, gestand Kyle. »Da passiert irgendwas mit meinem Kopf. Ein dunkler Park macht mir nichts aus. Aber das hier? Ich möchte nie wieder nachts hier sein.«

Kyra widersprach ihm nicht mehr. Sie waren jetzt fast beim Haus angelangt, und seine mächtigen Ausmaße beherrschten den Anblick vor ihnen. Außerdem war sie überrascht, dass Kyle es nun endlich zugegeben hatte. Geschah ja nicht oft, dass ein Typ zugab, dass er Angst hatte.

Sie warf aus den Augenwinkeln einen Blick auf ihren Bruder und fand es mal wieder total abgefahren, dass sie einen Zwillingsbruder hatte. Als würde man sich selbst sehen, wenn man ein Junge wäre. Kyle war fast ein Meter neunzig und muskulös, ein sportlicher, witziger, gutgelaunter Kerl, der sich hauptsächlich für Bier, Fußball und Computerspiele mit seinen prolligen Kumpels interessierte. Seine blonden Haare waren völlig verstrubbelt, seine Arme und der Hals sonnengebräunt. Sein T-Shirt war am Hals ausgerissen, die Jeans kaum noch tragbar, und sogar seine Turnschuhe hatten Löcher.

Kyra wunderte sich manchmal, dass Zwillinge so unterschiedlich sein konnten. Kyle war in vieler Hinsicht ganz das Gegenteil von ihr. Er war total entspannt und derart lässig, dass man sich wunderte, wieso er aufrecht gehen konnte. Die Typen, die manchmal angeschlurft kamen, um mit ihm abzuhängen, schienen an vielen Sachen genauso desinteressiert zu sein wie er – von Hausaufgaben bis zur Körperpflege. Doch obwohl Kyles rüpelhafte Faulenzerwelt Lichtjahre von ihren gestylten Zimtzicken entfernt war, fand sie es gut, dass sie einen kleinen Zugang dazu hatte. Mädchen ohne Brüder fanden alle Jungs wahnsinnig faszinierend. Kyra war mit einem groß geworden und empfand weniger Ehrfurcht.

～⊛～

Vor dem Haus arbeitete sich eine Truppe von Gärtnern mit Heckenscheren an einem allmählich zwischen dichten Sträuchern sichtbar werdenden Pfad entlang. Die Haustür stand offen, und beim Näherkommen sah Kyra, dass in der Halle ein Anschlagbrett aufgestellt worden war. Sie ging die Haustreppe hoch ins Haus, wohin Kyle ihr zögernd folgte.

Links von dem Brett stand ein Tisch, und dahinter saß

eine Frau in einem eleganten schwarzen Kostüm und tippte etwas in einen eleganten schwarzen Laptop.

»Hi, ich bin Kyra Stratton.« Kyra näherte sich der Frau. »Ich habe mit Mrs Langley telefoniert, wegen einem Job.«

»Miss Langley«, korrigierte die Frau so spitz, dass wohl nur sie die Inhaberin des Namens sein konnte. Sie tippte noch ein paar Wörter. »Du beginnst ab heute mit dem Putzplan. Wenn alles klappt, dann gibt es auch an den Wochenenden und Feiertagen im Frühling und im Sommer Arbeit. Wir brauchen Mitarbeiter, die vor jedem Öffnungstag das Haus für die Besucher herrichten und sie mit Tee bedienen, im Souvenirladen arbeiten und während der Öffnungszeiten überall mit anpacken, wo es nötig ist.«

»Ich habe im nächsten Monat Prüfungen. Dann kann es sein, dass ich nicht jeden Tag arbeiten kann. Aber danach habe ich schulfrei, und ich kenne mich aus mit Kassieren und mit Servieren. Ich habe letzte Woche hier bei Tonys Cateringfirma mitgearbeitet.«

»Sehr schön.« Miss Langley reichte ihr ein fotokopiertes Blatt. »Trag hier alles ein, auch, wann du arbeiten kannst und wann nicht, und gib es heute Abend ab. Du wirst bar bezahlt, und du musst es selbst versteuern.« Sie sah Kyra an, als bezweifelte sie, dass Kyra das tun würde. »Hier rechts an dem Brett sind Pläne vom Haus und eine Liste. Denk daran, dass du dich jeden Tag einträgst, damit wir wissen, wer im Haus ist. Danach geh bitte zu Miss Cora Chance in die Lange Galerie.«

Kyra wandte sich nach rechts und betrachtete das Anschlagbrett, während Miss Langley Kyle mit einer ähnlichen Tirade überschüttete. An dem Brett hingen nicht nur Grundrisse von jedem Stockwerk und von Teilen des Parks, es gab außerdem Arbeitslisten und Dienstpläne und Aufzählungen von Schäden und Maurerarbeiten, die kreuz und quer angepinnt waren. Die Anwesenheitsliste war ganz am Rand, ein Filzschreiber hing an einer Schnur, und Kyra schrieb sorgfältig ihren Namen darauf und sah dann nach, wer sich schon dort eingetragen hatte. Ein paar aus ihrer Clique hatten gesagt, sie würden heute vielleicht auch hierherkommen, aber sie sah keinen dieser Namen. Kyle stellte sich neben seine Schwester und hielt auch so ein Blatt Papier in der Hand. Im Gegensatz zu Kyra hatte er nicht vorher angerufen, aber das war anscheinend unwichtig.

»Ich soll beim Räumen helfen und mich bei einem Mr Fairfax im Gartenhaus melden«, sagte er. »Und du?«

»Putzen, und ich soll zu Miss Cora Chance.« Kyra zog die Nase kraus und knurrte leise: »Wenn das übrige Haus so dreckig ist wie die Küche, dann wartet auf mich eine Riesenarbeit.«

»Klingt ja, als wären wir an verschiedenen Orten.« Ihr Bruder krakelte seinen Namen auf die Liste. »Sims mich jede Stunde an, okay?«

»Du bist ja schlimmer als Mama.« Kyra verdrehte die Augen. »Aber wenn es dich glücklich macht.«

Ein Windstoß ließ die Blätter am Brett flattern, und Kyle lief ein Schauer über den Rücken.

»Brrr. Hier drinnen ist es ja kälter als draußen. Na gut, dann such ich jetzt mal diesen Fairfax-Typen. Vergiss nicht zu simsen.« Er joggte durch die Haustür nach draußen, und Kyra suchte auf den Hausplänen die Lange Galerie und fand sie im ersten Stock. Sie trat einen Schritt zurück und überlegte.

Irgendwas nur flüchtig Wahrgenommenes nervte sie, und sie betrachtete noch einmal die Liste und den Filzstift, der in einem kalten Windstoß hin und her schwang. Niemand war hinter ihr reingekommen. Miss Langley quasselte immer noch in ihr Telefon, jetzt verhandelte sie über einen Rabatt bei Umzugskisten. Kyra starrte auf die Liste und las noch einmal die letzten drei Namen:

Kyra Stratton
Kyle Stratton
EVA CHANCE

Kyra hatte den Satz von den gesträubten Nackenhaaren immer für hohles Gerede gehalten, aber jetzt fühlte sie, wie sie Gänsehaut bekam und sich ihre Haare ganz von allein aufrichteten. Diese Handschrift kannte sie: von Schulheften und Hausaufgaben – die Handschrift eines Mädchens, das alle für tot hielten.

Kyle suchte die Gärtner, die immer noch die Büsche zu beiden Seiten des Weges beschnitten.

»Alles okay?« Er grinste sie an. »Wo geht es denn zum Gartenhaus?«

»Viel Glück, Kleiner«, sagte einer der Gärtner. »Das ist ganz am Ende vom Park. Hast du 'ne Machete dabei?«

Das Gelächter hatte einen bitteren Unterton, während

sie das dichte Gesträuch betrachteten und den kaum sichtbaren Kiesweg, der irgendwo darunter verlief. Die Gärtner trugen Arbeitsstiefel und feste Handschuhe, aber ihre Overalls waren schmutzig und ihre Mienen verdrossen.

»Ganz ehrlich«, sagte ein Älterer, »pass gut auf. Nicht, weil alles so verwildert ist, sondern weil dich diese Sträucher immer wieder überraschen können.« Er zeigte Kyle einen Kratzer auf seiner Wange, nur einen Millimeter neben seinem rechten Auge. »Das stammt von einer Stechpalme. Der Zweig kam wie aus dem Nichts angezischt und hat mir das Gesicht zerkratzt.« Er wies mit dem Kinn auf einen anderen Mann, um dessen rechten Arm ein schmuddeliger Verband gewickelt war. »Sid hat das von einer Säge, die einfach mittendurch gebrochen ist und auf ihn zugeflogen kam. Wir danken immer noch unserm Schicksal, dass wir nicht die Kettensäge genommen hatten. Verstehst du, was ich meine?«

»Sei bloß vorsichtig«, setzte ein anderer hinzu. »Mach langsam, stör nichts auf, tritt auf nix drauf und halt dich immer schön von allem fern.«

»Okay. Mach ich.« Kyle fühlte sich unbehaglich wegen ihrer Eindringlichkeit und wegen des Tunnels aus dunkelglänzenden Blättern vor ihm. Aber sein Vater hatte ihm beigebracht, dass man immer respektieren sollte, was die Arbeiter sagten. Egal, was die Bosse dachten – die Bodenmannschaft kannte sich auf dem Bau am besten aus.

Er kam nur langsam durch das Unterholz voran. Kyle kannte sich bei Sträuchern nicht aus, aber die Pflanzen standen ohnehin nicht für sich, sondern schlängelten sich über die Blumenbeete und wucherten über die Wege. Ihm war beinahe, als würde er einen Dschungel erforschen, und manchmal wünschte er sich tatsächlich eine Machete.

Stattdessen musste er Zweige wegschieben und suchen, wo der Weg unter dem Gesträuch entlangführte. Als er sich schon fast sicher war, dass er im Kreis lief und aufgeben wollte, bog er um eine Ecke und sah einen dunklen Turm auf einem kleinen Rasenhügel emporragen. Kyle starrte ihn überrascht an.

Der runde Turm hatte drei Reihen von spitzbogigen Fenstern und ein spitzes Dach. Die Mauern sahen aus, als bestünden sie aus Eisen, so unwahrscheinlich das auch schien. Steinerne Fratzen und Figuren hingen neben den Fenstern und am Dachrand: verkrümmte, schielende Zwergengestalten mit trötenden Mäulern. Die Eingangstür wirkte wie eine Laubsägearbeit aus Metall. Der ganze Turm sah aus, als hätte man ihn aus Gotham City importiert.

Kyle näherte sich vorsichtig. Der Hügel war steiler, als er gedacht hatte, gerade steil genug, um das Erklimmen anstrengend zu machen, und als er die Tür erreichte, war er außer Puste. Sie stand offen, und er beschattete seine Augen, um in das düstere Innere zu spähen.

»Hallo? Mr Fairfax?« Es kam keine Antwort, und er betrat den Raum.

Das schwache Licht, das durch die Buntglasfenster drang, wurde durch einen dichten Staubschleier gefiltert, so dass man das Innere kaum erkennen konnte. Kyle stand in einem Raum zwischen einem Gewirr aus gusseisernen Stühlen, die wahllos aufeinandergestapelt waren. Eine Wendeltreppe führte an der Wand nach oben. Von dort kam ein Geräusch, und Kyle sah einen großen schwarzen

Schatten an der Wand auftauchen, während Schritte herunterkamen.

»Wer ist da?«, fragte er, während seine Hand unwillkürlich die Lehne eines Stuhls umklammerte.

»Felix«, antwortete eine selbstsichere Stimme. »Felix Fairfax. Und wer bist du? Ich kenne dich doch.«

Kyle ließ die Stuhllehne wieder los. Es war der reiche Typ von dem Abendessen neulich, der sich über den Wein beschwert hatte und dem der rote Jaguar in der Remise gehörte.

»Ich heiße Kyle. Die Frau im Haus hat gesagt, ein Mr Fairfax würde mir sagen, was ich tun sollte. Das sind Sie, ja?«

»Sagte ich gerade«, erwiderte der Jüngling knapp und musterte Kyle, als wäre er ein Haustier oder ein Auto, das er kaufen wollte. »Und welche Arbeit kannst du machen, Kyle?«

Es war ziemlich nervig, diesen Angeber mit ›Mister‹ anzureden. Unter dessen kühlem, abschätzendem Blick erwachte Kyles Widerstand. Er wäre der Größere, wenn sie beide auf dem Boden stünden. Der andere hatte offensichtlich den gleichen Gedanken gehabt, da er die letzten Stufen nicht herabkam.

»Was immer gewünscht wird.« Kyle straffte seine Schultern. »Ich habe bei meinem Vater in der Baufirma gearbeitet, seit ich vierzehn bin. Ich kann bis zu 150 Kilo stemmen, wenn Sie es genau wissen wollen.« Das war zwar eine leichte Übertreibung, aber das wusste der Typ ja nicht.

»Gut.« Felix Fairfax verzog sein Gesicht zu einem sonderbar unfreundlichen Lächeln. »Ich hab genau den richtigen Job für dich, Kyle. Du sollst mir eine Leiche finden helfen.«

Kyle musste lachen, obwohl das eigentlich nicht witzig war. Aber Felix' Lächeln verschwand, und er sah verärgert aus.

»Das meine ich ernst. Aber wenn du dir den Job nicht zutraust, finde ich jemand anderen –«

»Eine Leiche?«, wiederholte Kyle. »Sie wollen, dass ich eine Leiche transportiere?«

»Eine Leiche *finden*.« Felix betonte das letzte Wort. »Ganz genau. Bisher hat sie niemand finden können, und ich will nicht, dass die Touristen darüber stolpern. Du siehst nicht so aus, als ob dich eine Leiche aus der Fassung bringen könnte.«

Kyle widersprach nicht, obwohl er ein ungutes Gefühl in der Magengrube hatte. Dieser Idiot sah nicht so aus, als ob er Witze machte.

»Wessen Leiche ist es denn?«, fragte er, obwohl er die Antwort ahnte.

»Von einem Mädchen. Meiner Cousine, wenn du es genau wissen willst. Sie war schon immer etwas durchgeknallt, und nun sieht es so aus, als hätte sie sich umgebracht – genau wie ihre Mutter. Fünfzehn Jahre, braune Augen, etwa ein Meter sechzig und mager. Sie verschwand Mitte März, und ich bin sicher, die Leiche ist irgendwo im Haus oder im Park.«

»Ist das nicht ein Job für die Polizei?«, wandte Kyle ein, und Felix verdrehte die Augen.

»Natürlich. Und sie behaupten auch, sie hätten nach ihr gesucht, aber ich glaube einfach nicht, dass sie sie überall gesucht haben. Sie sind von ihrem Tod erst überzeugt, wenn wir die Leiche finden.«

»Dann wollen Sie also Detektiv spielen.« Kyle schüttelte den Kopf. »Hören Sie mal, ich hab mich zum Möbelrücken und -schleppen eingetragen, und nicht, um den Batman zu Ihrem Robin zu machen.« Er betrachtete nachdrücklich die Turmwände. »Ein Fünfer die Stunde reicht mir nicht, um für Sie Leichen aufzuspüren.« Er lauschte seiner eigenen Stimme nach, sie klang fest und bestimmt, und er freute sich, dass er einen Grund zur Ablehnung gefunden hatte, der ihm erlaubte, das Gesicht zu wahren.

»Dann sagen wir fünfzig.« Felix holte aus der Tasche seines Mantels ein prall gefülltes Portemonnaie heraus. Er öffnete es, holte ein Bündel Scheine heraus und zählte sechs ab. »Das sind dreihundert Pfund.« Er fächerte die Scheine vor Kyle aus. »Für sechs Stunden Arbeit. Na, machst du nun den Job?«

Vor nur zehn Minuten hatte Kyle noch seine Schwester für geldgieriger als sich gehalten. Geld schien ihm immer zwischen den Fingern zu zerrinnen, so dass es kaum der Mühe wert schien, sich dafür anzustrengen, wenn er wusste, dass er es doch in der Kneipe oder Disco oder für Hamburger oder Döner ausgab. Aber dreihundert Mäuse, nur um etwas hier zu suchen, erschien ihm plötzlich ein gutes Geschäft, besonders weil Felix kaum erfahren würde, wie gründlich er gesucht hatte.

»Tja, ich denke, ich könnte mich mal umsehen.« Er streckte bereits eine Hand nach dem Geld aus.

Felix zählte die Scheine ab, und Kyle fragte sich eine Sekunde lang, ob sie auch echt waren. Niemand bezahlte sonst mit Fünfzigern. Er musste mal Kyra fragen, sie war das Finanzgenie der Familie. Seitdem sie in Mathe einen Kurs übersprungen hatte, machte sie für den Vater sogar die Buchführung.

»Ich möchte, dass du im Haus anfängst«, sagte Felix. »Im Purpurzimmer, das ist das rote Zimmer mit …«

»Ich weiß, was Purpur für eine Farbe ist«, schnitt Kyle ihm das Wort ab. »Ich bin nicht blöd.«

»Wenn du es sagst.« Felix lächelte wieder. »Dann kannst du es ja auch allein finden, aber ich möchte, dass du überall suchst. Ich habe viele Möglichkeiten, dich im Auge zu behalten, also denk nicht, dass du das Geld einfach einstecken und rumschlurfen kannst.«

»Sie sind ganz schön von sich eingenommen, was?« Kyle war auf einmal wütend auf diesen angeberischen Jüngling in einem teuren Mantel und Designeranzug. »Ich mach den Job für Sie, aber denken Sie nicht, dass ich Ihnen auch noch die Stiefel lecke, Mister Fairfax. Oder vielleicht erzähle ich auch herum, wofür Sie Ihr Taschengeld ausgeben.«

Das erschrockene Gesicht des anderen freute Kyle, und er grinste, hob die Hand zu einem spöttischen Gruß und spazierte aus dem eisernen Turm. Er hatte richtig geraten: Niemand wusste etwas von Felix' Absicht, Detektiv zu spielen. Aber dann verschwand das Grinsen aus seinem Gesicht. Wenn Felix so durchtrieben war und jemanden für diesen Job bezahlte – wie viel schlimmer war es dann, dass Kyle den Job angenommen hatte? Welcher Idiot war bereit, nach Leichen zu suchen?

Kyra fand schließlich den Weg in die Lange Galerie, jeder Schritt half ihr, die Erinnerung an das Auftauchen von Evas Namen auf der Liste zu vergessen. Sie redete sich ein, dass es eine völlig logische Erklärung dafür gab – sie war bisher nur noch nicht darauf gekommen.

Miss Cora Chance entpuppte sich als eine weißhaarige alte Dame mit zwei Brillen, eine auf dem Kopf, und eine hing an einer Kette. Sie gehörte zu diesen aufgeregten alten Damen, die alles dreimal erklären, und Kyra war erleichtert, als sie sie schließlich den ihr zugedachten Job machen ließ – aber nicht ohne konfuse letzte Anweisungen.

»Du wirst für die Wände ganz bestimmt nur weiche Lappen nehmen und nur ganz wenig Seifenwasser, ja? Und du gehst nur in die Zimmer, die ich dir gezeigt habe? Denn meine Familie besteht sehr auf ihrer Privatsphäre.«

»Aber gewiss doch.« Kyra versuchte, Begeisterung zu zeigen, damit die alte Schachtel endlich wegging. »Ich putze die Wände blitzsauber, keine Angst.«

Miss Cora sah alles andere als beruhigt aus, und Kyra wartete darauf, dass der ganze Affentanz, wie wichtig Sorgfalt sei, von neuem losging, doch da tauchte am Ende des Korridors eine ebenfalls in Tweed gekleidete Frau mit Pferdegesicht auf.

»Da bist du ja, Cora«, sagte sie. »Hast du schon gesehen, dass in der Galerie ein Sargent fehlt? Und mindestens zwei Constables. Ich möchte, dass du mir bei der Suche danach hilfst. Vielleicht sind sie ja irgendwo eingelagert, oder sie werden gereinigt, aber diese dumme Verwalterin hat anscheinend keine Ahnung, wo sie hingekommen sind.«

»Hört sich an, als fehlte ein ganzes Museum«, knurrte

Kyra, als Miss Cora davoneilte und irgendwelche Erklärungen zwitscherte. Die Möglichkeit eines Diebstahls, den die Pferdefrau angedeutet hatte, beunruhigte Kyra, denn das konnte Polizei bedeuten.

Vor ein paar Wochen waren Polizisten in der Schule erschienen und hatten den gesamten elften Jahrgang über die schlimmen Auswirkungen von Mobbing informiert und wie wichtig es wäre, sich an die Erwachsenen zu wenden, wenn man unglücklich war. Kyra hatte an einem Nietnagel herumgeknibbelt und versucht wegzuhören. Außerdem hatte man ihnen mitgeteilt, Eva Chance würde vermisst, aber es machten bereits Gerüchte die Runde, dass sie »vermisst, doch wahrscheinlich tot«, war. Kyra hatte sich gefragt, ob ein Brief aufgetaucht war, in dem behauptet wurde, Eva würde gemobbt, aber nachdem die Polizisten sich ihrer Aufgabe entledigt hatten, hatte sie sich wieder etwas entspannt. Die wussten nichts Genaues – die hatten nur einen Verdacht.

Eva war nicht gemobbt worden, nicht wirklich, man hatte sich nur über sie lustig gemacht. Und Eva hatte daran selber schuld, weil sie immer so seltsam war. Als sie damals mit neun Jahren alle ihre Lieblingsgegenstände in den Unterricht mitbringen sollten, hatte Eva einen Schmetterling in einem Marmeladenglas mitgebracht. Alle anderen in der Klasse hatten ihre Barbies und Game Gears umklammert, als Eva demonstriert hatte, wie man einen Schmetterling mit einem Tropfen Kampfer töten konnte. Sogar die Lehrerin hatte das schrecklich gefunden, aber Eva hatte nicht begriffen, dass das etwas Gruseliges war.

»Es ist doch nur ein Kohlweißling«, hatte sie gesagt, als

würde es einen Unterschied machen, welchen Schmetterling man vergiftete.

Außerdem machte Eva sich immer wichtig, sie sprach Französisch mit einem übertriebenen Akzent, der alle zum Grölen brachte, oder redete vom Leben der Königin Viktoria, als wäre sie damals dabei gewesen. Noch dazu gab sie in aller Öffentlichkeit Dinge zu, die Kyra nicht mal ihrer besten Freundin anvertraut hätte: zum Beispiel, dass sie den Nachttopf unter ihrem Bett benutzte, wenn das Klo kaputt war, oder dass sie keinen Badeanzug besaß, weil sie immer nackt im eigenen See badete. Kyra kam es manchmal so vor, als würde Eva täglich irgendwas Idiotisches sagen oder tun, und alle lachten sich dann darüber schlapp. Lachen war ja kein schweres Vergehen, und falls doch, hatte sich die ganze Klasse schuldig gemacht. Kyra und ihre Clique machten sich manchmal über Eva lustig, sie fragten sie etwas, damit sie eine bescheuerte Antwort gab. Was war denn falsch daran, wenn man an einem beschissenen Tag gern mal kichern wollte und deshalb einen Witz machte?

Es kam ihr merkwürdig vor, dass sie nun Evas Haus putzte, und sie hätte nicht sagen können, ob der viele Dreck es ihr leichter oder schwerer machte. Sie versuchte immer noch zu vergessen, dass Evas Name auf der Liste erschienen war. Sie hatte genug Erfahrungen mit Streichen, um sich auszudenken, wie man so was hinkriegen konnte – wenn es bloß nicht direkt vor ihren Augen passiert wäre.

Sie holte das Handy heraus, sah nach der Uhrzeit und war überrascht, dass seit ihrer Ankunft hier schon mehr als eine Stunde vergangen war. Sie wollte Kyle simsen, doch dann merkte sie, dass ihr Handy keinen Empfang hatte: zu viele dicke Steinmauern zwischen ihr und Kyle.

Beim Abwaschen der Tapeten war ihr Lappen grau geworden und das Seifenwasser im Eimer braun. Sie schleppte ihn in das nächste Badezimmer, goss das Wasser in ein antikes Waschbecken und ließ neues Wasser hinein. Es kam nur ein dünner Wasserstrahl, und sie gähnte. Da würde sie endlos lange warten müssen.

Sie lehnte sich gegen die Tür und sah den Flur entlang, bevor sie sich eine Zigarette anzündete. Sie hatte das Päckchen noch in der Hand, als eine vertraute Gestalt um die Flurecke bog.

»Kyra.« Ihr Bruder sah zuerst überrascht, dann verärgert aus. »Du hast nicht gesimst.«

»Mal ganz ruhig, Alter.« Sie schüttelte den Kopf. »Ich hab hier drin keinen Empfang, klar? Und mir geht's gut. Ich langweile mich bloß.«

Kyle sah auch nicht besonders fröhlich aus. Statt stillzustehen, hampelte er herum, zerrte am Halsausschnitt seines T-Shirts und rieb sich den Nacken. So benahm er sich immer, wenn er ihre Mutter anflunkerte, wo er gewesen war und wie viel er getrunken hatte. Kyra ließ sich davon nicht täuschen, genauso wenig wie Mama.

»Was hast du denn so getrieben, während ich hier wie eine Putzfrau geschuftet habe?«

»Ich hab ein rotes Zimmer gesucht.« Kyle trat von einem Fuß auf den andern. »Dieser Kerl hat mir gesagt, ich sollte was darin suchen, und jetzt kann ich das beschissene Zimmer nicht finden.«

»Hier gibt es locker hundert Zimmer.« Kyra verdrehte

die Augen. »Hast du auf dem Plan in der Halle nachgeschaut?«

»Klar.« Das klang abwehrend, und Kyra seufzte. Wahrscheinlich hieß das, dass er ungefähr fünf Sekunden draufgekuckt und dann beschlossen hatte, er könnte das Zimmer mühelos finden. »Komm, ich helfe dir suchen. Ich könnte eh 'ne Pause brauchen.«

Auf der Treppe nach unten begegneten sie einem Mädchen mit einem schweren Kohleeimer, das Kyra nicht kannte. Sie warf ihnen im Vorbeigehen aus ihren dunklen Augen einen durchbohrenden Blick zu. Kyra zuckte die Achseln, ihr war die Fremde ziemlich egal. Sie ging zurück zum Plan.

Die Halle war leer. Miss Langley hatte ihren Laptop mitgenommen, und nur der Tisch und das Anschlagbrett waren noch da. Auf dem Plan war kein rotes Zimmer vermerkt, aber dann fand Kyra einen Raum mit der Bezeichnung Purpurzimmer, und Kyle meinte, das wäre der richtige.

Sie gingen wieder hinauf und liefen durch einen Korridor mit geschlossenen Türen.

»Meine Aufseherin gehört zur Familie«, warnte Kyra und gab Kyle ein Zeichen, leise zu sprechen. »Sie hat gesagt, es würden viele Leute im Haus wohnen. Es sieht ganz danach aus, als würden sie hier wohnen, weil sonst alle Türen offen stehen.«

»Und wie sollen wir da das richtige Zimmer finden?« Kyle sah genervt aus, und Kyra verdrehte wieder die Augen.

»Es war die fünfte Tür rechts. Die Fenster gehen nach vorne raus.« Sie blieb bei der richtigen Tür stehen und zeigte darauf. »Das ist es.«

Kyle zögerte kurz und klopfte dann leise an die Tür. Es kam keine Antwort, und mit einem Blick auf Kyra drehte er den Knauf und öffnete die Tür. Das Zimmer war dunkel, und ein unangenehmer Geruch drang hinaus in den Flur: fauliger Verwesungsgestank.

Kyle trat ein und sah sich um. Kyra sah ihn die Hand zum Mund heben, er würgte, als müsste er sich übergeben. Sie folgte ihm hinein und hielt sich wegen des Gestanks die Nase zu. Über seine Schulter erblickte sie einen dunklen Klumpen verwesendes Fleisch, bevor Kyle sich auf den Fußboden übergab und frischen Kotzgestank zu den übrigen Gerüchen hinzufügte.

Kyra ging zum Fenster und zog die Vorhänge auf, sie fummelte an dem altmodischen Riegel herum und konnte endlich die untere Fensterhälfte hochschieben. Blasses Sonnenlicht und ein kalter Windstoß drangen herein.

Sie drehte sich zum Bett mit seiner blutigen Last um und zog eine Grimasse. Das verwesende Fleisch war übersät mit Maden, und die Überdecke glänzte vor getrocknetem Blut. Kyle wischte sich den Mund ab und sah hoch, sein Gesicht war blass vor Übelkeit.

»Wer ist es?«

»Was meinst du damit?« Kyra runzelte die Stirn. »Es ist ein toter Vogel. Einer von den Pfauen, die draußen so einen Lärm machen.«

»Was?« Kyle stand auf und sah auf den toten Vogel hinunter. »Oh nein. Ich dachte wirklich, wir hätten sie gefunden.«

»Was gefunden?« Kyra begriff nicht, was er meinte. »Wovon redest du?«

»Eva Chance. Das tote Mädchen. Ich dachte, wir hätten ihre Leiche gefunden. Die suche ich. Felix hat mir gesagt, ich sollte sie suchen.«

Das Himmelbett hatte lange rote Samtvorhänge, und Kyra zog sie zu, um den vergammelnden Pfau zu verbergen, während Kyle sich auf den Fenstersitz setzte und ihr erzählte, was ihm alles widerfahren war.

Während sie zuhörte, zog sie ihre eigenen Schlussfolgerungen. Sie erinnerte sich an den Felix von dem Abendessen als einen attraktiven, charismatischen Jungen, der sich eher wie ein Erwachsener benahm und der übrigen Familie seine Entscheidungen arrogant mitteilte. Kyra hätte sich gegenüber ihren Eltern oder Tanten oder ihrem Großvater nie so benehmen dürfen, aber sie war ja auch nicht so nobel wie die Chances. Felix hatte sich anscheinend Kyle gegenüber genauso hochmütig verhalten und ihm etwas befohlen, das zumindest äußerst fragwürdig war.

Kyle zögerte, gab dann aber zu, dass Felix ihn bezahlt hatte, und zog sechs zusammengefaltete Scheine aus der Tasche: dreihundert Mäuse. Kyra konnte beim Anblick des Geldes verstehen, warum ihr Bruder den Job übernommen hatte, aber sie fand jetzt Felix' Verhalten nur noch fragwürdiger. Wenn Leute große Summen für eine besondere Arbeit anboten, über die man nicht reden sollte, waren sie miese Arbeitgeber.

Felix hatte Kyle offensichtlich reingelegt, und sie fragte sich, ob es für Kyle nicht das Beste wäre, das Geld zurückzugeben und zu verduften. Das Problem war nur, dass Felix sie dann vielleicht vor lauter Wut rausschmiss. Aber das hätte Kyra riskiert, doch die ganze Situation war total bescheuert.

»Felix hat dir also gesagt, du sollst diese Leiche finden und du solltest hier suchen«, wiederholte sie. »Glaubst du, er wusste darüber Bescheid?« Sie wies auf das Bett.

»Keine Ahnung.« Kyle schüttelte den Kopf, er sah immer noch ein bisschen blass aus. »Du weißt, ich hätte nicht gekotzt, wenn ich gewusst hätte, dass es bloß ein Vogel ist. Ich hab echt gedacht, es wäre ein Mensch.«

»Ich sag doch gar nichts.« Kyra fand, hier gab es wichtigere Probleme als ein männliches Ego. »Wenn nicht, warum hätte er dir dann gesagt, du solltest hier suchen …« Sie richtete sich auf, blickte sich um und sah den Raum jetzt in einem anderen Licht. Wie alle Zimmer, die sie bereits gesehen hatte, war er mit altmodischen Möbeln eingerichtet, nichts wies darauf hin, dass gegenwärtig ein Mensch hier wohnte. Aber da stand ein großer Schrank, und als sie ihn öffnete, grinste sie. »Na bitte – hab ich mir's doch gedacht. Hör mal, das muss ihr Zimmer gewesen sein. Schau her –«, sie zeigte in den Schrank, »die Schuluniform – und die grässlichsten Klamotten, die ich jemals gesehen habe.«

Kyle stand auf und runzelte die Stirn.

»Sind ja ziemlich merkwürdige Fummel.«

Kyra nickte. »Na ja, Eva Chance war komisch. Das lag nicht an uns …« Sie brach ab. Sie wollte jetzt nicht darüber nachdenken, ob Eva gemobbt worden war.

Kyle hatte nichts gemerkt.

»Sieht so aus, als könnte man den Fenstersitz aufklappen.« Er hob die Sitzfläche an, und sie sahen ein Durcheinander aus Schulheften, Ordnern und anderen Schulsachen. »Ziemlich unordentlich«, fügte er hinzu. Kyra wollte schon fragen, wie er das beurteilen konnte, wo doch sein Zimmer ein wahrer Saustall war, als er fortfuhr: »Sieht so aus, als hätte jemand hier schon nachgesehen und alles durcheinandergeworfen.«

»Ja.« Kyra sah auf das Durcheinander an Büchern. »Alles andere im Zimmer ist aber aufgeräumt. War es also Felix, der hier rumgewühlt hat? Oder ein anderer?«

»Wenn wir nichts finden, sollten wir abhauen. Der Gestank wird nicht weniger.«

Das Öffnen des Fensters hatte zwar die Luft etwas verbessert, aber nach dem Zuziehen der Bettvorhänge war die Vorstellung von dem verwesenden Pfau irgendwie noch grässlicher geworden. Das Zimmer hatte eine schlechte Atmosphäre, die nicht nur von dem ekelhaften Gestank herrührte. Kyra wollte gern wieder rausgehen.

»Ich hoffe bloß, ich krieg nicht den Job, das Zeug hier fortzuschaffen«, sagte sie und hielt dann die Hand vor den Mund, um einen Fluch zu unterdrücken. »*Fmpf.*«

»Was?« Kyle sah sie erschrocken an.

»Ich hab das Wasser laufen lassen!«, rief sie ihm über die Schulter zu, während sie zu dem Badezimmer zurückeilte. »Es sah aus, als würde es ewig lange dauern, bis der Eimer voll war – aber jetzt herrscht da wahrscheinlich eine Überschwemmung.« Sie hatte keine Schwierigkeiten, zur Langen Galerie zurückzufinden, und Kyle folgte ihr etwas langsamer.

Kyra sah im Geiste ein überschwemmtes Bad vor sich

und eine herausflutende Wasserwoge, die über den Teppich bis hinunter in die Halle strömte. Aber als sie um die letzte Flurecke bog, war nichts von einer Wasserflut zu sehen. Stattdessen stand ein leerer Eimer an der Wand, zwanzig Meter von dem Badezimmer entfernt, und ein Tapetenstreifen zeigte im Gegensatz zu dem dunklen, schmutzigen, noch nicht gewischten Rest ein leuchtendes Rankenmuster. Während Kyra mit Kyle geredet hatte, hatte jemand für sie ihre Arbeit erledigt.

Sie berührte die Wand. Sie war kaum noch feucht, und die Tapete schlug weder Blasen, noch hatte sie sich abgelöst, wie sie es ein bisschen bei ihr getan hatte. Wer immer hier gewischt hatte, wusste, was er tat, und sie fragte sich, ob jemand von den Chances den überfließenden Eimer gefunden und dann die Arbeit jemand Kompetenterem übertragen hatte.

Am Ende des Korridors ertönten Schritte, und Miss Langley erschien. Kyra machte sich auf einen Anschiss gefasst, aber die Frau sah gar nicht wütend aus. Sie blickte Kyle an.

»Du siehst stark aus«, sagte sie mit freundlichem Lächeln. »Kannst du mir bei ein paar Kisten helfen?«

»Äh ... klar.« Kyle ließ sich wegführen und deutete zu Kyra ein Achselzucken an.

»Ich sehe, du hast schwer gearbeitet.« Miss Langley hatte Kyra bemerkt und nickte zur Wand hin. »Miss Cora wird erfreut sein.«

»Na prima«, sagte Kyra geistesabwesend.

Nachdem Miss Langley und Kyle verschwunden waren, brachte sie den Eimer wieder ins Badezimmer. Bei dem altmodischen Waschbecken lief wie erwartet kein Wasser. Aber es gab einen Hinweis auf die Person, die es abgedreht hatte. Neben dem Hahn waren zwei verschmierte schwarze Handabdrücke.

Kyra war den Rest des Tages gut beschäftigt. Sie sah Kyle nur noch wenige Male: Einmal fuhr er auf einem Metallgestell eine Umzugskiste, das zweite Mal sah sie ihn weit weg im Park. Als sie sich schließlich wieder trafen, erklärte er, dass er für Miss Langley Arbeiten erledigt hätte und dann herumgelaufen sei, um eine Orientierung zu bekommen. Er sagte nicht direkt, dass er noch mit dem Auftrag von Felix beschäftigt war, aber er leugnete es auch nicht. Kyra ließ das fürs Erste ruhen. Sie grübelte immer noch darüber nach, wer ihr beim Putzen im Flur geholfen hatte.

7
Fußspuren im Schnee

Sonntag, 6. April
Eva hatte seit fünf Tagen nicht geschlafen. Zuerst hatte die Pfauenleiche sie daran gehindert, in ihr Zimmer zurückzukehren, und sie war auch nicht müde genug gewesen.

Sie hatte sich die Aufgabe gestellt, selbst herauszufinden, was mit ihr geschehen war. Sie folgte ihren Verwandten durch das Haus und belauschte ihre Gespräche. Jetzt musste sie nicht mehr hinter Türen oder Gardinen horchen, jetzt konnte sie mitten im Zimmer stehen, ohne dass sie bemerkt wurde. Die Kräfte, die sie befähigt hatten, Felix im Purpurzimmer die Stirn zu bieten oder Großvater in dem Notarztwagen zu begleiten, schienen nicht steuerbar. Jetzt sah sie keiner, obwohl ihre Verwandten gelegentlich erschauerten oder die Stirn in Falten legten, wenn sie ihnen zu nahe kam. Ihren besten Moment hatte sie gehabt, als sie vor Kyra ihren Namen auf die Liste geschrieben hatte und mitbekam, wie sich ihr Gesicht entsetzt verzerrt hatte. Doch wenn sie gedacht hatte, Kyra würde etwas verraten, sah sie sich getäuscht. Das blonde Mädchen schien über Evas Verschwinden nichts zu wissen.

Trotz ihrer geduldigen Detektivarbeit wusste Eva immer noch nicht mehr. Sie hatte in Alarmbereitschaft gestanden, falls ihr Name erwähnt wurde, aber immer wenn jemand in einer Unterhaltung ihr Verschwinden erwähnte, wechselte man das Thema. Tante Cora war rührselig, Tante Helen forsch und Tante Joyce unkonzentriert – und keine verriet irgendwas. Die Familie glaubte offenbar, dass Eva entweder weggelaufen war oder sich umgebracht hatte, und obwohl sie sich von ihren Verwandten nie viel erhofft hatte, tat ihr diese Gleichgültigkeit weh.

In den für die Öffentlichkeit zugänglichen Räumen gab Miss Langley einer Armee von angeheuerten Helfern Anweisungen, wie die Teppiche zu reinigen waren. Das Haus schien überall zum Leben zu erwachen – aber es war ein geisterhaftes, unwirkliches Leben. Die Geisterwelt schwieg nie. Das Wimmern und Flüstern, das Eva früher überhört hatte, wurde immer lauter und deutlicher.

Die Atmosphäre veränderte sich von Raum zu Raum, als der Widerhall der Geister ins Bewusstsein und wieder hinausglitt, ganze Böden und Flügel des Hauses Zeitreisen machten, Zimmer und Möblierungen sich änderten, je nachdem, wie die Wellen der Geschichte sich hoben oder senkten. Diese Vortäuschung der Vergangenheit zog nach Ansicht Evas die kleineren Geister an, als die ausgeblichenen Zimmer vor entschwundener Pracht erglühten.

Die meisten Geister schienen gar nicht zu merken, dass sie Geister waren. Sie erschienen nur, um einen Korridor entlangzugehen oder ein paar Tanzschritte im Ballsaal zu machen. Sie hatten nicht wie Elsie ein Bewusstsein davon, was sie waren oder wie sie so geworden waren, sie waren eher wie Musikaufnahmen: Musik ertönte in einem leeren Raum, lange nachdem die Musiker schon gegangen waren. Diese nebelhaften Geister konnten nur hin und wieder eine

Türangel quietschen oder ein Fenster klappern lassen, aber alle zusammen bildeten einen wirbelnden Strom von kribbeliger Energie.

Nur selten gab es Geister mit wirklicher Macht. Die schweren Schritte des Stalkers auf der Treppe drohten Böses an, und geringere Geister verschwanden, wenn der Stalker in ihre Nähe kam. Auch Eva wagte nicht, sich der unsichtbaren Gewalt hinter den Schritten zu stellen. Wie andere Geister flüchtete sie dann – und machte sich anschließend wegen ihrer Feigheit Vorwürfe.

Und hinter allen Geistern herrschte die Macht der Hexe, die Quelle der dunkelsten und mächtigsten Energien. Die Hexe brauchte nicht mit Fenstern zu klappern und mit Türangeln zu quietschen, aber wenn Messer ausrutschten und Blut floss und Kopfschmerzen die Menschen unfreundlich machten – dann hörte Eva ganz tief in ihren Gedanken das Spottgelächter.

Das Haus summte vor lauter Gefühlen. Von dem wütenden Knistern der Familienstreitereien bis zu dem schaurigen Spuken der kleineren Geister, bis hin zum glühenden Hass der Hexe wirbelten diese Einflüsse die Atmosphäre auf, bis die Luft stickig wurde und danach schmeckte.

❦

Der Sonntagmorgen brach hinter den Fenstern der Langen Galerie strahlend an, während Eva auf und ab ging und nach einer Lösung für ihre Schwierigkeiten suchte. Die kleinen Fenster waren sehr hoch, aber gleißendes Licht lockte sie auf den Balkon, um den Park unter einer weißen

Decke zu sehen. Während der Nacht hatte es geschneit, und nun war die Welt in eine fremde, leere Landschaft verwandelt.

Auf den Baumästen mit den ersten Blüten lastete jetzt schwerer Schnee. Auf den Rasenflächen lag eine weiße Decke, die Mauern, Hecken und Sträucher verschwanden unter einer geheimnisvollen Mondlandschaft. Der Himmel war blassblau, und die Sonne strahlte grell in der kalten, klaren Luft.

Diesem Schnee im April haftete etwas Magisches an, das Eva aus dem Haus in die arktische Tundra des Parks lockte. Auf der Terrasse kreischten klagend die Pfauen und plusterten ihr Gefieder auf, als sie vorbeiging. Auf dem Krocketrasen wandte sie sich zum Haus um und sah den Schnee hinter sich unberührt und weiß *ohne jede Fußspuren.*

Eva sah auf ihre nackten Füße im Schnee. Ihr war schon seit Tagen kalt, aber trotz des Schnees wurde ihr nicht kälter. Es sah aus, als stünden ihre Füße im Schnee, und sie hörte ihn knirschen – aber sie hinterließ keine Fußspuren. Nur ein Gewirr aus Vogelspuren bildete auf der Schneefläche ein wirres Muster.

Eva bückte sich und machte aus einer Handvoll Schnee einen Schneeball. Sie warf ihn in einen Strauch, sah die Zweige erzittern und Schnee herunterrieseln. Offensichtlich konnte sie manchmal ihre Umwelt beeinflussen, manchmal nicht. Sie wanderte weiter durch den Park und ließ die Spannung hinter sich, die sich im Haus aufgestaut hatte.

In dem lautlosen Park schien die Welt stillzustehen, und

Eva dachte daran, wie ihr eigenes Leben zu einem plötzlichen Stillstand gekommen war.

Elsie hatte ihr erzählt, dass Geister in der Menschenwelt festhingen, weil sie etwas erledigen wollten. Hieß das, wenn sie herausbekam, was ihr Leben beendet hatte, würde dieses seltsame Halbleben zu Ende sein und sie käme in den Himmel oder in die Hölle? Das war ein gruseliger Gedanke, und als sie eine Reihe von Fußabdrücken im Schnee bemerkte, beendete sie erleichtert diese Grübeleien.

Die Abdrücke waren klein und dicht, schmale Schuhe ohne viel Gewicht, und sie führten am See entlang zu der kleinen Anhöhe mit dem Sommerhaus. Eva fragte sich, wer schon so früh morgens im Schnee herumspazierte, und folgte den Spuren. Der Spaziergänger schien langsam vorangekommen zu sein und hatte mehr als ein Mal angehalten, aber Eva flog förmlich an der Spur entlang und sah nun die geschwungenen Umrisse des Bauwerks.

Das Sommerhaus war ein weißer Pavillon, die architektonische Umsetzung eines orientalischen Zeltes. Es hatte keine Seitenwände, die Steinbänke und -sitze waren in einem Halbkreis angeordnet. Von hier hatte man einen guten Ausblick über den See, als die Familie noch Regatten veranstaltet hatte. Jetzt wurde der Blick durch ein Wäldchen aus robusten jungen Bäumen verstellt, die sich selbst am Hang ausgesät hatten. Falls der Spaziergänger müde geworden war, wäre dies ein geeigneter Platz zum Ausruhen gewesen.

Die Fußspuren endeten am Steinboden des Sommerhauses, und Eva betrat es zögernd, verlegen, obwohl sie bezweifelte, dass wer immer hier war sie sehen konnte. In der

Türöffnung sah sie sich im eleganten weißen Gebäude um, und ihr Blick wanderte zu dem einzigen Anwesenden: Eine kleine Gestalt lag zusammengerollt auf der Erde. Eva kniete sich neben ihr nieder und erkannte Tante Coras weißen Pusteblumenschopf und den Wollschal, der eng um den Hals ihrer Tante geschlungen war.

Eva entknotete den Schal und tastete rasch nach dem Puls, aber ihre Finger waren zu kalt, um etwas zu spüren. Stattdessen legte sie ihren Kopf auf die Brust ihrer Tante und lauschte auf den Herzschlag. Durch den dicken Mantel konnte sie nichts hören und verwünschte ihre Hilflosigkeit, ergriff die Hände ihrer Tante und rieb sie, dann schüttelte sie sie sanft, um sie wiederzubeleben.

Ihre Tante stieß einen leisen Protestton aus, und Eva atmete erleichtert auf, während sie überlegte, was sie nun tun sollte. Hilfe gab es nur dort hinten im Haus – falls sie jemanden dazu bringen konnte, ihr zuzuhören.

In Tante Coras Haar war Blut, und während Eva ihr weiter die Hände rieb, überlegte sie, ob es richtig wäre, ihre Tante von hier fortzuschaffen. Cora hatte sich den Kopf angeschlagen, und vielleicht war sie schwerer verletzt, als es den Anschein hatte. Während Eva über alle Möglichkeiten nachdachte, fiel ihr ein, dass Großvater auch eine Kopfwunde gehabt hatte, als man ihn ins Krankenhaus gebracht hatte.

Sie ließ die Tante liegen, ging rasch zur Ecke des Sommerhauses und hielt in alle Richtungen Ausschau nach anderen Fußspuren, die herkamen oder fortgingen. Aber außer den Spuren von Tante Coras kleinen Schnürschuhen gab es keine Abdrücke.

Eva ging zu ihrer Tante zurück, sie konnte sie nicht hier liegen lassen und Hilfe holen. Sie musste hierbleiben und hoffen, dass irgendjemand käme. Zumindest konnte sie die einzige Tante, die jemals freundlich zu ihr gewesen war, vor demjenigen beschützen, der sie umbringen wollte. Wie ihr eigener Tod und die Verletzungen ihres Großvaters – trotz der fehlenden Spuren wusste Eva, dass Tante Coras Sturz kein Unfall war. Der Schal war so eng zusammengezerrt gewesen, dass er Blutergüsse verursacht hatte. Coras Sturz war ein Mordversuch – oder ein echter Mord, falls nicht bald jemand kam.

Als Kyle Stratton hinter seiner Schwester die Auffahrt hoch zum Chance-Haus ging, überlegte er, wie abgefahren es war, einen Zwilling zu haben. Als würde man sehen, wie man als Mädchen zur Welt gekommen wäre. Kyle konnte sich nicht vorstellen, ein Mädchen zu sein. Er betrachtete Kyra in ihrer silbrigen Bomberjacke, ihrem Jeansminirock und den Ugg-Stiefeln, die ein paar Schritte vor ihm ging, und schüttelte den Kopf.

Mädchen waren zickig und intrigant. Kyle staunte, wie seine Schwester eine andere total übersehen konnte, die noch vor einer Woche ihre Freundin gewesen war. Zwischen ihm und seinen Kumpeln gab es diese theatralischen Zankereien gefolgt von Freundschaftsschwüren nicht, nur manchmal motzte man rum, weil man bei der Playstation oder beim Fußball einen übergebügelt gekriegt hatte.

Aber wenn es zu Diskussionen mit seiner Schwester kam, gewann immer sie. Die vielen Auseinandersetzungen und Dramen mit den anderen Mädchen schienen ihr einen Vorteil zu verschaffen. Bei allem war sie ihm immer fünf Schritte voraus, erriet seine Gegenargumente, widerlegte sie und machte dann genau das, was sie wollte. Kyle hatte sich alle Mühe gegeben, ihr klarzumachen, dass diese Familie Chance ihm total unheimlich war, aber das hatte sie überhaupt nicht beeindruckt.

Er hoffte, dass es durch den Schnee weniger Arbeit gäbe, aber zu seiner Überraschung wimmelte es vor dem Haus von mindestens dreimal so vielen Menschen wie sonst, darunter sogar zwei Polizisten in Uniform.

Gerade machte einer der Polizisten eine Ansage über ein Megaphon, und die Gruppe teilte sich in Grüppchen auf und marschierte durch den Schnee zu irgendeinem Ziel. Kyle erkannte einen der Gärtner, tippte ihn auf den Arm und fragte: »Was ist denn los?«

»Irgendeine alte Schachtel ist verschwunden. Ist nicht zum Frühstück erschienen, und ihr Mantel und ihr Hut sind weg. Wir sollen den Park durchsuchen, bis wir sie finden.«

»Das ist bestimmt Miss Cora.« Kyra war neben Kyle aufgetaucht, als der Gärtner losmarschierte. »Das war die, die mir gesagt hat, wie ich die Tapeten abwaschen soll. Sie hat irgendwas gezwitschert, dass sie gern einen Morgenspaziergang macht.«

»Im Schnee?« Kyle war vorhin unter seiner Bettdecke geblieben, bis seine Mutter sie ihm weggezogen hatte. »Vor dem Frühstück?«

»Nicht alle sind so faul wie du.« Kyra grinste. Sie war

morgens immer unheimlich munter und strampelte noch eine halbe Stunde auf dem Hometrainer, bevor sie duschte und sich für die Schule anzog. Kyle war schon zufrieden, wenn er noch Zeit zum Frühstücken hatte, bevor er losmusste.

»Wenn alle suchen, sollten wir uns wohl beteiligen«, sagte er.

»Stimmt. Ist doch genau das, wofür Felix dich bezahlt: nach Leichen suchen.«

»Sag doch nicht so was.« Kyle verzog das Gesicht. »Die alte Dame ist nicht tot.«

»Vielleicht doch.« Kyra schien gar nicht so merken, wie herzlos sie sich anhörte. »Eine alte Frau rutscht auf Glatteis aus, vielleicht liegt sie da schon seit Stunden ...«

»Halt die Klappe.« Kyle drehte ihr den Rücken zu und ging zum Park – wenn sie wollte, konnte sie ja nachkommen. Er hatte zwei Großmütter, und alles in ihm sträubte sich gegen die Vorstellung, eine von ihnen könnte irgendwo im Schnee liegen. Manchmal war Kyra unmöglich.

Der Schnee knirschte unter seinen Schuhen, als er sich seltsam erleichtert auf die Suche nach der alten Frau machte. Er wollte sie unbedingt retten und beruhigte sich mit Spekulationen, in wie viel nichttödliche Notlagen jemand geraten konnte. Außerdem war es auch gar nicht sehr kalt, nur kühl.

Er fragte sich, ob die anderen Sucher vor ihrem Abmarsch nach Fußspuren gesucht hatten. Er wusste nicht, ob irgendwelche Anweisungen für die Suche gegeben worden waren, deshalb überlegte er sich selber eine Methode. Der Gedanke an seine Großmütter half ihm dabei. Eine ältere Dame wie Miss Cora würde auf den Wegen spazieren gehen und nicht durch die Wälder oder im Irrgarten herumlaufen, sie würde ein paar Brotkrumen mitnehmen und die Vögel füttern ...

Kyle rannte los, denn nun war ihm klar: Sie würde zum See gehen. Ein See mit Enten, Schwänen und Pfauen würde eine ältere Dame wie ein Magnet anziehen. Kyle hätte gewettet, dass sie eine Tüte mit Brotkrumen dabei hatte, als sie losging.

Erhitzt und atemlos kam er beim See an, aber er sah keine Enten oder Schwäne, nur Pfauen kreischten irgendwo in der Nähe. Der Lärm kam von einem zeltförmigen Haus auf einem nah gelegenen Hügel. Kyle folgte dem Gekreisch und sah bald die Fußspuren, die bestimmt bei dem Haus enden würden.

Was er nicht erwartet hatte, war ein Mädchen in einem zerrissenen Kleid, das neben einem gekrümmten Körper kniete. Und sie hatte ihn genauso wenig erwartet, denn sie zuckte bei seinem Kommen zusammen und starrte ihn stumm aus riesengroßen Augen flehend an.

»Was ist passiert?« Kyle rannte auf sie zu. »Ist das die alte Dame?«

Das seltsame Mädchen sah noch erschreckter aus, als er sie anredete, und blickte hinter sich, als würde er mit jemand anderem reden. Erst dann stammelte sie ein paar Worte.

»Sie atmet nicht regelmäßig, und sie ist schon seit über einer Stunde ohne Bewusstsein. Könntest du bitte Hilfe holen?«

Kyle hatte schon sein Handy in der Hand. Er verplemperte noch eine Minute mit der Überlegung, ob er im Haus anrufen sollte oder ob es eine besondere Nummer bei der Polizei für Unfälle gab, bevor er dreimal auf die Neun drückte und eine Ambulanz anforderte. Er wiederholte die Beschreibung des Mädchens von Miss Cora Chances Zustand, und dann musste er die Zufahrt zum Haus und Park erklären und zu diesem Gebäude hier – »das Sommerhaus«, sagte das Mädchen – und dass bereits Sucher unterwegs waren.

Bei aller Hektik kontrollierte Kyle auch noch Miss Chance' Puls und ihren Atem und teilte das Ergebnis seinem Telefonpartner mit. Er sah sich nach dem Mädchen um, damit sie das Handy nahm, aber sie war verschwunden. Der Polizist am anderen Ende gab ihm Anweisungen, und in seiner Sorge, ob Miss Chance noch atmete, vergaß Kyle die Zeit, bis er sanft aber fest von jemandem in Uniform beiseite geschoben wurde und ein anderer ihm das Handy abnahm, der dann dem Kollegen mitteilte, was los war.

Nun erst erkannte Kyle, dass sich im Sommerhaus die Menschen drängelten, die die Polizisten begleitet hatten, unter ihnen auch seine Schwester.

»He!« Sie ergriff seinen Arm und grinste ihn an. »Du hast sie gefunden! Du bist ein Held!«

»Eher nicht.« Kyle sah sich suchend nach dem Mädchen mit dem zerzausten Haar um, die vor ihm hier gewesen war, und konnte sie nirgends entdecken. »Ich weiß ja nicht mal, ob die Frau überlebt.«

»Dafür bist du nicht verantwortlich«, sagte Kyra bestimmt. »Aber du hast sie gefunden, das ist das Entscheidende.«

Als später andere Leute ihm auf die Schulter klopften und ihm gratulierten, schaffte er es nicht, zu widersprechen. Wenn er gewusst hätte, wer das fremde Mädchen war, hätte er ihre Verdienste erwähnt, aber wegen ihres Verschwindens fühlte er sich seltsam gehemmt, ja, es widerstrebte ihm sogar, danach zu fragen, wer sie war, weil er die Antwort vielleicht nicht hören mochte.

Zum zweiten Mal sah Eva einen Krankenwagen vom Haus wegfahren und hätte gern gewusst, ob sie über Tante Cora mehr erfahren würde als über Großvater. Sie hatte nur mitbekommen, dass es ihr den Umständen entsprechend gutging. Alle gingen dann erleichtert zum Haus zurück, und Eva folgte ihnen und wünschte, sie könnte auch erleichtert sein.

Kyra Stratton und ihr Bruder liefen nebeneinander her, manchmal blieb jemand stehen, um dem Jungen anerkennend auf den Rücken zu klopfen oder gegen die Schulter zu boxen, doch Kyle reagierte dann abweisend, und Eva konnte sich denken, warum. Sie war über sein plötzliches Auftauchen überrascht gewesen, vor allem, weil er sie hatte sehen können. Doch darüber hatte sie nicht weiter gegrübelt, weil sie ihm die wichtigen Informationen über den Zustand ihrer Tante mitteilen musste. Als er dann den Notarzt anrief, schien der Moment verpasst. Bestimmt hatte er sie dann nicht mehr sehen können, obwohl sie bei der Ankunft der Sanitäter mit der Trage dabei gewesen war.

Sie wusste nicht, wieso sie plötzlich sichtbar gewesen

war. Hatte es mit Tante Coras Zustand zu tun gehabt und mit ihrem eigenen Bedürfnis, zu kommunizieren? Wie seltsam, dass ausgerechnet Kyras Bruder sie gesehen hatte, vor allem, weil sie sich doch am Abend nach der Dinnerparty ihm und Kyra hatte zeigen wollen – und damals war es ihr nicht gelungen. Lag es daran, dass Kyle nach irgendwem gesucht hatte, wenn auch nicht nach ihr? Ihre übernatürlichen Fähigkeiten waren nicht leicht vorherzusagen oder zu erklären, ihr Erscheinen oder Verschwinden waren ebenfalls in ein komplexes Gespinst von emotionaler Aufgewühltheit verwoben, das sie auch für sich selbst zu einem Geheimnis machten.

Jetzt lief sie mit den Suchern zurück. Das Aushilfspersonal schwatzte und spekulierte darüber, wie Tante Cora diesen Unfall erlitten hatte, aber niemand sah Eva. Obwohl dort, wo sie ging, immer eine Lücke blieb, schien das niemand zu bemerken.

Im Haus versammelten sich die Aushilfen in der Küche und pochten auf ihr Recht auf heiße Getränke. Zwischen ihnen sah Eva ihre Verwandten. Zu ihrer Überraschung schienen sie sich alle zu der Suche nach der Vermissten aufgerappelt zu haben. Ganz gegen ihre Gewohnheit war Tante Helen in höchst großzügiger Laune und drängte Kyle eine Tasse mit dampfendem Tee auf, während Onkel Richard sich nach vorn drängelte, um ihm die Hand zu drücken, so dass Kyle Gefahr lief, mit dem Lob verbrüht zu werden.

Als sie wieder gegangen waren, näherte sich Felix, zog schwungvoll einen Clip mit Geldscheinen heraus und steckte ihn in die Brusttasche von Kyles Jackett. Doch das erwies sich als ein Fehler. Kyle reichte seinen Becher an jemanden weiter, holte den Clip mit den Scheinen heraus und gab ihn Felix zurück.

»Ich möchte kein Geld, weil ich Ihre Tante gefunden habe«, sagte er angewidert. Dann ging er rasch davon, und Felix stand mit dem Geld in der Hand da, bis auf die Knochen blamiert wegen seiner Fehleinschätzung.

Eva war das Gedränge unangenehm, und sie folgte den anderen in das Speisezimmer, wo Tante Joyce sich laut fragte, was Cora sich wohl gedacht hatte, als sie ohne Begleitung spazieren ging. Sie tat so, als wäre jedes Familienmitglied scharf auf einen flotten Morgenspaziergang gewesen.

Eva überlegte.

Gewöhnlich waren alle Spätaufsteher. Nur Tante Cora unternahm üblicherweise einen Morgenspaziergang, aber Tante Joyce schlief lange, und obwohl Tante Helen früh aufstand, verbrachte sie den Morgen meistens mit Briefeschreiben, während Onkel Richard im Morgenmantel um sie herumwerkelte.

Falls jemand von ihnen Tante Cora angegriffen hatte, hätte er früh aufstehen und sie im Sommerhaus ansprechen müssen – und zwar ohne eine Fußspur zu hinterlassen. Evas Gedanken überschlugen sich: Wie in aller Welt konnte man zum Sommerhaus gelangen, ohne eine Spur zu hinterlassen? Und falls jemand schon gestern Abend vor dem Schneefall dort gewesen war – wie hatte er dann von dort spurlos verschwinden können? Eva hätte jeden gesehen, der sich dort versteckte. War der Angreifer ein Geist gewesen? Aber sie hatte noch nie von Geistern gehört, die im Sommerhaus herumspukten, ihr Großvater hatte sie nur vor dem Keller und dem See gewarnt.

Noch verrückter war die Vorstellung, dass jemand einen Grund gehabt hatte, Tante Cora anzugreifen. Von allen Tanten war sie die sanfteste, sie hatte keine Feinde, sie war nicht mal reich. Plötzlich wünschte sich Eva, sie wäre Tante Cora gegenüber nicht so ablehnend gewesen. Nur weil ihr nichts einfiel, weshalb ihre Tante ein Zielobjekt gewesen sein konnte, hieß das ja nicht, dass es keinen Grund gab. Aber ganz bestimmt gab es keine Entschuldigung für das, was geschehen war. Tante Cora hatte es nicht verdient, dass man sie angegriffen, gewürgt und für tot liegen gelassen hatte.

Bestimmt war jemand dafür verantwortlich, und dieselbe Person war auch für Evas Tod verantwortlich. Ihr fiel niemand ein, der sie umbringen wollte, genauso wenig wie bei Tante Cora oder Großvater, aber langsam fand sie den Gedanken unerträglich. Ihre liebsten und freundlichsten Verwandten lagen im Krankenhaus, und Evas Verdacht konzentrierte sich auf die übrigen. War Tante Helen erleichtert, dass man Tante Cora gefunden hatte? War Tante Joyce ein bisschen zu laut gewesen?

Sie beobachtete die Umstehenden und bemerkte Lisle Langley, die mit einem Klemmbrett dastand, Personen zählte und auf einer Liste abhakte. Eva schaute ihr über die Schulter und sah eine Spalte mit den Überschriften: ›gegangen‹ und ›zurück‹. Plötzlich erschauerte Miss Langley, und Eva ging weiter, sie hatte ein schlechtes Gewissen wegen der kalten Geisterluft, die sie jetzt immer umwehte.

Ihr wurde übel, als sie sich fragte, ob diese Liste auch den Namen ihres Mörders enthielt: einer aus der Familie oder eine der Aushilfskräfte oder einer der Sucher. Jemand, der lächelte oder Tee schlürfte, hatte eine ältere Frau gewürgt und einen alten Mann niedergeschlagen und hatte … hatte Eva etwas angetan. Hieß das, dass dieser Täter Schwache und Einsame schikanierte? Wem würde es was ausmachen, wenn niemand den Angriff überlebte?

Eva blinzelte, ihr war jemand eingefallen, dem es sehr viel ausmachen würde, wenn Tante Cora nicht am Leben blieb. Sie bahnte sich einen Weg durch das Gedränge im Speisezimmer bis zur Hintertreppe und lief in den zweiten Stock.

Ramses jaulte hoffnungslos in Tante Coras Zimmer, er jammerte seine Klage durch die leeren Korridore. Eva hielt bei der Tür inne, denn sie wusste, wenn sie sie öffnete, würde der Kater versuchen, zu fliehen. Ramses war kein Tier, das man stundenlang während der Abwesenheit seines Frauchens einschließen konnte, und wie alle Katzen fand er geschlossene Türen schrecklich.

Als sie das zum letzten Mal absichtlich versucht hatte, hatte es nicht geklappt, aber danach hatte sie es aus Versehen geschafft – also musste es im Prinzip möglich sein.

Vielleicht war es nicht sinnvoll, sich zu sehr anzustrengen. Eva schloss die Augen und bewegte sich mit einem gleitenden Schritt nach vorn, dabei versuchte sie, sich völlig zu entspannen. Sie spürte ganz kurz eine Art Barriere, dann öffnete sie die Augen und sah gerade noch, wie sich die bernsteingelbe Wolke mit einem empörten Aufjaulen gegen die Holztür warf.

Während Ramses sich wieder aufrappelte, nahm Eva eine Dose Thunfisch von dem hohen Stapel an der Wand und zog den Deckel auf. Auf einem Tischchen lag ein silberner Löffel, und damit löffelte sie den Fisch in den Napf, dann füllte sie den Wassernapf mit gefiltertem Quellwasser auf, das offensichtlich hierfür gedacht war. Glücklicherweise musste die Streu im Katzenklo nicht erneuert werden. Eva setzte sich auf das Bett und sah Ramses beim Verschlingen seines Futters zu.

»Tante Cora ist im Krankenhaus«, erzählte sie ihm. »Jemand hat versucht, sie umzubringen. Ich weiß ja, du magst mich nicht besonders – vor allem jetzt. Aber ich tu das auch nicht für dich, ich tu es für sie.«

Ramses war nun fertig und wischte sich die Schnurrhaare. Er betrachtete sie aus den Augenwinkeln, seine Ohren zuckten und legten sich an den Kopf. Er wusste, dass sie hier war, und er wusste, dass daran etwas nicht stimmte. Er hatte es schon im Purpurzimmer gewusst, als er voller Angst geflüchtet war. Aber nun war Eva in einer neuen und besseren Rolle aufgetaucht – Zuteilerin des Futters –, und das genügte offenbar, damit Ramses ihre Besonderheiten übersah. Er war mit den Schnurrhaaren fertig und sprang aufs Bett, drehte Eva den Rücken zu und fing an, sich zu putzen.

Als sie sich diesmal durch die Tür bewegte, ging es leichter. Sie schloss die Augen, holte Luft, machte einen Schritt nach vorn und öffnete sie wieder auf der anderen Seite. Hindernisse zu überwinden, als wären sie gar nicht da, machte sie etwas schwindlig, weil sie Angst hatte, dass nicht nur die Tür, sondern die ganze Welt um sie herum verschwinden würde. Der Trick schien darin zu bestehen, dass sie sich konzentrierte und gleichzeitig alle Gedanken losließ. Damit beschwor sie ein traumartiges Gefühl der freien Beweglichkeit herbei, ohne albtraumartige Ängste zu bekommen, sie könne stürzen oder stecken bleiben.

Eva experimentierte noch etwas damit herum und versuchte, Stufen hochzugleiten, statt zu steigen. Sie hoffte, dass keiner der anderen Geister ihre tölpelhaften Versuche beobachtete. Ziemlich peinlich, wenn einem Geist nicht gelang, was Geister eigentlich können sollten. Eva wünschte mit aller Macht, dass sie den Mörder schnappen und ihn bestrafen lassen konnte. Aber sie wusste immer noch nicht, wer ihren Tod verschuldet hatte.

Sie brauchte Hilfe, und zwar in mehrfacher Hinsicht. Sie brauchte Antworten, aber sie wusste nicht, auf welche Fragen. Nur ein Mensch hatte ihr bisher weitergeholfen. Deshalb stieg sie in den obersten Stock hinauf.

Am Ende der schmalsten und steilsten Treppe lagen die Dienstbotenkammern, eine Reihe von Stuben an einem langen Flur. In den meisten waren ramponierte Koffer und Kisten und Kommoden mit Haufen von altem Krempel abgestellt. Die Dielen knarrten und ächzten unter ihren Schritten, als sie zum Zimmer der Hausmädchen ging. Es war schlicht möbliert. Zwei eiserne Bettgestelle standen zu beiden Seiten eines kleinen Waschtischs, ein kleiner Spiegel hing an einem in die rau verputzte Wand gehämmerten krummen Nagel, ein kaputter Schrank stand in einer dunklen Ecke.

Sie war auf der Suche nach Elsie hierhergekommen und hatte gehofft, sie würde sie hier finden. Die schmucklosen Räume mit ihren nackten Dielenböden und den verrosteten Bettgestellen wirkten sehr alt, aber es gab kein Anzeichen für irgendeine Bewohnerin. Eva öffnete ein Dachfenster, um frische Luft hereinzulassen, und sah zwei Jugendliche in der Auffahrt. An den blonden Haaren erkannte sie Kyra und Kyle.

Sie beugte sich aus dem Fenster und atmete tief die Aprilluft ein. Das Aufstützen der Arme auf dem Fenstersims und der vertraute Duft eines Nachmittags fühlten sich seltsam an, weil nichts davon real war. Oder vielmehr war das real, aber *sie* war es nicht.

Ein kratzendes Geräusch in ihrer Nähe veranlasste Eva, sich umzudrehen, aber sie sah nichts. Das Zimmer war so leer wie zuvor, aber sie spürte einen Druck in der Atmosphäre, das Nahen eines Geists. Dem Kratzen folgte ein Schlurfen, und erschreckt erkannte sie, dass es von draußen kam. Sie sah, wie sich vor dem Fenster eine gebückte Gestalt aufrichtete und dachte schon, ein Wasserspeier wäre lebendig geworden. Aber das schmutzige Gesicht mit den dunklen, misstrauischen Augen gehörte dem Elstermädchen. Sie saß vor dem Fenster auf dem schrägen Dach.

»Was machst du hier?« Eva war erleichtert, dass es Elsie und keiner der anderen Geister war, und so überrascht, dass sie mit ihr wie mit einem lebendigen Menschen sprach.

»Als ich noch lebte, saßen wir manchmal hier auf dem Dach«, antwortete das Hausmädchen. Elsie sah nicht Eva an, sondern blickte zur Auffahrt, die einen Bogen bis zum Eingangstor beschrieb. »Sogar in unserem Zimmer waren wir nie für uns. Zu jeder Zeit konnte die Haushälterin auf ihrer Runde hereinkommen, um zu kontrollieren, dass wir nicht tranken oder etwas Verbotenes machten. Aber hier draußen war man allein.«

»Hattest du keine Angst?« Eva sah auf das steile Dach und kämpfte gegen ein Schwindelgefühl an.

»Nicht, wenn ich allein war.« Elsie sah sie scheel an und rückte dann auf dem Dach ein wenig zur Seite. »Warum versuchst du es nicht auch mal?«

Eva zögerte, sie erinnerte sich an Elsies Vorschlag, sich die Kellerräume anzuschauen, und schon bei dem Gedanken daran überlief sie ein Schauder.

»Es ist kein Trick«, sagte Elsie, als könnte sie Evas Gedanken lesen. »Du bist doch ein Geist. Was soll dir schon passieren, wenn du runterfällst?«

»Ich weiß nicht.« Eva stellte sich auf eine Metallkiste und streckte sich, bis sie auf dem Fenstersims saß. Vorsichtig schwang sie ihre Beine herum und schaute über das Dach. »Was würde denn passieren?« Sie versuchte Elsies Blick zu erhaschen.

»Kommt drauf an«, die dunklen Augen verrieten nichts, »wie viel Beherrschung du hast.«

Eva schaute auf das lange, steile Dach und schluckte, weil ihre Kehle plötzlich ganz trocken war. Sie hatte sich nie für einen Feigling gehalten, außer bei Kyra Stratton. Sie war auf Bäume geklettert, im See geschwommen und getaucht und die wackeligen Stufen im Gartenhaus hochgeklettert. Aber sie war noch nie so hoch oben gewesen, und die Dachziegel waren rutschig, einige schienen auch noch locker.

Elsie schien das nichts auszumachen, sie rückte weiter – dorthin, wo sie wohl früher immer gesessen hatte, wo die Nachmittagssonne nicht durch die Schornsteine verdeckt wurde. Sie klopfte auf den Platz neben sich, und Eva holte tief Luft und kletterte zu ihr.

Wenn man erst mal draußen war, war es gar nicht mehr so schlimm. Die Schräge war nicht so steil, wie sie befürchtet hatte, und wenn man vorsichtig nach oben kroch und nur auf die Dachpfannen neben sich sah, konnte man sich sogar vorwärtsbewegen. Da sie ihre Sandalen verloren hatte, waren ihre Füße immer noch nackt, und ihre Zehen hätten eigentlich besseren Halt finden können als Elsies schwarze Stiefel. Man durfte nur nicht weiter als bis zu den Füßen schauen und schon gar nicht hinunter zu den Baumwipfeln.

»Du stellst dich viel zu sehr an«, bemerkte Elsie. »Du fällst nicht runter. Wir sind nie gefallen, und dabei waren wir halb verhungert und müde, weil wir von morgens bis abends geschuftet haben.«

Eva rutschte zu dem Platz neben Elsie und warf ihr einen misstrauischen Blick zu. Aber das Elstermädchen wirkte nicht feindselig, eher nachdenklich, als sie zum Park hinübersah. Der Schnee hatte zu schmelzen begonnen, überall war die weiße Decke zertrampelt, und hier und da sah man schon wieder die grünen Pflanzen und das Gras darunter.

»Hast du gesehen, wie meine Tante Cora heute Morgen aus dem Haus ging?«, fragte Eva, und Elsie bedachte sie mit einem Seitenblick.

»Du denkst wohl, ich hätte nichts Besseres zu tun, als deine Familie zu beobachten?«, erwiderte sie scharf. »Ihr Chances denkt doch immer, die ganze Welt dreht sich nur um euch.«

»So habe ich das nicht gemeint«, widersprach Eva ärgerlich. »Eine meiner Tanten wurde heute Morgen ins Krankenhaus gebracht. Jemand hat sie auf ihrem Spaziergang angegriffen – und jemand hat vor vier Tagen meinen Großvater bewusstlos geschlagen. Ich glaube, es ist dieselbe Person, die auch für meinen Tod verantwortlich ist.«

»Du denkst das nur? Weißt du es denn nicht?« Elsie starrte sie an, ihre Überraschung wirkte echt. »Weißt du denn nicht, wie du gestorben bist?«

»Nein«, gestand Eva. »Darum brauche ich deine Hilfe. Ich weiß, dass du keinen Grund hast, mir zu helfen, aber können wir uns nicht irgendwie vertragen? Ich habe keine Ahnung, wie man als Geist ist. Ich weiß nur, dass ich einer bin, weil die Hexe …« Beim Sprechen bewegte sie sich und veränderte ihre Haltung. Bei dem Wort ›Hexe‹ bewegte sich ein Ziegel, und ihr rechter Fuß verlor den Halt.

»Pass auf!«, sagte Elsie scharf, als Eva blindlings nach Halt suchte, weil sie ins Rutschen kam.

»*Ich stürze!*« Sie rutschte schlingernd nach unten, doch dann fanden ihre Hände und Füße Halt, zu Tode erschreckt blieb sie mit den Knien unter dem Kinn wie eine Kugel zehn Zentimeter von der Dachkante entfernt hängen.

»Du brauchst echt Hilfe, was?« Elsie hörte sich freundlich an, während sie herabrutschte und neben Eva anhielt. »Du weißt ja nicht mal, was gefährlich ist.«

»Mir ist immer noch, als würde ich gleich runterfallen.« Eva wagte nicht, an ihren verschrammten Knien vorbeizublicken.

»Wenn man tot ist«, sagte Elsie so leise, dass Eva ihre Angst vergaß und zuhörte, »sieht man alles anders. Wie Dinge geformt sind. Wie sie sich anfühlen. Woraus sie bestehen und wie sie funktionieren. Andere Dinge fallen einem auf, wenn man lebt – zum Beispiel wie Menschen aussehen und wie sie heißen und wann sie ihren Tee trinken wollen, aber das ist jetzt nicht mehr so wichtig. Und Zeit genauso wenig.« Elsie lächelte grimmig und verschränkte ihre dünnen Hände im Schoß. »Mein ganzes Leben wurde von der Uhr bestimmt«, fuhr sie fort. »Nie war genug Zeit, immer war man zu spät und musste sich beeilen, und trotzdem war man nie rechtzeitig fertig. Aber Zeit ist etwas Komisches. Wenn jetzt die Uhr schlägt, dann hab ich das Gefühl, ich muss arbeiten und die Herrin gibt mir Anweisungen oder der Herr ruft uns zum Gebet, aber den Rest der Zeit treibe ich mich einfach so herum, und die Zeit ist egal. Ich bin dann einfach da, und die meiste Zeit denke ich nicht mal. Ich schwebe nur so herum.«

Sogar ihre Stimme hörte sich an, als schwebe sie, und Eva riskierte einen Blick neben sich aufs Dach und sah, dass Elsies Körper seine Konturen verlor, sie wirkte nun wie ein herausgerissenes Blatt Papier, das ein Windhauch wegpusten konnte.

»So habe ich mich am See gefühlt«, sagte Eva. »Und auch bei ein paar anderen Gelegenheiten. So fühle ich mich, besonders, wenn ich herausfinden will, was mit mir passiert ist. Als ob ich irgendwohin gezogen werde … wo es schrecklich ist.«

»Du musst dich konzentrieren.« Elsies Stimme wurde fester, genau wie ihre Umrisse. »Wenn du nicht wegschweben willst, musst du dich anstrengen.«

»Aber was geschieht mit den Geistern, die sich nicht anstrengen? Wo gehen sie hin?«

»Wenn du die Kontrolle über dich verlierst, kann alles passieren. Es hängt davon ab, wer du bist – oder warst.

Was mit dir geschehen ist. Dann nehmen die schlimmen Dinge in deinem Leben überhand, du bist in diesen Erinnerungen gefangen, du erlebst sie immer wieder von neuem. Wenn du richtig Pech hast, erlebst du auch deinen Tod wieder.«

Eva beobachtete sie, wollte weiterfragen und ahnte, dass die eine Frage, die sie wirklich stellen wollte, unverzeihlich war.

»Meine Arbeit war, morgens die Kamine in den Schlafzimmern der Familie anzuzünden, ohne die Menschen zu wecken«, fuhr Elsie fort. »Bei der Herrin und dem Herrn und den anderen. Manchmal, wenn die Uhr schlägt, ist es, als wären sie immer noch da.« Sie schüttelte heftig den Kopf, Haarsträhnen lösten sich aus dem Zopf und fielen in schwarzen Locken über ihr Gesicht. »Ich denke einfach nicht daran.« Mit einem Seitenblick auf Eva fügte sie hinzu: »Und du solltest auch nicht an das denken, wovor du Angst hast. Nicht, wenn du überleben willst.«

»Überleben?« Eva zwang sich, nicht wieder nach unten zu sehen und hielt den Blick auf Elsie gerichtet, die jetzt seitlich auf dem Dach kauerte. »Was könnte mir denn noch passieren?«

»Das willst du ganz bestimmt nicht wissen«, warnte Elsie. Sie sah, wie Evas Blick wütend aufflackerte, denn sie setzte ärgerlich hinzu: »Wenn du glaubst, ich wüsste alle Antworten, dann irrst du dich gewaltig. Ich bin nie zur Schule gegangen, nur ein paar Jahre zur Sonntagsschule, aber alles, was man mir damals erzählt hat, was nach dem Tod mit der Seele geschieht, war gelogen. Woher soll ich wissen, dass es nicht das Ende ist, wenn du stirbst?« Sie dachte kurz nach. »Ich kann dir nur sagen, dass die Geisterwelt kein freundlicher Ort ist und dass du im Augenblick irgendwie existierst, nicht wahr? Nicht jeder Geist überlebt.«

»Was geschieht mit den anderen?« Eva war traurig zumute, und auch Elsie sah niedergeschlagen aus.

»Sie verblassen. Sie sind keine Menschen mehr, sondern werden zu Dingen. Wie der Stalker. Der denkt nicht. Er folgt dir und zerstört dich, wenn er dich kriegt, aber er ist ein Ding, ein Monster – kein Mensch. Es gibt noch andere Geister wie ihn, aber die sind weniger gefährlich: Erinnerungen, Bilder, Marionetten.«

»Marionetten?«, wiederholte Eva langsam.

»Von den mächtigsten Geistern«, sagte Elsie. »Von den mächtigsten Geistern.« Mit einer Hand zeigte sie langsam nach unten.

Aber *unten* war eine Richtung, an die Eva nicht denken wollte, doch als sie begriff, was Elsie damit sagen wollte, bekam sie Platzangst, sogar hier draußen auf dem Dach.

Unten bedeutete: Hexe.

»Dieses Haus ist verflucht«, sagte Elsie leise. »Und deine ach so edle Familie ist zu verrückt und zu gemein, um es zu merken. Aber jetzt ist das Glück der Chances total abgelaufen. Und das ist dein Problem. Meins ist, dass ich in eurem Haus feststecke, mit euren Geistern und eurem Fluch.«

8
Sehen ist Glauben

Mittwoch, 9. April
Die letzte Woche vor der Wiedereröffnung des Hauses für die Besucher war immer am anstrengendsten gewesen. Jedes Jahr schien es, als wäre es mehr Arbeit geworden. Es war für Eva etwas Neues, dass sie stehen bleiben und anderen Menschen zusehen konnte, wie sie herumrannten.

Seit Tante Coras geheimnisvollem Unfall waren die Aushilfskräfte sichtbar nervös – und obwohl sie es einen ›Unfall‹ nannten, konnte man die Fragezeichen dahinter förmlich hören. Eva, von allen Reinigungskräften und Raumgestaltern ungesehen und ungehört, schwebte neben ihnen, wenn sie sich gegenseitig ihr Leid klagten. Man erzählte sich, dass zwei Chances im Krankenhaus waren und dass eine dritte vermisst wurde und wahrscheinlich tot war.

Am seltsamsten war die Erwähnung ihres Namens. Als würde sie ihrer eigenen Beerdigung beiwohnen und hören, wie von ihr in der Vergangenheit gesprochen wurde. Dass man so beiläufig von ihr sprach, tat weh. Es war, als wäre ihr Leben ein offenes Buch, zu dem jeder seine Meinung sagen, Neues dazuerfinden und anderes verdrehen durfte, so dass sie sich in dieser Person kaum wiedererkannte.

»Ein eigenartiges Kind, ein bisschen verrückt, eins von diesen besonderen Kindern, wenn du verstehst, was ich meine. Einer von ihren Lehrern hat mir erzählt, dass das Mädchen in jedem Fach eine Niete war.«

»Ich hab gehört, sie wurde hier wie eine Gefangene gehalten. Der alte Mr Chance wollte nicht, dass sie das Haus verließ – ich hab ja nicht mal gewusst, dass er eine Enkelin hatte.«

»Es war nur eine Frage der Zeit, bis sie wahnsinnig wurde, hab ich gehört. Ihre Mutter war genauso, und die hat sich umgebracht. Bestimmt hat das Mädchen das auch getan.«

Aber Gerüchte und Unterstellungen halfen Eva nicht dabei, herauszufinden, was mit ihr passiert war. Soweit alle wussten, war sie in den letzten Märzwochen verschwunden, und man hatte die Polizei gerufen. Aber da hörte die Geschichte auf. Niemand schien darüber hinaus etwas zu wissen. Stattdessen redeten sie dann über den alten Mr Chance, der schon seit einer Woche im Krankenhaus lag, und Miss Cora Chance, die vor drei Tagen in einem Krankenwagen weggefahren und seither nicht mehr gesehen worden war.

Evas Verwandte waren nicht viel besser. Tante Helen hatte sich auf die Inventur des Hauses gestürzt, was die nörgeligsten und argwöhnischsten Aspekte ihrer Persönlichkeit offenbarte. Sie behauptete, es würden überall im Haus Gegenstände fehlen, zählte wie besessen das Porzellan und Reihen von Tafelsilber nach. Aber ihre Meinung besaß wenig Gewicht, da sie sich bei jeder Wiederholung verzählte.

»Hier werden dauernd Dinge umgestellt!«, hörte man sie schimpfen. Sie unterstellte den Arbeitskräften, sie hätten ihre militärisch geordneten Reihen von Fischbestecken und Kuchengabeln durcheinandergebracht oder in den unbewohnten Zimmern Möbel umgestellt. Und wenn sie die Aushilfskräfte nicht beschuldigte, sah sie in Tante Joyce den Sündenbock. »Ich habe gesehen, wie du die Schnupftabakdosen aus der Regency-Zeit bewundert hast!«, behauptete sie mit durchbohrendem Blick. »Und jetzt sind sie verschwunden.«

»Du leidest ja an Verfolgungswahn, Helen«, sagte Tante Joyce dann verächtlich. »Und du machst dich lächerlich. *Du* bist doch die, die dauernd Sachen verliert, vielleicht liegt es ja am Alter. Hast du neuerdings auch Hitzewellen?«

Aber Joyce machte auch keinen stabileren Eindruck. Die Beziehung zu ihrem momentanen Lover befand sich in einer Krise. Sie hatte ursprünglich seine Idee mit den Geistertouren unterstützt, weil er ihr Partner war, aber inzwischen schien sie anderer Meinung zu sein – sowohl was den Mann, als auch was die Idee betraf. Sie sah überreizt und erschöpft aus, trank bei den Mahlzeiten immer doppelt so viel Alkohol wie die anderen und rauchte bis spät abends auf der Terrasse, statt in ihr Zimmer zu gehen. Ihren Begleiter, Christopher Knight, den Marketing-Experten, ließ das kalt. Eva hatte ihn dabei ertappt, als er Miss Langley beobachtete, und zwar wie ein Mann, der sich nicht sonderlich gebunden fühlt.

Ganz gegen ihren Willen musste Eva zugeben, dass Felix sich anscheinend hingebungsvoll um das Renovieren und Herrichten des Hauses kümmerte. Überall, wo sie hinkam, war er am Beaufsichtigen, gab Anweisungen und mischte sich in alles ein. Er akzeptierte auch kein Nein. Als die erste Putzkolonne sagte, der Wintergarten wäre zu verdreckt und nicht mehr sauber zu bekommen, warf er sie hinaus und stellte neue Reinigungskräfte ein. Als Lisle Langley sagte, es wäre nicht genug Geld da, um das Schilf zurückzuschneiden, das den See zu ersticken drohte, ging er sofort zu seinem Vater und verlangte mehr Geld.

Felix' Vater wohnte auch immer noch im Haus, obwohl er sich bei den Zankereien zwischen seiner Frau und ihrer Schwester immer seltener blicken ließ. Stattdessen wanderte er mit einer Flinte durch den Park und erschreckte die Gärtner zu Tode. Er überreichte Felix einen Scheck von solcher Großzügigkeit, dass Eva wieder einmal stinksauer war, wie schäbig ihr Großvater und sie immer behandelt worden waren.

Aber Felix bekam alles, was er wollte, weil seine Eltern erwarteten, dass er das Haus bald erben würde. Obwohl sie häufig davon sprachen, dass sie das für den ›armen Sir Edward‹ taten, ›während er so krank war‹, fiel Eva auf, dass alle viel zu beschäftigt waren, um ihn im Krankenhaus zu besuchen, und sie verzweifelte schier, weil sie nicht wusste, wie es ihm ging. Bestimmt hasste er es dort, weit weg von seinen Büchern und seinen Sachen und dem Haus, in dem er geboren worden war. Sie konnte nicht verstehen, warum er nicht darauf bestand, nach Hause zu kommen – es sei denn, er war zu krank, um auf etwas zu bestehen.

In der Zwischenzeit hatte sich Felix in der Bibliothek eingenistet und betrachtete sie als sein ganz persönliches Reich. Er schloss die Tür ab, wenn er sich dorthin zurückzog, und nur unter der Tür hervordringender Zigarettenqualm verriet, dass er noch darin war. Eva empörte es, dass er den Raum ihres Großvaters einfach okkupiert hatte, aber es überraschte sie nicht – das Erste, was er nach dem

Betreten des Hauses getan hatte, war ja ihr Zimmer für sich zu reklamieren.

Aber auf eine verdrehte Weise erinnerte Felix sie an ihren Großvater, so wie er sich abends stundenlang einschloss, alle Angebote von Speisen oder Getränken ablehnte, während er in Stapeln von Papieren herumwühlte. Vielleicht betrachtete er dieselben Papiere wie Großvater, und Eva fiel ein, dass Großvater ja in der Bibliothek zusammengebrochen war. Immer häufiger ging sie vor der Tür auf und ab, während Felix drinnen hockte, so wie damals, als Großvater dort gearbeitet hatte.

Doch im Unterschied zu Großvater respektierte Eva Felix nicht. Seine Privatsphäre oder seine Gefühle waren ihr egal. Sie hätte zu gern gewusst, was er vorhatte.

Die Bibliothek unter Felix' Kontrolle unterschied sich nicht sonderlich von der, die ihr Großvater bewohnt hatte. Auf dem schweren antiken Schreibtisch stapelten sich Bücher, Papiere häuften sich auf der Schreibunterlage aus braunem Leder, und brüchige alte Pergamente waren entrollt, gehalten von Büchern, die als Briefbeschwerer dienten. Aber in der Mitte des ganzen Durcheinanders stand ein glänzender schwarzer Laptop und daneben eine Messingschale, die zum Aschenbecher degradiert worden war und von Stummeln überquoll.

Felix war zu einer Inspektion des Parks aufgebrochen und würde mindestens eine Stunde lang wegbleiben. Eva war ganz ruhig, als sie die Bücher und Papiere näher inspizierte. Selbst wenn Felix zurückkam und sie vorfand – was konnte er schon machen? Als er sie am ersten Tag gesehen hatte, waren ihm nur Drohungen eingefallen, doch Eva befürchtete jetzt nicht mehr, dass er sie hinauswerfen würde. Sie bezweifelte ernsthaft, dass ihm das gelingen würde, da sie das Grundstück nicht hatte verlassen können, seitdem sie zu einem Geist geworden war.

Sie begann mit dem Bücherstapel direkt neben dem Schreibtisch, lauter in Leder gebundene Geschichtsbücher. Felix hatte die Seiten, auf denen die Chances erwähnt wurden, mit Büroklammern markiert. In der Mitte des Stapels gab es ein Buch aus der Zeit um 1600, das von Hexenverbrennungen handelte. Evas Hände zitterten, als sie die markierte Seite aufschlug: Sie zeigte einen Holzschnitt von einer Hexe in einem Tauchstuhl. Die Bildunterschrift verschwamm vor ihren Augen:

»... *ein hiesiger Landbesitzer mit Namen Chance schreibt seiner Frau in einem undatierten Brief, der aus derselben Zeit zu stammen scheint, von einer ›Hexe‹, die wegen ihrer bösen und gottlosen Taten ertränkt wurde ...*«

Doch obwohl Eva sich zwang, weiterzulesen, stand da nichts mehr über die Chances, sondern nur, dass Hexen in anderen Briefen erwähnt wurden. Sie legte das Buch schnell beiseite, doch auch nachdem es zugeklappt war, schien das Bild von der Hexe auf dem Gerüst noch vor ihren Augen zu hängen.

Der nächste Bücherstapel war kleiner, die attraktiv gestalteten Einbände wiesen auf modernere Verlage hin. *Mord im Orientexpress,* las Eva auf dem ersten, und dann *Die Fälle des Sherlock Holmes* und *Neununddreißig Stufen* –

lauter Kriminalromane. Eva sah auf den Stapel: Es waren etwa fünfzehn verschiedene Mordgeschichten. Nachdenklich betrachtete sie den nächsten Stapel und las auf dem Umschlag *Die Purcell-Papiere* von Sheridan Le Fanu und auf dem nächsten *Die Frau in Weiß*. Das waren Gespenster- und Kriminalgeschichten. So unwahrscheinlich es auch sein mochte – Felix hatte seine Zeit hier drin mit dem Lesen von Romanen verbracht.

Aber warum Kriminal- und Gespenstergeschichten? Beunruhigt fragte Eva sich, ob er vielleicht nach Ideen suchte. Aber ihr fehlte die Zeit, alles selbst zu lesen. Sie wandte sich also den Papieren auf dem Schreibtisch zu. Ob die eine Antwort bereithielten? Das größte Blatt zeigte eine Kopie des Familienstammbaums. Eva suchte in der letzten Zeile unten nach ihrem Namen und ihrem Geburtsdatum. Da stand noch kein Todesdatum, und sie fragte sich, was sie schreiben würden, wenn ihre Leiche nie gefunden würde. Eine Linie führte von ihr direkt zu ihrer Mutter, aber ihr Vater wurde nicht erwähnt. Verwirrt begriff sie, dass sie das Ende des kleinen Baumes war wie so viele abgeschnittene Äste vor ihr, all die kleinen Nebenäste und Zweiglein, über die sie sich als Kind gewundert hatte. Dadurch fühlte sie sich mehr als Geist, als durch irgendwas anderes bisher, und sie ließ das Pergament fallen, als könnte es sie verschlucken und gefangen halten.

Sie suchte schnell nach dem nächsten Dokument und sah, dass das eine von Tante Helens Inventurlisten war, und daran geklammert war ein viel säuberlicheres, aber ebenfalls handgeschriebenes Inventar von 1998. Offensichtlich hatte Felix die beiden Listen miteinander verglichen, aber sie waren so lang, dass Eva nach fünf Minuten wegen der Unleserlichkeit von Tante Helens Notizen die Suche nach Unterschieden aufgab.

Sie konzentrierte sich nun auf Felix' Computer. Peinlicherweise brauchte sie ein paar Minuten, bis sie ihn öffnen konnte, und dann wirbelten Farben über den Bildschirm. Vorsichtig berührte sie eine Taste, und nun erschienen zwei kleine Rechtecke, im einen stand *Name* und im anderen *Passwort*.

Verzweifelt starrte Eva darauf. Das mit dem Namen war ja leicht, aber wie auf aller Welt sollte sie Felix' geheimes Passwort erraten? Langsam tippte sie ›Felix‹ in das erste Rechteck und versuchte es mit dem Namen von Felix' Mutter im zweiten. Der Computer gab ein hässliches Gurgelgeräusch von sich, und *Passwort falsch* erschien in roten Buchstaben unter dem zweiten Rechteck. Das war dumm gewesen, sogar Felix würde etwas weniger Offensichtliches wählen.

Eva versuchte *Geist* und dann *Mord*, aber jedes Mal kamen dasselbe warnende Geräusch und die rote Schrift. Dann klappte sie den Computer wieder zu und überlegte, was sie nun tun sollte. Der Laptop half nicht weiter – und wahrscheinlich würde sie nie herausfinden, wo Felix seine Dateien aufbewahrte. Im Computerkurs hatte sie eine der vernichtendsten Beurteilungen ihres Lebens gekriegt.

Aber sie konnte auch noch woanders suchen. Sie sah in den Schreibtischschubladen nach, und es zeigte sich, dass Felix sie wohl nicht benutzt hatte. Dort waren noch die Dinge ihres Großvaters, sein Brillenetui lag in der obersten Schublade neben einem Vergrößerungsglas, das er für winzig kleine Texte benutzte. Da waren auch Evas Schulzeugnisse, und sie bekam einen roten Kopf bei dem Gedanken, dass Felix sie gelesen hatte. Und da war noch ein Brief, auf dem als Absender die hiesige Polizei stand.

Es war ein Behördenbrief mit einer offiziellen Zahl für das Verbrechen und drei kurze, nüchterne Absätze, in denen die Fakten zitiert wurden und dass es keinerlei Fortschritte bei der Suche nach Evangeline Chance, 15, gegeben hatte, die am 17. März als vermisst gemeldet worden war, obwohl man die hiesige Gegend und Polizeitaucher zweimal den See durchsucht hatten. Die Telefonnummer einer Institution war angegeben, die eine therapeutische Betreuung anbot, zusammen mit der Mitteilung, dass die polizeiliche Untersuchung fortgesetzt würde.

Eva ließ den Brief zurück in die Schublade fallen und wollte nicht daran denken, mit welchen Gefühlen ihr Großvater ihn gelesen hatte.

Der Brief war das erste Beweisstück für den Zeitpunkt ihres Verschwindens. Wahrscheinlich sollte sie sich geschmeichelt fühlen, dass man nach ihr gesucht hatte. Aber da niemand ihre Leiche gefunden hatte, hatten sie wohl nicht aufmerksam genug gesucht. Sie hätte gern gewusst, was Felix dachte. Als einziges Familienmitglied wusste er, dass sie ein Geist war. Er hatte sie gesehen, als er sich im Purpurzimmer einnisten wollte, und obwohl sie damals nicht gewusst hatte, dass sie ein Geist war, musste Felix gewusst haben, dass sie verschwunden war, und je öfter sie die Unterhaltung in Gedanken wieder abspulte, desto deutlicher konnte sie den Moment bestimmen, als ihm klarwurde, dass sie nicht wirklich existierte. Als er ihr sagte, sie sollte verschwinden, hatte er einen Geist loswerden wollen. Sie wusste nicht, ob es ihr mit diesem Wissen nun besser oder schlechter ging.

Der Schreibtisch hatte ihr nicht viel weitergeholfen, aber es gab noch einen Ort, wo sie suchen konnte. Eva hängte vorsichtig das Gemälde ab, hinter dem sich der Safe ihres Großvaters verbarg. Er besaß nicht viel Wertvolles, aber hier bewahrte er wichtige Dokumente auf. Als sie die flache Vertäfelung zur Seite schob, fragte sie sich, ob Felix von dem Safe wusste.

Eine Minute später wusste sie es. Die Kombination war verändert worden. Eva kannte sich vielleicht nicht gut bei Passwörtern auf Computern aus, aber sie wusste die Safekombination, denn 01041992 war ihr Geburtstag – und der Todestag ihrer Mutter. Aber die Tür ging bei dieser Zahl nicht mehr auf. Felix war ihr zuvorgekommen.

Doch Felix war kein Geist. Eva streckte die Hand aus, berührte die Metalltür des Safes und schloss die Augen. Eine Kältewelle durchströmte ihren Arm, und dann berührte ihre Hand einen Stoß Papiere. Sie ergriff sie fest, zog ihren Arm zurück und machte die Augen auf. Sie hielt ein Bündel Papiere in der Hand.

Sie breitete alles auf dem Schreibtisch aus und überflog die Seiten. Es waren lauter dicke offizielle Dokumente, und sie wusste sofort, dass alle mit dem Testament ihres Großvaters zu tun hatten.

Die Dokumente waren voller lateinischer und juristischer Begriffe, aber hierbei erwies sich Evas unkonventionelle Erziehung als Vorteil. Sie brauchte nicht lange, um zu merken, dass ihr Großvater und sein Anwalt mehrere Briefe bezüglich gewisser Regelungen und Nachträge ausgetauscht hatten. Das Testament selbst war aus dem dicksten Papier, und nach einer Reihe von Erklärungen und Anweisungen beschäftigte es sich mit dem Nachlass. Nach all dem, was geschehen war, hatte Eva etwas Schockierendes erwartet. Aber genau wie vorhergesagt gingen das Haus und die Ländereien an Mr Felix Fairfax über, den einzigen männlichen Nachkommen der Familie Chance, in Übereinstimmung mit den Regelungen früherer Testamente von früheren Chances. Felix erhielt das elisabethanische Herrenhaus mit dem georgianischen Flügel und den Anbauten aus der Zeit Königin Viktorias. Felix erhielt den Park, die Gehölze, die Statuen im Französischen Garten, die Remise, die Sommerhäuser und Pavillons und die Pfauen auf der Insel im See.

Das Testament sezierte ihr Zuhause wie einen Körper auf dem Autopsietisch, der aufgeschnitten wird, um seine Einzelteile sichtbar zu machen. Das kalte Skalpell der Juristensprache schnitt durch die Vergangenheit und ihr Geheimnis, und die Blätter zitterten, als ihre Finger zu beben begannen. Sie riss sich zusammen, ergriff das Pergament fester und las weiter.

An Cora Chance ging die Bibel ihrer Mutter, an Helen Chance der Ehering ihrer Mutter, an Joyce Chance ein einreihiges Collier aus zarten Zuchtperlen. Das schienen Kleinigkeiten, doch Eva sah im Geiste vor sich, wie ihr Großvater sie bewusst jeder Person zugedacht hatte.

Als Nächstes kam ihr Name, und Eva hatte beinahe Angst, weiterzulesen. Alles, was ihr Großvater ihr hinterließ, war kostbar, etwas, um sich seiner zu erinnern, wenn er nicht mehr war.

Das Testament erklärte, an Miss Evangeline Chance sollte aller Inhalt des Hauses gehen. Diese bewegliche Habe war in der beigefügten Inventarliste angegeben und beinhaltete das Mobiliar und die Ziergegenstände, die Gemälde und Wandteppiche, die Bücher und Landkarten, alle Sammlungen von chinesischem Porzellan bis hin zu einer Menagerie ausgestopfter Vögel und nachgedunkelten römischen Bronzemünzen.

Fasziniert las Eva, dass es möglich war, in einem Testament seinen Besitz so zu vererben. Felix bekam das Haus, die äußere Hülle. Aber alles, was nicht angenagelt war – und auch noch einiges von diesem – ging an Eva. Sie hatte zwar keinen Platz dafür, doch sie würde das mehrere Tausendfache ihres Körpergewichts an Besitztümern erben, und Felix hätte nur das Skelett dessen, was das Haus gewesen war.

Eva überflog die Seite bis zur nächsten Klausel und erschauerte. Hier ging es um die Regelung im Falle ihres Todes. Falls sie vor ihrem Großvater starb, bestimmte das Testament, würde auch der Inhalt des Hauses an Felix gehen und er würde den gesamten Besitz erben.

Eva ließ das Testament sinken, und ihr Blick fiel wieder auf die Briefe. Darüber hatten also ihr Großvater und sein Anwalt in fehlerfreien und höflich formulierten Sätzen gestritten. Der Anwalt Michael Stevenage hatte gegen die Aufteilung des Vermögens argumentiert. Er hatte gewarnt, dass die Erbschaftssteuer sehr hoch sein würde. Das Haus wäre ohne seinen historischen Inhalt praktisch wertlos. Solch ein Testament würde vielleicht vom Nachlassgericht nicht anerkannt werden, und jeder der Erben konnte es anfechten. Von so einem Testament, hatte Michael Stevenage von Mal zu Mal eindringlicher behauptet, *wäre dringendst abzuraten.*

Eva fürchtete, der Anwalt hatte recht gehabt. Das Testament war ein schwerer Fehler. Und es war ein starkes Motiv für Felix. Bisher hatte sie es nicht für möglich gehalten, dass selbst ihr unerfreulichster Verwandter ihren Tod gewünscht haben konnte. Aber hier gab es dafür endlich eine Erklärung. Im Falle ihres Todes erbte Felix alles, wenn sie lebte, bekam er nur das Haus und sie den gesamten Inhalt. Außerdem hätte es wegen der Rechtmäßigkeit des Testaments einen langwierigen Erbschaftsstreit geben können, vielleicht drohte der ja immer noch.

Sie starrte immer noch auf den letzten Brief des Anwalts, als die Tür aufflog und Felix hereinkam.

Felix sah ihr direkt ins Gesicht, und seine Augen verengten sich zu Schlitzen, als er wie angewurzelt hinter der Tür stehen blieb. Er hatte sie bestimmt gesehen, und Eva fiel wieder ihre letzte Unterhaltung ein. Damals war sie ärgerlich gewesen, jetzt war sie wutentbrannt.

»Du hast gesagt, das Haus gehört dir.« Sie ließ die Briefe langsam auf den Tisch fallen. »Aber alles *im* Haus gehört mir.«

Felix ließ die Tür hinter sich zufallen und trat einen Schritt vor. Diesmal sah sie, wie er seine Schultern straffte, und bekam mit, wie er seine Angst hinter seiner erbitterten Besitzgier zu verstecken suchte. Der Schritt nach vorn hatte ihr zeigen sollen, dass er nicht weichen wollte.

»Es wäre deins gewesen, wenn du am Leben geblieben wärst. Aber du bist gestorben.«

»Ich bin immer noch hier.« Sie sah ihn weitere langsame Schritte in den Raum machen. »Du kannst mich sehen, nicht wahr?«

»Ich sehe dich, aber ich glaube es nicht.« Felix blieb stehen und musterte sie aufmerksam. Zum ersten Mal jagte dieser kalte Blick Eva keinen Schrecken ein. Was er sah, machte ihm Angst, das wusste sie. Sie unterdrückte den Gedanken, dass es sie auch ängstigte.

»Du hast nicht viel Phantasie«, sagte sie. »Du Glücklicher.« Höhnisch fuhr sie fort: »Das ist doch die Bedeutung deines Namens, weißt du das? Du bist der glückliche Chance. Der erfolgreiche.«

»Stimmt.« Felix nickte. »Und das will ich auch bleiben. Also, wie ich dir schon einmal gesagt habe: Du kannst jetzt abhauen. Was immer du bist.«

»Ich bin ein GEIST!«, brüllte Eva durch die Bibliothek, und überall in den Bücherregalen flatterten lose Seiten in einem unsichtbaren Windstoß. »Du kannst es abstreiten, wenn du willst. Ich bin tot, und jemand hat mich ermordet. Und jetzt bin ich ein Geist, und du *KANNST* mich *NICHT* loswerden!«

Der Bücherstapel neben dem Schreibtisch stürzte um, und ein Kreis aus Büchern lag um den Tisch. Auf der anderen Seite fiel ein einzelnes Buch mit einem dumpfen Knall von einem hohen Bord. Eine Sekunde später folgte ein anderes.

Felix fuhr zusammen, seine Augen zuckten kurz zu den verstreut herumliegenden Büchern, bevor er seinen Blick wieder auf Eva heftete.

»Wenn du ein Geist bist, bist du nicht wirklich«, sagte er. »Also verschwinde. Weg mit dir. Stör dieses Haus nicht länger.« Er sah sie spöttisch an, und Eva wurde von einer Zorneswoge erfasst, weil er sie nicht ernst nahm. Er dachte, er könnte sie mit seiner lächerlichen Arroganz einschüchtern, dabei hatte sie sogar das Gift und die Bösartigkeit der Hexe ausgehalten.

Nun fielen überall Bücher herab und schlugen auf dem Teppich wie Gewehrschüsse auf, sogar von den obersten Regalborden stürzten sie in immer weiteren Bögen herab, bis ein Buch wie ein Geschoss auf Felix zuflog und seinen Kopf nur um Zentimeter verfehlte, weil er sich duckte.

»Hör auf!« Felix' Kopf zuckte wie der einer Schlange zu Eva zurück, und ihre Lippen verzogen sich zu einem Grinsen. Sie lachte ihn aus. Die Bücher raschelten wie die Habichte bei den Stallungen, wenn sie ihre Flügel ausbreiteten.

»Glaubst du mir JETZT?«, fragte sie, als immer mehr Bücher von den Regalen auf Felix zuflogen. »Hörst du mich JETZT?«

Er konnte ihr nicht antworten, sondern wich einem dicken Lexikon aus und rollte gerade noch rechtzeitig vor einer ganzen Regalladung von Geschichtsbüchern beiseite. Eva spürte die Energie, die sich im Raum sammelte, und sie stand in der unbewegten Mitte dieses Hurrikans. Ihre Wut hatte die Bücher erfasst und schleuderte sie auf ihn mit der Kraft eines Poltergeists, von der Eva nichts geahnt hatte, sie brannte darauf, ihn anzugreifen und sich endlich seinen Respekt zu erzwingen. Wie die schwarzen Strömungen, die um die Hexe herumwirbelten, erfüllte ihr Zorn das Zimmer, und sie spürte, wie Felix vor ihrer Wut und vor den Büchern zurückwich, die immer noch aus allen Ecken auf ihn zugeflogen kamen. Regale schwankten drohend und neigten sich zu Felix hin, als würden sie von einem Magneten angezogen.

Sie war genauso bösartig wie die Hexe. Evas Nackenhaare sträubten sich, und ihre Gedanken flogen ganz von selbst in die Dunkelheit des Kellers, und sie sah sich, wie sie unter dem höhnischen Gelächter der Hexe vor Angst gezittert hatte. Das ließ sie innehalten, und während sie an sich zweifelte, kam Felix wieder auf die Füße und stolperte zur Tür.

»Stopp!« Die Bücher hielten mitten im Flug an, schwebten wie Vögel reglos in der Luft, die Seiten wie Flügel ausgebreitet. »Warst du das?«, fragte sie. »Hast du mich ermordet?«

Felix grapschte nach der Türklinke und riss die Tür auf, dann blickte er zu ihr zurück.

»Ich bin kein Mörder. Ich habe dir nie auch nur ein Haar gekrümmt.« Er machte eine Pause, als gäbe es noch mehr zu sagen – dann schüttelte er den Kopf, schlüpfte durch den Türspalt und warf die Tür hinter sich zu.

Bei dem Knall stürzten die Bücher alle gleichzeitig herunter, und überall im Raum splitterte es und krachte, als die vorgeneigten Regale zur Erde stürzten und wieder Bücher in alle Richtungen schleuderten. Während die letzten Papierfetzen wie Schnee herunterrieselten, stand Eva in der Mitte des ganzen Chaos'. Sie war die Herrin des Schlachtfelds und hatte mehr Angst als je zuvor.

9
Jagdsaison

Freitag, 11. April
Eva saß auf der Treppe und sah hinunter in die Eingangshalle. Hier herrschte ein arbeitsames Gewimmel. Lisle Langley aktualisierte das Schwarze Brett mit neuen Listen und redete unaufhörlich in ihr Handy. Viele der Aushilfen rannten mit Putzzeug durch die Gegend oder mit Schildern, die sie überall im Haus aufstellen sollten. Kyra war mit einer Putzkolonne von Frauen vorbeigegangen, die immer noch im Wintergarten arbeiteten, dessen Glasfenster seit Jahren nicht mehr geputzt worden waren. Eine der Tanten hatte die schlaue Idee gehabt, ihn in diesem Sommer ebenfalls für die Touristen zu öffnen, und die Putzkolonne kämpfte sich durch uralten Schmutz.

In dem rechten Flur, der zur Küche führte, roch Eva eine dunkle und erdige Feuchtigkeit. Schon zweimal hatte heute die Kellertür offen gestanden, sie hing in verbogenen Türangeln. Zweimal hatte sie all ihren Mut gesammelt und die Tür wieder verriegelt. Aber nun konnte sie ein leises, kaum wahrnehmbares Knirschen hören und wusste, die Tür hatte sich wieder geöffnet.

Links führte ein anderer Korridor zur Bibliothek, wo sie die Auseinandersetzung mit Felix gehabt hatte. Seither hatte sie sie nicht mehr betreten, aber die von ihr ausgelöste Verwüstung hatte sie noch in bester Erinnerung, ein beschämender Beweis für ihre ungezügelte Wut. Geisterkräfte waren schrecklich, wenn sie sich unaufgefordert und unkontrolliert austobten. Aber das Schlimmste war, dass sie immer noch nicht wusste, ob sie Felix glauben konnte oder ob er gelogen hatte, um sie loszuwerden.

Vor der Haustür ertönte Gelächter, und zwei Jungen kamen herein. Kyle Stratton blinzelte, als er aus dem Sonnenlicht in die dunkle Halle trat, und sein Freund Damon mit der Zöpfchenfrisur lachte immer noch, und seine dunklen Augen funkelten vergnügt. Kyle straffte die Schultern und versuchte, seinen Freund zu ignorieren, als er sich am Schwarzen Brett eintrug.

»Huuu huuu!« Damon lachte wieder und wedelte mit den Armen hinter Kyle herum. »Ich bin ein böser Zauberer und will dich fangen ...« Er täuschte einen Hieb gegen Kyles Kopf vor. »Du musst dich mal entspannen, Alter. Du hast ja Schiss vor deinem eigenen Schatten.«

»Hör auf damit«, sagte Kyle schroff. »Der Zweig kam aus dem Nichts herabgerauscht und war voller Dornen. Du musst darauf achten, wo du langgehst.«

»Du hörst dich an wie die Gärtner.« Damon verdrehte die Augen. »Die dröhnen sich täglich mit *Magic Mushrooms* voll, garantiert. Einer von den Typen glaubt steif und fest, dass der Efeu ihm auf die Schulter klopft. So ein nervöses Huhn. Und deinen Dornenzweig hab ich nie gesehen.«

Kyle wirkte abwehrend, seine Miene war verschlossen, und Eva dachte, dass das Haus ihn ganz schön mitnahm. Einmal hatte er sie beim Sommerhaus ja gesehen, und danach hatte er ziemlich verwirrt ausgesehen, als er dem Krankenwagen folgte. Während Kyra bei ihren Gängen durchs Haus offenbar nichts von den Geistern mitbekam, reagierte Kyle anders. Eva hatte ihn während seiner offiziellen Schlepp- und Tragedienste im Haus herumstöbern sehen. Manchmal, wenn sie ihm zu nahe kam, reagierte er ängstlich, zuckte beim leisesten Lufthauch zusammen und schaute ständig hinter sich, als fühlte er sich beobachtet. Eva konnte seine Nervosität förmlich spüren: eine kribbelnde Anspannung in Nacken und Schultern und die misstrauische Wachsamkeit.

Jetzt sah er die Treppe hoch, runzelte die Stirn und – gerade als Eva sich wünschte, dass er sie sehen könnte – riss er die Augen auf und blinzelte, machte einen Schritt nach vorn, rieb sich die Augen und blickte wieder dorthin, wo sie auf der Treppe saß.

»He!« Ein Neuer war gerade in die Halle gekommen und wedelte mit der Hand vor Kyles Augen. »Hallo-o? Kannst du mich hören?«

Kyle fuhr zusammen und drehte sich verwirrt zu dem Mann um.

»'tschuldigung.« Er sah noch mal zu Eva hin, die aufgestanden war, aber sein Blick war nicht mehr fokussiert. »Ich dachte, ich hätte was gesehen.«

»Du hast ausgesehen, als wärst du meilenweit weg!« Der Mann lachte und zeigte dann auf einen Kistenstapel und einen Haufen Kartonröhren. »Ich bin Christopher Knight. Ich kümmere mich um das Marketing. Ich hab hier ein paar Reklameplakate für die Geistertouren. Vielleicht könnt ihr Jungs mir beim Aufhängen helfen?«

Wenig begeistert ging Kyle zu den Kisten. Damon war zuerst dort, hob eine der Röhren hoch, schüttelte ein Plakat heraus, rollte es auseinander und stieß einen Pfiff aus.

Eva machte einen Schritt nach vorn und erstarrte. Das Plakat zeigte das Haus wie ein Fotonegativ, weiß vor schwarzem Hintergrund. Aber es war der Text, der sie hatte innehalten lassen:

Geistertouren im Chance-Haus
Sonntag, d. 13. April von 6.00 bis 20.00 Uhr
£ 25 pro Person
£ 15 ermäßigt
Geistertouren beinhalten
einen Besuch im berüchtigten Ostflügel
das Belauschen von Schritten in der Langen Galerie
und einen Gang bei Kerzenlicht durch die Verliese

Eva starrte unverwandt auf die verschnörkelten Buchstaben und ihr war klar, dass die Schuld daran Tante Joyce traf. Dieser Marketing-Experte konnte über den Ostflügel und die Schritte und die Foltergerätesammlung im Keller nur geschrieben haben, weil sie ihm davon erzählt hatte. Das Spuken gehörte zu den Familiensagen, von denen die Tanten immer behaupteten, sie wären erfundene Geschichten. Eva wagte gar nicht daran zu denken, was unschuldigen Besuchern widerfahren würde, wenn sie Geld für eine Tour durch die Räume des Hauses bezahlten, in denen am heftigsten gespukt wurde.

»Fünfundzwanzig Mäuse, um ein paar Stunden lang

nach Geistern zu suchen!«, rief Damon. »Muss jeder so viel blechen, der das Haus besichtigen will?«

»Der übliche Preis ist 10 Pfund für die Besichtigung des Parks, fünfzehn für Haus und Park«, erwiderte Christopher. »Die Geistertouren gibt es nur auf Wunsch. Aber wir hoffen, dass sie sich lohnen werden.« Er gestattete sich ein zufriedenes Lächeln, als er einen Stapel Broschüren schwenkte. »Hier werden die tragischen Geschichten derjenigen erzählt, die im Haus verschwunden sind. Ich habe viel Zeit investiert, um mich in die Geschichte der Familie Chance einzulesen.«

»Sie wollen also die Leute zu Tode erschrecken«, sagte Damon und blätterte in einer Broschüre. »Sie erzählen ihnen Spukgeschichten. Ich könnte auch ein paar geile Geistergeschichten erzählen, Mann. Sie sollten mich zum Führer von einer Ihrer Touren machen.«

»Ich werde an dich denken«, erwiderte Christopher. »Aber momentan brauche ich vor allem Helfer, die die Plakate anbringen.«

Damon schüttelte nach dieser Abfuhr irritiert den Kopf.

»Sie wissen ja nicht, was Ihnen entgeht. Als ich Kyle meine Erlebnisse in der Folterkammer erzählt habe, hat er sich fast in die Hose gemacht.«

»Klappe, Damon«, sagte Kyle, aber im gleichen Augenblick verspürte Eva ein leichtes Übelkeitsgefühl. Die Atmosphäre in der Halle veränderte sich, wurde angespannter.

»Ich habe sie noch nicht selber gesehen«, gestand Christopher Knight. »Miss Joyce hat was von einer Sammlung von Folterwerkzeugen erzählt, aber sie hatte bislang keine Zeit, sie mir zu zeigen.«

»Wird dieser Schuppen denn nicht morgen eröffnet?« Damon versuchte, seinen Vorteil zu nutzen. »Sie sollten sich das unbedingt vorher ansehen. Warum nicht jetzt? Ich kann meine Tour ja mit Ihnen beginnen. Mal ganz ernsthaft, Kumpel: Da unten gibt es total abgefahrenes Zeug.«

Eva sah erschrocken, wie Damon zur Kellertür ging und Mr Knight ihm folgte. Damon öffnete die Tür, und als sie aus dem Blickfeld verschwanden und die Tür hinter sich halb offen ließen, hörte man ihre Schritte auf den Stufen hallen und leiser werden. Kyle stand wie erstarrt beim Empfangstisch und sah auf einen Stapel Plakate, als Felix hereinkam.

Felix blickte sich um, sah zuerst Kyle und dann am anderen Ende der Halle Lisle Langley, die immer noch telefonierte und nicht auf ihre Umgebung achtete. Während Felix den Blick umherschweifen ließ, wartete Eva darauf, dass er hochsah und sie bemerkte. Aber diesmal veränderte sich seine Miene nicht. Eva betrachtete ihn, immer noch unsicher, ob sie ihm glauben sollte, dass er mit ihrer Ermordung nichts zu tun gehabt hatte.

Felix schlenderte zum Tisch, nahm sich eine Broschüre und begann, sie durchzublättern. Erst dann fragte er Kyle leise:

»Hast du was gefunden?«

»Nichts seit Ihrer Tante letzte Woche«, antwortete Kyle genervt. »Die Leiche, die Sie suchen, scheint es nicht zu geben.«

»Das Haus wird morgen eröffnet. Wenn die Besucher irgendwas sehen …«

»Dann wirft das ein schlechtes Licht auf Ihre Geistertouren«, sagte Kyle kalt. Er wich vor Felix nicht zurück, sondern fuhr fort: »Sie haben nie gesagt, dass es um Ihre Cousine geht, aber ich soll nach ihr suchen, nicht wahr? Nach der Leiche Ihrer Cousine Eva. Ist es Ihrer Familie denn völlig egal, dass sie tot ist? Kümmert Sie nur die Meinung der Touristen?«

Fasziniert erfuhr Eva, wonach Kyle gesucht hatte: nach ihrer Leiche. Sie hatte bisher noch nicht so weit gedacht, aber es war natürlich klar – falls sie tot war, musste es irgendwo eine Leiche geben. Weil sie immer noch hier war, hatte sie gar nicht daran gedacht, dass es eine Leiche geben musste, und bei dem Gedanken bekam sie Gänsehaut. Sie rieb sich die Blutergüsse an den Handgelenken, die immer schmerzten, wenn sie an ihr Sterben dachte. Von diesen Gedanken abgelenkt, verpasste sie den Rest von Kyles unerwarteter Verteidigung, aber Felix hatte alles mitbekommen und funkelte den anderen wütend an.

»Das geht dich nichts an«, sagte Felix eisig. »Ich bezahle dich nicht dafür, dass du deine Nase in unsere Familienangelegenheiten steckst.«

»Stimmt. Und da ich überall gesucht habe mit Ausnahme der Zimmer, die die Familie bewohnt, nehme ich an, dass Sie selber weitermachen wollen. Ich habe das getan, was Sie von mir verlangt haben und wofür Sie mich bezahlt haben.«

»Du hast überall gesucht?« Felix schüttelte den Kopf. »In nur einer Woche? Du warst die meiste Zeit ja nicht mal hier. Du hast für die Prüfungen gebüffelt, hab ich gehört.« Er grinste mit der ganzen Selbstzufriedenheit von einem, der bereits das Abitur bestanden und einen Studienplatz hatte. »Und außerdem hast du für Miss Langley Kisten geschleppt. Meiner Meinung nach schuldest du mir noch ein paar Stunden.«

»Wissen Sie, was Sie mit diesen Stunden tun können?« Aber bevor er das näher ausführen konnte, wurden sie von der Rückkehr der Kellerexpedition gestört. Damon gluckste immer noch in sich hinein, und Christopher Knight hatte vor Aufregung einen roten Kopf.

»Felix!« Er eilte auf ihn zu. »Der Keller ist ja unglaublich. Ich bin nicht so leicht zu erschrecken, aber da unten spukt es wirklich. Ich glaube, diese Geistertouren werden ein Riesenerfolg.«

»Sehen Sie, jetzt müssen Sie mich doch als Führer einstellen«, sagte Damon. »Sie müssen doch zugeben, dass ich die Leute toll zum Gruseln bringen kann.«

»Mal langsam.« Felix sah von Christopher zu Damon und zu Kyle und versuchte, aus ihren Mienen schlau zu werden. »Wovon redest du?«

»Vom Keller«, wiederholte Mr Knight ungeduldig. »Da gibt es eine Folterkammer, die werden wir in unsere Geistertour einbeziehen. Und ja«, er sah Damon an, »ich schau mal, ob ich dir da einen Job verschaffen kann, aber an deiner Führung muss noch gefeilt werden, denke ich.«

»Super.« Damon grinste über das ganze Gesicht. »Das werden Sie nicht bereuen, Kumpel.«

»Der Keller.« Felix sah Kyle an. »Warst du denn schon im Keller?«

»Ich war am ersten Abend da, als wir hier bedient haben«, sagte Kyle schneidend. »Ich habe nach dem Wein gesucht, wie Sie es wollten.«

»Und hast du welchen gefunden?« Felix gab der Frage eine doppelte Bedeutung, indem er Kyle anstarrte.

»Ich konnte nicht überall nachsehen. Da unten gibt es kein Licht, und wir hatten nur eine Taschenlampe.«

»Außerdem waren da diese gruseligen Geräusche, und dann zischte er ab wie einer mit 'ner Rakete im Arsch.« Damon lachte. »Der Typ denkt doch echt, dass es im Keller spukt, hä, Kyle?«

»Klappe, Damon«, fauchte Kyle. Aber Felix sah Damon bereits nachdenklich an.

»Du scheinst dich ja da unten gut auszukennen. Warum erzählst du mir nicht mehr? Wenn ich die Geschichten gut finde, zahl ich auch was dafür.«

»Abgemacht«, sagte Damon.

Felix lächelte und konnte sich einen spöttischen Blick auf Kyle nicht verkneifen, als er Damon zur Bibliothek geleitete.

Nun stand Kyle allein am Empfangstisch, und als Eva sich ihm näherte, rückte er unbeholfen von ihr weg. Er zog sein Handy heraus, drückte ein paar Tasten und schüttelte dann den Kopf.

»Kein Empfang«, murrte er und sah dann hinüber zu Lisle Langley, die sich jetzt mit Christopher Knight über die Beleuchtung des Kellers unterhielt. »Ihr Handy muss eine größere Reichweite haben«, knurrte er in sich rein.

Eva kannte sich mit Handys nicht aus. Im Haus gab es nur ein einziges Telefon in einem extra Telefonzimmerchen neben der Küche, und wenn man eine Nummer wählte, geschah das mit einer Wählscheibe. Nicht, dass es jemals jemanden gegeben hätte, den Eva anrufen konnte.

Eva beobachtete Kyle und hatte Mitgefühl mit seinem Bedürfnis, eine Verbindung zu jemandem herzustellen, denn das wollte sie auch.

»Ich nehme an, du möchtest mit deiner Schwester reden«, sagte sie leise. »Kyra ist im Wintergarten.«

»Danke«, erwiderte Kyle geistesabwesend und lächelte – auch noch, als er Eva erblickte.

Als er registrierte, was er sah, blieb ihm vor Schreck der Mund offen stehen, und seine Augen weiteten sich. Plötzlich wurde sie sich ihres Aussehens bewusst. Barfuß, schlammbespritzt, immer noch in den schmutzigen Fetzen ihres unpassenden roten Samtkleids, und die Haare hingen ihr in dunklen, verfilzten Strähnen um das Gesicht. Sie hatte sich oft genug in Spiegeln erblickt, doch erst durch Kyles entsetztes Glotzen wurde ihr bewusst, wie zerlumpt sie aussah.

»Hast du was gesagt?«, flüsterte Kyle und schluckte gequält. »Wer *bist* du?«

»Ich bin Eva Chance.« Sie versuchte zu lächeln und fuhr fort: »Ich bin die, nach deren Leiche du suchst.«

»Ich glaub, ich dreh durch.« Kyles Gesicht war so weiß, dass sich seine Sommersprossen so deutlich abzeichneten, als hätte er plötzlich die Masern gekriegt. »Ich kann doch keine toten Menschen sehen.«

»Für mich ist Totsein auch was Neues.« Eva versuchte, möglichst wenig bedrohlich zu klingen, aber als er bei jedem ihrer Worte zusammenzuckte, wusste sie, dass es nicht geklappt hatte. »Du bist erst der dritte Mensch, der mich sehen kann.«

»Es ist, als wärst du wirklich hier.« Kyle hob die Hand und ließ sie wieder sinken. »Was ist mit dir passiert?«

»Das weiß ich nicht. Ich wünschte, ich wüsste es. Wahrscheinlich hat mich jemand umgebracht, aber ich weiß nicht, wer es war oder wann es geschehen ist. Auf einmal befand ich mich in diesem Zustand.«

»Unglaublich.« Kyle schüttelte den Kopf, aber er glaubte es wohl doch. Er sah aus, als wäre ihm leicht übel, und Eva fand es schrecklich, dass sie so vor ihm erscheinen musste. Sie hatte nicht gewusst, ob er sie sehen würde, aber sie hatte es sich gewünscht, und nun fühlte sie sich zum ersten Mal wirklich wie ein Geist.

»Entschuldige bitte«, sagte sie, und Kyle blinzelte.

»Das müsste ich zu dir sagen. Ich hab dich doch schon mal gesehen. Mit deiner Tante im Sommerhaus. Ich war mir damals nicht sicher, aber irgendwas an dir war seltsam.«

»Aber nicht unbedingt, weil ich ein Geist bin«, sagte Eva trocken. »Mich haben auch früher schon immer alle für seltsam gehalten.«

»Tut mir leid. Ähm ... gibt es was, das ich tun kann?« Er errötete, denn ihm war klar, dass das eine bescheuerte Frage an eine Tote war.

Eva wünschte, sie hätte den Mut, ihn um Hilfe bei der Suche nach ihrem Mörder zu bitten, aber etwas so Ungeheuerliches konnte man von einem Fremden nicht verlangen. Sie suchte nach einer Idee, was er stattdessen tun konnte.

»Könntest du rauskriegen, was mit meinem Großvater los ist? Er ist vor zwei Wochen ins Krankenhaus gekommen, und ich weiß immer noch nicht, wie es ihm geht. Und meine Tante habe ich auch nicht mehr gesehen, seit der Krankenwagen sie fortbrachte.«

»Na klar.« Kyle nickte schnell. »Das mach ich, kein Problem.« Er wirkte erleichtert, und sie ahnte, dass er eine Leichensuche im Felix-Stil erwartet hatte. »Wie kann ich mich mit dir in Verbindung setzen?«

»Ich bin immer hier. Ich kann das Grundstück nicht verlassen.« Angestrengt versuchte sie wieder zu lächeln und wünschte, sie hätte es nicht getan, weil Kyle sie gequält ansah. »Ich wandere immer ein bisschen herum, aber ich werde nach dir Ausschau halten.«

»Okay.« Kyle fummelte verlegen an seinem Handy herum, und Eva fiel ein, dass er ja seine Schwester hatte anrufen wollen. Ihre anfängliche Verlegenheit übermannte sie wieder wie eine heiße Welle, und sie wünschte sich, sie könnte einfach verschwinden.

Die Halle drehte und verschob sich schwindelerregend, Kyles Gesicht verschwand, als würde es nach hinten gesaugt, der Boden fiel unter ihr weg. Eva wollte nach etwas Festem greifen und fühlte ihre Hände das Holzgeländer umklammern, während ihr Blick sich wieder klärte.

Sie stand auf dem Treppenabsatz im ersten Stock und sah auf die Halle hinunter, wo Kyle vor Schreck erstarrt noch dort stand, wo sie ihn verlassen hatte.

Er streckte eine Hand aus, zuerst zögernd, und dann zerteilte er die leere Luft vor und hinter sich. Er drehte sich auf dem Absatz um, schaute sich in der Halle um und blickte dann nach oben. Eva sah seine Blicke an ihr vorbeiwandern. Der Augenblickswunsch zu verschwinden hatte sie wieder unsichtbar gemacht. Sie wusste nicht, ob sie darüber erleichtert war oder nicht.

Allmählich begriff sie, wie ihr Auftauchen und Verschwinden funktionierten. Das Dumme war nur, dass das eher von ihrem emotionalen Zustand als von vernünftigen Entscheidungen abzuhängen schien. Kyle hatte sie nicht nur sehen können, weil sie ihn angesprochen hatte. Das ging tiefer, hing mit ihrem plötzlichen Wunsch nach einer Verbindung zusammen und seiner Suche nach ihrer Leiche und seiner zunehmenden Empfänglichkeit für das Übernatürliche. Aber als die Peinlichkeit sie überwältigt hatte, war sie wieder verschwunden, und jetzt eben hatte er sie nicht sehen können. Vielleicht hatte er sie ebenfalls weggewünscht oder hatte gedacht, ihre Unterhaltung wäre beendet.

Sie wusste nicht, ob Kyle ein Verbündeter war oder nicht. Er war der Bruder ihrer schlimmsten Feindin – aber mittlerweile hatte Eva noch gefährlichere Feinde. Sie sah, wie er loslief, um seine Schwester zu suchen, und wünschte, er wäre nicht ausgerechnet Kyra Strattons Bruder.

Das Putzen des Wintergartens war ein Job, der einfach kein Ende nahm. Kyra hatte hier schon am Freitag mit einem Trupp Frauen aus dem Dorf geschuftet und dann am Samstag grimmig festgestellt, dass sie den ganzen Tag dafür brauchen würden.

Der Raum hatte riesige Fenster, und die Wände dazwischen schmückten Reliefs von Weintrauben und Pflanzen mit tausend Schnörkeln und Nischen, in denen sich Staub sammeln konnte. Als sie den Raum zum ersten Mal betraten, hingen Spinnweben wie Tücher herab, und aus jeder

Mauerritze schien Schmutz zu sickern. Sie hatten alle Hoffnung auf saubere Fenster aufgegeben, bis sie den übrigen Schmutz beseitigt hatten, und Kyra hatte eimerweise sauberes Wasser an- und Dreckwasser wieder weggeschleppt, bis ihr die Arme abzufallen drohten. Trotzdem starrte ihr Teil des Raums immer noch vor Dreck.

»Verdammter Mist.« Eine Frau an der Wand gegenüber warf den Scheuerlappen in den Eimer, und Wasser spritzte auf den Boden. »Ich könnte schwören, diese Wand war gestern pieksauber – und nun schaut sie euch an!« Das Relief war von einer zähen, öligen Substanz aus Spinnweben und Insektenleichen überzogen. Fast heulend stürzte die Frau aus dem Zimmer. Die übrigen tauschten Blicke.

»Sie hat recht.« Ein Mädchen mit dünnem, spitzem Gesicht tauchte plötzlich hinter Kyra auf. »Hier ist es schmutzig, und das kann man nicht ändern.« Das Mädchen sprach schneidend, ihre dunklen Augen blickten sehr eindringlich.

»Abergläubisch?« Alle Reinigungskräfte kannten die Schauergeschichten und fühlten sich im Haus unbehaglich. Jede hatte eine »Zigeuneroma« oder eine »irische Ahnfrau«, und alle fühlten, dass es hier nicht mit rechten Dingen zuging. Kyra glaubte das Geschwätz nicht. Aber als sie die Wand betrachtete, die sie mit so viel Mühe geschrubbt hatte, konnte sie auch nicht sagen, was sauber war und was nicht.

»Dieses Haus ist nicht sicher«, beharrte die Neue. »Es gibt hier Zimmer, die man niemals sauber kriegt. Die Familie weiß das – sie gibt es den Dienstboten gegenüber nur nicht zu.«

»Arbeitest du denn schon lange hier?«, fragte Kyra, und das Mädchen stieß ein bitteres Lachen aus.

»Länger, als du dir vorstellen kannst. Lang genug, um zu wissen, dass das hier kein guter Arbeitsplatz ist.«

»Aber einige von uns brauchen das Geld.« Kyra zuckte die Achseln und fragte sich, warum das Mädchen nicht kündigte, wenn sie sich so vor dem Haus fürchtete. Ihr Dialekt verriet, dass sie aus der Gegend war, aber Kyra kannte sie nicht.

»Man findet nicht so leicht Arbeit.« Das Mädchen ruckte mit dem Kopf beim Sprechen immer nach vorn und stieß die Sätze eilig hervor. »Aber wenn du schon hier arbeiten musst, dann lass dich bloß nicht in den Keller schicken.«

»Keller?«, wiederholte Kyra. »Mein Bruder und sein Freund waren da unten. Damon behauptet, dass es da spukt.«

»Sag deinem Bruder, er soll sich von dort fernhalten!« Das Mädchen sah sie erschrocken an, und Kyra fragte sich, ob sie in Kyle verliebt war, weil sie so heftig insistierte.

»Wieso? Noch mehr Aberglauben?«

»Da unten sind Menschen gestorben.« Das Mädchen senkte die Stimme und kam näher. Von irgendwo nahebei kam ein kalter Windstoß und brachte Kyra zum Zittern. »Es gab einen Butler, der sich das Genick gebrochen hat, und sie sagten, er wäre betrunken gewesen, obwohl alle wussten, dass er nie Alkohol trank. Und eine Haushälterin ist ertrunken – dabei war die Pfütze nur fünf Zentimeter tief. Es hieß, das wäre ein bedauerlicher Unglücksfall gewesen. Dieses Haus bringt vielen Menschen Unglück, nicht nur den Chances.«

Das Mädchen sprach zu eindringlich, als dass Kyra ihre

Worte als Witz hätte abtun können. Und als sie sich umsah, konnte sie geradezu sehen, wie der Wintergarten wieder schmutziger wurde, Putz von den Wänden rieselte und Spinnweben von der gewölbten Decke herabhingen. Durch die schmutzig braunen, schmierigen Fensterscheiben sah sie den Garten nur als verschwommenen grünen Fleck. Vielleicht war es ja abergläubisch, aber sie war sich sicher, dass das magere Mädchen recht hatte, wenn sie den Job hoffnungslos fand.

Sie drehte sich um, um ihr recht zu geben, aber das Mädchen war verschwunden. In wenigen Sekunden war sie so still und schnell verschwunden, als hätte das Zimmer sie verschluckt – und Kyra kannte nicht mal ihren Namen.

Aber nun tauchte eine andere Gestalt in der Türöffnung auf und spähte verwirrt und unschlüssig herein, doch das verwandelte sich bald in Erleichterung, als Kyle sie erkannte.

»Hey.« Kyra ging zu ihm und knuffte ihn freundlich in die Seite. »Suchst du immer noch Leichen?«

»Lass das.« Kyle schob ihre Hand weg und sah sie aufgebracht an. »Hör mal, bist du sehr beschäftigt? Ich muss mit dir reden.«

»Nicht sehr. Komm, wir gehen nach draußen. Ich brauch mal frische Luft.«

Vom Wintergarten gelangte man auf eine Terrasse, und von dort konnten sie die Französischen Gärten überblicken, die jetzt nicht mehr so verwildert und überwuchert aussahen. Zum ersten Mal konnte sich Kyra vorstellen, dass Leute Geld für eine Besichtigung des Hauses zahlten. Doch die Terrasse war noch mit totem Laub bedeckt, mit zusammengewehten Haufen, die grün und golden aufblitzten, wenn Pfauenfedern zwischen den Blättern lagen.

»Was ist los?« Kyra setzte sich auf die Balustrade und sah Kyle an.

»Ärger«, sagte Kyle ominös. »Die Folterkammer soll bei den Geistertouren dabei sein.«

»Jemand hat mir eben erzählt, dass der Keller Ärger bringt«, legte Kyra los, aber Kyle unterbrach sie.

»Hör erst mal zu. Es gibt noch viel mehr. Dieser Felix hat mich wegen der verschwundenen Leiche gelöchert, und ich hab ihm gesagt, ich würde nicht weitersuchen. Aber er hat behauptet, ich würde ihm noch Arbeitszeit schulden, weil ich nicht ununterbrochen gesucht hätte. Dann ist er mit Damon weggegangen, um ihn wegen des Kellers auszuhorchen. Ich glaube, der Kerl bildet sich ein, dass Evas Leiche da unten ist.«

»Dann sag ihm doch, dass das nicht stimmt. Er wird dich schon nicht verklagen.«

Kyle sah sie stirnrunzelnd an.

»Du kapierst es nicht. Ich denke auch, dass sie da unten ist. Ich glaube das, weil ...« Leider hielt er vor der spannendsten Enthüllung inne, und Kyra verdrehte die Augen, weil sie endlich erfahren wollte, was los war.

»Los, spuck's schon aus«, sagte sie.

»Ich glaube, ihre Leiche ist da unten, weil ich vorhin ihrem Geist begegnet bin. Schon zweimal, obwohl ich beim ersten Mal nicht kapiert habe, wer sie war. Aber es war Eva

Chance. Sie hat mit mir gesprochen, und sie hat ihren Namen genannt.«

Wenn eine ihrer Freundinnen ihr gesagt hätte, sie wäre einem Gespenst begegnet, hätte Kyra so getan, als würde sie ihr glauben, und sich dann hinterher mit den anderen darüber lustig gemacht. Spukgeschichten waren was für kleine Kinder, wie Geisterbahnen auf den Jahrmärkten. Aber Kyle war ein Mensch mit null Phantasie, das wusste sie.

»Wie hat sie denn ausgesehen?«, fragte sie langsam. Kyle hatte Eva nie bemerkt, als sie noch gelebt hatte. Er würde sie also nicht aus der Erinnerung beschreiben können.

»Sie sah klein und ängstlich aus. Sie hatte weder Strümpfe noch Schuhe an, nur ein zerfetztes rotes Kleid, und ihre Haare waren zerzaust, und sie war schlammbespritzt. Die Luft um sie herum war kalt, und es roch seltsam, irgendwie feucht und schimmelig.« Er ballte die Hände in den Hosentaschen zu Fäusten, zog die Schultern hoch und sah aus, als wäre ihm übel.

Kyra beschlich ein seltsames Gefühl. Kyle war keiner, der sich eine solche Geschichte ausdachte.

»Sie hat gesagt, sie wäre tot«, fuhr er fort. »Jemand hätte sie ermordet.« Er holte tief Luft. »Ich hab gefragt, ob ich irgendwas tun könnte, und sie hat mich gebeten, rauszufinden, wie es ihrem Großvater und ihrer Tante geht. Und dann verschwand sie so schnell, wie sie gekommen war. Sie war ein Geist, ich schwör es dir. Menschen können nicht einfach so auftauchen und verschwinden.«

»Ein Geist.« Kyra schüttelte den Kopf. »Ist dir klar, wie albern das klingt?«

»Wenn du sie gesehen hättest, würdest du das überhaupt nicht albern finden«, erwiderte er. »Ich weiß, wie sich das anhört. Aber wenn du gesehen hättest, wie sehr sie sich gefürchtet hat, hättest du gewusst, dass sie wirklich da war.«

Kyra sah über die Balustrade hinunter auf das grüne Meer des Parks. Sie brauchte Eva nicht zu sehen. Sie hatte sie oft genug verängstigt und verwirrt gesehen, und die Sympathie, die ihr Bruder anscheinend für das tote Mädchen empfand, war ihr unangenehm. Falls Eva wirklich tot war und nicht eine makabere Art von Verstecken spielte ...

»Hier geht irgendwas Unheimliches vor«, sagte sie langsam. »Hier flippen alle aus. Jemand hat mir gerade erzählt, dass man den Wintergarten gar nicht putzen kann. Außerdem hat sie gesagt, der Keller wäre gefährlich, da unten wären schon Leute gestorben.«

»Da unten spukt es«, sagte Kyle. »Damon redet davon, als wäre es ein toller Witz. Als würde er das Gruselige einfach nicht sehen. Der Marketing-Typ ist genauso. Für ihn ist alles eine tolle Touristenattraktion. Aber ich fand es da unten schrecklich. Als würde uns etwas Gefährliches beobachten.«

»Ich hab ja gewusst, dieser Job ist zu gut, um länger zu dauern. Das war jetzt meine letzte Möglichkeit, vor den Prüfungen noch ein paar Mücken zu verdienen. ›Ich musste leider kündigen, weil es gespukt hat‹, – na, das wird sich in meinem Lebenslauf toll machen.«

»Du kannst ruhig kündigen. Du solltest das wohl besser auch tun. Aber ich bleibe.«

»Warum? Du bist doch nie gern hierhergekommen. Warum willst du bleiben, wenn du es im Haus gefährlich findest?«

»Weil …« Ihr Bruder zögerte und sprach dann schnell weiter. »Weil ich rausfinden will, was mit ihr passiert ist. Eva ist tot, sie ist hier als Geist gefangen, und sie hat niemanden, der ihr hilft. Ich glaube, dass jemand sie umgebracht hat, und ich will rauskriegen, wer das war. Ich möchte sie befreien.« Er wurde rot.

»Ach nee.« Kyra begriff: Zum ersten Mal interessierte sich ihr Zwillingsbruder ernsthaft für einen anderen Menschen. So unglaublich das auch schien, aber irgendwas an dieser ausgeflippten, abgedrehten Eva Chance hatte ihn berührt.

»Du wirst das wahrscheinlich nicht verstehen«, sagte Kyle, und Kyra ließ ihn in dem Glauben. Sie wollte ihn nicht in Verlegenheit bringen, indem sie ihm zeigte, wie gut sie verstand.

»Na gut«, meinte sie schließlich. »Wenn es das ist, was du willst, dann mach ich mit. Aber wir müssen das vernünftig angehen, okay? Nicht wie in den Horrorfilmen, wo die Leute im Dunkeln verschwinden, weil sie irgendein Geräusch gehört haben. Und du gehst auch nicht in die Nähe des Kellers, bis wir rausgefunden haben, was dort unten ist.«

Kyle schien nicht zu wissen, ob er besorgt oder erleichtert sein sollte. »Ich habe dich nicht gebeten, zu bleiben.«

»Klar, weiß ich.« Kyra rutschte von der Balustrade runter. »Ich bin ein großes Mädchen, ich kann selber auf mich aufpassen.«

»Bei Gespenstern?« Kyle sah zweifelnd drein, aber Kyra starrte ihn unnachgiebig an.

»Wegen der Geister mach ich mir keine Sorgen.« Es war ihre Sache, dass sie nicht daran glaubte. »Aber du willst einen Mörder fangen. Wenn jemand Eva umgebracht hat, war es wahrscheinlich einer von hier. Höchstwahrscheinlich ein Verwandter.«

Beide blickten unwillkürlich zum Haus hinüber und rückten dann näher zusammen.

»Daran habe ich noch gar nicht gedacht«, gestand Kyle.

»Und außerdem gibt es da noch Evas Großvater und ihre Tante. Wenn das keine Unfälle waren, dann suchen wir nach einem mordgierigen Geisteskranken. Auch wenn er nicht immer durchschlagenden Erfolg hatte, heißt das noch lange nicht, dass es beim nächsten Versuch auch nicht klappt.« Sie verzog den Mund. »Bist du dir sicher, dass es das wert ist? Du willst etwas über ein Mädchen rausfinden, das du überhaupt nicht kennst?«

»Wie kannst du nur fragen? Es geht doch nicht nur darum, was mit ihr passiert ist, sondern was hier momentan abgeht. Sie ist noch hier. Es geht ihr schlecht, und sie braucht Hilfe.«

»Ich hätte nie gedacht, dass du an so einem Heldenkomplex leidest!« Kyra versetzte ihm einen Rippenstoß. »Von der Sekunde an, als wir das Tor passiert hatten, versuchst du, alle Leute zu beschützen. Sei bloß vorsichtig, ja?«

Eva schlich durch den Rosengarten und sah Kyle und Kyra auf der Terrasse. Doch sie war zu weit entfernt, um ihr Gespräch belauschen zu können. Es war zwar peinlich, sich zu verstecken, aber sie war sich nicht sicher, ob Kyra sie sehen sollte. Es war schon peinlich genug gewesen, Kyle anzusprechen, der für sie ein Fremder war. Sie wusste nicht, wie sie kontrollieren konnte, wer sie sehen durfte und wer nicht. Aber sie hätte gern gewusst, worüber die Zwillinge sprachen.

Die Gärtner hatten in diesem Teil des Parks schon ihre Arbeit erledigt und ihn etwas gezähmt, aber die Kletterpflanzen rankten sich immer noch über die Spaliere und über die Bögen und ermöglichten es Eva, sich dahinter zu verstecken und näher an die Terrasse heranzukommen. Als sie sich durch einen Märchenbogen aus Dornenranken hindurchzwängte, zwickte sie etwas in den Oberarm. Sie dachte, es wären Dornen gewesen, doch als sie sich umdrehte, erblickte sie Elsies spitzes Gesicht und die wütenden schwarzen Augen.

»Was hast du getan?«, fauchte Elsie. »Der Junge hat gesagt, er kündigt erst, wenn er herausgekriegt hat, wie du gestorben bist.«

»Wirklich?« Unwillkürlich musste Eva lächeln. Es war ein herzerwärmender Gedanke, dass jemand sich so viel aus ihr machte und ihr helfen wollte.

»Du musst ihm sagen, dass er das bleiben lassen soll«, befahl Elsie. »Die Lebendigen dürfen nicht deine Probleme für dich lösen.«

»Aber ich habe ihn nicht darum gebeten. Ich wollte nur Neuigkeiten aus dem Krankenhaus erfahren.« Sie spähte durch die grünen Blätter zu den zwei Menschen auf der Terrasse hinüber. »Du brauchst dir keine Sorgen zu machen, Kyra will bestimmt nicht, dass er mir hilft.«

»Da irrst du dich aber.« Elsie sah immer noch wütend aus. »Du bist ihr vielleicht egal, aber sie hält zu ihrem Bruder.« Ihre Augen blitzten zornig, als sie hinzufügte: »Und wenn *du* ihnen nicht sagen willst, dass sie ihre Zeit nicht damit verschwenden sollen, dann tu *ich* das.«

»Aber warum?« Eva verstand es nicht. »Du hast gesagt, du willst damit nichts zu tun haben, aber ich sehe nicht ein, warum du andere daran hindern willst, mir zu helfen.«

Elsie antwortete nicht, aber sie presste die Lippen zusammen, und ihre Augen funkelten immer noch. Zum ersten Mal, seitdem Eva sie kannte, schien sie Angst zu haben.

»Gut«, sagte Elsie plötzlich. »Wenn ich dir helfe, sorgst du dann dafür, dass der Junge von eurem Familienfluch verschont bleibt?« Nach einer kurzen Pause fügte sie schnell hinzu: »Ich hab dir schon ein paar Tricks beigebracht, aber ich könnte dir noch mehr erzählen.«

Eva sah sie unsicher an. Sie misstraute Elsies plötzlichem Hilfsangebot, aber sie glaubte auch nicht, dass Kyle ihr wirklich helfen konnte. Doch das Geistmädchen kannte sich besser aus als sie.

»Na gut«, stimmte sie zu. »Einverstanden.«

10
Anmerkungen zu einem Mord

Samstag, 12. April
Kyle hatte zum ersten Mal in seinem Leben den Wecker seines Handys gestellt, und jetzt, um sieben Uhr morgens, schrillte er in sein Ohr.

Als er gestern zum Krankenhaus gekommen war, war die Besuchszeit bereits zu Ende gewesen, und das Personal hatte wegen ihm nicht die Vorschriften geändert. Er war sich wie ein Depp vorgekommen, doch als er das Krankenhaus verließ, begegnete er in der Stadt ein paar Freunden, die gerade in eine Kneipe gehen wollten. Kyle war mitgegangen und hatte mit ihnen rumgehangen, bis sie beschlossen, zuerst in eine Pizzeria und danach zu einem der Kumpel zu gehen, weil er gute Computerspiele hatte. Da hatte er gesagt, er hätte zu Hause noch was zu erledigen. Die anderen sahen ihn überrascht an, und Kyle konnte ihnen das nicht übelnehmen. Er hatte sich selber überrascht.

Zuhause hatte er eine Weile im Internet nach Geistern und Spukhäusern gesucht. Aber nichts davon konnte ihm erklären, was er gesehen hatte. Er war sich sicher, dass er Eva Chance gesehen hatte und dass sie ein Geist war. Aber er wusste nicht, ob er seine Schwester ebenfalls davon überzeugt hatte. Doch Eva war da gewesen – zumindest fast vollständig –, und sie hatte ihm gesagt, dass jemand sie ermordet hatte. Kyle hatte versprochen, ihr zu helfen, und hatte nun ein schlechtes Gewissen, weil er die eine Kleinigkeit nicht erledigt hatte, um die sie ihn gebeten hatte.

Deshalb fuhr er um halb acht in seinen präsentabelsten Jeans und einem sauberen weißen Hemd mit dem Bus in die Stadt. Er hatte sogar seine Turnschuhe geputzt. Im Krankenhausshop kaufte er einen Strauß Narzissen und ging zum Empfang.

»Wir haben hier zwei Patienten, die Chance heißen. Chance, Edward und Chance, Cora – beide auf der Privatstation. Station 8, Zimmer A. Folge einfach den Wegweisern zum zweiten Stock und dann immer geradeaus. Besuchszeit morgens von acht bis zehn.«

Station 8 war ein langer, deprimierender Krankensaal voller alter Menschen, die aussahen, als würden sie demnächst sterben. Gebrechliche Körper formten in den großen Metallbetten kleine Höcker, umstellt von Krankenhausapparaten und langen Plastikschläuchen. Es roch schwach nach Urin und frischen Desinfektionsmitteln, eine Mischung, die bei Kyle Übelkeit hervorrief.

Kyle schaute sich um und blinzelte kurz, als er die Tür direkt hinter dem Tisch der Krankenschwester sah. Vor der Tür stand ein großer Polizist, der ihn im selben Augenblick bemerkte. Kyle machte zaghaft ein paar Schritte in den Raum und blickte sich suchend um. Zimmer 8 A war eindeutig das, das der Polizist blockierte.

»Kann ich Ihnen helfen?«, fragte er, und Kyle sah ihn unschuldig an.

»Äh ... ich suche Miss Cora Chance«, sagte er. »Ich

wollte ihr ein paar Blumen bringen.« Er hob seine Narzissen hoch, und der Polizist nickte.

»Ich sorge dafür, dass sie sie bekommt. Leider darf sie im Augenblick noch keinen Besuch bekommen. Wie war der Name?«

»Ich heiße Kyle Stratton.« Er reichte die Blumen weiter. »Und was ist mit Mr Chance. Mr … äh, Edward Chance. Könnte ich stattdessen ihn besuchen?«

»Nein, da sind ebenfalls keine Besuche gestattet.« Der Polizist sah ihn an, als wartete er darauf, dass Kyle ging.

»Und … wie geht es ihnen?«, fragte Kyle, und der Polizist runzelte leicht die Stirn.

»Ihr Zustand ist stabil, hab ich gehört. Bei beiden.«

Stabil konnte alles und nichts bedeuten, dachte Kyle. Doch es war klar, dass er von diesem Polizisten nicht mehr erfahren würde, denn der sah trotz des Narzissenstraußes äußerst unfreundlich aus. Kyle hatte sich schon umgedreht, als die Tür von Zimmer 8A aufging und ein Mann herauskam. Kein Arzt und kein Pfleger, sondern ein Mann in grauem Anzug mit einer Aktenmappe.

»Ich dachte, es wären keine Besucher erlaubt«, sagte Kyle.

Der Polizist starrte wütend vor sich hin, und der Mann im grauen Anzug sah ihn erstaunt an. Irgendwie kam er Kyle bekannt vor, und er versuchte sich an die Dinnerparty neulich zu erinnern. Er hatte sich zwar meistens in der Küche aufgehalten, aber dieser Mann hatte bestimmt zu den Gästen gehört.

»Es waren bisher nur sehr wenig Besucher da«, sagte der Mann eisig. »Und von denen haben einige mehr geschadet als geholfen.« Sein Blick wanderte zu den Narzissen in der Hand des Polizisten.

»Sie sind aus dem Laden unten. Denken Sie vielleicht, sie sind vergiftet? Immerhin habe ich die alte Dame im Schnee gefunden. Ich heiße Kyle Stratton. Ich habe den Notarzt gerufen, und deshalb wollte ich sehen, wie es ihr geht.« Kyle wurde mit jedem Wort wütender, und zum Schluss wäre er fast rausmarschiert, doch der Mann im Anzug reagierte schnell.

»Oh, dann möchte ich mich entschuldigen. Ich bin Michael Stevenage und bin zugegebenermaßen etwas misstrauisch. Ich bin Anwalt und fürchte, das hängt mit meinem Beruf zusammen. Außerdem stimmt es, dass die Polizei angewiesen wurde, keinen außer mir und Pfarrer Hargreaves reinzulassen.«

Kyle sah ihn stumm an, und der Anwalt fuhr fort:

»Na, komm schon, Kyle – nicht wahr? Wir sollten das nicht hier besprechen. Draußen gibt es einen Getränkeautomaten, ich spendier dir eine Cola, und dann können wir reden.«

»Danke, ich will keine Cola!« Kyle folgte dem Anwalt aus dem Krankensaal. »Ich wollte nur wissen, was los ist … ich meine, wie es Miss Cora und wie es Evas Großvater, wie es Mr Chance geht.«

»Miss Cora ist immer noch bewusstlos«, antwortete Mr Stevenage. »Sir Edward ist bei Bewusstsein, aber das war der dritte Herzanfall in diesem Jahr. Es sieht nicht gut aus, fürchte ich.«

»Oh.« Kyle wünschte sich jetzt, er hätte sich mit der Antwort ›stabil‹ zufrieden gegeben und wäre gegangen.

Diese Neuigkeiten waren genau das, was er nicht hören wollte. »Mörderischer Mistkerl.«

»Wie bitte?!« Der Anwalt hatte die Augenbrauen hochgezogen, und Kyle merkte, dass er laut gesprochen hatte.

»Ich habe den gemeint, der Miss Cora erwürgen und den alten Mann umbringen wollte«, beeilte sich Kyle zu sagen. »Und wahrscheinlich hat er auch Eva ermordet. Deshalb steht ein Polizist vor der Tür, nicht wahr? Weil es zum Himmel stinkt, dass ein Mensch verschwunden ist und innerhalb von zwei Wochen zwei weitere Mordanschläge verübt werden.«

»Ja«, sagte der Anwalt nachdenklich. »Ja, das stimmt. Aber du bist der Erste vom Personal, dem das aufgefallen ist.«

»Glauben Sie das bloß nicht.« Kyle schüttelte den Kopf. »Man redet in der ganzen Stadt davon, dass die Leute im großen Haus einer nach dem andern umfallen. Die Frauen gehen nur noch zu zweit aus dem Haus, und bei den Männern ist es nicht anders. Alle sind nervös.«

»Und ich darf annehmen, du hast jedem erzählt, dass man versucht hat, Miss Cora zu erwürgen?«

»Das war gar nicht nötig.« Kyle sah ihn zornig an. »Sparen Sie sich Ihre Anschuldigungen. Die Sanitäter haben laut genug von strangulierten Blutgefäßen und Hautverfärbungen geredet, und viele sehen sich gern Krankenhausserien an wie *Dr. House* oder *Emergency Room*. Man braucht kein Medizinstudium, um zu kapieren, was ein Arzt meint, wenn er sagt ›jemand hat diese Frau mit ihrem Schal erwürgen wollen‹.«

»Okay, ich mach dir ein Friedensangebot. Krieg das jetzt

bitte nicht in den falschen Hals, aber hat dich die Polizei schon danach gefragt, wie du Miss Cora gefunden hast?«

»Nur kurz beim Sommerhaus. Sie haben mich gefragt, ob ich jemanden gesehen hätte oder irgendwelche Fußspuren außer meinen. Hab ich nicht.«

»Überhaupt nichts?« Der Anwalt hörte sich fast flehend an. »Die kleinste Kleinigkeit würde uns weiterhelfen. Die Polizei hat Miss Coras Schal, aber ich glaube nicht, dass der ihnen groß weiterhelfen wird.«

»Ich kann Ihnen auch nicht helfen. Würde ich ja gern, aber ich habe nichts gesehen, was als Beweis dienen könnte.«

»Dann hast du also was gesehen.« Mr Stevenages Ton war scharf, und er sah Kyle forschend an. »Vielleicht etwas, das dich beschäftigt? Eine Einzelheit, die dir nicht aus dem Kopf geht?«

»Könnte man wohl sagen.« Halb lachend, halb stöhnend sagte Kyle: »Ich habe einen Geist gesehen. Okay? Ich habe jemanden gesehen, der gestorben ist.«

»Einen Geist?« Mr Stevenage wich einen Schritt zurück. »Machst du dich über mich lustig?«

»Eva Chance.« Kyle seufzte. »Ist mir wurscht, ob Sie mir glauben oder nicht. Es ist schon verrückt genug, dass ich sie gesehen habe, ich möchte lieber nicht darüber reden. Aber Sie haben mich gefragt. Die habe ich im Sommerhaus gesehen. Und Eva Chance ist tot.«

»Aha.«

Kyle wusste nicht, was das bedeuten sollte, und er redete rasch weiter, ehe der Anwalt irgendwelche voreiligen Schlüsse ziehen konnte.

»Und bevor Sie wieder irgendeinen Verdacht äußern – ich habe keine Fußspuren gesehen. Meine Schwester denkt, dass Eva rumläuft und nur so tut, als wäre sie gestorben, und die Leute als Gespenst erschreckt. Aber ich glaube das nicht. Ich habe sie gesehen, und sie sieht – wie ein Mordopfer aus.«

Der Anwalt seufzte und rieb sich die Nasenwurzel.

»Ich würde das gern für einen üblen Streich halten, aber deine Geschichte hört sich genauso an wie die von Sir Edward. Er behauptet auch, dass Eva tot ist und jetzt als Geist im Haus herumspukt, und ich möchte dich sehr bitten, dass du das nicht weitererzählst, junger Mann. Aber die Polizei hat nach ihr gesucht und erneut gesucht, nachdem das mit Miss Cora passiert war, und niemand hat irgendeinen Hinweis auf eine Leiche gefunden. Ich kann wohl nicht annehmen, dass du …«

»Verdammte Scheiße!«, explodierte Kyle und schlug mit der Faust gegen die Wand. »Wenn die Leute doch endlich aufhören würden, mich auf die Suche nach der Leiche zu schicken! Ich habe ja danach gesucht, nur nicht im Keller und im See. Jeder will wissen, wo die verdammte Leiche ist – macht sich denn kein einziger Mensch Gedanken, was mit dem vermissten Mädchen passiert ist? Wenn es meine Schwester wäre, würden meine Eltern das ganze Haus auseinandernehmen, um sie zu suchen. Aber diese Verwandten scheren sich einen Dreck um Eva. Als wäre eine Maus unter dem Dielenboden krepiert und sie hätten Angst, es könnte zu stinken anfangen. Dass hier ein Mädchen verschwunden ist, vielleicht tot ist, vielleicht ermordet …«

»Nun mal langsam«, sagte der Anwalt. »Ihr Großvater

hat sich große Sorgen gemacht – deshalb erholt er sich wahrscheinlich auch so schlecht. Der Verlust seiner Enkelin hat ihm buchstäblich das Herz gebrochen, fürchte ich. Und die Polizei hat sich große Mühe gegeben. Als Eva damals verschwunden ist, haben sie überall nach ihr gesucht.«

»Das alles stinkt doch zum Himmel«, wiederholte Kyle. »Und das wissen Sie auch, sonst wären Sie nicht hier. Besuchen Anwälte ihre Klienten immer im Krankenhaus?«

»Stimmt«, gab der Anwalt zu. »Hier ist irgendwas faul. Sir Edwards Sturz war schon verdächtig genug, aber es gibt wohl keinen Zweifel daran, dass auf Miss Cora ein Anschlag verübt wurde. Doch die Polizei zieht mich nicht in ihr Vertrauen, und ich vermute, dass sie nicht so recht wissen, was sie von der Familie Chance halten sollen. Es bringt uns auch nicht gerade weiter, dass mein Klient denkt, er wird vom Geist seiner Enkelin heimgesucht. Wenn du irgendeinen Beweis für kriminelle Handlungen entdeckst, dann rate ich dir, sofort die Polizei zu rufen.«

»Und was ist mit Ihnen?«, fragte Kyle. »Soll ich Sie auch anrufen?« Er wusste nicht, ob er nur die Rückversicherung durch eine Autorität wollte oder ob er den paranoiden Verdacht hatte, dass er jede Menge Anwälte brauchen würde, wenn er über Leichen stolperte. Eine Fast-Leiche hatte er schon gefunden, auch wenn es nicht die war, nach der er gesucht hatte. Bei einer zweiten könnte die Polizei ihn ins Visier nehmen.

»Hier hast du meine Karte«, sagte der Anwalt schließlich nach kurzem Zögern. »Und ruf ruhig an, wenn du irgendwas Konkreteres weißt als Gespenstergeschichten.«

»Ich habe mir keine Gespenstergeschichte ausgedacht.« Kyle steckte die Karte in die Tasche. »Aber wenn Sie denken, ich wäre nur irgendein bescheuerter Typ und der alte Mann wäre gaga, dann sollten Sie dem Haus mal wieder einen Besuch abstatten. Morgen wird es wieder eröffnet, das wissen Sie ja. Die Kellerräume und alle anderen. Ich weiß nicht, ob Evas Leiche auftauchen wird oder ihr Geist oder ob der Mörder jemand anderen angreift. Aber ich denke, dass irgendwas passieren wird.«

Er verschwieg, dass die Spannung im Haus so gestiegen war, dass man kaum noch atmen konnte, oder dass er jedes Mal, wenn er an der Kellertür vorbeikam, Angst hatte, ein Monster würde ihn aus der Dunkelheit anspringen. Der Anwalt sollte ihn nicht für bekloppt halten.

»Ich hoffe, du irrst dich«, sagte Mr Stevenage. »Aber ich werde morgen zum Haus kommen.«

»Gut.« Zum Abschied ließ er noch einen letzten Pfeil los: »Vielleicht können Sie ja auch nach Beweisen suchen.«

꧁꧂

Kyra entkam der Putzkolonne im Wintergarten, indem sie sich selbst den Auftrag gab, den Souvenirshop einzurichten. Während sie Kartons aufeinanderstapelte und Bücher in Regale einsortierte, dachte sie über Kyles Begegnung mit Evas Geist nach. Trotz seiner Beharrlichkeit war sie immer noch nicht überzeugt.

Allen, die hier arbeiteten, war unheimlich zumute. Die Geschichten von blutigen Pfauenfedern und madigen Pfauenleichen hatten überall die Runde gemacht, und jetzt zuckten alle zusammen, wenn sie einen Pfauenschrei hörten. Doch so unbefriedigend die Putzerei im Wintergarten auch war, Kyra wusste, dass es noch schlimmere Jobs gab.

Mit ihren blassen, verzerrten Gesichtern und der zerrissenen, schmutzigen Kleidung sahen die Gärtner nach dem Heckenschneiden aus, als kämen sie von einem Scharmützel. An ihren Armen, Händen und Köpfen sah man Verbände oder Pflaster, und sie arbeiteten mit grimmiger Wut. Kyra hatte mitbekommen, dass der Vorarbeiter ein Beschwerdeformular mit erbitterten Klagen ausgefüllt hatte, aber der Trupp kämpfte weiter.

Im Haus lief es nicht viel besser. Man erschrak über sein Spiegelbild und stolperte über Schatten.

Pech, meinten alle, aber sie knurrten es leise, als befürchteten sie, das Pech würde sie heimlich belauschen. Aberglaube, dachte Kyra. Doch obwohl sie es für möglich hielt, dass Eva allen blutige Federn vor die Nase setzte, traute sie ihr doch nicht zu, Menschen tätlich anzugreifen. Das war ganz klar das Werk eines Verrückten.

Gerade als sie darüber nachdachte, ob sich vielleicht ein Mörder an der Familie Chance abarbeitete, hörte sie draußen Stimmen und ging ans Fenster, als sie die von Felix erkannte. Doch alle Hoffnung, sie würde ihn bei etwas Verbotenem ertappen, schwand dahin, als sie ihn im Gespräch mit dem Pastor sah.

Ziemlich genervt wandte sich Pastor Hargreaves auf dem Weg zu seinem Fahrrad an Felix.

»Nein, bedaure, junger Mann, ich kann Ihnen da nicht helfen. Ich möchte Ihnen sogar dringendst davon abraten.«

Kyra duckte sich hinter das nächste Fenster und spitzte

die Ohren, während sie sich fragte, was in aller Welt Felix getan hatte, um den Vikar so gegen sich aufzubringen.

»Ach, kommen Sie schon.« Felix wollte die Weigerung nicht akzeptieren. »Ich habe wegen des Rituals recherchiert, aber in den Büchern steht ganz eindeutig, dass nur ein Pfarrer einen Exorzismus durchführen kann.«

»Und ich habe Ihnen gesagt, dass ich ganz und gar dagegen bin, sich dilettantisch mit dem Übernatürlichen zu befassen«, sagte der Pastor verärgert. »Dazu ist ein Priester erforderlich, der sich in Erlösungszeremonien auskennt, und den finden Sie nur in der römisch-katholischen Kirche, und davon rate ich ebenfalls ab. Ich werde für Ihren Großvater und Ihre Tante beten, aber ich mache keinesfalls bei irgendeiner törichten Geisterbeschwörung mit. Wenn Sie psychische Probleme wegen dieser Dinge haben, kann ich Ihnen einen guten Psychotherapeuten empfehlen.«

»Ich versichere Ihnen, dass ich nicht den Verstand verloren habe«, blaffte Felix. »*Ich* glaube nicht an Geister. Es sind die Arbeiter hier, die überall Gespenster sehen.«

»Wenn Sie so denken, warum wollen Sie dann im Haus Geistertouren veranstalten?«, fragte der Pastor etwas ruhiger und sah zu den Ställen hinüber. »Ich sehe Dutzende von Plakaten, die Reklame für eine Folterkammer machen, in der es spuken soll. Ich glaube kaum, dass Ihr Großvater damit einverstanden wäre. Und ich sehe auch einen Widerspruch darin, wenn Sie sich wegen Ihren abergläubischen Mitarbeitern Sorgen machen. Verkaufen Sie den Eingeborenen keine Glasperlen mehr, und Sie werden viel besser schlafen.«

»Ich brauche keinen Vortrag.« Felix sah stinkewütend

aus. »Ich brauche praktische Hilfe. Ich mache mir keine Sorgen, weil wir Eintrittskarten für die Horror-Show im Keller verkaufen. Wenn die Geister das nicht wollen, dann können sie es mir ja selber sagen.«

»Mein lieber Junge …«, fing der Pastor an, aber Felix fiel ihm ins Wort.

»Hören Sie auf!« Er rannte an ihm vorbei zu seinem Sportwagen, warf sich auf den Fahrersitz, fummelte den Schlüssel aus der Tasche und steckte ihn ins Zündschloss. Der Pastor trat einen Schritt zurück, als der Motor aufheulte.

»Warten Sie! Wo wollen Sie hin?«

»Jemanden suchen, der mir hilft!«, brüllte Felix und ließ den Motor wieder drohend aufheulen. »Das hier ist mein Haus. Ich werde mich nicht von Aberglauben und Gerüchten vertreiben lassen.« Reifen schlitterten über den Kies, bevor er davonraste und Steinchen in alle Richtungen spritzten.

»Ach herrje!«, sagte der Pastor zu sich, während das Auto verschwand. Kyra wollte schon vom Fenster zurücktreten, als sie Miss Langley sah, die mit forschendem Blick über den Hof kam.

»Was war das denn?«, fragte sie ungläubig und nickte in Richtung Auffahrt.

»Ein Wutanfall.« Der Pastor schnaubte. »Junge Männer wollen unbedingt Antworten. Ich fürchte, er hat inzwischen auch mitbekommen, dass man sich erzählt, Sir Edwards und Miss Coras Unfälle wären gar keine Unfälle gewesen.«

»Oh nein.« Miss Langley sah bedrückt drein. »Das

wusste ich noch nicht. Ich war so damit beschäftigt, das Haus für die Besucher vorzubereiten.«

»Nichts läge mir ferner, als Klatsch zu verbreiten«, sagte der Pastor. »Ich muss los, meine Liebe. Bitte sagen Sie der Familie, dass wir sie in unsere Gebete einschließen.«

Dann setzte er einen Fahrradhelm auf und stieg ungeachtet seines Alters auf sein Rad und schlingerte die Auffahrt hinunter. Miss Langley sah ihm noch nach, dann drehte sie sich um und ging zum Souvenirshop. Kyra beschäftigte sich blitzschnell mit dem Einsortieren von Süßigkeiten.

11
Samtseile

Sonntag, 13. April
Der Sonntag erwachte strahlend und verheißungsvoll. Der Efeu an den Ziegelmauern glänzte grün, als wollte er die Anzeichen für Schimmel und Verfall verbergen. Das Unkraut wucherte immer noch über die Auffahrt, aber nun blühten erste Frühlingsblumen dazwischen.

Das Haus sonnte sich in der Wärme, als wollte es eine gute Miene zu allem machen, und Eva folgte seinem Beispiel. Tage der offenen Tür erweckten in ihr immer dieses Gefühl. So sehr sie auch die Touristen wegwünschte – das Haus sollte für sie immer besonders schön aussehen. Aber dieses Jahr sorgte sie sich nicht um Besucher, die sich verirrten oder in einer Toilette einschlossen oder den Fuß verknacksten. Dieses Jahr bestand die Gefahr, dass sich jemand ernstlich verletzte.

Sie war die ganze Nacht in der Langen Galerie auf und ab gewandert, wie jede Nacht in den vergangenen zwei Wochen. Einige Male waren weiter weg schwere Schritte erklungen, und dann war sie immer stehen geblieben und hatte überlegt, ob sie einen geisterhaften Abdruck auf dem Boden hinterließ. Als dann die ersten Sonnenstrahlen durch die hohen Fenster drangen, hatte sie sich einen Plan ausgedacht. Mit Elsies Hilfe hatte er vielleicht Erfolg.

In den Zimmern im zweiten Stock bereitete sich die Familie auf den Tag vor. Sie hatten das Haus und den Park unter sich aufgeteilt: Jeder hatte heute einen eigenen Verantwortungsbereich: Tante Joyce und Tante Helen würden die Rundgänge anführen. Christopher Knight hatte die abendliche Geistertour übernommen. Richard Fairfax überwachte am Haupttor den Kartenverkauf, und Felix kümmerte sich um den Park.

Eva wartete darauf, dass sie hinuntergingen, und sah zu, wie jeder seine Zimmertür hinter sich abschloss. Die Betten, Waschtische und Unterwäsche seiner Vorfahren zu zeigen, war eine Sache – aber es war etwas völlig anderes, die Touristen die eigenen persönlichen Gegenstände sehen zu lassen.

Eva glitt durch die verschlossene Tür in Tante Coras Zimmer. Die seltsame Passage durch festes Holz war ihr schon fast zur Gewohnheit geworden. Ramses wartete auf sie und bedachte sie mit einem jammervollen Blick seiner bernsteingelben Augen. Eva füllte entschuldigend seine Näpfe und rümpfte dann wegen des ekligen Gestanks im Zimmer die Nase. Sie säuberte das Katzenklo. Ramses sah ihr zu und gähnte.

»Tut mir leid. Aber wenn ich dich rauslasse, kann ich dich wahrscheinlich nie mehr einfangen, und es würde Tante Cora das Herz brechen, wenn du verlorengingst.«

Ramses machte einen Buckel und verweigerte ihr jegliche Anerkennung für die geleisteten Dienste. Obwohl sie an die Undankbarkeit ihrer Familie gewöhnt war, tat es Eva seltsamerweise weh, von einem Kater ebenfalls so verächtlich behandelt zu werden.

»Tut mir leid«, wiederholte sie, verschwand durch die Tür und ließ ihn mit seinen Vorwürfen allein. Wahrscheinlich würde er sofort nach ihrem Verschwinden zu fressen anfangen.

Die Halle unten war völlig verändert. Das Anschlagbrett war verschwunden, genauso wie Miss Langleys improvisierter Schreibtisch. Die Bodenplatten waren gefegt, die Fenster geputzt, und die alte Treppe glänzte vom Bohnerwachs. Die Pfauenfedern waren verschwunden, und ohne sie war die Atmosphäre angenehmer. Es war bedauerlich, die Vorbereitungen zu stören, aber davon hing das Gelingen von Evas Plan ab.

Überall im Haus standen Metallstangen, verbunden durch Samtseile, die die Besucher dazu anhalten sollten, auf den vorgeschriebenen Pfaden aus Kokosmatten zu bleiben und nicht beliebig herumzuwandern. Eva brauchte nur ein paar Minuten, um sich drei Stangen und einige Meter Samtseil zu holen. Sie trug sie in die Halle und stellte sie unten an der Treppe zu einem Dreieck auf. Nun umschlossen sie ein paar Quadratmeter Steinplatten, die durch rotbraune Flecke verfärbt waren.

Als sie die Seile befestigte, nahm sie wahr, dass sie beobachtet wurde, und sah Elsie oben auf der Treppe stehen.

»Ich bin immer über den Fleck gesprungen«, erklärte Eva. »Du hast ja gesehen, was passiert ist, als ich den Fleck mal berührt habe. Danach ist mir der Stalker gefolgt.«

»Glaubst du, wenn du die Platten absperrst, kommt der Stalker nicht? Wie kannst du dir da so sicher sein?«

»Bin ich gar nicht«, gestand Eva. »Schon gar nicht, wenn alles so aufgewirbelt wurde wie jetzt. Aber der Fleck ist ein Auslöser, stimmt's? Wenn man darüber läuft, weckt man den Stalker-Geist. Und ich denke mal, im Haus gibt es viele solcher Stellen, worauf die Geister mehr achten und wo sie sich zusammenballen.«

»Stellen, wo wir uns zusammenballen.« Elsies Augen wurden von einer qualvollen Erinnerung verdunkelt. »Vielleicht hast du recht.«

»Es ist immerhin einen Versuch wert«, beharrte Eva. »Wenn wir die Besucher davon fernhalten, dann verhalten sich die Geister vielleicht ruhig. Im ganzen Haus gibt es solche Seile und Pfeile, die den Leuten den Weg zeigen. Wir müssen sie nur ein bisschen verrücken, damit die Besucher die schlimmsten Spukstellen umgehen.«

»Wir? Heißt das etwa, ich soll dir dabei helfen?«

»Du hast es mir versprochen. Und ich schaff das nicht allein.« Sie warf dem Elstermädchen einen herausfordernden Blick zu – dieses Mal würde Eva keinen Rückzieher machen.

»Na gut.« Elsie zuckte ungnädig mit den Schultern. »Ich hab nicht gesagt, dass ich nicht helfen würde. Ist ja auch gar keine schlechte Idee. Aber du redest von einem Auslöser, als würde das rein zufällig passieren. Immer wenn ich jemand an 'nem Auslöser gesehen habe, war das ein Abzug von 'ner Waffe, weil sie was schießen wollten.« Sie sah zum Blutfleck hin. »Du musst dich aber nicht nur vor Unfällen in Acht nehmen.«

Beide drehten sich zu dem Flur um, der zur Kellertür führte.

Eva schwieg. Sie wusste, dass die Hexe Unheil stiften wollte und dass sie bei ihrem Beschwichtigungsversuch jetzt dieses uralte, bösartige Gespenst herausforderte. Aber was konnte sie sonst tun? Sie hatte sich geschworen, dass sie nicht klein beigeben wollte – weder bei dem Hexenfluch noch bei dem unbekannten Mörder. Sie wollte alle weiteren ›Unfälle‹ verhindern, ganz egal, ob natürlicher oder übernatürlicher Art.

Die nächste Stunde war fast ein Spaß. Noch nie hatte ihr jemand ihres Alters bisher bei einem Vorhaben geholfen. Partnerarbeit in der Schule hatte bedeutet, dass sie allein blieb, während ihre Partnerin sich einem anderen Paar anschloss. Ungesehen von dem Personal, das langsam eintrudelte, schlichen Elsie und Eva durchs Haus, drehten Pfeile um und bestimmten die Besucherwege neu und empfanden beinahe Freude dabei. Als Geister konnten sie um die Arbeiter herumrennen, und wenn Elsie ihr durch die Geländersprossen vom ersten Stock zuzwinkerte oder eine Hand durch eine massive Holzplatte drang und anerkennend den Daumen hochstreckte, war das wie ein Spiel.

Eva versuchte über die Treppen nach oben und nach unten und durch die winkligen Korridore eine Route für die Touristen zu finden, wo sie keinen einzigen Geist provozieren konnten. Den Wintergarten ließ sie aus, in dem bereits wieder geisterhafte Spinnweben herabhingen, als weigerte sich der Raum, gereinigt zu werden. Sie dachte sich eine verschlungene Route durch die Prunkgemächer aus, die nicht an dem Priesterversteck vorbeiführte, damit niemand das Todesröcheln des unglücklichen Priesters in seiner dunklen Zelle hören würde. Im Ballsaal versperrten sie den Zugang zur Musikanten-Empore mit dem wackeligen Geländer, wo die Gefahr bestand, dass jemand den tödlichen Sturz von damals wiederholen könnte. Fort mit den Wegweisern zum Ostflügel, damit der nicht zum Rundgang gehörte – und ständig mussten sie gegen den widerlichen Geruch ankämpfen, der unablässig vom Fußboden aufstieg. Dann weiter zum Purpurzimmer, um sich zu vergewissern, dass in der Nacht dort keine toten Pfauen aufgetaucht waren.

Sie war nicht mal außer Puste, als sie und Elsie auf dem Dach zusammentrafen, um sich über die bisherige Arbeit auszutauschen.

»Ich hab sie in einem hübschen Kreis außen um das Waffenzimmer herumgeführt«, sagte Elsie. »Einer aus deiner Sippe hat sich dort mal das Gehirn weggepustet.«

»Ich hab die Priesterkammer und die Musikanten-Empore für die Besucher gesperrt. Aber das Purpurzimmer scheint in Ordnung zu sein.«

»Was soll mit dem Kinderzimmer geschehen? Ich glaub ja nicht, dass er jemandem weh tut, aber sein Anblick könnte sie erschrecken.«

»Er?« Eva dachte an das alte Kinderzimmer mit seinem Fort mit bunt bemalten Zinnsoldaten und dem muffig nach Rosshaar riechenden Schaukelpferd, und dann wurde ihr klar, wen Elsie gemeint hatte. Ein Kind mit Hasenscharte, der kleine Geist eines Jungen, der einmal ihr Freund gewesen war. »Meinst du Sinje, St. John Chance?«

»Ein Geist mit einem entstellten Gesicht«, sagte Elsie. »Ich glaube, er ist immer noch da, der arme Zwerg. Manchmal höre ich ihn mit seinen Spielsachen reden.«

»Dann hasst du also gar nicht alle Chances.«

Aber Elsie funkelte sie wütend an.

»Es gibt von euch nur wenige, die so unschuldig sind wie der kleine Kerl«, sagte sie mit scharfem Ton. »Dem kannst du doch die Gaffer ersparen, während du deine tollen Pläne machst.«

Eva versuchte, Elsie zu besänftigen.

»Du hast völlig recht. Sinje soll nicht gestört werden. Schließlich ist das sein einziges Zimmer.« Sie dachte daran, wie sie in ihrem Zimmer immer Besucher erdulden musste. Dann sagte sie: »Weißt du, was für ein Problem es im Wintergarten gibt?«

»Im Saustall?« Elsies Gesicht verdunkelte sich. »Euereins sollte es besser wissen und da nicht rumputzen. Ich geh jetzt und kümmere mich um das Kinderzimmer, werte Dame.«

Sie verschwand, und Eva war traurig. Ihre Freundschaft schien eine Illusion zu sein, Elsie war so kratzbürstig und unfreundlich wie zuvor. Wieso hatte sie sich nur eingebildet, dass man mit einem Geist Freundschaft schließen könnte!

✦

Kyra war früh aufgestanden und um den Chance-Besitz gejoggt. Als sie nach Hause kam, arbeitete ihr Vater an dem Anbau, den er im vergangenen halben Jahr immer weiter hochgezogen hatte, wenn er neben seinen Aufträgen Zeit dafür fand. Die Familien von Bauunternehmern mussten oft auf Baustellen leben. Kyra brühte Tee auf und kletterte dann zu ihrem Vater hoch in das halbfertige Zimmer über der Garage.

»Danke, mein Schatz.« Ihr Vater nahm erfreut seinen Becher mit dem dampfenden Tee entgegen und rückte auf dem Stapel Holzbalken zur Seite. »Was hast du denn heute vor?«

»Kyle und ich müssen wieder zum Haus. Heute ist Tag der offenen Tür.« Sie versuchte, seine Reaktion einzuschätzen, ohne ihn direkt anzuschauen. Ihre Eltern waren nicht begeistert gewesen, dass sie so kurz vor den Prüfungen noch einen Job angenommen hatte.

»Dann habt ihr jetzt den alten Kasten also einigermaßen hergerichtet, ja?« Ihr Vater schien nicht streiten zu wollen. »Das war früher ein großartiges Herrenhaus. Viele von uns haben die Chances beneidet. Ich habe mir immer gewünscht, ich könnte in so einem Haus wohnen.«

»Echt?« Das hatte Kyra noch nie gehört. Ihr Vater baute moderne Häuser mit Teppichböden, Fußbodenheizung und Halogenlampen, und nichts davon gab es im Chance-Haus.

»Mein Vater, dein Großvater, kannst du dich an den noch erinnern?«, fragte ihr Vater und wärmte seine Hände an dem Becher, während er über die Felder hinter dem Haus in die Ferne blickte.

»Nicht gut«, gestand Kyra. Er war gestorben, als sie und Kyle fünf waren.

»Er ist im Chance-Haus geboren worden«, sagte der Vater, und Kyra blinzelte überrascht. »Eins der Hausmädchen ist schwanger geworden und hat das Baby heimlich in ihrer Dachkammer zur Welt gebracht. Sie hat aber nicht lange genug gelebt, um den Namen des Vaters zu verraten, und von den Dienern und Hausburschen wollte es keiner gewesen sein. Das Baby war dein Großvater. Er wurde direkt nach dem Ersten Weltkrieg geboren. Damals war ein uneheliches Kind von einem Dienstboten in einem reichen Haus das niedrigste aller Geschöpfe. Obwohl er ein tüchtiger Mann war und das Beste aus seinem Leben machte, war er deswegen bis an sein Ende verbittert. Die Chances haben ihn einfach rausgesetzt, weißt du. Haben ihn ins Waisenhaus gesteckt und haben gar nicht gesucht, ob er irgendwo Verwandte hatte. Dadurch ist er lange sehr einsam gewesen.«

»Typisch.« Kyra war zornig. »Die halten sich für was Besseres. Diese Chances, obwohl sie nicht mal ihr Haus sauber halten können. Aber sie behandeln andere Menschen immer noch so. Dass sie Großvater das angetan haben!«

»Die sind zueinander auch nicht netter.« Ihr Vater trank einen großen Schluck. »Adeline Chance war so alt wie ich, als sie schwanger wurde, und sie tat dasselbe wie deine Urgroßmutter: Sie hat niemandem was von der Schwangerschaft gesagt, bis sie das Kind bekam, und dann ist sie gestorben, bevor sie den Vater nennen konnte. Sie muss Todesangst gehabt haben, die arme Kleine. Dabei hatte ich sie immer für absolut furchtlos gehalten – aber das, was uns quält, ist eben nicht immer sichtbar.«

»Wovor hatte sie denn Angst?«, fragte Kyra.

Ihr Vater wiegte den Kopf. »Sie haben uns alle gerufen, damit wir den See nach Adeline absuchten, alle Männer der Stadt. Wir hatten schon stundenlang gesucht, bis wir auf den Gedanken kamen, auf der Insel zu suchen, und da trieb das Baby zwischen dem Schilf, aber von Adeline war nichts zu sehen. Ich glaube, sie ist lieber ins Wasser gegangen, als ihrer stolzen Verwandtschaft zu beichten, dass sie einen Fehler gemacht hatte.«

»Diese Geschichte hast du mir noch nie erzählt.«

»Das ist auch nichts für Kinderohren«, antwortete ihr Vater ernst. »Das Neugeborene hätte da draußen erfrieren können. Die Kleine lag einen Monat im Krankenhaus, bevor der alte Chance sie geholt hat. Du und Kyle wart gerade geboren, aber eure Mutter hat sich nie beschwert, dass ich jeden Tag hinging und nach der Kleinen geschaut habe.«

»Aber warum?« Kyra fühlte sich unbehaglich. Dieses Baby war Eva Chance gewesen, und sie hätte nicht im Traum gedacht, dass ihr Vater Eva kannte, ganz zu schweigen, dass er geholfen hatte, das Leben des Neugeborenen zu retten.

»Weil sie niemanden hatte. Wie dein Großvater. Wenn niemand sie holen gekommen wäre, hätte ich deine Mutter gefragt, ob wir auch noch ein drittes Kind großziehen könnten. Aber dazu ist es ja nicht gekommen. Damals dachte ich, glücklicherweise, aber vielleicht war es für das kleine Mädchen gar nicht so glücklich.«

»Hm.« Kyra konnte es kaum fassen, dass Eva fast ihre Adoptivschwester geworden wäre. Sie konnte sich die unheimliche, verrückte Eva Chance bei sich zu Hause gar nicht vorstellen, schon gar nicht als Adoptivschwester. Aber wenn Eva Chance bei den Strattons aufgewachsen wäre, wäre sie auch nicht zu dieser Verrückten geworden, oder? Kyra traute sich nicht, ihren Vater zu fragen, ob er damals schon einen Namen für den Findling ausgesucht hatte, bevor die Chances es zu sich nahmen. Die Vorstellung war zu bestürzend.

Ihr Vater hatte seinen Tee getrunken, und jetzt erst merkte Kyra, dass ihr eigener Tee kalt geworden war.

Ihr Vater griff nach seinem Werkzeug. »Keine Ruhe für die Gottlosen«, sagte er.

Kyra verzog den Mund.

»Du bist doch nicht gottlos«, sagte sie leise, nahm die Becher mit und wünschte, sie hätte auch so einen guten Charakter. Die Erzählung ihres Vaters hatte sie auf fünf Zentimeter schrumpfen lassen. Während er sich Sorgen gemacht hatte, dass Eva allein aufwuchs, hatte sie ihr Bestes getan, damit Eva ohne Freunde und einsam war. Sie versuchte, sich einzureden, dass ihr das egal war. Doch ihr schauderte bei dem Gedanken, was er sagen würde, wenn er wüsste, wie die Kinder in der Schule Eva gemobbt hatten.

※

Eva stand auf der Auffahrt und wappnete sich. Elsie war weg, aber eine Aufgabe war noch zu erledigen – ein Geist musste entschärft werden. Eva kannte den Auslöser für diesen Geist nicht, da sie ihn erst ein Mal gesehen hatte. Doch wenn sie ehrlich war, war das nicht das einzige Problem. Sie hatte nämlich vor diesem besonderen Geist fast genauso viel Angst wie vor der Hexe.

Widerstrebend ging Eva durch den Park zum See.

Die Gärtner waren bereits hier gewesen und hatten die wild wuchernden Schwertlilien und Schilfinseln am Ufer etwas zurückdrängen können. Sie waren ausgedünnt worden, und Reihen sauber aufgestellter Pfähle markierten die Stellen, wo der Morast gefährlich wurde, Schilder mahnten Besucher, auf dem Weg zu bleiben.

Das Bootshaus war immer noch abgeschlossen. Tante

Helen waren ihre Bootsfahrten ausgeredet worden, weil man ihr klargemacht hatte, dass es nur zwei Boote gab und beide morsch waren. Die Besucher wären wohl kaum erfreut, an einem Aprilmorgen in leckenden Booten auf dem See herumgerudert zu werden.

Aber ohne Boot wusste Eva nicht, wie sie den See absuchen sollte. Sie konnte es auch bleibenlassen, dieser besondere Geist würde sich wohl ohnehin nur ihr zeigen. Aber sie wollte nicht aufgeben. Den ganzen Morgen über hatte sie die Samtseile umgehängt, um die Besucher von den Gefahren wegzuführen. Hier hatten die Gärtner bereits Schilder aufgestellt, und das konnte genügen.

Aber damit war Eva nicht zufrieden. Sie wusste nicht, was dieser Geist wollte, erst nachdem sie selber ein Geist geworden war, hatte sie erkannt, dass Adeline auf dem See herumspukte. Eva musste es wissen. Sie wollte Antworten bekommen und verstehen können, und hier vor ihr lag das große Geheimnis um ihre Geburt, fast genauso groß wie das Geheimnis ihres Todes.

Zögernd watete sie in den Morast, er quatschte und klatschte gegen ihre Gummistiefel. Es stank: ein Geruch von faulenden Algen, der keinen Ursprung hatte, sondern von überallher unangenehm in die Nase stieg.

Das Wasser war grünlich braun, zu trübe, um den Grund zu erkennen. Eva watete immer weiter in den See hinaus und spürte, wie die Kälte sie einhüllte. Sobald es tief genug war, um zu schwimmen, tauchte sie ins Wasser, die eisige Kälte erschreckte sie.

Jetzt trieb sie auf dem Wasser. Der See war eine Schüssel unter ihr, und der Himmel eine umgedrehte Schüssel über ihr. Sie hatte zwar in diesem trüben Wasser schwimmen gelernt, aber es hatte ihr nie Spaß gemacht, obwohl der See einer der Lieblingsorte ihrer Mutter gewesen war. Vielleicht mochte sie ihn gerade deshalb nicht oder weil man sie hier als Baby gefunden hatte. Das Schaukeln des Boots, das Plätschern des Wassers waren vielleicht böse Erinnerungen, die sie seit ihrem ersten Atemzug in sich trug.

Draußen auf dem Wasser fühlte sie sich ausgeliefert. Pfauen raschelten in dem Gebüsch auf der dunklen Insel. Bäume neigten sich in einer fernen Brise. Eva hing im Wasser, in dem fremden, glatten und trügerischen Element, getragen und gewiegt von dem grünen Dunkel.

»Adeline. Ich bin hier. Erkennst du mich? Ich bin Eva, deine Tochter.« Sie ließ ihre Worte über den See treiben.

Keine Antwort.

Eva ließ sich weiter treiben. Das Wasser schwappte um sie herum. *Plitsch, platsch.*

Sie sah das Boot erst, als es schon fast über sie hinwegfuhr, und das ertrunkene Gesicht ihrer Mutter starrte sie an.

Eva prustete, inhalierte Wasser, hustete es aus, prustete wieder und sank nach unten, während sie das Gesicht ihrer Mutter durch das Wassergekräusel anschaute und immer weiter in die grüne Tiefe sank.

Ihre Stiefel versanken im Modder, und sie verschwand in einer Wolke aus Wasserpflanzen. Sie sank in die Dunkelheit, und die Dunkelheit zerrte an ihr, riss sie nach unten, ein schwarzes Loch, eine klaustrophobische Enge, die sie zu sich rief.

Evangeline.

Rief die Stimme der Hexe nach ihr? Evas Lungen keuchten, und es half nichts, dass sie wusste, dass sie als Geist keine Lungen hatte. Sie hatte Instinkte, und jetzt gerade schrie jede ihrer Poren nach Luft und Atem und Licht.

Evangeline. Etwas sauste durch den Morast, eine delfinschnelle dunkle Gestalt in den grünen Tiefen. Beim Näherkommen erkannte sie das Gesicht, die ertrunkenen dunklen Augen, den schwarzen Haarschopf. Eine Nixenmutter, ein glitschiger Wassergeist, der sich um sie herumschlängelte.

Sie sank nicht mehr. Der Geist hielt sie, umhüllte sie, und sie schwebte in dem wirbelnden Strudel, während er sie im Seewasser wiegte.

Evangeline / Botin / Tochtergeist / meines / Geistes.

Das war nicht die Hexenstimme, sondern eine unbekannte, und sie war nicht nur in ihrem Kopf, sondern auch in ihrem Blut, ihrem Herzen, ihrer Lunge und ihrem Bauch. Sie drang in Wellen zu ihr, mit den Gedanken des Geistes, so wie die Stimme der Hexe in sie gedrungen war.

Dunkelheit ruft dich / mich / uns unter Hexe / Fluch der Chances.

Diese in ihr widerhallenden Gedanken von dem Geist zu hören schmerzte, aber noch schmerzhafter waren die Gefühle, die die tonlosen Worte erfüllten.

Elsie hatte behauptet, manche Chances wären verrückt, manche schlecht, manche gefährlich. Adeline war alles drei. Der Verstand des Geists, der Eva umgab, war nicht vernünftig. Wie der Stalker bestand Adeline nur noch aus der Substanz – nackten Atomen oder Fetzen – ihrer Identität. Sie war in diesem Wasser Nixe, Delfin, Wassergeist. Was einstmals Adeline gewesen war, war jetzt der körperlose

Rest einer Persönlichkeit, die kaum einen Gedanken vom anderen trennen, kaum Gefühle in Worte fassen konnte. Aber genau das versuchte Adeline zu tun.

Geh zurück / steig auf / fliehe.

Als der Nixengeist Eva durch das grüne Wasser nach oben trug, wusste sie, dass ihre Mutter für sie keine Bedrohung darstellte. Keine Bedrohung, aber auch keine Hilfe. Wovor Adeline sich gefürchtet hatte und wovor sie geflohen war, war genau das, wovor jetzt Eva Angst hatte: der Einfluss der Hexe.

Immer in meinem / deinem Kopf voraussagen / drohen Desaster / Chaos.

In Evas Gedanken tauchten Bilder auf und verschwanden wieder. Adeline als Kind, Evas Tanten, Adelines ältere Schwestern. Dieselben Gesichter, dieselben Nörgeleien, dasselbe Gefühl von Einsamkeit. Großvater, Adelines Vater, eine grimmige, verzweifelte Präsenz im Hintergrund.

Dann kam das Weglaufen, die Flucht, überallhin, nur nicht zum Haus. Adeline war nach London geflüchtet, nach Edinburgh, nach Brighton, Paris, Amsterdam. Ein Wirbel aus Kleidern, flatternden Haaren, und schon war sie wieder auf und davon, ohne Zeit zum Packen.

Das alles hatte Eva bereits aus dem Getuschel der Tanten erfahren. Aber in Adelines Gedanken war das Haus: nicht die Hassliebe, die Eva dafür empfand, sondern eine tiefe, düstere Abneigung, die durch nichts gemildert wurde. Eva hatte nur einige der Familiengeister gesehen, doch Adeline kannte sie alle: eine Heerschar übernatürlicher Energien mit ihren Ängsten und Schmerzen und Zweifeln. Adeline war davor geflohen und zurückgeholt worden, und jedes

Mal, wenn man sie zurückgebracht hatte, hatte die Hexe sie ausgelacht.

Verflucht dich/mich.

Die Hexe war immer in Adelines Gedanken präsent gewesen. Die Hexe hatte ihr gesagt, sie sei verrückt, sie sei verflucht, sie hatte ihr prophezeit, dass Adeline das zerstören würde, was sie am meisten liebte.

Als dann bei Adeline die Wehen einsetzten, war sie mit dem Boot auf den See hinausgerudert. Mitten in der Nacht war sie aus dem Haus geflüchtet, hatte dem Einfluss der Familie und der Geister getrotzt. Sie war zu dem Ort gegangen, wo sie sich am heimischsten fühlte, draußen auf dem See, den sie liebte, und sie ruderte mühelos über das dunkle Wasser. Aber so weit sie auch ruderte, so sehr sie sich dem Familienfluch entziehen wollte, die Hexe hatte sich ihrer Gedanken bemächtigt.

Du bist verrückt, hatte sie gesagt. *Du bist schwach. Du kannst deinem Schicksal nicht entfliehen. Du wirst dein Kind umbringen.*

Aber stattdessen hatte Adeline sich selber umgebracht.

Sie hatte Eva ganz allein in der Dunkelheit geboren, dann war sie auf diesem Wasser getrieben und hatte ihr Neugeborenes ebenfalls treiben lassen. Adeline war ertrunken. Eva in ihrem Schilfkorb war geschwommen und lebte.

Fliehe Tochter/Botin.

Eva trieb an die Wasseroberfläche, die kleinen Wellen vor ihren Augen lösten sich im Wasser um sie herum auf. Sie stand am Seeufer. Ihre Kleider waren trocken, als wäre sie nie in den grünen, trüben Tiefen versunken. Sie war allein. Adeline war verschwunden.

Eva wusste nicht, was sie erwartet hatte. Jedenfalls nicht das, was geschehen war. Adeline bedrohte sie nicht und auch niemanden sonst. Der Nixengeist war ein Wirbel starker Gefühle, die im See dahintrieben. Aber Adeline war lieber gestorben, als der Hexe und ihrem Fluch zu dienen. Sie hatte sich geweigert, die schrecklichen Prophezeiungen der Hexe zu glauben. Sie hatte losgelassen und gewonnen. Sie war furchtlos gestorben, um dem dunklen Einfluss der Hexe zu entkommen.

Aber Eva konnte nicht loslassen, und sie konnte nicht sterben. Was immer Adelines Botschaft auch gewesen sein mochte, sie konnte Eva nicht helfen. Eva konnte nicht mehr fliehen.

12
Tag der offenen Tür

Ab zehn Uhr morgens war das Haus für Besucher geöffnet. Vor ein paar Tagen waren die massiven schmiedeeisernen Tore geschlossen worden, damit man sie bei der Ankunft der ersten Autos aufmachen konnte. Jugendliche in fluoreszierenden Nylonwesten wiesen die Fahrer zu einem Feld, das als Parkplatz diente. Vor dem Haus standen Tapeziertische, an denen Eintrittskarten verkauft wurden. Zu jedem Ticket gehörte ein Plan vom Park mit den Zeitangaben, wann die Führungen stattfanden. Außerdem gab es einen Stapel mit bunten Broschüren zur Geistertour.

In den Ställen war ein Souvenirladen voller Holzschwerter und hausgemachter Marmelade. Der Park sah einladend aus, bunte Frühlingsblumen hellten die verschiedenen Grüntöne auf. Das Personal und die Familienmitglieder standen an den verabredeten Orten, um die Ankömmlinge zu begrüßen oder die Gruppen herumzuführen. Alle waren bestens vorbereitet – aber würden Besucher kommen?

Eva saß auf der Vordertreppe und ihr war, als würde der Wind den Atem anhalten und auch darauf warten, ob jemand kam. Eva hoffte einerseits, dass keine Besucher kämen, weil sie sich wegen der Gefahren Sorgen machte, die von den Geistern drohten und von dem Mörder, der sich seine Opfer unter den Chances suchte. Andererseits sollte aber auch die Riesenanstrengung der Vorbereitungen nicht umsonst gewesen sein, wenn das Haus so dringend Geld brauchte.

Sie selber war um Sauberkeit bemüht, die Macht der Gewohnheit hatte sie die Vergeblichkeit ihrer Anstrengungen vergessen lassen. Sie wusch sich die Hände in eiskaltem Wasser, weil die Familie alles warme Wasser aufgebraucht hatte, und wunderte sich, weil Geister sich wohl kaum mit solchen Dingen abgaben. Haarebürsten und Zähneputzen erschienen ihr verrückte Aktivitäten für jemanden, den es gar nicht mehr gab, aber sie wollte nicht mehr wie die Vogelscheuche herumlaufen, die Kyle zu sehen bekommen hatte. Das Samtkleid behielt sie trotz seiner Risse an, da sie nichts Besseres besaß, und sie steckte ihre nackten Füße wieder in die ausgelatschten Gummistiefel. Sie musste selbst über ihre bizarre Erscheinung lachen. Offensichtlich war sie keins der furchteinflößenden Gespenster des Hauses wie die Hexe oder der Stalker. Elsie wirkte viel unheimlicher als sie.

Von den anderen Geistern war nichts zu merken, sogar Elsie war verschwunden. Niemand von ihrer Familie war zu sehen, und die Jugendlichen an den Tischen blickten nie zu ihr herüber. Sie war allein und wartete wie das Haus darauf, was passieren würde. Ihr Blick wanderte bis zur Kurve am Ende der Auffahrt, als könnte sie kraft ihres Willens Besucher herbeilocken.

Als die ersten Menschen um die Kurve bogen, fragte sie sich, ob sie sich die nur eingebildet hatte. Aber die vierköpfige Familie schien echt zu sein. Die Mutter schob einen Buggy, und der Vater hielt ein kleines Kind an der Hand. So näherten sie sich dem Kassentisch.

»Zwei Erwachsene für das Haus und den Park.« Der Vater zückte seine Brieftasche. »Die Kinder sind noch umsonst, ja?«

»Nur bis fünf Jahre.« Die Kassiererin reichte ihm rasch das Wechselgeld, die Tickets und die Karten. »Willkommen im Chance-Haus.«

Eva spürte, wie sich das Haus hinter ihr beruhigte und sich auf Bewunderung gefasst machte. Schon kamen zwei weitere Familien die Auffahrt hoch, gefolgt von einer Wandergruppe mit Rucksäcken. Geldscheine flatterten, und Münzen klimperten in die Geldkassette, während die Jugendlichen hinter dem Tisch Tickets und Broschüren verteilten und den Weg durch das Gebüsch zum Park zeigten.

Die erste Familie ging gerade an Eva vorbei, die Räder des Buggys knirschten auf dem Kies.

»Ein wunderschönes altes Haus«, bemerkte der Vater und blickte sich um.

»Mmm«, stimmte seine Frau zu und studierte den Plan. »Komm, wir gehen zu dem gotischen Turm – das hört sich spannend an.«

Der kleine Junge wandte den Kopf, um das Haus anzuschauen, und riss die Augen auf, als er Eva sah.

»Schau mal, Mama!«, rief er. »Ein Geist!«

Die Erwachsenen drehten sich um, aber sie sahen geradewegs durch Eva hindurch, bevor sie belustigte Blicke tauschten.

»Was für ein Geist, Schätzchen?«, fragte die Mutter. Das Baby im Buggy sah Eva gleichgültig an.

»Ein Mädchen«, sagte der Junge. »Ihr Kleid ist ganz zerrissen, und sie hat Gummistiefel an.«

»Schlauer Geist.« Der Vater lächelte. »Wir hätten vielleicht auch welche mitnehmen sollen, man weiß ja, wie plötzlich das Wetter umschlagen kann.«

»Es sieht doch noch sehr schön aus.« Die Mutter sah durch zusammengekniffene Augen zum Himmel. »Na, komm schon, Nathan, mach dem Geist Winkewinke. Wir gehen jetzt in den Park.«

»Tschüs, Geist«, sagte der kleine Junge gehorsam und winkte mit seiner Patschhand Eva zu.

»Tschüs, Nathan«, antwortete sie leise und winkte auch.

Sie sah noch, wie das Kind erfreut zurücklächelte und winkte, und dann war die Familie aus ihrem Blickfeld verschwunden.

Während die Besucher in das Haus strömten, ging Eva nach Ramses sehen. Erst nach ein paar angstvollen Augenblicken hatte sie ihn mit angelegten Ohren und gesträubtem Fell oben auf dem Schrank entdeckt. Trotz Evas Bemühungen, die Geister zu neutralisieren, war der Kater in höchster Alarmbereitschaft. Seinen Fressnapf hatte er nicht angerührt. Er rührte sich auch nicht, als sie lockend an den Napf klopfte, erst als sie sich zur Tür wandte, krabbelte er hoffnungsvoll herunter.

»Es geht nicht«, entschuldigte sie sich. »Ich hab mir alle Mühe gegeben, den Touristen Ärger zu ersparen, aber da draußen ist es immer noch gefährlich.«

Ramses glotzte nachdrücklich die Klinke an und dann sie, er akzeptierte kein Nein.

Eva seufzte, jedes Mal lief das so ab, wenn sie den Kater füttern kam, und jedes Mal wurde es schwieriger, Ramses' Wunsch zu widerstehen. Das Zimmer stank wegen des oft benutzten Katzenklos, das in einer Ecke vor sich hinmüffelte. Die Tagesdecke auf dem Bett war ein Durcheinander aus zerrissenem Stoff und Katzenhaaren. Jede Oberfläche war abgeräumt worden, und die Gegenstände lagen in Scherben auf dem Fußboden.

»Tut mir echt leid, aber du bist hier drin sicherer.«

Ramses öffnete das Maul zu einem klagenden Jaulen, das ihr wie die Pfauenschreie ins Herz schnitt. Jeder Zentimeter des pelzigen Körpers sehnte sich nach der Tür, und Eva hasste sich in der Rolle der Gefängniswärterin.

»Ich weiß, es dauert schon zu lang«, sagte sie. »Aber wenn das alles vorbei ist, dann lasse ich dich raus, ich verspreche es dir. Wenn das hier vorbei ist ...«

Ihr Magen krampfte sich zusammen. Der Gestank des Katzenklos war stärker geworden und drang in ihren Mund und die Nase und klebte an ihrem Körper, als wollte er durch ihre Haut dringen. Sie rieb sich die Handgelenke und versuchte, die brennenden Schmerzen zu vertreiben, die sie plötzlich quälten. Sie litt unter der Vorstellung des Zimmers als einer Gefängniszelle mit einem halb wahnsinnigen gefangenen Kater, der verzweifelt fliehen wollte.

Ramses jaulte wieder. Sein Fell war gesträubt, sein Schweif eine zitternde Flaschenbürste der Empörung. Funkelnde Augen starrten sie unverwandt an und zwangen sie, stehen zu bleiben. Eva hatte bei Kipling gelesen, dass eine Katze einem Menschen nicht in die Augen schauen kann. Aber jetzt war es Eva, die zuerst den Blick senkte.

»Na gut, ich weiß, wie man sich in Gefangenschaft fühlt. Und außerdem – falls die Hexe gewinnt, wer wird dir dann helfen?«

Ramses schien zu wissen, dass er gewonnen hatte, und wie ein echter Aristokrat war er ein großzügiger Sieger, stolzierte zur Tür und sah erwartungsvoll zu ihr auf, damit sie ihr Versprechen wahrmachte.

»Aber halt dich von allem Ärger fern, klar? Wenn du Geister siehst, dann renn weg.«

Ramses sah sie scheel an, und Eva verdrehte sie Augen.

»Außer mir, das ist doch klar. Ich bin auf deiner Seite.« Sie berührte die Klinke.

Das Vertrauen des Katers war nicht so stark, dass er ihr ein Zögern erlaubt hätte. Sobald die Tür einen Spalt offen war, sauste er wie der Blitz hindurch. Als Eva in den Korridor trat, war Ramses nicht mehr zu sehen.

13
Wie in einem dunklen Spiegel

Kyra war sich zuerst unsicher, ob sie Kyle von dem Gespräch mit ihrem Vater erzählen sollte. Aber etwas sagte ihr, dass das wichtig sein konnte, und deshalb berichtete sie ihm auf dem Weg zum Chance-Haus von der Unterhaltung. Kyle erfuhr also, dass ihre Urgroßmutter ein Hausmädchen der Chances gewesen war, aber noch mehr interessierte er sich für den Selbstmord von Evas Mutter und dass sie als Findelkind ins Krankenhaus gekommen war. Kyra grinste über Kyles betretene Miene, als sie ihm erzählte, dass Eva fast ihre Adoptivschwester geworden wäre. Aber es war auch ärgerlich, dass er sich wegen des verschmähten reichen Mädchens so viele Sorgen machte.

»Nicht mal damals haben sie sich um sie gekümmert«, sagte er. »Keiner außer ihrem Großvater.«

»Sie war durchgeknallt. Sie war seltsam und unheimlich, und sie redete wie anno dunnemals. Keiner konnte sie leiden.« Aber sie fühlte sich mies bei diesen Worten, und Kyle würdigte sie keines Blickes.

»Ich werde sie finden«, sagte er am Tor. »Ich sag ihr, was ich im Krankenhaus erfahren habe. Vielleicht fällt ihr irgendein Beweis ein, der diesen Anwalt und die Bullen davon überzeugen kann, dass man sie ermordet hat.«

Als er losjoggte, fiel Kyra auf, dass er sie zum ersten Mal nicht ermahnt hatte, auf sich aufzupassen.

Auf dem Weg zum Haus sah sie Damon, der die ankommenden Autos auf dem Parkplatz einwies. Er grinste sie an.

»Hast verpennt, was? Ich war schon um acht hier. Ich schleim mich bei den Chefs ein, damit ich heute Abend die Geistertour machen darf.«

»Du bist ein Depp. Warum willst du bei den Geistern und dem ganzen Kram mitmachen?«

»Du bist nicht die Einzige, die sich gern was dazuverdient.« Damon zuckte die Achseln. »Macht doch Spaß, oder? Sag bloß nicht, du glaubst wie Kyle, dass es hier wirklich spukt.« Er lachte, und Kyra zeigte ihm einen Vogel und ging weiter.

Wahrscheinlich war es bloß Angeberei. Damon hatte neulich ziemlich Schiss gehabt, als er mit Kyle im Keller war, und jetzt tat er so, als wäre er total cool, und zwang sich zu der Behauptung, es gäbe keine Geister.

Sie wusste immer noch nicht genau, was sie glaubte und was nicht. Ihre erste Theorie war gewesen, dass Eva ihr Verschwinden aus irgendeinem bescheuerten Grund vorgetäuscht hatte, aber das erklärte nicht, wieso der alte Mann und Miss Cora im Krankenhaus gelandet waren – es sei denn, Eva hatte sie beiseite geräumt, während sie im Haus herumschlich. Aber Eva als Mörderin schien doch etwas weit hergeholt, wenn auch nicht ganz so abgefahren wie die Vorstellung, dass sie jetzt ein Geist war. Was blieb also übrig?

Jemand hatte Eva ermordet und es dann noch zwei Mal probiert. Jemand, der sehr überzeugt oder sehr verrückt war. Das war es, was Kyra Angst machte, weder Geister noch Unfälle, sondern ein echter Mörder, der immer mehr riskierte, um sein heimliches Ziel zu erreichen.

Kyras Job heute war die Reklame für die Nebenattraktionen: die Kochvorführungen in der Küche, der Eiswagen beim Gartenhaus, die Teestube in den Ställen und außerdem die Führungen durch das Haus und die Geistertouren am Abend. Sie holte sich Handzettel und steckte die Infos zu den Geistertouren absichtlich ganz zuunterst in den Stapel. Was immer hier auch vor sich ging, je weniger Menschen Geister jagten, umso besser.

Unglücklicherweise war sie aber allein mit dieser Meinung. Die Kassierer erzählten ihr, dass sie bereits acht Karten für die Geistertour verkauft hatten und dass drüben in dem Stallgebäude überall Poster hingen, die die Folterwerkzeuge aus dem Keller zeigten. Während Kyra von einer Touristengruppe zur nächsten wanderte und ihre Handzettel verteilte, bekam sie mit, dass viele darüber spekulierten, ob es im Haus spukte oder nicht. Die Familien mit Kindern hielten das Ganze anscheinend für ein Spiel in der Art von Ich-sehe-was-was-du-nicht-siehst, wo man Gespenster entdeckte. Aber die Studenten und die jungen Paare schienen sehr fasziniert zu sein, nur die Ortsansässigen waren äußerst misstrauisch.

»Eine Schande ist das, jawohl, Geister jagen, wenn das Mädchen immer noch nicht gefunden worden ist«, hörte Kyra eine alte Frau murren. »Das gehört sich nicht.«

»Der alte Sir Edward hätte das nie erlaubt«, sagte ein offensichtlich auch schon ziemlich alter Mann zu seinen Freunden. »Der hatte wirklich Klasse. Seine Töchter würden sogar ihre eigenen Kinder verhökern, wenn das Geld einbrächte.«

Obwohl die Einheimischen die alten Skandale wieder aufwärmten, waren sie jedoch genauso scharf auf Führungen durchs Haus wie die Touristen, und Kyra schloss sich einer solchen Gruppe an. Nach der Erzählung ihres Vaters war ihr klar geworden, dass sie eigentlich so gut wie nichts über Evas Familie wusste.

Die Gruppe versammelte sich in der Eingangshalle, wo eine elegant gekleidete Frau sie mit einem routinierten gekünstelten Lächeln begrüßte.

»Guten Morgen. Ich bin Joyce Chance. Ich werde Ihnen heute das Heim meiner Familie zeigen. Ich bin hier aufgewachsen, doch jetzt lebe ich in London, wo ich als Schmuckdesignerin ein eigenes Geschäft habe.«

Kyra konnte ihren Blick nicht von dem Outfit der Frau losreißen. Das Knallgelb des Kleids trieb einem das Wasser in die Augen, und am Oberteil steckte eine glitzernde Brosche: ein blutrot glitzernder, mit winzigen schwarzen Steinen besetzter Marienkäfer von der Größe einer Riesenkakerlake. Kyra fand die Brosche potthässlich, aber als ein paar Frauen höfliche Bemerkungen darüber machten, zückte Joyce Chance blitzschnell ein Silberetui mit Visitenkarten und verteilte sie huldvoll. Erst dann begann die Führung.

Sie startete im Erdgeschoss und folgte der Spur der Pfeile, Joyce Chance vorneweg, die mit Besitzermiene auf verschiedene Gegenstände und architektonische Besonderheiten hinwies.

»Mein Vorfahr, Henry Chance, erbaute diesen Teil des Hauses im 18. Jahrhundert, nachdem es bei einem Brand beschädigt worden war. Hier sehen sie unser Familienwappen in die Wandverkleidung geschnitzt ...«

Kyra hielt sich im Hintergrund. Sie hatte die Räume natürlich bereits gesehen und fragte sich, wie sie auf die Besucher wirkten, die keine Teppiche ausklopfen, Tapeten abwaschen oder Schmutz aus den Schnörkeln der Schnitzereien hatten wischen müssen. Das bewundernde Gemurmel zeigte, dass die verblassten Stoffe und die im Lauf der Jahrhunderte dunkel gewordenen Gemälde ihnen nicht auffielen.

»Ein wunderbares altes Haus«, sagte ein Mann beim Betreten des Ballsaals und schaute hoch zu der gewölbten Decke, wo eine Galerie rund um den Raum verlief. Sie war nur über eine Wendeltreppe zu erreichen und ihr Betreten war verboten. »So was wird heute gar nicht mehr gebaut.«

»Wann sehen wir die Geister?« Ein kleiner Junge zerrte ungeduldig an der Hand seines Vaters. »Kommen als Nächstes die Geister, Daddy?«

An der Spitze der Gruppe redete Joyce Chance davon, wie ›ihr Vorfahr‹ viele der Gegenstände vom Kontinent mitgebracht hatte, als er die traditionelle Reise aller Adelssprosse zu den Hauptstädten Europas gemacht hatte. So wie sie darüber redete, hörte sich das eher wie eine Mischung aus Sabbatjahr und Einkaufsbummel an.

»Was ist denn an der Geschichte wahr, dass so ein junger

Schnösel den ganzen Krempel erben wird?«, murmelte jemand in Kyras Nähe, aber so leise, dass Joyce Chance ihn nicht hören konnte. »So ein Glückspilz – na ja, außer hier spukt es tatsächlich.«

»Wenn ich sein Vermögen erben würde, würde ich mir wegen Geistern keine großen Sorgen machen«, sagte ein junger Mann aus der Stadt, und seine Freunde pflichteten ihm lachend bei.

Als die Gruppe immer noch lachend weiterging, erkannte Kyra, dass sie nicht als Einzige den Kommentaren gelauscht hatte. Auf der anderen Seite des Flurs stand jemand mit unbewegtem Gesicht. Es war Felix Fairfax.

Er sah sie ebenfalls, und Kyra dachte an die Warnung ihres Bruders. Aber Kyle war jetzt nicht hier, und sie war neugierig, was Felix vorhatte. Sie begegnete seinem Blick und rang sich ein Lächeln ab.

»Na, was meinst du?«, fragte sie. »Ist es dir das wert, in einem Spukhaus zu wohnen?«

Er verengte die Augen und musterte sie eingehend, bevor er antwortete.

»Es zieht anscheinend Besucher an. Die Geister stören mich nicht.«

»Und ihr müsst jeden Penny aus den Touris rausquetschen, um das Haus vor dem Zusammenbruch zu bewahren«, sagte Kyra leichthin und zitierte damit seine eigenen Worte. Zur Belohnung starrte er sie noch intensiver an.

»Die blonde Kellnerin von dem Abendessen«, sagte er plötzlich. »Du hast ein gutes Gedächtnis.«

»Besser als deins. Aber wer erinnert sich schon an das Personal?« In ihrer Stimme lag eine beabsichtigte Schärfe.

Ganz nett, wenn jemand sich an einen erinnerte, aber nicht sehr nett, wenn man als Kellnerin bezeichnet wurde. Sie mochte solche primitiven Zuschreibungen nicht.

Sie ging jetzt weiter in den nächsten Raum, wo die Besuchergruppe sich unsicher umschaute. Sogar Joyce Chance hatte offensichtlich keine Ahnung, was sie an diesem Punkt der Besichtigung sagen sollte. Kyra vergaß Felix und sah sich wie gebannt um. Das war der Wintergarten, in dem sie mit der Putzkolonne drei Tage geschuftet hatte: Fenster geputzt, Holzreliefs gereinigt und den Parkettfußboden gebohnert. Doch so wie er jetzt aussah, hätten sie in den drei Tagen eine Spinnenzucht zum Weben von Netzen anfangen können. Die hohe Decke wurde von dichten, dunkel verstaubten Spinnweben verschleiert, und über die französischen Fenster zogen sich graue Fettschlieren, als hätten Tausende von Rauchern hier Kette geraucht. Auf dem Boden knirschte es, und er war etwas klebrig, was das Gehen behinderte. Alle traten so vorsichtig auf wie Katzen, die sich einen Weg über einen Schlammpfad suchen.

»Ach ja, hier können Sie sehen, dass der Wintergarten zu den Räumen gehört, in denen es spukt.« Einige Leute drehten sich überrascht um, und Joyce Chances Stimme gewann an Sicherheit. »Mein Urgroßvater Thomas Chance hat hier immer den Gottesdienst für die Familie abgehalten. Er hat in seinem Tagebuch festgehalten, dass hier eine machtvolle heilige Stimmung herrschte, die religiösen Gedanken förderlich war. Aber als die Familie eines Morgens hier zum Gebet erschien, starrte alles vor Schmutz. Ganz gleich, wie sehr sich die Hausmädchen auch bemühten, sie konnten diesen Raum nicht sauber bekommen. Danach wurden die Gottesdienste in der Halle abgehalten. Bis zum heutigen Tag überzieht dieser geheimnisvolle Schmutz den Raum – obwohl unsere Mitarbeiter mit den modernsten Putzmitteln dagegen angekämpft haben.«

Immer noch sahen ein paar der Besucher zweifelnd drein, aber der kleine Junge, der die Geister hatte sehen wollen, berührte staunend eine schmutzige Wand und betrachtete dann verwundert seinen dreckigen Finger. Kyra biss sich auf die Lippen, um nicht laut loszulachen, und runzelte dann die Stirn, als Felix sich neben sie stellte.

»Mir war nicht klar, dass wir unser Personal beauftragt hatten, ein Spukzimmer zu putzen«, sagte er leise. »Vielleicht hätten wir euch eine Gefahrenzulage bezahlen müssen. Oder beinhalten die modernen Reinigungsmethoden auch eine Anti-Geister-Ausrüstung?«

»Ich hätte nichts gegen eine Gefahrenzulage«, sagte Kyra ungerührt. »Aber ich bin wie du. Geister stören mich nicht.«

»Nur verwöhnte junge Männer?« Sein Ton war selbstironisch und freundlicher, als Kyra erwartet hätte, nachdem sie ihm seine Einstellung zum Personal unter die Nase gerieben hatte. Er betrachtete sie immer noch aufmerksam und mit einem Interesse, das alles andere als reserviert war.

»Ganz recht.« Sie drehte sich um, als wollte sie mit der Gruppe mitgehen, die sich wieder in Bewegung gesetzt hatte.

»Warte mal.« Er packte ihren Arm, und überrascht stellte sie fest, dass er stärker war, als er aussah. Aber nach wenigen Sekunden ließ er sie wieder los, und sie ging weiter. »Ich kann nicht glauben, dass du dich für historische Küchen interessierst.«

»Ich arbeite.« Sie wedelte mit dem Stapel Infoblätter vor seinem Gesicht. »Ich soll die hier verteilen.«

»Das kann warten. Ich weiß immer noch nicht, wie du heißt.«

»Warum interessiert dich das? Ich verrate meinen Namen nicht jedem Typ, der mir begegnet.«

»Natürlich nicht«, sagte Felix ruhig. »Und ich frage auch nicht jede, der ich begegne, nach ihrem Namen.« Er trat noch einen Schritt näher und ließ sie dabei nicht aus den Augen. »Aber deinen wüsste ich gern – und deine Handynummer.« Er war genauso groß wie sie, und auf einmal war er ihr viel zu nahe, obwohl er sie nicht berührte. Seine grünen Augen funkelten vor leidenschaftlichem Interesse, und Kyra musste lächeln.

»Ich gebe meine Nummer auch nicht jedem Dahergelaufenen.« Sie blickte in seine Augen. Kyra blieb wachsam, obwohl sein plötzliches Interesse für sie auch ihres geweckt hatte. Abgesehen davon, dass er ein feiner Pinkel war und ihr Bruder ihn für einen Trottel hielt, konnte er ja auch noch was viel Schlimmeres sein.

Es war ein seltsames Gefühl, jemandem in die Augen zu sehen und sich zu fragen, ob er einen toll fand und ob er ein Mörder war. Augen verrieten viel über einen Menschen: wie er einen ansah, was jemand durch seinen Blick über sich aussagte. Aber letzten Endes waren Augen auch nicht besser als Fenster: Man konnte Vorhänge davorziehen oder sie verdunkeln wie die Fenster in diesem Raum.

Das eindringende Licht wurde schwächer. Kyra sah

hoch, wo die matten Sonnenstrahlen durch das schmutzige Fensterglas immer mehr nachließen und die Schatten ringsherum dunkler wurden.

»Bist du sicher, dass die Geister dir keine Angst machen?«, fragte sie, sah Felix an und hätte gern gewusst, ob er die Veränderung des Lichts bemerkt hatte.

»Zumindest nicht so sehr, dass sie mich von dem abbringen können, was ich will«, erwiderte er und sah ihr wieder direkt ins Gesicht. »Und wie war die Nummer …« Er kam näher, seine Blicke verrieten, dass er ihr an die Wäsche wollte. Kyra hätte weggehen können, aber sie blieb stehen, sah ihm in die leuchtend grünen Augen – und erblickte in ihnen ein plötzliches Erschrecken, als die Türen zuknallten und die Lichter ausgingen.

Eva saß auf halber Höhe auf der Treppe und spürte, wie das Haus erzitterte. Einen Augenblick lang wurde alles grau, als wäre sie in die Dunkelheit gestürzt. Dann kehrte das Licht zurück, doch ihr Magen machte vor Schreck einen Salto. Irgendetwas war schrecklich falsch.

Im ersten Stock tauschte eine Gruppe von Besuchern leise ihre Eindrücke aus, unten in der Halle drangen Sonnenstrahlen durch die offene Tür, wo eine schwatzende Menschenschlange auf die nächste Führung wartete. Alles war so, wie es sein sollte, aber unter den Bodenplatten rührte sich eine böse Macht. Irgendwas war geschehen, das der Hexe gefiel.

Eva stand auf, ihre Geistersinne tasteten in alle Richtungen und versuchten, herauszufinden, wo sie einen Fehler gemacht hatte. Wenn ein Geist geweckt worden war, konnten auch andere aufgehetzt werden, schon jetzt sah der dunkle Fleck auf dem Fußboden feuchter und röter aus als noch vor fünf Minuten. Aber nicht der Stalker war geweckt worden, es waren keine Schritte zu hören, die Gefahr war weiter weg.

Sie drohte auch nicht vom Ostflügel. Ohne nachzudenken, setzte sich Eva in Bewegung, sie glitt über die Treppe hinunter und einen Korridor entlang, wie eine Stecknadel vom Magneten wurde ihr Körper von der Ursache der Unruhe angezogen. Das Priesterversteck war immer noch verschlossen, im Ballsaal herrschte Stille, und Eva überlegte verzweifelt, welchen Geist sie übersehen hatte. Sie und Elsie waren so fleißig gewesen, hatten den Besucherweg so sorgsam sicher gem-

Eva blieb wie erstarrt stehen. Mit Grausen erkannte sie, dass sie einen Geist nicht für eine Bedrohung gehalten hatte. Als sie ihren Fehler erkannte, drohten sich ihre Knochen in Wasser zu verwandeln. Ein Geist war noch übrig. Ein Geist, von dem sie geglaubt hatte, er würde keine Verwirrung im Haus stiften.

»Elsie«, sagte sie und stürzte durch die Tür zum Wintergarten in die Finsternis dahinter.

⁂

Kyle war auf der Suche nach Eva einmal um das Haus herumgegangen, bevor Miss Langley ihn beim Nichtstun ertappt und mit der Einweisung der Autos auf den Parkplatz beauftragt hatte. Als er ankam, löste ein knirschender Zusammenstoß einen Chor von Alarmsignalen aus, weil zwei Autos trotz der Parkwächter plötzlich aufeinandergeprallt waren.

Er blieb stehen und starrte wie die anderen auf die Unfallwagen, während die Autobesitzer heraussprangen und sich wütend beschimpften und drohend die Fäuste hoben. Dann schüttelte er den Kopf und rannte zurück zum Haus. Irgendwie war er sich sicher, dass es nicht der Autounfall gewesen war, der an seinen Nerven zerrte. Etwas Schlimmeres geschah gerade.

Auf halbem Weg zum Haus hatte sich ein Kreis um eine junge Frau gebildet, die auf der Erde saß und ihren Fußknöchel umklammerte.

»Ich bin nur gestolpert«, sagte sie unglücklich, während sich ihre Augen vor Schmerzen mit Tränen füllten. »Ich glaube, er ist gebrochen.« Sie biss sich auf die Lippen, während sie auf den Fuß schaute, der übel verdreht war.

Kyle kam sich gemein vor, als er nicht stehen blieb, sondern vorbeirannte und auf seine Füße achtete. Da waren genügend Leute, die der jungen Frau helfen konnten. Er machte sich größere Sorgen um eine, der niemand half.

Beim Hauptportal hatte ein plötzlicher Windstoß alle Broschüren und Flugblätter vom Kassentisch geweht, die nun überall herumlagen. Doch auch für diese Ablenkung hatte Kyle keinen Blick übrig, als er sich an der Besucherschlange vorbei ins Haus drängelte.

Hinter der Türschwelle bekam er Gänsehaut, jeder Nerv in seinem Körper schrie warnend auf. Aber alles schien wie immer. Er erreichte die Mitte der Halle, übersah die neugierigen Blicke der Wartenden und ging zur Kellertür. Sie war geschlossen.

Er hatte erwartet, dass sie offen stand und dass dort unten irgendetwas Grässliches geschah, und nun kam er sich dumm vor, ein Opfer seiner Überreiztheit und seines Aberglaubens. Er war sich so sicher gewesen, dass irgendwas Schlimmes geschehen war, dass sein Herz immer noch wild klopfte und das Adrenalin in scharfen Nadelstichen durch seinen Körper jagte. Aber die Tür war zu, und ihre Oberfläche aus Holz verriet ihm nichts. Da unten war niemand, er hatte sich geirrt.

※

Ein weiches, weißes Licht schimmerte plötzlich in der Dunkelheit des Wintergartens auf, als Felix eine kleine Taschenlampe anknipste. Er ließ den Strahl herumwandern, der fiel auf die schmutzigen Fenster, durch die kein Sonnenlicht mehr hindurchdrang, und auf die gewölbte Decke, von wo die Lampen nutzlos und blind herunterhingen. Rußflocken wirbelten wie schwarzer Schnee im Lichtstrahl der Lampe auf, und Kyra fühlte sie auf ihrem Kopf und ihren Schultern landen: Schwaden von Spinnennetzen, tote Insekten und Staubflocken, die ihr Gänsehaut verursachten.

Der Lichtstrahl wanderte zuckend weiter, Felix' Hand zitterte zu sehr, um die Lampe ruhig zu halten. Eben noch hatten sie über den Spuk Witze gemacht und nach Anzeichen von Leichtgläubigkeit beim anderen gesucht, aber nun war ihnen das Lachen vergangen. Kyra rückte dichter an Felix heran, und seine freie Hand strich über ihren Arm, seine Finger tasteten nach ihren und umschlossen sie.

Der Lichtstrahl wanderte weiter zur Tür, die zugeknallt war – und zu der dunklen Gestalt davor, die sie hasserfüllt anstarrte.

»Eva …«, sagte Felix, aber seine Stimme schwankte, denn dies war nicht Eva. Diese Frau trug die Uniform eines Dienstmädchens, ihr Gesicht war wutverzerrt, und sie hatte ihren Mund zu einem tierischen Fauchen geöffnet. »Wer bist du?«

Als Antwort sprang das Geschöpf ihn mit voller Wucht an, Fingernägel blitzten auf, die sich wie Krallen seinen Augen näherten. Kyras Arm wurde zurückgerissen, und sie ließ Felix los, als er stürzte. Die Taschenlampe schlitterte über das Parkett, der Strahl drehte sich wild im Kreis herum und beleuchtete Felix, der von dem Geist mit Zähnen und Klauen attackiert wurde.

Kyra kümmerte sich nicht um die Kämpfenden, sondern rannte hinter der Taschenlampe her, sie hatte Angst, das Licht würde verlöschen und sie bekäme nicht mit, was in dem dunklen Zimmer geschah. Die Lampe rutschte auf eine Wand zu, und Kyra warf sich der Länge nach darauf. Sie schlug hart auf dem Boden auf, ihr Kinn knallte auf die Fliesen, sie fühlte die Wucht des Aufpralls in Schultern, Hüften und Oberschenkeln. Aber ihre ausgestreckte Hand packte die Lampe und hielt sie fest. Zu ihrem Pech drehte sich der Strahl genau in dem Augenblick auf sie und blendete sie.

Kyra schmeckte Blut im Mund. Der Sturz hatte ihr Luft und Kraft geraubt, und sie brachte ihre protestierenden Gliedmaßen kaum dazu, den Lichtstrahl wegzudrehen.

Nach endlosen Sekunden blinder Panik schaffte sie es, sich auf die Seite zu wälzen.

Mit tränenden Augen drehte sie die Taschenlampe herum, und das Licht flackerte über das kämpfende Paar in der Mitte des Raums. Felix versuchte sich erfolglos von dem blindwütig kämpfenden Geist loszureißen, er war bereits auf die Knie gezwungen worden und versuchte, mit den Armen seinen Kopf zu schützen.

Der Geist des Hausmädchens hob den Kopf und starrte mit dem wilden Blick einer Irrsinnigen ins Licht. Diese Pause genügte Felix, um sich von dem Geschöpf halbwegs zu befreien, aber schon hatte sie sich wieder auf ihn geworfen und stieß schnell mit knochigen Fingern nach seinen Augen.

»Dreckspack«, spie der Geist. »Geschmeiß. Alles was ihr berührt, besudelt ihr …«

»Du bist Dreck«, brüllte Felix, während er die Schläge abwehrte. »Du hast dieses Haus vergiftet, ihr Geister seid das Geschmeiß, wie die Ratten in den Wänden.« Damit trat er fest zu und trieb den Geist des Hausmädchens zurück.

»Du Teufel!«, kreischte der Geist. Kyra zuckte zusammen bei dem Blick, mit dem der Geist Felix maß. Felix machte den Geist nur noch wütender, die Tritte und Schläge ließen an Kraft nicht nach wie bei menschlichen Wesen. Der Geist schlug immer noch auf ihn ein, aber die meisten seiner Schläge verfehlten ihr Ziel. »Ich zeig sie dir!« Der Geist war rasend vor Wut. »Ich zeig dir deine verdorbene Seele!«

Eben erst hatte der Kampf begonnen, und während der ganzen Zeit war weiter Schmutz von der Decke gerieselt. Kyra lag auf dem Boden und merkte, dass er immer schneller herabfiel, und zugleich fühlte sie den Schmutz unter sich mit einem ekligen Blubbern aus den Ritzen sickern. Bevor sie wusste, dass sie es konnte, war sie aufgestanden, nur um dem zu entkommen.

»Aufhören!« Kyra hörte sich das Wort sagen und erstarrte vor Schreck, als der Geist sich nun mit seinem schrecklichen Blick ihr zuwandte. »Bitte, hört auf. Bitte.« Sie schämte sich zu Tode, als sie merkte, dass sie nur noch angstvoll stammeln konnte.

Noch schlimmer war, dass der Geist sie weiterhin anstarrte, mit diesem brennenden, irrsinnigen Blick, dem man sich nicht entziehen konnte. Da war keine Vernunft mehr, nur noch nackter Horror, der überquoll und den Raum erfüllte.

***

Eva bot sich im Wintergarten eine Szene von flackernden Schatten. Elsies Finger stachen auf Felix ein, und dann wirbelte sie herum, ihr Gesicht leuchtete im Dunkeln, wahnsinnige Augen starrten wild auf die Lichtquelle.

Eva konnte in der bittenden Gestalt hinter dem Licht nicht sofort Kyra erkennen, doch dann krampfte sich in ihr alles zusammen, als sie erkannte, dass ein Teil von ihr es genoss, Felix voller Angst und erniedrigt zu sehen und Kyra gedemütigt und bettelnd. Es verschaffte ihr Befriedigung, wie es den beiden endlich mal mit gleicher Münze heimgezahlt wurde.

Dieses Gefühl hatte sie auch in der Bibliothek gehabt, und diesmal registrierte sie es rechtzeitig, um dagegen anzukämpfen. Kyra war nicht ihre Feindin. Und sie hatte noch keinen Beweis dafür, dass Felix ihr Feind war.

Eva lernte langsam, mit anderen Augen zu sehen. Die Luft im Wintergarten quoll förmlich über vor Bosheit statt des gewohnten widerlichen Schmutzes. Die scharfe und bissige Gegenwart des Hausmädchens wurde durch eine mächtige Wucht aus Wut verstärkt. Überall im Raum drang Schmutz aus allen Ritzen, ein ekliges, öliges, dünnes, sich windendes Zeug, das einen Gestank nach Maden, Kot und fauligem Fleisch mit sich brachte.

Hier war irgendwann etwas ganz Schlimmes passiert – nein –, mehr als ein Mal, etwas so Fürchterliches, dass der Raum nie wieder sauber werden konnte.

Wie der Raum war Elsie jenseits jeder Kontrolle, alle Strömungen hier umwirbelten sie wie ihre Wut aus schwarzer Energie. Irgendwas hatte den gefährlichen Zorn des Geistes provoziert, auf den Eva bislang nur einen kurzen Blick hatte erhaschen können. *Aber ich hätte es wissen müssen,* sagte sie sich. Elsie hatte ihre Freundschaft mit einem Verrat begonnen.

Verbunden durch den Lichtkegel hatte keiner der drei sie gesehen, und Eva holte tief Luft und versuchte, das Richtige zu sagen. Elsie zu befehlen aufzuhören war sinnlos, das Geistmädchen nahm von den Chances keine Befehle mehr entgegen. An ihre Güte zu appellieren war genauso sinnlos, wenn Elsie dermaßen von Hass verzehrt wurde. Während die dunkle Energie sich im Raum immer mehr zusammenballte, wusste Eva, dass das die Macht der Hexe vergrößern und den Fluch verstärken würde, der auf dem Besitz der Chances lag.

»Elsie!«, schrie sie und hörte ihre Stimme im Raum widerhallen. »Willst du, dass die Hexe gewinnt?« Die Dunkelheit erzitterte, als sie aussprach, was ihr am meisten Angst machte. Denn die Hexe hörte im Gegensatz zu Elsie zu. »Sie steckt hinter dem hier, und du tust genau, was sie will – wieder einmal. Sie will Unheil und Verwüstung. Du hast versprochen, *mir* zu helfen, warum hilfst du dann ihr?«

Der Lichtstrahl der Taschenlampe schwang zu Eva und ruckte und zuckte, als Kyra ihn auf sie richtete und das zerfetzte Kleid beleuchtete und die Gummistiefel, die sich anfühlten, als hätte sie sie schon immer angehabt.

Währenddessen hörte Eva im Dunkeln Geflüster.

»Kein Mann ist mein Herr«, zischte es. »Ich will ihn tot sehen.«

»Warum ihn?« Evas Gedanken rasten, während sie rauszufinden versuchte, was Elsies Blutgier ausgelöst hatte. »Ist es wegen mir? Ist er der Mörder?«

»Ihr Chances.« Elsies Stimme troff vor Abscheu. »Immer dreht sich alles nur um euch. Alles, was geschieht, ist Teil eurer Geschichte, eurer Märchen, eurer Lügen ...«

Felix unterbrach sie. Inzwischen hatte er sich wieder so weit unter Kontrolle, dass er einen Gegenangriff starten konnte.

»WEICHE VON HINNEN, SÜNDERIN!«, brüllte er, und alle blickten ihn an, als er ein kleines, in Leder gebundenes Buch hervorholte und es wie einen Schild vor sich hielt. Im Lichtschein glänzte das eingeprägte goldene Kreuz auf dem Einband. »WEICHE!«, brüllte Felix wieder, und dann strömten die Sätze aus seinem Mund, wirre Sätze, gesprochen in großer Hast.

»Weiche von uns, Sünderin. Weiche von uns, Verführerin, voller Lügen und List, Verfolgerin der Unschuldigen! Fort mit dir ... scheußliches Ungeheuer, lass Gott zu uns kommen.« Felix hatte offensichtlich den Text auswendig gelernt, und obwohl er ein paarmal stolperte und sich verhedderte, redete er unablässig weiter. »Er hat dir deine Macht genommen und dein Königreich besiegt, dich zum Gefangenen gemacht und deine Waffen geraubt, dich in die völlige Finsternis gestürzt, wo immerwährende Verdammnis deiner harrt ...«

Eva hörte verdutzt zu und fragte sich, ob seinem Gefasel auch nur der leiseste Hauch eines Erfolgs beschieden war. Irgendwann in den letzten Tagen hatte Felix sich eine Bibel besorgt und nachgelesen, wie ein Exorzismus durchgeführt wurde, und nun rezitierte er die Rolle des Priesters.

»Und warum widerstehst du so dreist?« Seine Stimme gewann beim Aufsagen der altertümlichen Beschwörung an Selbstvertrauen und Sicherheit. »Weshalb ...?«

Eva war beeindruckt, wie viel er herleiern konnte, wie selbstbewusst er die uralten Worte des Rituals aufsagte. Aber während Felix redete, wuchs in ihr die Angst, denn wenn sein Exorzismus Erfolg hatte, dann befand sie sich in derselben Gefahr wie Elsie. Die Atmosphäre im Raum schien sich immer mehr zu verdunkeln, und sogar das Licht der Taschenlampe schien schwächer zu werden, als würden Felix' Worte nicht helfen, sondern alle Hoffnung vernichten.

»Du bist schuldig geworden an der Menschheit durch deine Verführungen mit dem Opfer der tödlich vergifteten Schale!«, donnerte Felix wie ein Priester, der vor dem Höllenfeuer warnte. »Ich beschwöre dich hinwegzugehen! Zittere und flüchte, wenn wir den Namen des Herrn anrufen, vor dem die Bewohner der Hölle sich ducken. Ich beschwöre dich zu gehen! Je länger du zauderst, desto schrecklicher wird deine Strafe ...«

Eva wurde schwindlig, der Raum verschwamm vor ihren Augen, die dunklen Strömungen zerrten an ihr, Felix' Worte dröhnten in ihrem schmerzenden Kopf, und irgendwo in dem wirbelnden Dreck genoss die Hexe den Schmerz und den Hass und die Angst, die hier herumwaberten. Felix hatte diese Rede nicht für Elsie vorbereitet, er hatte sie Eva zugedacht, um sie für immer aus dem Haus zu vertreiben – aus Leben und Tod.

Das Licht erlosch, die Dunkelheit wurde noch schwärzer, der Klang von Felix' Singsang erstarb, und Eva stürzte ins Nichts. Die Grenzen ihres Körpers waren seit Wochen keine Barriere gewesen, während sie das Reich der Geisterwelt erforschte, und jetzt brachen die Grenzen ihres Verstands weg, und sie war verloren, irgendwo in einer sausenden, leeren Schwärze.

Nein, nicht verloren. Sie war an das Haus gebunden. Während sie sich das ins Bewusstsein rief, fühlte sie die Anwesenheit der alten und festen Mauern des Hauses um sich herum so wirklich wie ihre Knochen und ihr Blut. In diesem Gedanken schwebend sah sie Dinge, die das Haus gesehen hatte, Bilder formten sich auf der Bühne ihrer Gedanken wie Schattenfiguren.

Sie sah den Wintergarten und einen Mann mit einer Bibel. Er betete vor Dienstboten in schwarzweißen Uniformen. Thomas Chance, ihr Ururgroßvater, bekannt für seine puritanische Überzeugung.

Sie sah den Wintergarten und einen Mann mit einer Bibel und ein sich krümmendes Mädchen mit finsterem, hasserfülltem Blick. Elsie, das Hausmädchen, als sie noch lebte. Sie war noch lebendig genug, um vor der Hand zurückzuschrecken, die sie schlug.

Eva sah den Wintergarten im kalten Licht eines frühen Morgens. Sie sah die Dienstboten mit gesenkten Köpfen und eingeschüchterten Hirnen. Sie sah den Mann mit der Bibel, um den sich die Dunkelheit sammelte, und eine Welle von Schmutz quoll aus seiner Mitte.

Sie sah Thomas Chance, den puritanischen Edelmann, der das Dienstmädchen mit der ledergebundenen Bibel schlug. Sie sah ihn die Tür zuwerfen. Sie sah die Schläge, Wunden neben Rußflecken auf dem bleichen, unterernährten Fleisch, sie hörte das angestrengte Grunzen, Fragmente von Bibeltexten, Stoff reißen, eine Stimme flüstern: »Bitte, nicht, bitte.«

Sie fühlte die Wut, die Ohnmacht, *die Schande,* all das war tief in die Wände eingedrungen. Es war eine Atmosphäre, die den Wintergarten genauso machtvoll beschmutzte wie das Blut den Fußboden in der Halle. Die Schande des Hause, der Chances, des vergewaltigten Dienstmädchens – kaum mehr als ein Kind –, als dieser Raum sehen musste, wie sie brutal misshandelt wurde, es war ein erdrückender Strom fürchterlicher Erinnerungen.

Sie sah den Wintergarten der Vergangenheit und ein junges Dienstmädchen mit einem Gesicht voller Wunden und unförmigem Bauch, das den Kopf vor den wütenden Worten des Herrn senkte. Sie sah das wächserne Gesicht des toten Dienstmädchens, sah den neugeborenen Jungen mit dem Blondschopf, der nach einer Mutter wimmerte, die er nie gekannt hatte.

Sie sah den Wintergarten von heute und Kyra, die ihn putzte, und Elsie, die ihr riet, wegzugehen. Beide Gesichter waren spitz und misstrauisch, Elsies schwarzes Haar und das blonde Kyras waren wie zwei Seiten einer Medaille: Tod und Leben.

Sie sah den Wintergarten und Kyra und Kyle draußen reden, während sie und Elsie die beiden belauschten. Elsie bot Eva ihre Hilfe an, wenn sie ihr versprach, die Strattons in ihren Kampf nicht hineinzuziehen.

Wieder sah sie den Wintergarten, wie Kyra und Felix Fairfax sich über Geister lustig machten, mit der leichtsinnigen Unbekümmertheit von Liebenden an Deck der *Titanic* miteinander flirten, wie die Dunkelheit sie einhüllte.

Eva erinnerte sich, dass Elsie ihr erzählt hatte, wie Geister die Kontrolle über sich verlieren und in die Vergangenheit zurückgefegt werden konnten, zurückgezerrt zu furchterregenden Dingen oder zu dem Augenblick ihres Todes. Die Ereignisse der Vergangenheit, die sich gerade im Wintergarten manifestiert hatten, waren Szenen aus Elsies Leben, der Flirt zwischen Felix und Kyra war der Auslöser, er hatte böse Erinnerungen geweckt, weil …

Eva riss die Augen auf, sah den dunklen Raum und den Schwall von Schmutz hereinbrechen, die dunklen Unterströmungen, die Hoffnungslosigkeit, den Hass, die Schande. Aber jetzt hatte sie Abstand dazu, sie war bewaffnet mit dem Schlüssel zum Geheimnis.

Die Zeit wurde knapp. Kyle trat von der Kellertür zurück und versuchte, einen klaren Gedanken zu fassen. Schon immer hatte er blitzartig gewusst, wenn Kyra sich weh getan hatte oder unglücklich war. In diesem Augenblick wusste er, dass sie Angst hatte und dass sie sich irgendwo aufhielt, wo es bedrohlich und dunkel war.

Außerdem erinnerte er sich daran, dass er Eva in der Halle gesehen hatte, als er seine Schwester suchte. »Kyra ist im Wintergarten«, hatte sie gesagt, und die Erinnerung daran war so real, als würde Eva diese Worte wiederholen, eine kühle, klare Stimme in seinem Hinterkopf. *Kyra ist im Wintergarten.*

Der Wintergarten war ein riesiger Raum mit großen Glasfenstern, also der unwahrscheinlichste Ort, an dem es dunkel sein konnte, aber noch bevor er sich einen Plan zurechtgelegt hatte, lief Kyle dorthin. Vielleicht spielte ihm seine Erinnerung einen verrückten Streich – oder vielleicht war das eine Botschaft gewesen.

»Zum Wintergarten.« Er rannte durch den Korridor. »Kyra, Eva.« Die Namen wiederholten sich zu seinen Schritten wie ein Trommelwirbel. Auf einmal war er sich ganz sicher, dass er sich richtig entschieden hatte. Dann geriet er in eine Besuchergruppe, die herumschwirrte wie verirrte Schafe.

»Entschuldigen Sie bitte.« Einer zupfte ihn am Ärmel. »Unsere Führerin scheint verschwunden zu sein, und die Pfeile wiesen in das nächste Zimmer, aber die Tür ist verschlossen.«

»Der Wintergarten?« Er hörte sich wie ein Trottel an, aber das war ihm egal. »Ist das die Tür zum Wintergarten?«

»Ich glaube schon …«

Kyle wartete den Rest der Antwort nicht ab, sondern riss an der Türklinke. Sie war fest verschlossen, sogar die Klinke bewegte sich nicht. Kyle rannte den Korridor entlang und stürmte durch die Tür, die auf die Terrasse führte.

Nach der Dunkelheit im Haus erschien der Sonnenschein draußen umso heller. Kyle drehte sich zu den Fenstern um und ihm war klar, dass die Dunkelheit mehr als nur ein Gefühl war: Diese Fenster waren schwarz, als wären sie mit Ruß beschmiert.

Er sah sich auf der Terrasse um und suchte nach etwas, ohne zu wissen, was, erblickte einen Stein, einen Stock, aber die verschmähte er, weil er etwas auf der Steintreppe gesehen hatte, halb verdeckt unter einer Plane.

Kyras Schrei war nur ein jämmerliches Piepsen, als die Taschenlampe die geisterhafte Gestalt von Eva beleuchtete. Während die Geister sich stritten und Felix zu sprechen begann, verdichtete sich die Luft im Raum immer mehr, bis sie kaum noch atmen konnte.

Das schwache Licht der Taschenlampe wurde schließlich von der Schwärze verschluckt. Felix' Worte wurden von einem schrillen Schrei übertönt.

»Du hast mir gar nichts zu befehlen! Du bist der Verführer, das Ungeheuer, der Schuldige! Du verdienst STRAFE!«

Der Geist schrie in der Finsternis, und Kyra drückte und drehte an der Taschenlampe herum, während die dumpfe, schmutzige Luft sie zum Würgen brachte.

»ELSPETH STRATTON!« Evas Stimme hallte zwischen den Wänden wider. Sogar der herabrieselnde Dreck schien innezuhalten. »Es ist nicht Felix, den du töten willst.« Evas Stimme drang leicht und sanft durch die Dunkelheit. »Elsie, hör mir zu. Jemand hat dir weh getan, ein Chance, einer meiner Vorfahren. Jemand hat dir weh getan – aber das war nicht Felix. Nicht alle Chances sind Ungeheuer.«

»Die Hexe sagt, ihr seid alle gleich.« Das Dienstmädchen spie die Worte aus. »Sie gibt uns die Macht, euch alle zu vernichten.«

»Und was geschieht dann mit deinem Kind, Elsie?«, fragte Evas Stimme leise. »Ich weiß, dass du eins bekommen hast, jawohl. Ein Baby, das man in der Gemeinde aufgezogen hat.«

»Wer hat dir das gesagt?« Ein heiseres Flüstern. »Ich habe es nie jemandem gesagt. Es war mein Geheimnis, ich habe meinen Bauch flach gebunden, ich habe mir bei der Geburt die Lippen blutig gebissen, um nicht zu schreien. Ich habe nie ein Wort gesagt. Nicht mal, als ich vor Schmerzen gestorben bin, zu niemandem.«

»Das Haus hat es mir gezeigt.« Evas Stimme war glockenhell. »Aber du hast es mir auch gesagt. Ständig hast du mir gesagt, dass unsere Familiengeschichte verlogen ist, dass die Geister zornig sind und Rache wollen. Aber du kannst dich an den Chances nicht rächen, weil dein Sohn auch ihr Blut hatte, und er hat es seinen Kindern und Enkeln vererbt. Der Hexe ist es egal, ob die Familie Chance, Fairfax oder Stratton heißt. Sie hat uns alle verflucht.«

Schweigen herrschte, bis Eva weitersprach.

»Du willst Kyra vor der Finsternis retten, Elsie. Du willst sie befreien. Aber die Dunkelheit ist nicht Felix oder die Familie Chance. Hier und jetzt lebt die Dunkelheit in dir.«

⁂

Die Fenster des Wintergartens bestanden aus riesigen, rautenförmigen, durch Blei verbundenen Glasscheiben. Die Schubkarre knallte mit einem ohrenbetäubenden Krach auf das Glas, und das ganze Fenster knickte rund um das schartige Loch ein, immer mehr Scheiben stürzten herab, nachdem der erste zerstörende Schlag den dunklen Raum für den blassgoldenen Sonnenschein des Sommertags geöffnet hatte. Vor dem Fenster mit der zersplitterten Scheibe tauchte nun Kyle auf.

Kyra umklammerte immer noch die nutzlose Taschenlampe und sah Licht in den Raum dringen. Felix starrte auf die zerbrochene Scheibe und die Glasscherben und kümmerte sich nicht um die Splitter, die überall auf dem Fliesenboden verstreut lagen. Der Geist des Dienstmädchens war verschwunden: exorziert oder überredet, dass es sie in Ruhe lassen sollte – Kyra war sich da nicht sicher.

Eine Gestalt stand mitten im Zentrum der Zerstörung und zuckte nicht, als die Luft um sie herum vor lauter herumliegenden Glassplittern funkelte und glitzerte. Als Einzige schien sie nicht erleichtert.

»Die Geister gehen um«, sagte Eva leise mit großen Augen. »Der Fluch lastet auf uns. Die Hexe hat mit ihrem Angriff begonnen.«

14
Rätselraten um X

Vom Haus und aus dem umliegenden Park kamen Rufe. Das splitternde Glas musste man überall gehört haben. Kyle hatte in seiner Kindheit und selbst noch in den letzten Jahren nicht wenige Glasscheiben von Gewächshäusern mit Steinschleudern zerbrochen, und nun überlegte er kurz, wie viel Taschengeld zwanzig Quadratmeter von einem antiken Wintergarten kosten würden.

Vorsichtig stieg er über die messerscharfen Spitzen der zerbrochenen Scheiben hinweg in den Raum. Kyra und Felix sahen sich an, schmutzig und nach Atem ringend. Zwischen ihnen stand ein Mädchen in einem zerrissenen roten Samtkleid und in Gummistiefeln.

»Die Hexe hat mit ihrem Angriff begonnen«, sagte Eva. Von der Terrasse her ertönte ein Schrei, und mit schwirrenden Federn stürzte sich ein Pfau in das demolierte Zimmer, landete neben Eva und schrie noch einmal. Sie starrte besorgt auf ihn hinab und drehte sich um.

»Ich muss los«, sagte sie und verschwand.

An dieses plötzliche Verschwinden kann man sich nicht gewöhnen, ganz egal, wie oft man es sieht, dachte Kyle. Felix und Kyra wirkten völlig verstört. Einen Herzschlag nach Evas Verschwinden bekamen sie wieder Luft.

»Ich besitze offensichtlich nicht nur ein Spukhaus, die

Geister wollen mich auch noch umbringen.« Felix verzog schmerzlich den Mund, als er langsam aufstand und wirkungslos an seinem sehr mitgenommenen Anzug herumwischte. »Das ist ja toll.«

»Alles dreht sich immer nur um dich«, sagte Kyra verächtlich und maß ihn mit vorwurfsvollem Blick. »Dein Haus, deine Geister, deine blöde Idee. Du hast mich eben fast umgebracht, du Idiot!«

»Vorhin hast du dich aber nicht beschwert«, fauchte Felix zurück. »Du hast mit mir geflirtet. Du wolltest mir sogar deine Telefonnummer geben.«

»Wirklich?« Kyle starrte Kyra an. »Diesem Kerl? Du hast mit diesem Knilch rumgemacht? Ich hab dir doch gesagt, du sollst nicht mit ihm sprechen.«

»Und was geht es dich an, wenn sie mit mir spricht?«, legte Felix los, doch dann hielt er inne und betrachtete die beiden genauer. »Oh, toll. Absolut perfekt. Ihr seid Geschwister, ja? Ich wusste doch, dass sie mehr war als nur eine Kellnerin.«

»Was zum Teufel quatschst du da?« Kyra drehte sich wütend zu Felix um. »Bin ich plötzlich was Bessres, weil er mein Bruder ist? Ich hätte meiner Urgroßmutter sagen sollen, dass sie dich erwürgen soll, du eingebildeter hochnäsiger Arsch! Nächstes Mal kannst du dich mit deinen Problemen allein amüsieren.«

Sie stürmte zur Tür und rüttelte an der Klinke. Die sprang auf, und schon drängte sich eine Besuchergruppe in den Raum.

»Was zum Teufel ist hier passiert?«, fragte jemand.

»Sieht aus, als wäre hier eine Bombe explodiert ...« Die

Besucher beäugten eingeschüchtert den Dreck und die Glasscherben, dann wandten sie sich an den verdreckten, mitgenommenen Felix.

»Meine Damen und Herren.« Felix versuchte, sich zusammenzureißen. »Dieser Raum ist bis auf weiteres für die Tour gesperrt – Sie sehen ja, es hat hier einen kleinen Unfall gegeben ...«

»Das ganze verdammte Fenster wurde mit einer Schubkarre eingeschlagen!«, verkündete jemand laut, und Kyle grinste höhnisch über Felix' Versuch, den Lärm zu dämpfen, als die Pfauen wieder loskreischten.

Widerstrebend beherrschte sich Kyle, denn ihm war klar, wenn er erst mal anfing zu lachen, würde er nicht mehr aufhören können.

»Wir müssen reden.« Er blickte von Felix zu Kyra. »Ernsthaft. Wir müssen hierüber reden.«

»Na gut.« Felix spielte immer noch den Hausherrn, als er vorschlug: »Gehen wir in die Bibliothek.«

»Mir wurscht.« Kyra zuckte wütend die Achseln und folgte ihnen mit drei Schritten Abstand, als Felix sie an den gaffenden Besuchern vorbei durch den Korridor in die Bibliothek führte. Er musste die Eichentür aufschließen, und diese Gelegenheit nutzte Kyle, um sich seiner Schwester zu nähern.

»Was war das wegen der Urgroßmutter?«

Kyra rang sich ein winziges Lächeln ab.

»Die schlechte Nachricht ist, dass sie ein wahnsinniger Geist ist, der hier herumspukt, die gute ist, dass sie die Leute gar nicht zu Tode erschrecken will – sie versucht uns nur vor der Chance-Sippe zu schützen.«

»Das sollen gute Neuigkeiten sein?« Kyle hätte noch weitergeredet, aber inzwischen waren sie Felix durch die Tür gefolgt und sahen, dass die Bibliothek sich in keinem besseren Zustand befand als der Wintergarten. Die Hälfte der Regale war umgestürzt, und überall lagen große Bücherhaufen. »Was ist denn hier passiert?«

»Eva Chance ist passiert.« Felix verschloss die Tür wieder, ging dann zur Vitrine und holte eine Karaffe mit irgendetwas Alkoholischem.

»Das ist jetzt nicht die richtige Zeit für ein Besäufnis«, warnte Kyle.

»Danke für den guten Rat«, knurrte Felix, goss in drei Gläser nur wenig von der bernsteingelben Flüssigkeit. »Ihr dürft gern darauf verzichten.«

Er trank sein Glas ex, und Kyra folgte seinem Beispiel. Kyle beschloss, mitzuhalten. Der Kognak war weich und glitt wie Honig seine Kehle hinunter. Der Kick, der eine Sekunde später folge, war dann nicht mehr so lieblich. Alles andere als honigsüß.

»Okay.« Er schob Kyra zu einem Sessel und setzte sich ebenfalls. »Jetzt erzählt mir einer von euch, was da drin passiert ist. Urgroßmutter, Eva, alles.«

Kyra suchte sich einen anderen Sessel. Felix hockte sich auf den Schreibtisch. Beide schwiegen eine Weile, aber Kyle wartete. Felix gab zuerst nach.

»Wie ich gesagt habe, die Geister versuchen mich umzubringen. Kyra und ich haben nur geredet.«

»Geflirtet«, sagte Kyle.

»Na gut, geflirtet.« Felix zuckte die Schultern. »Mein Fehler.«

»Ganz genau: dein Fehler.« Kyra warf ihm einen wütenden Blick zu, und Kyle seufzte.

»Mich interessiert der Teil, als der Geist angegriffen hat«, mahnte er sie.

Nach und nach bekam er den Bericht. Felix betastete seinen Nacken, als er vom Angriff des Hausmädchengeists erzählte, und beide schauderten und wanden sich durch den Bericht von dem schmutzigen schwarzen Regen. Der letzte Teil fiel ihnen am schwersten. Kyle brauchte eine halbe Stunde, um ihnen aus der Nase zu ziehen, dass Eva den Geist zum Aufhören überredet und dass sie behauptet hatte, die Strattons wären mit den Chances verwandt.

»Das ist dieselbe Geschichte, dir mir unser Vater heute Morgen erzählt hat«, schloss Kyra. »Eva wusste den Rest. Elspeth Stratton wurde von Thomas Chance vergewaltigt und bekam ein Kind – unseren Großvater – und starb. Sie spukt im Wintergarten herum, wo das passiert ist, und sie ist hinter uns hergespukt und wollte Eva daran hindern, uns zu helfen. Aber dass Felix und ich – na, was auch immer wir getan haben –, also, das hat für sie das Fass zum Überlaufen gebracht. Sie hat ihn angegriffen, weil sie gedacht hat, ich wäre in Gefahr. Eva hat sie dazu gebracht, ihn loszulassen.«

»Sie hat dem Geist gesagt, er sollte Felix nicht umbringen«, schlussfolgerte Kyle und sah Felix Fairfax nachdenklich an. Unter seinem Blick bekam Felix einen roten Kopf, und Kyle war überrascht, wie schnell und leicht seine aristokratische Arroganz sich zerkrümelt hatte. »Warum wollte Eva ausgerechnet dich beschützen?«

»Ich bin hier nicht der Bösewicht.« Felix bemühte sich um einen überheblichen Gesichtsausdruck, seufzte dann aber und goss sich noch einen Fingerbreit Kognak ins Glas. »Ich bin auch kein Mörder, klar? Mein größtes Verbrechen ist die Raserei beim Autofahren. Es ist für mich eine völlig neue Erfahrung, dass Geister mir an den Kragen wollen.« Er nippte an seinem Glas und fügte hinzu: »Der Exorzismus war meine beste Idee.«

»Der Exorzismus hat alles bloß verschlimmert.« Kyra versuchte, mit den Fingern ihre Haare von dem schlimmsten Staub und den Spinnweben zu befreien. »Da waren Gefühle und Bilder in meinem Kopf, wie Blitze. Ich kann es nicht richtig beschreiben. Aber der Exorzismus war eine Scheißidee.«

»Stimmt«, gab Felix zu. »In meinem Kopf spielten sich auch einige ziemlich unerfreuliche Szenen ab.« Sein Blick begegnete Kyras, und beide schauten weg.

Kyle rutschte unbehaglich hin und her. Jetzt gerieten sie aber echt in tiefes Wasser.

»Was hat Eva mit der Hexe gemeint?«

Diesmal sahen ihn die anderen beiden ratlos an, wechselten wieder einen Blick und schüttelten die Köpfe.

»Eva hat schon früher von der Hexe gesprochen«, sagte Kyra langsam. »Sie hat zu Elspeth Strattons Geist gesagt, sie soll der Hexe nicht helfen, weil die Hexe nur Verwüstung will.«

»Sie sagte, die Hexe wäre unser Fluch«, ergänzte Felix. »Chance, Fairfax oder Stratton.«

»Zuerst Geister und jetzt noch eine Hexe.« Kyra schüttelte den Kopf. »Wäre nett, wenn Eva dageblieben wäre und uns das erklärt hätte, statt in Rätseln zu schwafeln und zu verschwinden. Was war das noch mal eben?«

»Die Geister wandern, der Fluch kommt über uns, die Hexe hat mit ihrem Angriff begonnen«, sang Felix, und die Zwillinge betrachteten ihn mit Sorge. »Was? Ich habe ein gutes Gedächtnis. Ich hab keine Idee, was es bedeutet, aber es klingt nicht gut, oder?«

»Stell dich nicht blöder, als du bist.« Kyle rückte die Karaffe aus Felix' Reichweite. »Und versuch nicht, zu kneifen, indem du dich besäufst. Geistertouren bedeuten Geistertouren. Und die waren dein genialer Einfall.«

»Jemand hatte das vorgeschlagen.« Felix überlegte angestrengt. »Ich hab dem nur zugestimmt. Es war …« Er unterbrach sich. »Keine Ahnung – eine Herausforderung – das wollte ich sagen.«

»Eine Herausforderung für die Geister, dass sie spuken sollen?« Kyle fragte sich, ob Felix total durchgeknallt war.

»Das Haus wird mir mal gehören.« Felix schwenkte eigensinnig den Rest in seinem Glas. »Warum sollte ich nicht Touren veranstalten, wenn ich das möchte?«

»Aus dem gleichen Grund, weil du keinen Ameisenhaufen aufstören willst.«

»War es eine Herausforderung für dich persönlich?«, fragte Kyra unerwartet und sah Felix direkt ins Gesicht. »Ob du an Geister glaubst oder nur so tust?«

»Aber ich glaube *nicht* an Geister!«, rief Felix. »Das ist doch Blödsinn.«

»Aber sie glauben offensichtlich an dich«, widersprach Kyle, und Kyra verdrehte die Augen.

»Felix hat recht«, sagte sie. »Geister sind Blödsinn. Keiner glaubt an Geister.«

»Aber du hast doch vorhin welche gesehen.« Kyle begriff nicht, warum die beiden leugneten, was sie mit eigenen Augen gesehen hatten. »Ihr habt doch mit Eva gesprochen.«

»Das macht es nicht unbedingt leichter, alles neu zu sortieren, was man bisher über die Welt gewusst hat«, sagte Felix. »Und ein Etikett auf etwas kleben und es Geist zu nennen, macht es überhaupt nicht verständlicher.«

»Wir wissen nicht, was ein ›Geist‹ ist«, sagte Kyra, und Kyle fragte sich, ob er sich jetzt Sorgen machen müsste, weil seine Schwester schon wieder einer Meinung mit Felix war.

※

Als Eva aus dem Wintergarten verschwand, kehrte sie automatisch in die Halle zur Treppe zurück, von wo aus sie so lange die Vorbereitungen beobachtet hatte. Hier war sie eineinhalb Stockwerke über dem Keller, aber sie fühlte die Dunkelheit, die ihn dumpf pochend mit ihrer Macht erfüllte.

Es gab Zeiten, in denen man den Fluch fühlte, der auf dem Haus lag: wenn jede verschlissene Teppichkante wie eine mögliche Todesfalle erschien und jeden die Treppe hinunterstürzen ließ. Das Haus konnte mit seinen unerwarteten dunklen Ecken und verwinkelten Korridoren auf verschiedene Arten die Besucher höchst unwillkommen heißen. Während des Vormittags waren ständig neue Besucher durch das Tor gekommen und auf die vorgesehenen Pfade geleitet worden, möglichst weit entfernt von den Gefahren im Haus. Aber es hatte eine fragile Balance zwischen dem fröhlichen Frühlingstag draußen und den dunklen Unterströmungen gegeben, die Elsies wütender Angriff auf Felix ausgelöst hatten. Der Fluch der Hexe war überall zu spüren, wenn man wusste, worauf man achten musste.

Das Dreieck aus Metallstangen, das Eva sorgfältig errichtet hatte, um die Blutflecken abzuschirmen, war beiseitegeräumt worden. Vielleicht hatte sie ein Besucher umgeworfen, und anschließend waren sie von einem Mitarbeiter aus dem Weg gerückt worden. Zudem hatte sich niemand erklären können, warum ein bestimmter Teil des Steinfußbodens abgesperrt worden war. Mittlerweile war der Grund dafür offensichtlich. Eine dunkelrote Lache glänzte frisch und feucht vor der Treppe, und die Touristen wichen ihr weiträumig aus und warfen misstrauische Blicke auf die Schilder für die Geistertouren, als vermuteten sie eine besonders dreiste Reklametaktik.

Eva wusste es besser.

Sie hatte ihre Sinne jetzt auf das gesamte Haus ausgerichtet, seitdem sie den Grund für die Unruhe gesucht hatte, als der sich dann Elsie erwiesen hatte. Die Rückkehr des Blutflecks war nur ein Beweis dafür, dass ihre Korrektur der Schilderaufstellung misslungen war. In dem Priesterversteck hämmerten Fäuste gegen die verriegelte Tür: Die flehende Stimme eines verirrten Besuchers war hinter der dicken Eiche nicht zu hören, und nur ein sehr gedämpftes Pochen war vernehmbar, das seinen Freunden im Flur davor Rätsel aufgab. Von der Musikantengalerie lächelte ein hübsches junges Mädchen auf ihren Begleiter herunter, beugte sich vor, um die berühmtesten Verse Julias zu deklamieren und drückte mit ihrem Gewicht gegen die brüchigen Geländersprossen. Im Waffenzimmer experimentierte eine Gruppe wissenschaftlich interessierter Jugendlicher mit dem Laden von zwei Duell-Pistolen herum. Am See behauptete eine in Panik geratene Touristengruppe, dass sie eine weinende Frau im Nachthemd hatten zur Insel rudern sehen.

Überall lauerte Gefahr, zusammen mit der Bosheit und der verschlagenen Gewissheit, dass irgendwo irgendwas schiefgehen musste. Eva konnte nicht allein gegen alles ankämpfen, nicht gegen jede kleine Bedrohung, die sich urplötzlich zu einer Gefahr entwickeln konnte.

Sie musste ihre Energien dort einsetzen, wo sie am meisten vonnöten waren. Das Problem war nur, dass ihre Feindin ihr immer zwei Schritte voraus war. Hatte die Hexe gewusst, wie tief Elsies Hass auf die Chances war? Hatte sie sie absichtlich als Beschleuniger für die Kette von Unfällen benutzt, die Evas sechsten Sinn in Alarmbereitschaft versetzten? Elsie war in ihre Dachkammer verschwunden, und Eva erfühlte von ihr nur noch den starken Wunsch, in Ruhe gelassen zu werden. Aber lauerte da nicht noch eine andere Gefahr, sollte nicht irgendwo ein Abzug betätigt werden?

Eva hatte keine Wahl, sie versuchte sich der Flut entgegenzustemmen. Doch ihre schwachen Kräfte wirkten jämmerlich im Vergleich zu der entfesselten Wucht, mit der die Hexe wütete.

In der von Regaltrümmern und Büchern übersäten Bibliothek versuchte Kyle, seinen Verstand anzukurbeln. Felix' und Kyras Spitzfindigkeiten, was es bedeutete, ein Geist zu sein, halfen ihm in seiner Verwirrtheit überhaupt nicht weiter.

»Okay«, sagte er schließlich. »Vielleicht ist Felix kein Mörder.«

»Na, vielen Dank aber auch«, näselte der, und Kyle sah ihn zornig an.

»ABER ...«, fuhr er fort, »Du hast irgendwas vorgehabt. Als du mir den Auftrag gegeben hast, die Leiche zu finden ... das war doch ziemlich abgefahren. Und was ist hier eigentlich passiert?« Er sah sich um. »Warum sollte Eva dich umbringen wollen, wenn sie dich im Wintergarten vor wem auch immer beschützt hat?«

Felix öffnete den Mund, um zu antworten, dann klappte er ihn wieder zu, und überlegte erst mal, was er sagen wollte. Schließlich sagte er langsam: »Es gibt ein Problem mit dem Testament meines Großvaters.« Er sah aus, als wäre ihm nicht ganz wohl in seiner Haut.

Kyle und Kyra sahen sich an, und jeder wusste, dass der andere keine Ahnung hatte, was Felix damit meinte. Aber Kyle fand es reichlich verdächtig.

»Mein Großvater, Edward Chance, hat letztes Jahr sein Testament geändert, ohne der Familie davon etwas zu sagen. Ich habe hier eine Abschrift gefunden und außerdem die Korrespondenz mit seinem Anwalt.«

»Michael Stevenage.« Kyle erinnerte sich an die Karte, die in seiner Tasche steckte.

»Genau.« Felix sah etwas überrascht aus, aber er fuhr fort: »Mr Stevenage warnte meinen Großvater, dass das Testament in seiner neuen Form wahrscheinlich vor Gericht keinen Bestand haben und höchstwahrscheinlich von den anderen Familienmitgliedern angefochten werden würde.« Er holte tief Luft und fuhr dann leiser fort: »Damit hatte er recht. Ich hätte es angefochten und meine Eltern auch. Vielleicht auch meine Tanten. Es war ein schwieriges Testament.«

»Schwierig in dem Sinn, dass du das Haus doch nicht erbst?«, fragte Kyra ironisch, und Felix zuckte unangenehm berührt zurück.

»So ungefähr. Ich würde das Haus erben, aber nichts von seinem Inhalt. Jeder noch so kleine Gegenstand darin ging an Eva. Mr Stevenage war der Ansicht, dass man das als eine unvernünftige und unpraktikable Aufteilung des Besitzes ansehen würde.«

»Und Eva und du, ihr habt euch nicht verstanden …« Kyle fand diese Schlussfolgerung nicht gut und war sich nicht sicher, welchen Vorteil Felix davon hätte, wenn er ihnen sein Mordmotiv auf dem Silbertablett servierte.

»Ich habe bis zu diesem Jahr Eva überhaupt nicht auf dem Radar gehabt. Hör einfach zu, okay? Du wolltest wissen, was ich vorhatte. Karten auf den Tisch. Also hör zu.« Er holte tief Luft und fuhr fort. »Eva ist im März verschwunden. Aber das habe ich erst später erfahren, als meine Mutter es mir erzählt hat. Mutter hat gesagt, Eva wäre weggelaufen. Erst als wir alle hier ankamen, hat mir Tante Cora gesagt, dass es in Wirklichkeit viel schlimmer war. Tante Cora ging es sehr schlecht, sie war davon überzeugt, dass Eva Selbstmord begangen hatte wie ihre Mutter. Und dann habe ich Eva gesehen. Zuerst habe ich gedacht, sie hätte sich die ganze Zeit im Haus versteckt …«

Kyra blinzelte kurz und bestätigte damit Kyles Verdacht, dass sie beide dasselbe dachten.

»Ich war wütend auf sie und hab das auch gesagt, aber sie schien nicht zu verstehen, wovon ich sprach. Dann war ich mir unsicher und dachte, wenn ich sie berühren könnte und mein Verdacht falsch war …« Felix schnitt eine Grimasse.

»Was ist passiert?«, fragte Kyle.

»Sie ist in nicht mal einer Sekunde quer durch das Zimmer gelaufen. Keine Ahnung, ob sie gemerkt hat, dass sie förmlich gebeamt wurde. Mir war das unbegreiflich, und ich hab niemandem was davon gesagt. Später während des Essens hab ich mich beobachtet gefühlt.« Er bewegte die Schultern. »Das war gruselig.«

»Ich hab damals auch so was gespürt«, sagte Kyra. »Aber jetzt weiß ich, dass mich nicht nur Eva beobachtet hat. Unsere Uroma hat mich anscheinend auch im Visier gehabt. Ich wette, dass sie damals den Wasserhahn zugedreht hat.«

»Sei still«, sagte Kyle genervt. »Ich will den Rest von Felix' Erklärung hören. Er hat noch nicht erzählt, warum er mich damit beauftragt hat, nach der Leiche zu suchen.«

»Stimmt. An dem Abend hat mich während des Essens irgendwas veranlasst, von den Geistertouren zu reden. Vielleicht nicht nur etwas. Heute frage ich mich, ob die Unterhaltung absichtlich dahin gelenkt wurde, ob vielleicht jemand wollte, dass ich mich gruselte und dass das Haus voller Geister wirkte. Dann hatte Großvater den Unfall und wurde ins Krankenhaus gebracht – und das war auch verdächtig. Ich wollte wissen, was mit Eva passiert war, aber niemand wusste etwas. Meine Mutter und meine Tanten schienen das nur logisch zu finden, weil Evas Mutter auch immer plötzlich verschwunden ist. Aber soweit ich weiß, hat Eva das Haus nie verlassen.«

»Deshalb sollte ich die Leiche suchen.«

»Ja, du hast nicht wie jemand ausgesehen, der an Geister glaubt. Du hast so ausgesehen, als ob du das erledigst, die Knete nimmst und nicht zu viele Fragen stellst.« Felix lachte auf. »Mannomann, ich hätte nicht falscher liegen können.«

»Ich kann viel erledigen«, sagte Kyle schroff. »Da hast du recht gehabt.«

»Ja«, mischte Kyra sich zu seiner Überraschung ein. »Kyle und seine Schubkarre waren zweifellos viel besser als dein blöder Exorzismus-Plan.«

»Na gut, na gut. Wir sind uns einig, das war eine blöde Idee. Aber egal – vorgestern ist Eva dann in der Bibliothek aufgetaucht. Ich sah sie das Testament lesen. Sie hat es aus einem verschlossenen Tresor rausgeholt, obwohl sie meinen Laptop nicht ankriegen konnte. Totale Computer-Analphabetin, das arme Mädchen. Aber sie hat einen Mordsaufstand gemacht. Aus allen Richtungen kamen Bücher auf mich zugeflogen, bis ich abhauen konnte.«

»Eva hat das Testament gelesen und dich angegriffen«, fasste Kyle zusammen.

»Jeder, der das Testament liest, wird denken, dass ich Eva umgebracht habe. Damit habe ich eindeutig ein Mordmotiv. Obwohl das Testament vor Gericht keinen Bestand gehabt hätte. Die ganze Sache ist ein riesengroßes Durcheinander, und ich denke mal, es gibt jemanden, dem es bestens passt, mich reinzureiten …«

»Dich *reinzureiten?*«, schnaubte Kyra. »Felix, du bist so was von eitel. Du denkst immer, alles dreht sich nur um dich.«

»Sogar Evas Tod«, stimmte Kyle ihr zu. »Das ist echt mies, Felix. Hast du das wirklich so gemeint, dass du Eva nie auf deinem Radar gehabt hast? Alles in deinem Kopf ist ein gigantisches Bild von dir selbst.«

»Das reicht!« Felix rastete aus. »Ich erzähle euch das alles freiwillig und hab auch zugegeben, dass ich ein paar Fehler gemacht habe, aber so sehe ich die Dinge nun mal, klar? Wollt ihr jetzt meine Meinung oder nicht?« Zwei hektische rote Flecken waren auf seinen Wangen erschienen, und Kyle wurde klar, dass Felix nicht nur wütend war, sondern dass ihre Reaktion ihn überrascht und schockiert hatte.

»Okay«, sagte er. Und dann überwand er sich und fügte hinzu: »'tschuldigung.«

Kyra verdrehte die Augen.

»Also«, machte Felix weiter. »Bis jetzt ist Folgendes passiert: Eva ist verschwunden, mein Großvater wurde verletzt, Tante Cora wurde verletzt, und es ist nur eine Frage der Zeit, bis ich wegen des Testaments mit diesen rätselhaften Verbrechen in Verbindung gebracht werde. Wenn das alles absichtlich von jemandem inszeniert wurde – einem geheimnisvollen Mr X –, dann kann ich daraus nur folgern, dass ich am Ende ohne Erbe dastehen soll.«

»Glaubst du, das ist das Motiv?« Kyle sah ihn zweifelnd an. »Ein Mord, zwei Mordversuche, und du denkst, das will man dir anhängen?«

»Keine Ahnung.« Felix stieß genervt die Luft aus. »Aber das Testament hat bestimmt was damit zu tun. Als Motiv ist es doch klar: Das Testament bedeutet Geld. Vielleicht stört ja jemand oder etwas die Geister auf, um davon abzulenken. Doch kein Bulle weit und breit wird irgendwelche Geister ernst nehmen. Aber wenn die mich nicht unter Gebrüll angreifen, dann machen mir die Geister weniger Sorgen als dieser unbekannte Mr X.«

»Ehrlich?« Kyle sah zu Kyra hinüber. »Das war auch Kyras Sorge. Aber Mörder beunruhigen mich nicht. Geister ja. Geister machen mir eine Menge Sorgen. Und ich muss immer daran denken, was Eva über die Hexe gesagt hat. Gegen eine Hexe haben wir kaum eine Chance.«

»Könnte die Hexe dein Mr X sein?«, fragte Kyra Felix. »Das würde doch zusammenpassen.«

»Vielleicht, wenn man glauben will, dass ein Geist einen Menschen ermordet und zwei weitere Mordversuche gemacht hat«, sagte Felix langsam. »Aber ich finde es wahrscheinlicher, dass der tatsächliche Mörder die Geistergeschichten zur Verschleierung benutzt. Wenn alle vor lauter Aberglauben durchdrehen und die seltsamsten Dinge hören und sehen, kann der Mörder viel leichter hier rumschleichen, und alle schieben es dem Spukhaus in die Schuhe.«

In der Waffenkammer explodierte mit einem Schwefelknall eine Pistole, Splitter sausten umher, und Menschen warfen sich auf die Erde. Ein Jugendlicher tauchte aus dem Rauch auf, hustete und drückte die verbrannten Hände gegen die Brust. Ein anderer ohne Augenbrauen stierte auf die andere, nichtexplodierte Pistole, und ließ sie dann fallen, als wäre sie aus glühendem Eisen, woraufhin alle Übrigen wieder in Deckung gingen.

Unter dem stürmischen Beifall der Zuschauer wurde eine Frau aus dem See gezogen, die nach Wiederbelebungsversuchen wasserspuckend das Bewusstsein wiedererlangte und behauptete, sie sei nur als hilfsbereite Samariterin in das eiskalte Wasser gewatet und der weinenden rudernden Frau gefolgt, die aber längst verschwunden war.

In der Waffenkammer warf sich Eva auf die herabfallende Pistole, fing sie auf und schoss in den Kamin, danach verschwand sie in der Rauch- und Aschewolke. Im Tudor-Zimmer suchte sie nach dem Riegel von der versteckten Tür zum Priesterversteck und war schon wieder verschwunden, als die Tür aufschwang und ein heiserer, hysterischer Besucher mit blutenden Händen in die Arme seiner Freunde taumelte.

Aber sie kam zu spät, um die Souvenirjäger daran zu hindern, die Buntglasscherben vom Wintergarten mit bloßen Händen aufzuheben. Und so sehr sie sich auch beeilte, so rasch sie von einem Krisenherd zum nächsten sauste – sie konnte nicht gleichzeitig überall sein. Die Hexe dagegen konnte es.

Hass ist mächtiger als Hilfsbereitschaft, dachte Eva verbittert. Elsie hatte erst angedeutet und dann unverblümt ausgesprochen, dass Hass die meisten Geister antrieb, und aus Hass war das Elstermädchen von einer freundlichen Verbündeten zu einer plötzlichen Bedrohung geworden. Hass hatte die Bücher durch die Bibliothek fliegen und den Wintergarten im Dreck förmlich ersticken lassen.

Hass besaß die Hexe im Überfluss, verbunden mit der

Macht, die Menschen an sich selbst zweifeln zu lassen und deshalb auszurutschen, zu stolpern und zu stürzen. Man konnte den Fluch als Aberglauben abtun, aber fast jeder Mensch war irgendwo abergläubisch, und die Ängste, die die Menschen beherrschten, machten die Hexe umso mächtiger. Jedes Mal wenn Eva an sich zweifelte, hatte die Hexe an Macht gewonnen.

Jedes Mal wurde es schwerer, die Energie aufzubringen, jedes Mal war sie ein bisschen langsamer und kam etwas später. Jedes Mal, wenn sie sich zwischen zwei Hilfsbedürftigen entscheiden musste, sank ihr Mut angesichts der schwierigen Wahl. Sie hatte keine Ahnung, wieso die Familie und die Besucher so blind waren gegenüber den Geistern, die sie umringten, wie sie so zuversichtlich in ein Spukhaus marschieren konnten, wenn alles in Eva schrie, sie sollten wegrennen.

Oben auf dem Balkon im Ballsaal dachte die Möchtegernjulia, sie sähe einen Raum erfüllt von Kerzenlicht, Musik und tanzenden Paaren, als plötzlich das Geländer unter ihrem Arm nachgab und das Holz unter unheimlichem Splittern zerbarst. Erschrocken versuchten einige Besucher auf dem Balkon noch zu ihr zu gelangen, während andere schnell zurückwichen. Eva flog durch die Luft, erreichte sie aber einen Sekundenbruchteil zu spät.

Mit einem schrecklichen Schrei war Julia heruntergestürzt, eine Handbreit zu weit von Romeo entfernt, als dass er sie hätte auffangen können. Nun lag sie wie eine Marionette ohne Schnüre auf dem Parkett. Wie ein Trauergesang aus Klingeltönen klang das Gepiepse, als viele

Finger gleichzeitig dieselben Tasten auf den Handys drückten.

⁂

Der volltönende Klang der Standuhr in der Halle echote durch das Haus und teilte allen mit, dass es fünf Uhr war.

Der Plan sah vor, dass alle Besucher um fünf Uhr das Haus verließen außer denen, die Karten für die Geistertour am Abend hatten.

Aber als der Nachmittag langsam in den Abend hineindämmerte, liefen immer noch überall Besucher herum. Evas Neuordnung der Schilder hatte denjenigen Probleme gemacht, die sich in den langen Korridoren und auf den verschlungenen Pfaden im Park verirrt hatten und noch nicht wieder beim Tor angekommen waren.

Das Personal am Haupttor war neben dem immer noch halbvollen Parkplatz versammelt und diskutierte, wer der Hausverwalterin mitteilen sollte, dass noch nicht alle gegangen waren. Man hätte die Besucher beim Eintritt und Weggang zählen sollen. Die Reihe von kleineren Unfällen, die den Tag ein wenig vermiest hatten, hatte alle reizbar gemacht. Wenn man fünf Menschen mit verstauchten Knöcheln weghumpeln sieht, musste man sich doch fragen, ob nicht noch irgendwo jemand unentdeckt mit einem gebrochenen Bein herumlag.

Es waren noch drei Stunden bis Sonnenuntergang, aber jetzt war der Himmel bewölkt, und es dämmerte. Im Park verschoben sich die Muster von Licht und Schatten, die hohen Hecken vom Irrgarten warfen lange Schatten, und dazwischen hörte man die schrillen Stimmen verirrter Kinder und die besorgten, angstvollen Rufe der Eltern.

Aber auf einige übte die Serie von kleinen Unfällen eine seltsame Anziehung aus. Als die einstürzende Fensterscheibe des Wintergartens durch das Haus hallte, waren die Besucher zu der Ursache des Knalls geströmt, und bei denen, die gaffend stehen geblieben waren, hatte Christopher Knight ein Bombengeschäft gemacht. Der Marketing-Experte hatte Flugblätter zur Geistertour verteilt und seine Noch-Partnerin Joyce Chance dazu veranlasst, ihre Geschichte vom Spuk im Wintergarten zu erzählen. Den ganzen Nachmittag über waren noch mehr Flugblätter verteilt worden, und Gerüchte machten bei den Besuchergruppen die Runde. Am Kassentisch am Ende der Auffahrt hatten Interessenten Schlange gestanden. Skeptiker und Gläubige hatten ihre Meinungen mit großer Leidenschaft vertreten. Einige ältere Dorfbewohner hatten sich auf Stühlen und Bänken niedergelassen und hielten Hof für die Jüngeren, denen sie von den Dingen erzählten, die sie selber über das Chance-Haus gehört hatten: Geschichten, die man ihnen schon als Kinder erzählt hatte.

Besonders eine Erzählung fesselte die Aufmerksamkeit der jüngeren Besucher, ein ziemlich saftiger Skandal, der immer schauerlicher wurde, je häufiger er erzählt wurde. Er hatte alle Elemente einer historischen Romanze. Es war die Geschichte von einem geheimnisvollen Waisenmädchen, einer Aristokratin und einzigen Gefährtin ihres Großvaters mit dem seltenen und romantischen Namen Evangeline. Das geheimnisvolle Mädchen war nur eine halbe Adlige, die einzige Tochter einer wilden jungen Hochwohlgeborenen, die sich unter unglaublich dramatischen Umständen das Leben genommen hatte, wobei ein Ertrinken im See und ein Baby im Schilf eine Rolle spielten. Evangeline, das Waisenkind aus dem Schilf, war erst vor vier Wochen aus dem Haus verschwunden und immer noch nicht wiederaufgetaucht. Aber eine ganze Reihe von Menschen hatten seltsame Unfälle, als sie nach ihr suchten, Unfälle, die beim Erzählen immer weiter ausgeschmückt worden waren, bis die Zuhörer glauben konnten, das örtliche Krankenhaus müsste vor Verletzten überquellen. Doch die Familie Chance tat immer noch so, als wäre alles in Ordnung – und hatte man das heute nicht sehr schön beobachten können? Obwohl Gerüchte besagten, dass die Unfälle gar keine Unfälle waren. Kein Rauch ohne Feuer, sagte man und kaufte Karten für die Geistertour mit der Begeisterung von Schaulustigen, die bei einem Autounfall nach Leichen Ausschau halten.

Vom Haupttor her hörte man eine Sirene, ein dröhnender Lärm, der zu einem klagenden Schrei anschwoll, genauso beunruhigend wie Pfauengekreisch. Die Personaltruppe sprang auseinander, als der Krankenwagen mit Geheul die Auffahrt hochjagte. Die vor dem Haus wartende Gruppe der Geistertour-Teilnehmer wechselte erschreckte oder vielsagende Blicke, als sie die Sirene hörte und der Notarztwagen mit kreischenden Bremsen hielt. Sanitäter zogen sofort die Rolltrage heraus und eilten zur Haustür.

»Wo geht's zum Ballsaal?«, fragte der erste die Kartenverkäuferin. Als sie zögerte, funkelte er sie wütend an. »Na los, es hat einen Unfall gegeben …«

»Da entlang«, zeigte die Kassiererin, und die Sanitäter verschwanden im Haus und ließen das Stimmengewirr der aufgeregt spekulierenden Wartenden hinter sich. Aber als die Sanitäter zurückkamen und zwei von ihnen vorsichtig die Trage über die Stufen hoben, während ein dritter mit dem Tropf nebenherlief, herrschte Stille. Auf der Trage lag eine junge Frau mit kalkweißem Gesicht und seltsam verrenkten Gliedmaßen. Dahinter stolperte ein junger Mann mit einem Handy in der Hand.

»Ich habe versucht, sie aufzufangen«, wiederholte er immer wieder. »Ich hab's versucht. Ich wollte sie fangen.«

Die Frau wurde in den Notarztwagen geschoben, zwei Sanitäter zogen die Tür zu und beschäftigten sich mit der Verletzten, während der dritte den Mann beiseiteführte und ihn auf einer Steinbank Platz nehmen ließ, weil er offensichtlich unter Schock stand.

Die wartenden Besucher standen fast genauso unter Schock, und einige betrachteten zweifelnd ihre Karten für die Geistertour. Die Mitarbeiter standen eng beieinander und rätselten, was sie tun sollten. Die Kassiererin, die nach dem Ballsaal gefragt worden war, blickte entsetzt zum Notarztwagen.

»Wir wissen noch nicht mal, was passiert ist«, sagte sie mit zittriger Stimme. »Wenn jetzt jemand verletzt ist, sind wir dann dafür verantwortlich?!«

»Wer hat hier die Aufsicht?«, fragte der Sanitäter, ließ den traumatisierten Mann sitzen, wo er war, und versetzte mit seiner Frage die Kassiererin in nackte Panik.

»Miss Langley!«, antwortete sie. »Oder die Familie Fairfax oder Joyce Chance. Die haben hier die Aufsicht, nicht ich. Ich arbeite hier nur.«

»Und wo sind diese Leute alle?«, fragte der Sanitäter. »Warum ist noch keiner von ihnen aufgetaucht und hat erklärt, warum sie sich einen Dreck um die Sicherheit und Gesundheit der Besucher scheren?«

»Keine Ahnung!«, jammerte die Kassiererin. »Ich hab's auf Miss Langleys Handy versucht, und ich hab beim Tor angerufen und im Shop. Aber im Haus hat man kaum Empfang und manchmal auch nicht im Park …«

»Verdammt sinnlos.« Der Sanitäter schüttelte den Kopf und betrachtete angewidert die gaffenden Leute und die Schilder mit der Ankündigung der Geistertour. »Ein Haufen Idioten«, fügte er dann noch nachdrücklich hinzu und kümmerte sich wieder um den Mann auf der Bank, der inzwischen hyperventilierte.

Türen knallten, und ein anderer Sanitäter tauchte aus dem Notarztwagen auf und verkündete: »Sie ist jetzt stabil – los, komm.« Sekunden später hatte sein Kollege den traumatisierten Mann in den Notarztwagen befördert, und das Fahrzeug fuhr los.

Im Haus schlug die Standuhr die halbe Stunde, und Christopher Knight, der Marketing-Experte, kam um die Ecke des Hauses gejoggt, hielt vor der Kassiererin an und betrachtete befriedigt die versammelten Menschen.

»Bald beginnt die Geistertour!«, sagte er aufgeräumt. »Sieht so aus, als hätten wir jede Menge Teilnehmer. Super.« Er klopfte der Kassiererin anerkennend auf den Rücken und schrak zurück, als sie laut losheulte.

15
Geistertour

Durch die Fenster des Purpurzimmers beobachtete Eva, wie die gestürzte Julia weggetragen wurde, danach die Ankunft von Christopher Knight und den Zusammenbruch der Kassiererin, ohne etwas davon wirklich wahrzunehmen. Ihre Sinne waren in alle Richtungen gespannt, sie wartete auf den nächsten Alarm. Aber als der Notarztwagen über die Auffahrt verschwand, beruhigte sich die aufgeheizte Stimmung im Haus, und eine erwartungsvolle Stille breitete sich aus. Eva zitterte bei dem Gedanken, dass die Eskalation bei den Unfällen die Gier der Hexe nach Chaos und Unglück noch nicht befriedigt hatte. In einer halben Stunde sollte die Geistertour beginnen.

Ein kalter Lufthauch verdichtete sich neben ihr, und Eva wirbelte herum, um zu sehen, wer das war. Eine schwarzweiße Gestalt stand stumm da und beobachtete sie von der anderen Seite des Zimmers aus.

»Elspeth Stratton.« Eva nannte den Geist des Hausmädchens bei ihrem vollen Namen. »Was willst du?«

»Ich habe der Hexe nie helfen wollen.« Der Geist des Hausmädchens sah ihr direkt in die Augen. »Sie hat mich missbraucht. Genauso wie er, dein adliger Ahnherr. Du hattest recht, du hattest völlig recht. Mit dem Baby und was dann passiert ist. Er hat nie zugegeben, was er getan hat, und als ich starb, hat er das Kind ins Waisenhaus gesteckt, sein eigen Fleisch und Blut.«

»Fleisch und Blut sind nicht so wichtig, wie du vielleicht denkst«, sagte Eva und dachte daran, wie ihre Tanten sie als Baby im Stich gelassen hatten.

»Für mich schon«, sagte Elsie. »Manchmal hab ich ihn gesehen, meinen Jungen, wie in einem Traum. Und dann seinen Sohn und die Kinder von seinem Sohn – die Zwillinge. Ich hab sie aufwachsen sehen.«

»Du bist ein Familiengeist. Ich hab darüber nachgedacht, weil du gesagt hast, du wärst keiner, dich hielte etwas anderes hier im Haus. Vielleicht bist du wegen dem, was dir widerfahren ist, ein Geist geworden, aber ich glaube eher, du bist wegen deiner Familie nicht völlig verschwunden. Weil du über sie gewacht hast.«

»Und das hat sich die Hexe zunutze gemacht. Sie hat meine Erinnerungen angefacht, und jetzt haben die Zwillinge vor mir bestimmt so viel Angst wie ich damals vor ihm ...«

»Du hast doch selbst gesagt: Darüber soll man nicht grübeln. Denk nicht an die Vergangenheit. Ich mache mir Sorgen wegen der Zukunft. Die Hexe ist jetzt sehr stark. Ich kämpfe schon seit Stunden gegen sie.«

»Das habe ich gespürt.« Elsie seufzte. »Deshalb bin ich gekommen. Ich will dir helfen. Was immer du auch willst, diesmal ohne Bedingungen. Ich bitte dich nicht mal, mir zu vertrauen. Aber du kannst mich einsetzen – wenn du möchtest.«

»Ich werde es mir überlegen.« Eva war noch nicht bereit, Elsie blind zu vertrauen, aber als die den Kopf neigte und ihr Urteil annahm, bekam sie Gewissensbisse. »Ich möchte dich nicht als Dienerin oder wie ein Werkzeug benutzen.« Sie hatte es nicht aussprechen wollen, aber sie konnte nicht anders. »Wir sind Partnerinnen, klar? Jetzt lass mich nachdenken.«

Elsie nickte nur, aber ihre Haltung war nicht mehr so unterwürfig wie zuvor, und Eva zermarterte ihr Hirn nach einem Plan.

»Wo sind sie alle?«, fragte sie dann und starrte wieder aus dem Fenster. »Ich habe seit Stunden keinen von meinen Verwandten gesehen.«

»Alle haben Besuchergruppen geführt. Außer Felix. Er ist immer noch mit Kyle und Kyra in der Bibliothek.«

Eine Sekunde lang fühlte sich Eva unbehaglich bei der Vorstellung von einer unheiligen Allianz zwischen Felix und Kyra. Aber ihr machte Wichtigeres Sorgen als Leute, die sie nicht besonders mochten – im Vergleich zu jemandem, der sie so sehr hasste, dass er sie ermordet hatte, spielten Felix und Kyra keine große Rolle.

»Dann weiß ich, wo Felix ist. Aber wo sind alle anderen?« Sie versuchte, sie mit diesen Sinnen zu erspüren, von denen sie noch nicht genau wusste, wie sie funktionierten. Ihr Wirbelwind-Durchmarsch durch das Haus in dem Versuch, die Angriffe der Hexe abzuwehren, hatte Evas Reichweite vergrößert. Statt an irgendeinen bestimmten Ort im Haus gefesselt zu sein, konnte sie jede andere Gegenwart darin aufspüren, die verschiedenen Auren durchfiltern, um die Familie Chance zu finden.

Tante Helen war wegen irgendetwas irritiert, aber nicht besorgt. Eva hatte die Vision von einem weißgekalkten

Zimmer und dem Geruch von Desinfektionsmitteln und Schießpulver, und sie erkannte, dass ihre aristokratische Tante die zwei Teenager verarztete, die mit den Duellpistolen herumgeballert hatten.

»Das passiert immer wieder«, hörte sie die energische Stimme ihrer Tante im Kopf. »Ihr solltet mal die Unfälle sehen, die während einer Fuchsjagd passieren. Dagegen ist das gar nichts.«

Auf die beiden Knaben wirkte diese forsche Art teils beruhigend, teils erschreckend.

Onkel Richard dirigierte die Hilfsaktion am Seeufer und kommandierte die Leute mit militärischer Bestimmtheit herum. Eva sah ihn nur ganz kurz aufblitzen und ein Echo von plätscherndem Wasser bei den Felsen, als ihr das Bild auch schon wieder entglitt.

Tante Joyce war über irgendwas erregt, ihr Verstand summte vor Frohlocken. Sie war völlig mit dem beschäftigt, was sie tat – Eva konnte keine Alarmsirene hören. Tante Joyces Gedanken waren voll von hellglänzendem Glitzerkram und Gefunkel, ihre Hände gruben sich in eine Schmuckschatulle und dann hob sie eine Hand, um die Wirkung von Armbändern und Ringen zu bewundern. Im Kopf ihrer Tante raschelten Geldscheine.

In der Halle unten hatten sich die Touristen versammelt, und Christopher Knight stand drei Stufen höher auf der Treppe und hielt eine Ansprache.

»Meine Damen und Herren, bisher haben Sie das öffentliche Gesicht dieses prächtigen Hauses gesehen. Heute Abend will ich Ihnen seine Schattenseite zeigen, seine Geheimnisse, seine Leichen im Keller. Noch nie zuvor wurden die Kellerräume für Außenstehende geöffnet.

Wir beginnen hier in der Eingangshalle, wo sich vor vierhundert Jahren ein als mörderischer Irrer verschrienes Mitglied der Familie Chance vor versammeltem Publikum die Kehle aufschlitzte, weil er für den Mord an dreizehn Menschen zur Rechenschaft gezogen werden sollte. Wenn sie auf den Boden sehen, können Sie die Reste des Blutes erkennen, das damals vergossen wurde. Es heißt, sein Geist würde nachts immer noch im Haus herumspuken.

Bitte folgen Sie mir jetzt in den Wintergarten, wo wir die Tour fortsetzen werden und wo heute einige Besucher Zeugen schrecklicher Szenen wurden.«

Er setzte sich in Bewegung, und die Besucher folgten ihm langsam, jeder von ihnen blieb stehen und betrachtete den Blutfleck auf dem Boden. Der Fleck war dickflüssig, nassrot, und sogar aus der Entfernung konnte Eva den Eisengeruch wahrnehmen.

Aber die Touristen bemerkten ihn nicht, sie sahen nur kurz hin und vergaßen ihn wieder wie einen Theatertrick. Dann folgten sie wie eine Schafherde Christopher Knight durch den Flur in den Wintergarten.

※

In der Bibliothek hörte Kyra das Fußgetrampel, drehte sich um und sah zur Tür. Sie, Kyle und Felix hatten in der letzten Stunde hin und her argumentiert, aber keiner von ihnen war zu einem Entschluss gelangt, was sie tun sollten. Sie hörte die Uhr schlagen, ohne mitzuzählen, aber das Geräusch einer Besuchergruppe, die die Treppe hochstieg, erinnerte sie daran, dass während ihres Gesprächs viel Zeit vergangen war.

»Die Geistertour.« Kyra boxte ihren Bruder auf den Arm, damit er ihr zuhörte. »Hör mal, sie fängt an.«

Der Klang von Christopher Knights Stimme wurde lauter, als er seine Gruppe an der Tür zur Bibliothek vorbeiführte.

»Der Raum, den wir gleich sehen werden, ist seit Jahrzehnten bei den Dienstboten dafür berüchtigt, dass er kaum zu reinigen ist. Ich habe gehört, dass die Angestellten auch noch heutzutage Schwierigkeiten damit haben. Wir wissen immer noch nicht genau, was darin passiert ist, aber – mal ganz unter uns – die Familie macht sich Sorgen wegen der Geister. Falls unter Ihnen also jemand ein schwaches Herz hat oder zu Herzanfällen neigt, dann rate ich ihm, nicht weiterzugehen.«

Kyra grinste spöttisch die verschlossene Tür an.

»Er stachelt sie an. Woher weiß er überhaupt, was im Wintergarten damals passiert ist?«

»Das ist der Freund von Tante Joyce«, sagte Felix. »Sie hat die Gruppe angeführt, in der Kyra und ich waren, und hat über die Geister geschwatzt. Wahrscheinlich wollte er nicht gern auf diese Story verzichten. Der Wintergarten mit den eingeworfenen Fenstern sieht doch höchst dramatisch aus.«

»Vielleicht hält er das für gute Publicity«, sagte Kyra nachdenklich. »Aber wenn er an Geister glaubt, ist es nicht mehr so harmlos. Vielleicht will er, dass irgendwas Schlimmes passiert.«

»Irgendwer *will*, dass schlimme Dinge passieren«, gab Kyle zu bedenken. »Es könnte Christopher Knight sein oder auch sonst wer. Aber ganz gleich, wer der geheimnisvolle Mr X ist, wir wissen jetzt, dass die Geistertour zu seinem Plan gehören könnte. Die Frage ist: Lässt du die Geistertour zu?« Er sah Felix an. »Du warst derjenige, der sich dafür als Erster stark gemacht hat. Du kannst sie stoppen, wenn du willst.«

»Oder«, mischte sich Kyra ein, »wir könnten dabei mitmachen und aufpassen, ob was Verdächtiges passiert.«

Felix hatte ausgesehen, als wollte er Kyle zustimmen, aber bei Kyras Worten blitzte bei ihm ein boshaftes Lächeln auf.

»Gute Idee. Was ist, wenn X alle anderen manipuliert hat und sich hinter Geistern und Zauberei versteckt? Falls es einen tieferen Grund für diese Geistertouren gibt, als Touristen anzulocken, dann haben wir jetzt die Gelegenheit, das herauszufinden.« Er sprang auf die Füße und wühlte in einer Tischschublade herum. Dann holte er eine kleine Digitalkamera heraus. »Wenn ich irgendwas Verdächtiges sehe, besorge ich mir damit Beweise.«

»Mit meinem Handy kann man auch Fotos machen«, sagte Kyra. »Aber es ist schwierig, zu fotografieren, ohne dass die Leute das merken.«

»Wenn ihr die Gruppe einholt, kriegt ihr mit, was Christopher Knight erzählt«, sagte Felix. »Ich bleibe außer Sichtweite – es gibt tausend Möglichkeiten, sich in diesem Haus zu bewegen, ohne dass man gesehen wird.«

Kyra und Felix besprachen auf dem Weg zur Tür ihr weiteres Vorgehen, als ihr plötzlich auffiel, dass Kyle sitzen geblieben war.

»Was ist? Kommst du nicht mit?«

Kyle stand langsam auf. »Ich komme mit euch, aber nicht, weil ich euren Plan gut finde. Wenn Felix auch nur einen Funken Verstand hätte, würde er diese Geistertour sofort abblasen. Und wenn du irgendwas über Geister wüsstest, würdest du dich um keinen Preis der Welt mit ihnen anlegen. Selbst wenn Mr X die Geister und die Zauberei als Ablenkung benutzt, heißt das noch lange nicht, dass es die Geister nicht gibt. Ihr könntet direkt in eine Falle laufen.«

»Hat dir schon mal jemand gesagt, dass du echt paranoid bist?«, Felix schüttelte spöttisch den Kopf. »Den Feind herauszufordern ist immer die beste Strategie. So heißt es jedenfalls in der Kriegskunst. Wenn Mr X irgendwas anstellt, sind wir jedenfalls vorbereitet. Außerdem – X ist vielleicht heimtückisch, aber ich halte ihn nicht für wirklich gefährlich. Tante Cora und Großvater sind beide schon älter, trotzdem waren die Angriffe von X nicht erfolgreich. Sie sind zwar im Krankenhaus, aber es geht ihnen besser – niemand ist gestorben.«

»Außer Eva.«

Felix hatte den Anstand, kurz peinlich berührt auszusehen, dann zuckte er die Achseln.

»Wir wissen immer noch nicht, was mit ihr geschehen ist. Aber bestimmt wurde sie überrascht. Das kann mir nicht passieren.«

»So, wie man dich im Wintergarten nicht überrascht

hat?« Kyle schüttelte den Kopf. »Na gut. Spiel Detektiv, wenn du willst, ich werde dich nicht aufhalten. Aber ich werde meine Schwester nicht aus den Augen lassen.«

Als die Besuchergruppe den Wintergarten betrat, schwebte Eva hinterher. Die kleine Familie, die bei den ersten Besuchern gewesen war, war immer noch da. Die Mutter und das Baby waren nicht zu sehen, aber der Vater trug den kleinen Nathan auf den Schultern. Mit großen Augen sah sich das Kind um. Er war das einzige Kind, und einer der Männer sah überrascht zu dem kleinen Jungen auf.

»Ich glaub nicht, dass diese Tour was für kleine Kinder ist«, sagte er zu dem Vater.

»Ich bin nicht klein!«, widersprach Nathan. »Ich bin schon fünf! Und ich will die Geister sehen.«

»Niemand hat was von einem Mindestalter gesagt, als ich die Karten gekauft habe«, verteidigte sich der Vater. »Wir sind am Nachmittag nach Hause und haben uns ausgeruht, aber Nathan wollte wieder zurück und bei der Geistertour mitmachen.«

»Mal im Ernst.« Der andere Mann runzelte die Stirn. »Sie sollten sich das besser noch mal überlegen. Haben Sie draußen die Ambulanz gesehen? Hier ist es nicht ganz geheuer. Ich habe keine Angst«, fügte er eilig hinzu. »Aber Kinder?« Er schüttelte den Kopf. »Tja, es ist ihr Schaden.«

»Ich bin sicher, alles läuft bestens«, sagte Nathans Vater. Aber er sah nicht so zuversichtlich aus, wie er sich anhörte, und schaute nachdenklich zur Tür.

Gerade noch schlüpften zwei Jugendliche hindurch. Kyra und Kyle Stratton schoben sich zwischen die Nachzügler – keiner von ihnen sah Eva, und sie versuchte nicht, ihre Aufmerksamkeit auf sich zu lenken. Momentan wollte sie nicht bemerkt werden – nur beobachten. Ihre wieselflinken Sprünge durch das Haus von einer Aufgabe zur nächsten hatten ihre Zuversicht gestärkt und ihr genügend Kontrolle über Auftauchen und Verschwinden verschafft. Sie wollte ungesehen bleiben – bis eine starke Emotion ihre Willenskraft erschütterte oder bis einer der Besucher einen guten Grund hatte, sie zu sehen.

Im Wintergarten war es kalt. Das war keine Überraschung, denn wo sonst ein Fenster vom Boden bis zur Decke gereicht hatte, klaffte jetzt ein Riesenloch. Eine Reihe von Pfosten mit Samtseilen stand vor dem zerbrochenen Fenster und den gefährlichen Glasscherben, und der übrige Fußboden war mit glitzernden winzigen Splittern übersät, die unter den Sohlen knirschten.

»Das ist der Wintergarten«, verkündete Christopher Knight. »Wie Sie sehen können, ereignete sich heute hier ein Unglück – ziemlich sicher aus übernatürlichen Gründen.«

Die Menschen sahen ihn skeptisch an, doch er fuhr fort und wiederholte Joyce Chance' Geschichte von dem Schmutz, der nicht beseitigt werden konnte.

Kyra war blass. Nervös ließ sie ihre Blicke im Raum umherwandern, als könnte jeden Moment ein Geist auftauchen. Kyle sah man seine Nervosität nicht so an, aber Eva spürte Angst wie Hitze von ihm ausstrahlen. Er war nicht der Einzige, der Angst hatte. Nathans Vater schwankte sichtlich, ob er weiter mitmachen sollte, und schnappte sich seinen Sohn, der nicht mehr auf seinen Schultern thronte, sondern auf einen Scherbenhaufen zulief.

»Haben die Geister das Fenster kaputt gemacht, Papa?«, fragte der Kleine. Als sein Vater nicht antwortete, wandte er sich an Christopher Knight.

»Wir wissen nicht genau, was passiert ist«, sagte der. »Der Vorfall ereignete sich gerade in dem Augenblick, als eine Gruppe den Raum verlassen hatte – die einzigen Menschen im Raum waren ein paar Angestellte und Felix Fairfax, der Erbe des Hauses.«

Jemand in der Gruppe schnaubte. »Wahrscheinlich versuchen die Geister, ihn genauso umzubringen, wie sie es bei seinem Opa, seiner Tante und seiner Cousine versucht haben. Klingt doch einleuchtend, oder?«

»Aber, aber«, sagte Christopher Knight. »Wir sollten hier nicht wild spekulieren.« Aber er lächelte kaum merklich, und Kyle und Kyra wechselten Blicke. Als Christopher Knight die Gruppe weiterführte, schwebte Eva neben die beiden und konnte nun ihr Gemurmel verstehen.

»Irgendwie hab ich den Eindruck, dass er nichts dagegen hat, wenn die Leute Felix für einen Verbrecher halten«, flüsterte Kyra.

»Da sind wir schon zwei«, knurrte Kyle. »Vielleicht ist Felix kein Mörder, aber er ist immer noch ein Arsch.«

»Darum geht es nicht«, zischte Kyra. »Felix denkt, man will ihm was anhängen. Und dieser Kerl da bläst genau in das Horn.«

Eva sah in Gedanken das glatte, gutaussehende Gesicht des Marketingfritzen und ihr wurde klar, wie wenig sie über ihn wusste. Sie hatte sich auf ihre Familie konzentriert – nicht auf jemanden, den sie vor der Dinnerparty nie gesehen hatte. Eigentlich noch nie gesehen hatte, denn sie war schon tot, bevor Christopher Knight das Haus betrat. Sie wusste über ihn nur, dass er aus London kam und ein Freund von Tante Joyce war. Auch wenn ihr Verhältnis während der letzten zwei Wochen stark gelitten hatte, war es Joyce Chance gewesen, die ihn als Marketing-Experten empfohlen hatte, als das Thema Geistertour zum ersten Mal aufgetaucht war. Um genau zu sein – war es nicht Christopher Knight gewesen, der diese Touren vorgeschlagen hatte?

Eva näherte sich Mr Knight, während er eine Wendeltreppe hinaufstieg und sich dem nächsten Punkt der Tour näherte. Die Besucher drängelten sich um ihn, als er ihnen die verborgene Tür zeigte, die zu dem Priesterversteck führte. Sie beäugten misstrauisch die Kratzer, die Fingernägel in das Holz der Tür geritzt hatten.

»Viele Herrenhäuser hatten solche geheimen Kammern, als die Religionskriege unter den Tudors England erschütterten«, erklärte der Führer. »Sie hießen Priesterverstecke, weil man in ihnen katholische Priester vor dem drohenden Märtyrertod rettete. Aber der Priester, der sich damals hier versteckte, hatte ein schlechtes Versteck gewählt. Es wird behauptet, dass die Familie unerwartet verreisen musste und dass die Person starb, die den Priester versorgen sollte, und der arme Kerl konnte allein nicht aus seinem Versteck entkommen. Er verhungerte hier drin.«

Die Besucher erblassten, und die Strattons sahen unbehaglich drein. Nur Eva wusste, dass Christopher Knight sich irrte. Der arme Priester war zwar in seinem Gefängnis verhungert, aber aus einem ganz anderen Grund.

Sein Geist war immer noch in der dunklen Zelle gefangen. Er kauerte auf dem schmalen Bett, umklammerte mit zitternden Fingern seinen Rosenkranz und starrte die geöffnete Tür mit leeren, blinden Augen an, Augen voller Wahnsinn. Nicht der Hunger hatte den Priester getötet – sondern nacktes Entsetzen. Der qualvolle Schmerz seiner maßlosen Angst hatte den Priester in den Wahnsinn getrieben, und jetzt kauerte er da, brabbelte vor sich hin und sah weder die offene Tür noch die Besucher – er war verloren in der widerhallenden Höhle dessen, was einmal sein Verstand gewesen war.

Eva zitterte. Das kleine dunkle Kämmerchen zerrte an ihren Gedanken, versuchte, sie nach unten in die Dunkelheit zu ziehen, in die Angst einer hilflosen, gefangenen Kreatur, deren Verstand von Stimmen aus dem Nichts aufgelöst worden war, von dem heimtückischen Flüstern der Hexe. *Du sitzt in der Falle. Du wirst sterben, aber selbst dann wirst du nicht entkommen.*

Eva schwankte nach hinten, ihr schwindelte, sie versuchte ihren Kopf von den unwillkommenen Bildern zu befreien. Kyle runzelte die Stirn und spähte zur Rückwand der Zelle.

Nathans Vater hatte genug. Als der kleine Junge vor dem Priesterloch zurückschrak, trat er zurück.

»Wir müssen jetzt los, Nathan«, sagte er. »Ich denke mal, das waren genug Gespenster für dich.« Er sah Christopher Knight vorwurfsvoll an, als er fortfuhr: »Das ist überhaupt nicht das, was man uns angekündigt hatte.«

»Bedaure, Rückerstattung gibt es nicht«, erwiderte Christopher Knight aalglatt. »Aber Sie können jederzeit gehen.« Er wandte sich an die Übrigen. »Und Sie folgen mir bitte zum Ostflügel.«

»Ich will nicht nach Hause!« Nathan hatte jetzt erst begriffen, dass sein Vater gehen wollte. »Ich will die guten Geister sehen!« Plötzlich starrte er Eva an und zeigte mit der Hand auf sie. »Ich will die mit den Gummistiefeln sehen! Ich finde die toll, Papa! Papa! Ich will nicht nach Hauuuuse!« Das letzte Wort zog der Kleine jammernd in die Länge, und plötzlich riss er sich los und flitzte hinter der Gruppe her. Doch ein anderer Erwachsener versperrte ihm den Weg. Da drehte er sich um und rannte in eine dritte Richtung – einen langen dunklen Korridor entlang.

»Zum Teufel«, fluchte sein Vater und lief hinter ihm her.

»Geister in Gummistiefeln«, kicherte Christopher Knight und versuchte, die plötzlich aufgekommene Spannung in der Gruppe zu überspielen. »Das ist aber mal ganz was Neues.«

Die Besucher lachten unsicher. Aber Kyra und Kyle lachten nicht. Sie waren der Hand des kleinen Jungen gefolgt und sahen jetzt Eva an. Zwillingsgesichter mit zwei scharfen Augenpaaren: Augen, sie sich an das Sehen von Geistern gewöhnt hatten.

※

In den ersten paar Sekunden erleichterte das Gebrüll des Jungen dem Vater die Verfolgung. Aber dann wurden die

Schreie immer leiser, und ein anderes Geräusch übertönte sie: eine Polizeisirene.

Helen Fairfax hatte eine gute halbe Stunde gebraucht, um die beiden Jungen in der kleinen Toilette hinter dem Waffenzimmer zu verbinden, nachdem sie ihre Schnittwunden von den Schießpulverresten gesäubert hatte. Sie hatte sich gegen einen Notarztwagen entschieden, denn sie fand es sowohl unnötig als auch ziemlich peinlich. In dem Raum an der Rückseite des Hauses hatte sie die Ankunft der Ambulanz nicht gehört, die für die verunglückte Julia gerufen worden war.

Helen hatte Pech, denn als sie die Jungen zum Haupteingang brachte, fuhr gerade der Streifenwagen vor. Ihr Ärger verwandelte sich in Arroganz, als sie die Polizisten sah, die aus dem Fahrzeug stiegen.

»Gibt es ein Problem, meine Herren?«, fragte sie, als gäbe es keine zwei Halbwüchsigen mit dicken Verbänden hinter ihr. »Ich bin Helen Fairfax, mir gehört das Haus.«

»Guten Abend«, sagte eine Beamtin, der es nicht gelang, einen ironischen Unterton zu unterdrücken. Sie war eine stämmige, resolute Frau mit undurchdringlichem Gesichtsausdruck. »Ja, es gibt ein Problem. Uns sind Berichte von mehreren Unfällen an diesem Veranstaltungsort zu Ohren gekommen. Eine dieser Personen befindet sich in einem kritischen Zustand. Wir erhielten mehrere Klagen über fahrlässiges Verhalten von Privatpersonen und vom Krankenhauspersonal, und das hier«, sie schwenkte ein Blatt Papier, »ist eine Unterlassungsanordnung.«

»Wir sind gekommen, um die Veranstaltung abzubrechen«, sagte ihr Kollege, ein schlanker Schwarzer mit unfreundlichem Blick. Momentan war dieser Blick auf zwei verletzte Jugendliche gerichtet, denen offensichtlich äußerst unbehaglich zumute war.

»Dummes Zeug«, sagte Helen Fairfax energisch. »Ein paar Besucher haben sich den Knöchel verstaucht, und Sie benehmen sich, als wäre das eine Katastrophe. Ich habe bisher von nichts Schlimmerem gehört als von Verstauchungen oder Kratzern.«

»Dann haben Sie aber eine ziemlich schlechte Beobachtungsgabe«, sagte die Beamtin ruhig. »Vor einer knappen halben Stunde wurde eine Frau von hier mit mehrfachen Brüchen, Prellungen und dem Verdacht auf ein gebrochenes Rückgrat ins Krankenhaus gebracht. Die Sanitäter, die sie geholt haben, riefen uns gleich nach ihrer Ankunft im Krankenhaus an. Sie sagten, dass es auf diesem Grundstück so gut wie keinen Unfallschutz gibt und nicht mal eine minimale Erste-Hilfe-Versorgung.« Sie betrachtete die beiden schuldbewussten Jugendlichen. »Ihr solltet euch besser auch noch mal untersuchen lassen. Ich ruf das Krankenhaus an, damit sie euch abholen kommen.«

»Denen geht es gut«, blaffte Helen Fairfax. »Sie hätten wissen müssen, dass man nicht mit einer geladenen Pistole herumspielt.«

Beide Beamten rissen die Augen auf, und die Beherrschung der Beamtin bekam einen sichtlichen Riss, als sie ihrem Kollegen einen ungläubigen Blick zuwarf.

»Eine Pistole?«, wiederholte sie. »Es gibt in diesem Haus geladene Pistolen?«

»Unerhört«, schnaubte ihr Kollege. Er wandte sich an

Helen Fairfax. »Mrs Fairfax, Sie bekommen eine Menge Ärger. Unglaublich, dass Sie das nicht begreifen!«

»He!«, sagte der eine Jugendliche, als ihm plötzlich etwas klarwurde. »Heißt das, wir können die da verklagen?«

»Wage das bloß nicht, du frecher Bengel!« Helen Fairfax' überhebliches Gehabe löste sich plötzlich in Luft auf, als sie ihre Lage endlich begriff, und die zwei Beamten mussten sich sehr beherrschen, um über ihr Erschrecken nicht zu grinsen.

»Gehen wir lieber ins Haus«, sagte die Beamtin. »Und sorgen Sie dafür, dass alle Besucher das Gelände verlassen.«

»Es ist erst halb sieben«, sagte der Kollege. »Da sind bestimmt noch viele hier, eine Gruppe marschiert derzeit noch durch das Gemäuer. Die machen eine Geistertour.«

»Geistertour.« Die Beamtin schluckte ihre Überraschung runter und bat Helen Fairfax um eine Erklärung.

»Nur so ein Jux«, sagte diese mit trockenem Mund. »Ein Gang durch das Haus mit Geschichten über unsere Vorfahren. Nichts, worüber man sich Sorgen machen müsste.«

Wie auf ein Stichwort ertönte aus dem Haus ein Schrei, und ein völlig aufgelöster Mann kam durch die Tür gerannt. Sein Blick auf die Polizeibeamten glich dem eines Ertrinkenden, der einen Rettungsring anstarrt.

»Dem Himmel sei Dank!«, stammelte er und blieb stehen. »Kommen Sie schnell! Mein kleiner Junge ist verschwunden. Ich habe ihn schreien hören, und dann war er weg. Bitte, beeilen Sie sich! Er ist erst fünf ...«

»Um Himmels willen!« Die Beamtin vergaß Mrs Fairfax und wandte sich an ihren Kollegen. »Ruf Verstärkung«, ordnete sie an. »Und ruf noch eine Ambulanz hierher. Irgendwie glaube ich, dass wir die brauchen werden.«

Sie bereute diese Bemerkung schon eine Sekunde später, als sich der Mann mit dem vermissten Kind entsetzt zu ihr umdrehte. Aber jetzt war keine Zeit für Schuldzuweisungen, und sie eilte ins Haus und versuchte sich des Eindrucks zu erwehren, dass die Flügeltüren weit geöffnet waren, wie ein Maul, das bereit war sie zu verschlingen.

Oben im zweiten Stock am Eingang zum Ostflügel strömten die Besucher an Eva und den Strattons vorbei, die sich anstarrten. Durch die dicken Mauern hörte man das gedämpfte Geheul einer Sirene, und alle zuckten zusammen.

»Das ist keine Ambulanz«, sagte Kyra nach einer Sekunde. »Die hört sich anders an.«

»Polizei«, sagte Kyle. »Das musste früher oder später ja so kommen.«

»Sie kommen zu spät.« Evas Stimme klang beherrscht, doch sie war erschöpft zusammengesunken, die Ringe unter ihren Augen waren noch dunkler und ihre Haut so blass, dass Kyle dahinter die Holztäfelung der Wand erkennen konnte. »Die Polizei hätte vor einer Woche helfen können. Aber was können sie gegen Geister ausrichten? Gegen die Hexe?«

Bei dem Wort ›Hexe‹ setzte Kyles Herzschlag einmal aus. Immer, wenn er es hörte, wirkte das Haus noch düsterer, und die Wände schienen zusammenzurücken, die Stockwerke über ihm schwerer zu werden. Er musste gegen das unheimliche Gefühl ankämpfen, dass dieses Haus lebendig war und ein schwarzes Herz darin schlug und dunkle Wellen durch die Flure schickte, die die Menschen mit Wogen der Angst überrollten. Sie saßen in der Falle!

»Bloß keine Panik«, sagte Kyra zitternd, und Kyle brauchte einen Moment, um sich klarzumachen, dass sie mit sich selber sprach. »Irgendwas müssen wir doch tun können.« Sie drehte sich um und sah Eva direkt an. Zum ersten Mal, seitdem sie den Geist des Chance-Mädchens gesehen hatte, sprach sie zu ihr. »Kannst du nichts tun?«

Eva lachte laut auf, und irgendwas sagte ihr, dass sie sich vor Kyra nie mehr fürchten musste. Das blonde Mädchen, das sie seit dem ersten Schultag gequält hatte, bat sie um Hilfe. Dummerweise saßen sie alle gemeinsam in der Patsche.

»Seitdem ich herausgefunden habe, was ich bin, versuche ich, etwas zu tun. Ich bin schon ganz zermürbt vom Kampf gegen die Hexe. Aber ich kann immer nur reagieren. Und der Kampf gegen die Hexe ist so, als würde man die Gezeiten aufhalten oder das Meer mit einem Eimer leerschöpfen wollen. Sie ist nicht nur ein Geist, sie ist eine böse Existenz, ein Fluch, der auf dem Haus lastet.«

»Dann ist die Hexe der Grund für all die kleinen ›Unfälle‹?«, fragte Kyle. »Für die vielen Menschen, die heute gestürzt und gestolpert sind?«

»Das waren nicht nur kleine Unfälle«, sagte Eva grimmig. »Eine Frau stürzte vier Meter tief, als das Geländer an der Empore im Ballsaal nachgab. Sie wurde von der Ambulanz abgeholt.«

»Dann ist es also nicht verwunderlich, dass die Polizei gekommen ist«, sagte Kyra, und Kyle stöhnte entnervt.

»Das habe ich schon vor fünf Minuten gesagt. Mal was Neues.«

»Ich denke nach«, fauchte Kyra ihn an. »Und ich glaube nicht, dass Felix von einem Geist zum Sündenbock gemacht wird. Da steckt ein Mensch dahinter, und das wird die Polizei auch glauben. Nur werden die Felix die Schuld geben.«

»Mir bricht das Herz.« Kyle wandte sich an Eva. »Was meinst du? War es die Hexe, die dich … ermordet hat?«

»Ich weiß es nicht …« Eva schüttelte den Kopf. »Ich glaube nicht, dass die Hexe die Menschen direkt umbringt, sie bedient sich anderer Möglichkeiten, verursacht ›Unfälle‹, macht das Haus gefährlich. Aber sie steckt hinter allem. Sie hat auch Elsie aufgehetzt, euren Familiengeist. Sie wollte die Geistertour. Sie wollte dadurch ein Chaos auslösen.«

»Felix denkt, dass jemand die Geistertour unbedingt gewünscht hat«, sagte Kyra. »Dass jemand ihn in der Richtung beeinflusst hat.« Plötzlich wandte sie sich um und sah hinter sich in den Flur. »Wo ist Felix?«

»Knight hatte diese Geistertour vorgeschlagen.« Eva sah nach vorn in den Ostflügel. »Und obwohl jeder vernünftige Mensch sie längst abgeblasen hätte, macht er immer noch damit weiter.«

»Felix lauert irgendwo und hofft, seinen geheimnisvollen Mr X auf frischer Tat zu ertappen.« Kyle sah jetzt klarer. »Mist. Das Ganze hat sich zu einer Katastrophe entwickelt. Wenn der Idiot das nächste Mal etwas vorschlägt, dann binde ich ihn an einem Stuhl fest.«

Kyra stieß einen erstickten Schrei aus und grub ihre Finger in Kyles Arm.

»Was ist denn?«, fragte er ungeduldig. »Du drehst wegen diesem Kerl echt durch, was?«

»Sieh doch mal, Eva!«, schrie Kyra ihn an. »Du Trottel! Sieh doch!«

Evas geisterhafte Konturen hatten sich in einen dünnen Nebel aufgelöst, ihr zerrissenes Samtkleid war nur noch ein schmutziger Schleier, ihre Glieder kaum noch sichtbar, aber voller blauer Flecke. Von ihrem Körper stieg ein Gestank nach Fäulnis auf, der Geruch nach Blut, Exkrementen und Verwesung.

»Eva!« Kyle stürzte auf sie zu und griff nach dem verschwindenden Geist. Doch seine Hände blieben leer, die Finger wurden taub in der eisigen Luft. Eva riss die Augen auf und blickte ihn an, ihre Konturen wurden wieder stärker, als er seine Hand sinken ließ. »Was ist passiert?«

Ihre dünne Stimme kam aus der Luft, die leer war, wie er jetzt wusste. »Keine Ahnung. Aber es geschieht häufiger. Zuerst nur ab und zu, jetzt immer öfter. Ich kann mich nur noch schwer auf etwas konzentrieren, es ist, als würde ich schweben, irgendwohin …« Ihre Stimme war jetzt nur noch ein Flüstern. »Irgendein Strudel zieht mich nach unten.«

»Ein Strudel?« Kyra rieb sich die Arme wegen der Gänsehaut, die sie bekommen hatte, als sich Evas geisterhafter Körper vor ihr verwandelt hatte. »Ist das eine Metapher? Wie die von Menschen, die in ihren allerletzten Sekunden einen Tunnel sehen? Vielleicht wirst du ja gerade vom Jenseits verschluckt.«

»Glaub ich nicht.« Evas Blick war immer noch seltsam leer. »Elsie hat mir gesagt, Geister könnten von bösen Erinnerungen an schlechte Orte gebracht werden. Das hier fühlt sich wie ein schlechter Ort an. Es riecht ekelhaft nach Blut und Dreck. Es tut mir weh ... und ich kann mich nicht konzentrieren, wenn die Pfauen kreischen!« Sie klang immer verzweifelter, und die Zwillinge wechselten einen Blick. Sie konnten keine Pfauen hören.

»Wenn du dich konzentrieren willst, konzentriere dich auf mich«, sagte Kyle bestimmt. »Ich bin hier, bei meiner Länge kann man mich ja wohl schlecht übersehen, was? Ich möchte dir gern helfen, du musst mir nur sagen, was ich tun soll, okay? Lauf ich jetzt hinter deinem bekloppten Cousin her, der irgendwo mit seiner Kamera einen auf Sherlock Holmes macht? Oder warne ich die Polizei, dass hier Geister und Flüche wie Tapeten an der Wand hängen? Oder mach ich Christopher Knight platt, falls er der geheimnisvolle Mr X ist, der mal eben so auf Leute ballert?«

»Ich weiß es nicht«, gestand Eva. »Es könnte dieser Mr Knight sein. Ich glaube, er hat damals die Geistertour vorgeschlagen. Aber wenn er der Mörder ist, wie konnte er dann Tante Cora angreifen und ungesehen davonkommen? Es gab beim Sommerhaus keine Fußspuren.«

»Vielleicht hat dieser Knight spezielle Schneeschuhe oder so was Ähnliches«, warf Kyra ein und blickte Kyle aus weit aufgerissenen Augen an. Kyle grinste. Sie spielte mit und verwickelte Eva in ihre Spekulationen. Aber er wusste wegen der wie Klauen in seinen Arm gepressten Fingernägel, dass sie nicht so ruhig war, wie sie tat.

»Die Polizei wird dir nicht glauben«, sagte Eva. »Niemand wird dir glauben. Niemand hat mir je geglaubt, dass ich Geister gesehen habe. Niemand außer meinem Großvater. Und der ist nicht hier.« Ihre Stimme klang sehr traurig, es schwang eine Einsamkeit darin mit, die Kyle das Herz zuschnürte. Es war einfach unfassbar, dass dieses Mädchen nicht echt war, nicht lebendig, dass sie kein Mensch mehr war. Ein Geist und eine Leiche, die irgendwo verweste, das hatte man aus ihr gemacht. Und er war verblüfft über die Wucht des Zorns, der ihn zu übermannen drohte. In diesem Augenblick hätte er die Hexe mit bloßen Händen angegriffen.

»Ich glaube dir«, sagte er. »Und es ist mir scheißegal, wenn ich mich deshalb verrückt anhöre. Aber jetzt fällt mir jemand ein, der mir glauben wird. Mehr als einer.« Er zog sein Handy hervor. »Kein Empfang, klar. Wo ist der nächste sicherste Ort, wo ich Empfang kriege, ohne dass ich raus zu dem Polizeiauto muss?«

»Da oben.« Eva zeigte auf eine schmale Wendeltreppe mit schiefgetretenen Holzstufen. »Unterm Dach. Aber du solltest nicht allein hochgehen.«

»Das muss er nicht.« Eine schwarzweiße Gestalt war auf der Treppe aufgetaucht. »Du kannst mir vertrauen, Evangeline Chance. Du weißt, dass ich meinem eigen Fleisch und Blut nie weh tun würde.«

»Du kannst Elsie vertrauen, Kyle«, sagte Eva. »Sie ist deine Urgroßmutter. Sie ist nicht schlecht oder verrückt oder gefährlich wie die Geister der Chances. Zumindest nicht bei dir.«

Kyle wollte das gern beruhigend finden. Zu seiner Verblüffung stellte er eine Ähnlichkeit zwischen dem schmalen

Gesicht des Hausmädchengeists und dem ebenso schmalen Gesicht seiner Schwester fest. Und überrascht merkte er, dass er gern glauben wollte, dass sie und seine Schwester miteinander verwandt waren.

»Na gut. Kyra, du kommst auch mit. Ich werde dich auf gar keinen Fall hinter Felix herrennen lassen, um ihn vor sich selbst zu retten. Er und sein blöder Plan, den Krieg zum Feind zu bringen!«

Der Hausmädchengeist erstarrte bei seinen Worten, und Kyra zuckte zusammen, als dieser Geist plötzlich zu sprechen begann.

»Komm, Urenkelin, Evangeline wird den glücklichen Chance vor seiner eigenen Dummheit retten. Sag mir, warum du glaubst, dass du für einen Chance mehr bedeutest als eine Dienstbotin, und dann erzähl ich dir von dem einzigen Chance, der einen Dienstboten nicht für ein Werkzeug hält, das er benutzen kann.«

Elsie sah Eva nicht an, aber Kyle konnte die Stärke des Gefühls erspüren, das zwischen ihnen bestand. Kyra hatte sich beruhigt und betrachtete den Familiengeist jetzt ohne Angst.

»Danke, Elsie.« Eva nickte und wandte sich zum Gehen.

»Warte!«, sagte Kyle. »Was willst du tun?«

»Ich werde Felix' Rat befolgen«, sagte Eva ernst. »Ich werde die Hexe bekämpfen.«

16
Alarm!

Als die Polizei das Haus betrat, führte Christopher Knight gerade seine Gruppe in den Ostflügel, wo alle Möbel unter Schutzhüllen verborgen waren. Unten am See hatte Richard Fairfax endlich einen Suchtrupp organisiert und war sich sicher, dass alle, die nach der weinenden Frau gesucht hatten, nun hier am Ufer versammelt waren.

»Meine Damen und Herren«, versuchte er die Aufmerksamkeit der Menschen auf sich zu lenken. »Diesem Haus wird nachgesagt, dass es darin spukt. Die Frau, die Sie in dem Ruderboot gesehen haben, ist mit ziemlicher Gewissheit der Geist einer vor sechzehn Jahren Verstorbenen, die in diesem See ertrunken ist.«

»Geister?«, wiederholten die Sucher unangenehm berührt, aber Richard brachte sie mit einer schroffen Handbewegung zum Schweigen.

»Ich sähe es ungern, wenn anständige Leute Phantome jagen würden.« Er wies auf die Frau, die man aus dem See gefischt hatte und die nun in Decken eingemummelt dasaß und heißen Tee trank, den eine rührige Mitarbeiterin in einer Thermosflasche geholt hatte.

»Drüben im Haus findet gerade eine Geistertour statt«, sagte eine der Sucherinnen und wurde rot, als sich alle zu ihr umdrehten.

»Das stimmt«, sagte Richard Fairfax langsam. »Und vielleicht denken jetzt einige von Ihnen, dass Sir Edward das niemals gestattet hätte. Aber abgesehen davon – keiner von Ihnen hat sich für die Geistertour angemeldet, nicht wahr? Also lassen Sie sich nicht von dem, was Sie auf dem See sehen, zum Narren halten.«

»Entschuldigen Sie bitte«, meldete sich eine Stimme. »Zwanzig oder mehr Leute haben die Frau im Boot gesehen. Wir können nicht Gespenster sehen und es dann auf sich beruhen lassen.«

»Besonders bei all den Gerüchten, die hier die Runde machen«, sagte ein anderer.

Richard Fairfax war nicht ganz wohl bei der Sache. Zuhause auf seinem Landbesitz in Nordengland fühlte er sich zwischen seinen Angestellten wohl, manchmal sogar wohler als in seinem übertrieben eleganten Heim. Er gehörte zu den Männern, die gern mit ein paar Hunden über ihr Land wandern. Und obwohl er den förmlichen Abstand zu den Angestellten in seinem Unternehmen wahrte, so war er mit seinen Jagdhütern, Waldarbeitern und Stallknechten bei den Gesprächen über die Ernte, das Wild und die Feldarbeit immer ganz entspannt. Er behandelte seine Angestellten zwar nicht gleichberechtigt, aber seit seiner Zeit beim Militär fühlte er sich für die Menschen unter seinem Kommando verantwortlich.

Richard war in die Suche verwickelt worden, als er die Geschichte von der weinenden Ruderin gehört hatte, und er bemühte sich nun schon seit geraumer Zeit, die Tatsachen von Erfundenem zu trennen. Aber das konnte er den wohlmeinenden Suchern nicht vermitteln, die schlammbespritzt und müde noch immer bereit waren, weiterzumachen.

Ein flachsblonder Mann trat vor und stellte sich neben Richard Fairfax. Noch ehe er ein Wort gesagt hatte, besaß er die volle Aufmerksamkeit der Umstehenden – ganz anders als Richard Fairfax vorhin.

»Hört mal, Leute, die meisten von euch kennen mich. Ich bin Keith Stratton, der Bauunternehmer, zu finden in den Gelben Seiten. Ich meine, wir sollten dem Mann hier zuhören, weil es nicht das erste Mal ist, dass ich an diesem See bei der Suche nach einer Frau mithelfen soll. Vor sechzehn Jahren ist Adeline Chance verschwunden, und die halbe Stadt hat bei der Suche nach ihr geholfen. Kann sich noch jemand dran erinnern?«

Zustimmendes Gemurmel ertönte, und Keith fuhr fort: »Mr Fairfax war damals nicht dabei, aber es stimmt, was er gesagt hat. Adeline war schwanger, sie ist ganz früh am Morgen mit einem Boot über den See gerudert. Vielleicht hat sie geweint, aber es war keiner da, der es gehört oder gesehen hat. Als sie vermisst wurde, folgten die Polizeihunde ihrer Spur zum Seeufer, und man fand heraus, dass ein Boot im Bootshaus fehlte. Ein kleines Ruderboot.«

Wieder hörte man Gemurmel, und Keith nickte.

»Genau so ein Boot, wie die Leute es heute gesehen haben wollen. Adeline war eine sehr schöne Frau, wenn ihr sie gekannt hättet, würdet ihr euch an sie erinnern. Schwarze Haare, grüne Augen, und sie ging, als würde sie überall Musik hören.«

»Die hab ich gesehen«, rief die Frau in der Decke. »Schwarze Haare, grüne Augen. Das war sie.«

»Adeline ist tot.« Keith hob beschwichtigend die Hände, und das aufkeimende Gemurmel erstarb. »Einen Monat später wurde ihre Leiche angespült. So wie sie starb, würde es mich nicht wundern, wenn sie hier ein Echo von sich hinterlassen hätte – falls man an Geister glaubt.«

Als er geendet hatte, machte die Menge ihren Vermutungen Luft. Aber trotz vieler neugieriger Blicke zum See blieben sie stehen, wo sie waren, und Richard Fairfax entspannte sich etwas.

»Gut gesprochen«, sagte er leise zu Keith. »Ich hatte davon gehört, aber ich hätte es nicht so wie Sie erklären können. Ich habe Adeline nicht gekannt.«

»Ich denke nicht nur an Adeline«, sagte Keith genauso leise, aber drängender. »Wir haben sie nicht gefunden, als wir nach ihr suchten, aber wir haben etwas anderes gefunden. Ihr Neugeborenes, in einem Schilfkorb wie Moses – nur war das Baby ein Mädchen. Ich denke an Evangeline, an das Baby, das wir damals gefunden haben. Sie wird auch seit ein paar Wochen vermisst. Mit dem Unterschied, dass ihre Leiche nie gefunden wurde.«

»Evangeline.« Mr Fairfax sank das Herz in die Hose. »Die habe ich auch nicht richtig gekannt. Sie glauben also, dass es vielleicht doch kein Geist war?«

»Nein, das nicht.« Keith schüttelte den Kopf. »Ich habe das gemeint, was ich gesagt habe. Es wäre aber möglich, dass es mehr als nur einen Geist gibt. Ich habe Evangeline auch nicht gekannt. Aber was, wenn sie dasselbe wie ihre Mutter getan hat?«

Im Ostflügel folgten die Besucher immer noch Christopher Knight und fanden die Korridore unerwartet lang, sie erstreckten sich schier endlos, und wenn man nur einen Augenblick zauderte, konnte man den Anschluss an die Gruppe verlieren.

In einiger Entfernung hinter ihnen schauten die Polizeibeamtin und Nathans Vater in das weitläufige Haus und blieben stehen, um in ihrer überstürzten Suche auf das Weinen eines verirrten Kindes zu lauschen.

In den Küchenräumen waren die letzten verblieben Helfer mit Aufräumen beschäftigt. Ein Jugendlicher mit Zöpfchenfrisur sah auf seine Uhr, warf seine leere Bierdose in einen Abfalleimer und machte sich auf den Weg zum Keller.

Drei Stockwerke über ihm begann Lisle Langleys Handy in einem unmöblierten, aber nicht völlig leeren Zimmer zu klingeln. Die Verwalterin stemmte sich blutend und zerschrammt in die Höhe, zog das Handy aus der Tasche und las auf dem Display: *23 Anrufe nicht entgegengenommen, 11 Anrufe auf der Mailbox und 17 SMS.* Ihre Nerven vibrierten vor Schreck, als sie sich durch die SMS scrollte. Dann rannte sie trotz ihrer Verletzungen los.

Oben auf dem Dach sahen Kyra, Kyle und Elsie das Haus und den Park unter einem indigoblauen Himmel unter sich liegen. Sie genossen die frische Luft und die kurze Pause von der bedrückenden Atmosphäre, die unten im Haus herrschte.

Während Kyle versuchte, Empfang auf seinem Handy zu bekommen, blickten Kyra und Elsie sich an.

»Ich wollte dir keine Angst machen«, sagte Elsie und knüpfte damit an die unterbrochene Unterhaltung an. »Du hast mich erschreckt. Als ich dich mit diesem Jungen gesehen habe. Da kam die Erinnerung zurück.« Sie bewegte die Finger ängstlich hin und her. »Eva hat es begriffen. Irgendwie hat sie alles gewusst. Was damals passiert ist. Mit mir.« Ihre Sätze kamen kurz und abgehackt, dazwischen erriet man unausgesprochene Dinge.

»Felix …« Kyra brach ab, redete dann aber weiter. »Sieh mal, jetzt, im 21. Jahrhundert, denken manche Menschen, wir kümmern uns nicht mehr um Klassengegensätze und den ganzen Quatsch, aber es gibt immer noch feine Pinkel und Prolls, nicht wahr? Immer noch Reiche und Arme. Aber wir sind da weiter, als du denkst. Manches hat sich verändert. Ich habe in Mathe und Buchführung zwei Klassen übersprungen. Meine Lehrer nerven mich, dass ich auf die Uni gehen soll. Mein Vater glaubt, dass ich in sein Geschäft einsteigen will, aber ich hab andere Pläne. Ich werde Börsenmaklerin oder Bankerin in London und werde Millionen verdienen. Geld, Zocken und Menschen – das ist mein Leben. Und selbst wenn ich mich für Felix Fairfax interessieren würde, vielleicht ein winziges bisschen, dann könnte mich das nicht davon abbringen. Ich tu, was ich will, und lass ihn hier in dem alten Gemäuer zurück.« Sie beendete ihre Aussage heftiger als beabsichtigt und atmete schwer, weil sie so viel so plötzlich in einer so ungewöhnlichen Situation verraten hatte.

»Die Dinge haben sich geändert.« Elspeth Stratton

blickte in den Himmel. »Ich hab zugesehen, wie sie sich verändert haben. Ich habe dich beobachtet. Mir war bisher nicht klar, dass ich Eva auch beobachtet habe und dass ich mich gefreut habe, wenn du und deine Freundinnen euch über sie lustig gemacht habt. Ich habe das für Gerechtigkeit gehalten.«

Kyra schwieg lange. Wie hätte man einen Geist anlügen können, den Geist der eigenen Urgroßmutter, die Schrecklicheres hatte durchmachen müssen, als Kyra sich vorstellen konnte, die mehr Hass und Raserei demonstriert hatte, als Kyra jemals bei ihren schlimmsten Wutanfällen gehabt hatte?

»Das war unfair«, sagte sie. »Und ich habe es gewusst. Aber ich muss stark sein. *Unbedingt.* So sehr haben sich die Dinge noch nicht geändert. Wenn du nachgiebig bist, trampeln die anderen auf dir rum und nutzen dich aus, und das will ich nicht. Ich bin lieber ein Biest als ein Schwächling.« Sie hielt inne. »Aber ich habe noch nie jemanden ins Unglück stürzen wollen.«

Kyle saß etwas weiter weg, ließ die Beine über die Dachkante baumeln und drückte sein Handy ans Ohr, während sein Anruf tutete. Das Tuten dauerte an, aber gerade als er aufgeben wollte, sagte eine Stimme: »Michael Stevenage.«

»Äh ... hi. Hier ist Kyle Stratton. Ich sollte doch anrufen, wenn etwas passiert?«

»Was ist los, Kyle?« Der Rechtsanwalt klang ernst. »Bist du auf dem Polizeirevier?«

»Ich bin auf dem Dach vom Chance-Haus. Ich sehe ein Polizeiauto in der Auffahrt, aber bislang keine Polizisten.«

»Was ist passiert?«

»Ich glaube, die Polizei ist wegen einer Serie von Unfällen gekommen, jedenfalls ist ein Krankenwagen gerufen worden, weil jemand von einem Balkon gestürzt ist. Und wenn sie jetzt alles genauer untersuchen, dann werden sie Lunte riechen. Hier sind einfach zu viele Unfälle passiert.«

»Stimmt.« Die Stimme klang bedächtig. »Und wie kann ich dir helfen?«

»Meine Schwester und ich haben mit Felix gesprochen. Wir wissen über das Testament von Sir Edward Bescheid. Ich denke mal, Sie verdächtigen Felix genau wie ich zuerst. Aber es gibt noch massenhaft Dinge, von denen Sie nichts wissen, Mr Stevenage, die ich selbst erst heute herausgefunden habe. Wir glauben, dass jemand ganz scharf auf die Geistertour ist, und gerade jetzt findet eine statt.«

Am anderen Ende herrschte Schweigen, und Kyle redete weiter. »Auch wenn Sie nicht an Geister glauben, Mr Stevenage, Evas Großvater glaubt aber an sie. Und ich weiß, dass er wissen möchte, was mit Eva geschehen ist. Und das will ich auch. Weil ich ihr sonst nicht helfen kann.«

»Kyle, was läuft da?« Der Rechtsanwalt hörte sich jetzt wieder freundlicher an. »Warum hast du mich jetzt angerufen? Wovor hast du Angst?«

»Ich habe Angst vor dem Fluch. Ehrlich. Es liegt ein Fluch auf dem Haus. Aber wenn Sie mir das nicht glauben, dann glauben Sie mir vielleicht, dass Felix Detektiv spielt und dass ihn das umbringen wird. Momentan ist Christopher Knight unser Hauptverdächtiger, also falls irgendwer stirbt, dann sollten Sie ihn überprüfen.«

»Ich bin in einer Viertelstunde da«, verkündete Mr Stevenage abrupt. »Haltet euch zurück, bis ich da bin.«

Kyle steckte das Handy wieder ein und rückte näher zu Kyra und zum Geist seiner Urgroßmutter.

»Ich habe den Anwalt angerufen.«

»Das war dein genialer Plan?« Kyra zwinkerte. »Einen Anwalt anrufen?«

»Was Besseres ist mir nicht eingefallen. Ich denke, er glaubt mittlerweile auch an Geister. Und außerdem hält er deinen Freund für einen Mörder wie alle anderen in der Stadt. Je länger ich über Felix' Plan nachdenke, desto blöder kommt er mir vor. Er wird genau dort sein, wo irgendwas richtig Schlimmes passieren wird. Garantiert.«

»Ja.« Elsie nickte ruckartig. »Bestimmt. Eva hat die Hexe herausgefordert. Und die Hexe hat Eva die ganze Zeit beobachtet. Erst nach Evas Tod sind die Geister erschienen.«

»Was bedeutet das?«, wollte Kyra wissen. »Mir wird das langsam zu viel. Jedes Mal, wenn ich denke, ich kapiere endlich, was hier abläuft, tappe ich wieder im Dunkeln. Ich kann immer noch nicht glauben, dass ich auf dem Dach von einem Herrenhaus sitze und mich mit dem Geist meiner Urgroßmutter unterhalte.«

»Der Anfang von dem Ganzen ist das, was mit Eva passiert ist.« Kyle sah zu Elsie hinüber, als sollte sie das bestätigen.

»Die Geister spuken meistens nicht herum«, stimmte ihm Elsie zu. »Aber irgendwas hat uns aufgeschreckt. Zuerst habe ich gedacht, das wäre Eva gewesen, bis ich merkte, dass sie gar nicht wusste, was sie war.«

»Felix hat gesagt, Eva würde allgemein für sonderbar gehalten«, sagte Kyle. »Und Eva hat gesagt, dass sie schon immer Geister sehen konnte.«

»Manche Chances können das. Meistens die Verrückten.«

»Evas Mutter soll eine Verrückte gewesen sein.« Kyra duckte sich unter Kyles Blick. »Paps hat mir das gesagt, okay? Ich hatte davon keine Ahnung. Aber Paps hat gesagt, Adeline hat sich umgebracht und sie würde herumspuken.«

»Falls Eva anders war, sonderbar oder verrückt oder wie immer du es nennen willst, dann ist das vielleicht der Grund … Ich weiß nicht, warum jemand sie umgebracht hat, warum die Geister so aktiv sind und warum die Hexe sie vernichten will.«

»Ja.« Elsie nickte bestätigend. »Ja, stimmt. Was ist der Grund? Eva ist anders. Sie brennt hell wie ein Feuer in der kalten leeren Welt der Geister. Wenn du tot wärst, würdest du es auch fühlen.«

»Ich kann es auch fühlen, ohne tot zu sein«, sagte Kyle. »Nicht, dass es mir gefallen würde.«

Falls Eva wie ein Leuchtfeuer in der Geisterwelt brannte, wusste sie es nicht. Sie sah nur, wie sehr sie sich verändert hatte. *Erst nachdem ich tot war, habe ich gemerkt, wie wahnsinnig gern ich leben wollte,* dachte sie. *Ich habe mich einfach treiben lassen, zugelassen, was mir passierte.*

Eva lief die Lange Galerie entlang, die Porträts von Generationen von Vorfahren sahen auf sie herab. Bildete sie sich das ein, oder blickten sie jetzt weniger streng und missbilligend? War das ein amüsiertes Zwinkern von dem Piraten-Urururgroßonkel, der Hauch eines Lächelns auf der vertrockneten Miene der längst verstorbenen Gräfin? Eva nickte im Vorbeigehen den Gemälden zu.

Am anderen Ende der Galerie war eine verschlossene Vitrine, auffallend genug, um ein normalgroßes Zimmer zu beherrschen. Eva legte ihre Hand auf die Türen und spürte, wie das Schloss in der Tür sich hin und her bewegte, bis sie sich geräuschlos öffnete. Die Dinge dahinter waren seit Monaten nicht berührt worden, aber es lag kein Staub darauf. Eva holte sie langsam heraus. Ein weißer Fechtdress mit Handschuhen, Beinschützern und Stiefeln. Eine Fechtmaske mit einem schwarzen Oval aus dichtem Geflecht. Und schließlich das Florett, eine schmale Nadel von einer Waffe, sein Gewicht war für sie genau richtig, der Griff schmiegte sich in ihre Hand mit der Vertrautheit jahrelanger Übung.

Als Waffe war das Florett gegen Geister und Zauberei nutzlos, aber es war nicht seine physische Wirkung, die Eva suchte. Es *war* eine Waffe, und mit ihr in der Hand fühlte sie sich gefährlich. Das rote Samtkleid mit den Puffärmeln und dem weiten Rock, die zwei Nummern zu großen Gummistiefel: Darin sah sie lächerlich, exzentrisch und schwach aus. Aber der enge weiße Anzug umschloss ihren ganzen Körper und verbarg ihre Jugend, ihre Andersartigkeit und ihre Schwäche unter sparsamster Bekleidung: Arme, Beine, Torso. Sie bewegte ihre Finger in den weißen Handschuhen, ihre Füße passten in die weißen Stiefel. Die

Schwierigkeiten und Unsicherheiten ihrer Identität verschwanden in der Fechterin. Die Maske wurde aufgesetzt, eine gute Metapher für ihre Erfahrungen in der realen, aber auch in der Geisterwelt. Sie konnte nach draußen blicken, aber niemand konnte sie sehen.

Eva nahm das Florett wieder in die Hand, drehte sich um und betrachtete die zwei Reihen ihrer Vorfahren, die einander gegenüberhingen. Sie hob das Kinn, sah die ganze Lange Galerie zurück und betrat die Geisterwelt.

Mit einigem Abstand war Felix der Geistertour gefolgt, ein Spion in seinem eigenen Haus, der vor den Zimmern lauerte und durch halbgeöffnete Türen spähte. Christopher Knights Reklamegeschwätz lieferte einen Strom von Anekdoten und Andeutungen, unbeschwert genug, um den Skeptikern zu vermitteln, dass die Geistertour nichts anderes als eine Besichtigungstour war, und ernsthaft genug, um die abergläubischeren Teilnehmer bei jedem unerwarteten Geräusch zusammenzucken zu lassen. Der Marketing-Experte wandelte auf dem schmalen Grat zwischen Tatsachen und Phantasie, und er bewältigte das mit größter Geschicklichkeit. Nur Felix, der ihn aus dem Dunkel beobachtete, konnte sehen, dass der Mann gar nicht so selbstsicher war, wie er tat. Wenn die Besucher nicht hinsahen, fummelte er an seinem Handy herum, simste oder sah nach, ob er einen Anruf bekommen hatte. Als die Besucher eine enge Treppe hinaufstiegen, blieb er zurück und wählte rasch eine Nummer.

»Ich bin's wieder«, sagte er leise in den eleganten silbrigen Apparat. »Ich hab jetzt die erste halbe Stunde von der Geistertour hinter mir. Ich hoffe, das ist immer noch das, was du wolltest. Zum Teufel noch eins, ruf mich an, wenn du das abhörst!« Er beendete den Anruf, klappte das Handy zu, steckte es wieder ein und nahm immer zwei Stufen auf einmal, um seine Gruppe wieder einzuholen.

Hinter ihm schlich Felix die Treppe hoch und fragte sich, wen Knight angerufen hatte. Es war vielleicht ein ganz unschuldiger Anruf, weil er sich nur bei einem Familienmitglied oder der Verwalterin vergewissern wollte, ob er mit der Geistertour weitermachen sollte. Aber Felix bezweifelte das. Mr Knight wirkte zu nervös – und Felix nahm nicht an, dass der Marketing-Experte sich vor Geistern fürchtete.

Aber als die Gruppe immer tiefer im Ostflügel verschwand, wurde die Verfolgung schwieriger. Felix hatte gedacht, er würde sich gut genug auskennen, um jeder Tour folgen zu können, doch dieser Teil des Hauses war trügerisch. Während Mr Knight die Besucher weiter durch die Korridore führte, lief Felix durch die durch Türen miteinander verbundenen Zimmer. Aber die Wände waren dicker, als er gedacht hatte, sie dämpften oder verzerrten die Geräusche, so dass er einmal fast eine Tür vor Mr Knight geöffnet hätte und eilig zurückspringen und sich dahinter verstecken musste, während die Gruppe das Zimmer betrat. Als er dann fünf Minuten später eine Tür für den Durchgang zum nächsten Zimmer hielt, stellte sie sich als eine Schranktür heraus, und Felix hätte schwören können, dass hinter ihm jemand kicherte, als er seinen Irrtum verfluchte. Das Kichern war nicht das einzige Geräusch. Dielen knarrten und Mäuse huschten in den Mauern umher. Stimmen murmelten oder flüsterten immer hinter der nächsten Ecke, aber wenn er dann dort hinschlich, war keiner da.

Schritte schienen aus allen Richtungen zu kommen, während die Besuchergruppe mittlerweile verschwunden war und Felix sich fragte, ob sie jetzt möglicherweise in einem anderen Stockwerk war. Mit jeder Minute im Ostflügel verlor er an Selbstvertrauen, leise Zweifel nagten an ihm, und er fragte sich, ob diese Verfolgung wirklich so eine gute Idee gewesen war.

Er hatte ganz vergessen, was für ein Irrgarten dieses Haus war und wie düster die leeren Zimmer sein konnten. Außerdem war es kalt. Offensichtlich reichte die uralte Heizungsanlage nicht bis zu diesen unbewohnten Zimmern, und eine feuchte wabernde Kälte schien aus den Wänden zu sickern, strömte durch halbgeöffnete Türen oder stieg schlängelnd zwischen Dielenritzen empor. Die wenigen noch vorhandenen Möbel erschienen in ihrer zusammengewürfelten Zufälligkeit unheimlich: ein einzelner Stuhl in der Mitte eines Zimmers, ein halb über eine Türöffnung geschobener Schrank, so dass Felix durch den engen Spalt schlüpfen musste. Über manche Möbel waren Laken gebreitet, und ein Luftzug ließ den Stoff flattern und sich bauschen, und als plötzlich solche aufgeblähten Hüllen aus der Dunkelheit auf ihn zuschwebten, sprang er entsetzt zur Seite. Dabei waren es nicht einmal weiße Laken, sondern welche mit verblichenen Blumen- oder Paisleymustern, und Felix tadelte sich wegen seiner Nervosität. Als ob sich ein Geist in einem Stoff von Laura Ashley oder William Morris verstecken würde. Aber es war dunkel in diesen fast leeren, widerhallenden Räumen. Felix wollte seine Anwesenheit nicht dadurch verraten, dass er das Licht anknipste, doch es schien immer weniger Helligkeit durch die Fenster zu dringen, und das erinnerte ihn daran, wie die Dunkelheit im Wintergarten sich wie eine physische Kraft niedergesenkt hatte.

Felix sah ein, dass es dumm gewesen war, allein hierherzukommen. Er hatte mehr als genug Beweise, dass es wirklich Geister gab, aber die Vorstellung hatte ihn gelockt, er könnte einen lebendigen Menschen bei einer geheimen Verabredung überraschen. Er war sich so sicher gewesen, dass der geheimnisvolle Mr X die Spukgeschichten als Ablenkung benutzte, und nun hatte er den Fehler begangen und sich in die andere Richtung locken lassen, als er nach Beweisen für ein Verbrechen suchte.

Mit der Hand auf der nächsten Türklinke blieb Felix stehen und überlegte, ob er zurückgehen sollte oder ob es eine Abkürzung nach unten gab. Er wusste nicht mehr, wo er sich befand: Zu oft war er um die Ecke gebogen, über zu viele Treppchen und Treppenabsätze gegangen, so dass er nicht mal genau wusste, in welchem Stockwerk er sich jetzt befand. Vielleicht konnte er sich beim nächsten Fenster orientieren, die Aussicht würde ihm verraten, auf welcher Seite des Hauses er war. Er machte die Tür auf, blickte sich nach einem Fenster um und sah lange Vorhänge, die es halb verbargen. Im Zimmer war es düster, in der Mitte waren Möbel zusammengerückt worden: ein altes Sofa, von dem das Laken halb heruntergerutscht war, ein Frisiertisch und ein Stapel Kisten, die normalste Ansammlung von Gegenständen, die man sich vorstellen konnte.

Aber als Felix zum Fenster ging, erregte etwas seine Aufmerksamkeit. Hatte das Sofa nicht ein seltsames Fußende? Irgendwie erschien es bucklig – oder lag das an dem heruntergerutschten Laken? Seltsam, wie das Muster auf den alten Stoffen verblichen war, wie die Schatten darauf Kringel bildeten. Man konnte glauben, dass dort eine Gestalt höchst sonderbar kauerte, wie nie jemand sitzen würde – halb über die Ecke einer Kiste gerutscht, und dort, wo der Kopf sein müsste, war ein Muster von schwarzen Streublümchen.

Felix ging langsamer, das Echo seiner Schritte verhallte. Er stand neben dem höckerigen Laken und tastete zögernd danach, bestimmt war eine Sinnestäuschung daran schuld, dass die Umrisse so menschlich aussahen. Langsam berührte er den Stoff, der hing irgendwo fest und löste sich dann plötzlich, um ein wächsernes Gesicht zu enthüllen.

Nur eine Schneiderpuppe – er atmete erleichtert aus. Doch grauenvolle Sekunden später hatte er das wachsbleiche Gesicht erkannt, ließ das Tuch fallen und stolperte rückwärts. Es war seine Tante Joyce, die mit schlaffen, seltsam verdrehten Gliedern auf dem Sofa lag.

Über ihr Gesicht kroch ein hässlicher Käfer, ein Marienkäfer so groß wie eine Küchenschabe, den Saugrüssel tief in Tante Joyce' rechtem Auge vergraben. Es war eine Brosche. Felix brauchte eine Sekunde, um den Modeschmuck zu erkennen, der einem Insekt ähnelte und tödlicher war als die meisten giftigen Insekten. Die Nadel der Brosche war Tante Joyce ins Hirn gerammt worden.

Felix wollte sie nicht berühren, aber er zwang seine widerstrebenden Finger nach dem Puls seiner Tante zu tasten.

Nichts. Er konnte sich nicht überwinden, seinen Mund auf die blutigen Lippen der Leiche zu pressen und sie zu beatmen.

Tante Joyce war tot, das letzte Opfer der sogenannten Unfälle. Hatte sie ihren Angreifer erkannt, hatten sie miteinander gekämpft, bevor er die Brosche abriss und ihr die Nadel durch das Auge in den Kopf bohrte?

Ohne nachzudenken, nahm Felix seine Kamera heraus. Der Blitz beleuchtete die grauenvolle Szene, als er auf den Auslöser drückte. Einmal, zweimal, dreimal. Er wusste nicht, warum er das dokumentierte. In der halbgeöffneten Kiste glitzerte etwas, und instinktiv justierte er den Fokus, beugte sich vor und schoss ein viertes Bild, der Blitz beleuchtete einen wahren Piratenschatz an Juwelen. Felix blinzelte, sah noch einmal genauer hin und versuchte, zu begreifen, was die Kamera soeben erfasst hatte. Der Inhalt der Kiste war mit Zeitungspapier bedeckt gewesen, aber emsige Hände hatten es weggeräumt und keinen Piratenschatz enthüllt, sondern einen sehr menschlichen. Zwischen dem Papier lag eine geöffnete verzierte Schmuckschatulle und quoll über vor funkelnden Ringen, glänzenden Armbändern und schimmernden Perlencolliers. Andere Schmuckstücke lagen zwischen dem Papierwust, Haarbürsten und Kämme in silberner Fassung, vergoldete Schnupftabakdosen, verzierte Duftkugeln. Nicht gerade ein Riesenschatz, aber die Dinge hier repräsentierten eine hübsche Summe, sie müssten auf einer Versteigerung einige tausend Pfund bringen – sie waren kostbarer als alles, was er bisher in dem baufälligen alten Haus gesehen hatte. Gehörten diese Sachen zu den verschwundenen Dingen, von denen seine

Mutter gesprochen hatte? Ein Teil der langen Inventarliste, über der sie in der Bibliothek gebrütet hatte? Und falls das so war – was taten sie hier? Joyce Chance und Christopher Knight waren ein Liebespaar gewesen. War dies der Beweis für einen Streit zwischen Dieben? Das Blut auf Tante Joyce' Kleid war noch feucht. Hatte Mr Knight überhaupt genug Zeit für den Mord gehabt?

Die Kamera klickte und blitzte wieder, die Szene war so bizarr und unwirklich wie ein Bühnenbild, Felix' gefühllose Finger drückten mechanisch den Auslöser, er hielt alle Einzelheiten fest. Die Unwirklichkeit der Szene schlug ihn in ihren Bann. Es dauerte mehrere Sekunden, bis er im Korridor eine Bewegung wahrnahm, langsame Schritte, die näher kamen und vor der Türschwelle anhielten.

※

Eva befand sich nun ganz in der Geisterwelt. Sie pirschte mit dem Florett in der Hand und der Fechtmaske vor dem Gesicht durch die düsteren Korridore und ihr wurde bewusst, dass sie nun einem Rachegeist glich, davon besessen, das Unrecht ihres Todes zu rächen. Dieser Gedanke erfüllte sie mit einer seltsamen Ruhe. Seitdem sie zu einem Geist geworden war, hatte sie allmählich immer mehr Kontrolle über ihre neue Existenz bekommen, hatte ihre neuen Kräfte beherrschen gelernt und die Vergangenheit hinter sich gelassen. Sie versuchte, mit ihren Gedanken die Wahrheit ihres neuen Daseins zu erfassen. Als sie den Fechtanzug anlegte, hatte sie alle widerstreitenden Gefühle hinter sich gelassen. Ihre Geisterexistenz war für sie jetzt wirklicher als ihr echtes Selbst es jemals gewesen war. Die frühere schüchterne unsichere Eva war weggefegt, ausradiert durch die Bosheit der Hexe oder durch die Hand des Mörders. Jetzt gab es nur noch den Geist.

Als Geist konnte sie Dinge sehen, die sie als Lebende nur hatte ahnen können. Die mächtigen Ströme geisterhafter Energie wirbelten durch die Gänge, dunkle Wogen von verlorenen Erinnerungen und entschwundenen Begierden. Nur wenige Gespenster konnten genug von dieser Energie bündeln, um eine Gestalt zu erschaffen: ein Schatten in einer Ecke, eine umklammernde Hand, ein Schrei oder ein Gelächter. Und nur ganz selten gelang es, diese Gestalt über Jahre um den Kern der früheren Persönlichkeit herum zu bewahren. Die Geister des Chance-Hauses waren gequälter, als es die Lebenden je gewesen waren, weil die Geister aus dem aufgewühlten Meer des Chaos' kamen.

Während Eva unbehelligt durch diese Strömungen glitt, gab es für sie mehr als einen Grund, sich nicht in dem Strudel der übersinnlichen Energie zu verlieren. Alle diese dunklen Strömungen führten in die Tiefe.

Die Mehrheit der Geister schaffte es gerade eben noch, in den einander überlappenden Schichten aus Vergangenheit, Erinnerung und Zeit die Kontrolle über sich zu bewahren, in der ganzen Bandbreite der Sinneseindrücke von Jubel bis Verzweiflung, die an ihnen und an dem Haus zerrten, das unleugbar eine eigene Persönlichkeit besaß. Aber ein Geist hatte mehr als das erreicht, er hatte diese dunklen Strömungen um sich gewickelt, um an ihnen wie an Marionettenschnüren zu ziehen.

Endlich begriff Eva, dass der Fluch, der auf dem Haus

lag, zur Hexe gehörte. Der Fluch war die Hexe und die Art, wie sie wie eine Puppenspielerin mit diesen dunklen Mächten spielte und Strudel aus Angst, Schmerz und Hass verursachte.

So ist es, durchdrang die Stimme der Hexe die Strömungen, und Eva fühlte die Stimme in ihren Knochen, in ihrem Blut und in den Adern der Steinmauern ringsherum. *Endlich lernst du zu sehen, wie ich sehe. Es ist ja fast schade, dich zu vernichten.* Aber in den schwarzen Gedanken der Hexe gab es kein Erbarmen. Sie freute sich offenbar schon darauf, Evas Verstand aufzuschlitzen und die Fetzen mit wilder Freude zu zerreißen, und das ließ Evas Hand an der Waffe zittern.

»Nein«, sagte sie laut. »Ich sehe die Dinge nicht wie du, ich sehe sie besser. Ich bin nicht so gefesselt wie du.«

Was meinst du damit? Schon dass die Hexe Eva fragte, verriet ihren Argwohn und Zweifel, und Eva ließ sie ihre Freude über diese Erkenntnis sehen.

»Ich besitze dieselbe Macht wie du«, sagte sie der Hexe. »Ich kann Geister beeinflussen, und ich erreiche das, ohne dass sie mich hassen oder fürchten. Ich kann mit ihnen sprechen. Du kannst nur befehlen. Du bist in deinem eigenen Fluch gefangen.«

Mit ihnen sprechen? Die Hexe lachte wieder. *Das soll deine Waffe sein? Die Macht, von der du glaubst, ich besäße sie nicht?* Das Gelächter schmerzte in Evas Kopf. *Dann sprich doch, kleine Chance, sprich zu dem, der jetzt zu dir kommt. Nutz deine Macht, um ihn zu trösten.*

Die Hexe verschwand aus Evas Gedanken, sie zog sich zurück, weil eine andere Geistererscheinung durch den

Schleier der Schatten auf sie zugetaumelt kam. Diesem Geist war sie noch nie begegnet. Er stolperte und torkelte und wusste nicht, wie er sich in dieser Welt bewegen sollte. Und als er seine entsetzten Augen auf Eva richtete, erkannte sie den Geist. Der einmal Tante Joyce gewesen war.

Die Schritte hielten auf der anderen Seite der Tür an. Felix sah, wie sich der Türknauf drehte. Seine Finger umklammerten die Kamera fester, das war zwar kaum eine Waffe, aber das Einzige, was er hatte. Die Tür schwang auf, er holte tief Luft – als Christopher Knight in der Öffnung erschien, hinter dem die Besuchergruppe im Korridor wartete.

»Und hier haben wir …« Die Worte erstarben auf Mr Knights Lippen, als er die Szene vor sich zu begreifen versuchte.

»Nicht reinkommen!«, warnte Felix, aber es war zu spät. Im Korridor schnappte jemand nach Luft, und es ertönten erstickte Schreie, als nun nach und nach alle die Leiche sahen.

»Ist das echt?«, fragte jemand, aber Christopher Knight antwortete an Felix' Stelle.

»Grundgütiger, das ist ja Joyce!« Sein entsetzter Blick richtete sich auf Felix. Alle Hoffnung, dass Knight der Mörder war, konnte Felix begraben. Wenn der Mann kein genialer Schauspieler war, dann war das echt. Der Schock und Horror in seinem Gesicht waren nicht gespielt.

»Was hast du getan?«, fragte Christopher Knight, und Felix erblasste.

»Das war ich nicht!«, widersprach er heftig. »Ich habe sie gerade gefunden. Ich habe nach Indizien gesucht.« Er hob die Kamera, als würde das etwas beweisen. »Ich habe sie nicht angerührt. Nur, um zu sehen, ob sie tot war …«

Das kam nicht besonders gut an, und er hörte die Besucher etwas von »Polizei« und »Mord« murmeln.

»Ich kann alles erklären«, unternahm Felix noch einen Versuch. Aber es war schon zu spät. Als sich Knight neben Joyce' Leiche kniete und die Gruppe mit entsetzten Gesichtern auf die Szene starrte, wusste er, dass er von ihnen bereits überführt und verurteilt worden war.

17
Mordkommission

In der Eingangshalle hatte der Polizist gerade die weitschweifigen und widersprüchlichen Aussagen von Helen Fairfax und den zwei Jugendlichen aufgenommen, als Lisle Langley die Haupttreppe heruntergeeilt kam. Das sonst immer so makellose Kostüm der Verwalterin war staubig und zerknittert, ihre Haare hatten sich aus dem Knoten gelöst, und ihr Gesicht war zerkratzt und blutete.

»Du meine Güte, Miss Langley!«, rief Helen Fairfax und stand auf. »Was ist denn passiert?«

»Ich weiß es nicht genau«, sagte Lisle Langley mit einem besorgten Blick auf den Polizisten.

»Sind Sie verletzt, Miss?« Das eben noch reglose Pokerface des Polizisten verriet jetzt Besorgnis, und Mrs Fairfax wusste, dass Lisle Langleys Erscheinung ebenfalls ausführlich protokolliert werden würde. »Hatten Sie einen Unfall?«

»Ich glaube, mich hat jemand angegriffen«, sagte Miss Langley. »Oder es war ein übler Scherz, der danebenging. Ich war oben und habe alles überprüft, als mich jemand von hinten gepackt hat. Ich habe mich natürlich gewehrt«, fuhr sie fort und zeigte ihre blutenden, zerschrammten Hände. »Aber wer immer das war, war stärker als ich. Ich bekam einen Schlag auf den Kopf und verlor das Bewusstsein, und als ich wieder zu mir kam, lag ich auf dem Fußboden.«

»Wann ist das passiert?« Der Polizist hatte sein Notizbuch aufgeschlagen und schrieb wieder hinein, Stenogekringel bedeckten die kleinen Seiten.

»Ich weiß es nicht genau.« Lisle sah auf ihre Uhr und schüttelte den Kopf. »Ich glaube, ich war etwa eine Stunde ohnmächtig. Vielleicht auch länger. Mir ist immer noch schwindlig.«

»Setzen Sie sich lieber hin«, sagte Mrs Fairfax. Miss Langley nickte, sank auf eine Holzbank und massierte sich die Schläfen. »Tut mir leid, aber ich habe wahnsinnige Kopfschmerzen.«

Der Polizist nickte und entschuldigte sich, durchquerte die Halle, holte sein Funkgerät heraus und murmelte etwas hinein, anschließend kritzelte er wieder etwas in sein Büchlein.

»Während Sie da oben gelegen haben, ist hier alles total außer Kontrolle geraten«, sagte Helen Fairfax grimmig. »Anscheinend hat sich heute Nachmittag jemand hier verletzt, und bald darauf kam die Polizei, um unsere Sicherheitsvorkehrungen zu überprüfen. Unglücklicherweise haben diese beiden Bengel im Waffenzimmer Blödsinn gemacht, und aus einer Pistole hat sich ein Schuss gelöst – was uns nicht gerade geholfen hat, obwohl ich die beiden gleich verarztet habe. Und gerade als ich das erkläre, taucht ein Trottel auf und jault, er hätte auf der Geistertour seinen kleinen Jungen verloren, und eine Polizeibeamtin sucht jetzt mit ihm nach dem Kind.«

»Aha, verstehe«, sagte Lisle Langley, und ihre Miene verriet, dass sie die Situation wirklich verstand, vielleicht besser als ihre Arbeitgeberin.

»Es ist ein Albtraum.« Helen stöhnte. »Und ich musste mit der Situation ganz allein fertig werden. Keine Ahnung, was mit meinem Mann los ist oder mit Felix oder Joyce. Alle scheinen sich in Luft aufgelöst zu haben, und das Personal faulenzt herum oder kriegt hysterische Anfälle.«

Miss Langley hatte ihr Handy herausgeholt und überprüfte die Anrufe, dann hörte sie ihre Mailbox ab, während Helen Fairfax mit ihrer Tirade fortfuhr. Als die endlich beendet war, versuchte Miss Langley ihr die Neuigkeiten mitzuteilen.

»Anscheinend hat es noch eine ganze Reihe von Unfällen gegeben. Ihr Mann musste jemanden aus dem See ziehen, und es gab viele kleinere Vorfälle. Ich muss unbedingt wissen, wie viele Besucher noch hier sind. Sie haben die Geistertour erwähnt – die findet also statt?«

»Anscheinend.« Helen zuckte die Achseln. »Dieser Knight sollte die Gruppe führen, und ich glaube, Joyce wollte ihm helfen. Ich nehme mal an, inzwischen sind sie im Ostflügel. Da gibt es zwar nicht viel zu sehen, aber Joyce meinte, da herrsche eine gewisse Atmosphäre.«

»Sollen wir die Tour beenden?«, fragte Lisle Langley. »Unter diesen Umständen wäre das vielleicht das Beste.«

»Ich denke, dafür wird die Polizei sorgen.« Helen blickte verärgert zu dem Polizisten, der wieder zu ihnen getreten war. »Die Polizei kümmert sich jetzt um alles. Nicht wahr?«

»Wir sind noch mit der Einschätzung der Lage befasst«, sagte er hölzern. »Aber da niemand genau weiß, wer wo ist, wäre es wohl für alle das Beste, wenn ich eine Bestandsaufnahme machen würde.« Er wandte sich an Lisle Langley. »Miss …«

»Ich bin Lisle Langley, die Verwalterin.«

»Miss Langley, wieso glauben Sie, dass der Angriff auf Sie ein schlechter Scherz war? Sie hatten das als Möglichkeit erwähnt.«

»Na ja, es kommt mir einfach unwahrscheinlich vor, dass mich jemand attackiert. Und da jetzt die Geistertour veranstaltet wird, hat sich vielleicht jemand von seiner Phantasie hinreißen lassen.« Sie blickte die zwei Jugendlichen an, die im Waffenzimmer verletzt wurden. »Menschen machen manchmal Dummheiten.«

»Sie können also keinen Grund nennen, warum Ihnen jemand etwas antun will?«, beharrte der Polizist. »Nichts, was eine solche Attacke ausgelöst haben kann?«

»Nein, tut mir leid, da fällt mir nichts ein.« Miss Langley schüttelte den Kopf. »Ich weiß ja nicht mal sicher, ob es ein Angriff war.« Sie rutschte verlegen hin und her. »Mir ist klar, dass sich das irgendwie seltsam anhört, aber in diesem Haus soll es angeblich spuken. Ich habe mich gefragt, ob ich aus Versehen etwas aufgestört habe – etwas Übernatürliches.«

»Etwas Übernatürliches«, wiederholte der Polizist tonlos, während er schrieb. »Danke, Miss Langley.« Weder Mrs Fairfax noch Miss Langley wussten, ob er das ironisch meinte oder nicht.

Im dritten Stock war es der Beamtin gelungen, Nathans Vater in seiner immer hektischeren Suche nach seinem Sohn zu stoppen.

»Ich bedaure, aber dieses Haus ist für uns zwei zu weitläufig, um es gründlich zu durchsuchen.« Sie redete bewusst ganz ruhig. »Kommen Sie mit nach unten, dann fordere ich Unterstützung an, danach haben wir so viele Leute, wie wir brauchen. Sie können sicher sein, dass wir alles Notwendige tun werden, um Ihren Sohn zu finden. Aber Sie müssen sich beruhigen. Sollen wir nun runtergehen?«

»Was wird meine Frau sagen, wenn sie erfährt, dass ich ihn verloren habe?« Der Mann hatte kaum zugehört. Plötzlich schrie er die Treppe hoch: »Nathan! Nathan, komm zurück! Nathaaaan!«

»Bitte.« Die Beamtin ergriff seinen Arm. »Lassen Sie uns nach unten gehen. Ich verspreche Ihnen, wir werden alles tun, um ihn zu finden.«

»Aber was ist, wenn Sie das nicht können?« Der Mann sah sie verzweifelt an. »Ist hier nicht vor einem Monat ein Mädchen verschwunden, und niemand hat sie je gefunden? Oh Gott, warum habe ich meinen Kleinen nur an so einen verfluchten Ort gebracht?«

Die Beamtin öffnete den Mund, aber da ertönten Schritte auf der schmalen Treppe, die wahrscheinlich vom Dachgeschoss herunterführte. Ein Junge und ein Mädchen, beide blond und blauäugig, kamen die Stufen herab.

»Was ist los?«, fragte der Junge und blickte von der Beamtin zu Nathans Vater. »Wir haben Rufe gehört.«

»Ein Kind wird vermisst«, erklärte die Beamtin rasch. »Haben Sie einen kleinen Jungen gesehen?«

»Nicht, seit er bei der Geistertour weggerannt ist«, sagte das Mädchen. »Er wird vermisst? Mir schien, Sie hätten ihn gleich eingeholt.«

»Er ist mir entwischt.« Nathans Vater war grau vor Sorge. »Ich hätte ihn nie loslassen sollen.«

»Dann suchen wir ihn«, sagte der Junge, aber die Beamtin hielt ihn am Arm fest.

»Nein, auf keinen Fall. Niemand läuft hier irgendwo rum. Ihr drei solltet besser mit uns nach unten kommen.«

»Wir drei?« Die Jugendlichen wechselten erstaunte Blicke, und der Junge fuhr fort: »Ist Nathans Vater der Dritte?«

»Ich meinte damit eure Freundin oben auf der Treppe.« Aber als sie wieder hinsah, waren da nur zwei Personen. Dabei hätte sie schwören können, dass sie eine dritte Person gesehen hatte, ein mageres junges Ding in einer schwarz-weißen Uniform. »Wart ihr beiden allein dort oben?«

»Ja.« Der Junge sah sie unschuldig an. »Wir haben versucht, auf unserem Handy Empfang zu kriegen. Wir hätten es gemerkt, wenn da noch jemand gewesen wäre.«

»Na gut.« Die Beamtin führte sie zurück zur Treppe. »Dann werden wir jetzt alle hinuntergehen und ordentlich nachzählen, wer hier ist und wer nicht. Okay?«

»Okay«, sagten die beiden, und auch Nathans Vater ließ sich nun endlich nach unten geleiten.

Die Polizeibeamtin sah ein letztes Mal hinauf zum Dachboden. Sie hätte schwören können, dass da noch eine andere Person auf der Treppe gestanden hatte – und hatte sie nicht auch Schritte irgendwo in der Nähe gehört? Sie scheuchte ihre kleine Gruppe nach unten in die Halle und fragte sich, wie viele verlorene Seelen wohl in dieser vermoderten Palastbaracke sein mochten und wie lange es wohl dauern mochte, bis sie alle gefunden wären.

∽⊙⊙∾

Als der Anwalt Michael Stevenage am Tor zur Chance-Auffahrt ankam, musste er plötzlich scharf abbremsen. Ein Krankenwagen und ein Polizeibus schnitten ihm mit Sirenengeheul den Weg ab und fuhren durch das Tor, dann rasten sie zum Haus. Michael gab Gas und bretterte hinter ihnen her.

Vor der Haustür erwartete ihn eine höchst chaotische Szene. Ein Polizeiauto stand bereits da, und der Bus hielt daneben. Heraus stiegen sechs ernst dreinblickende Beamte in Uniform, allem Anschein nach eine Verstärkung. Das Team vom Krankenwagen machte einen genauso grimmigen Eindruck. Michael bekam mit, wie ein Sanitäter zu seinem Kollegen sagte: »Dieses verdammte Haus hat es in sich … das ist heute schon der zweite Notruf, ganz zu schweigen von den beiden letzten Wochen.«

Die Haustür stand offen, und Menschen schrien herum. Eine Polizistin stand auf der Treppe und forderte alle auf, sich zu beruhigen, aber sie kämpfte offensichtlich auf verlorenem Posten. Felix Fairfax trug Handschellen, und ein Polizist hielt ihn am Arm gepackt, als befürchtete er, Felix würde jeden Augenblick flüchten. Mehrere aufgeregte, Kameras schwenkende Touristen schienen alle gleichzeitig eine Aussage machen zu wollen, dabei fielen immer wieder die Begriffe »Mord«, »Blut« und »erstochen«. Felix sah blass und elend aus und reagierte nicht auf die Fragen seiner Mutter an der einen und die eines blonden Mädchens an seiner anderen Seite. Zwei Männer hatten anscheinend einen hysterischen Anfall. Einer war der Marketingtyp Christopher Knight, dessen Hände wovon auch immer rot befleckt waren. Der andere schien ein Besucher zu sein, der ein Kind vermisste.

Die neu hinzugekommene Polizeitruppe gesellte sich zu der Polizistin und wartete auf Instruktionen. Michael folgte ihnen in die Halle und überlegte, was er tun sollte. Formal betrachtet, war er nicht Felix' Anwalt, obwohl er die Chance-Familie vertrat. Jede Sekunde konnte Helen Fairfax ihn erblicken und verlangen, dass er Felix' Freilassung erreichte. Zu seiner Erleichterung sah er Kyle Stratton am Rand des Menschenauflaufs stehen.

»Was ist passiert?«, flüsterte er und berührte Kyle am Arm.

»Ein einziges verdammtes Durcheinander«, erwiderte Kyle. »Irgendwer hat Evas Tante Joyce ermordet, und Felix wurde neben der Leiche angetroffen.«

»Als du mich angerufen hast, sagtest du, du hättest Christopher Knight im Verdacht.«

Kyle zuckte die Achseln.

»Wahrscheinlich habe ich mich da geirrt, weil er ja ein absolut perfektes Alibi hat. Er führte die Geisterjäger an, die Felix und die Leiche gefunden haben. Die Polizistin versucht dauernd, die Anzahl der Anwesenden festzustellen, aber sie dringt nicht durch. Außerdem wird ein Kind vermisst, und möglicherweise wurde Miss Langley irgendwann heute Nachmittag niedergeschlagen.«

»Du meine Güte.« Michael sah sich nach ihr um. »Geht es ihr wieder gut?«

»Anscheinend ist sie ganz okay. Aber ich bin gerade erst dazugekommen.«

Michael ließ seinen Blick durch die Halle wandern und sah Lisle Langley auf einer Bank sitzen; sie sah erschöpft aus. Ihre derangierte Erscheinung bot einen sichtlichen Kontrast zu der makellosen Aufmachung bei ihrer ersten Begegnung, als sie ihm die Familiengeschichte erzählt hatte. Er überlegte, ob sie es wohl bereute, dass sie den Auftrag der Chances angenommen hatte – zumal er sich mittlerweile dasselbe fragte.

»Was macht dich so sicher, dass Felix unschuldig ist?«, fragte er Kyle, und der zuckte wieder die Achseln.

»Er ist nicht der Typ. Ich kann ihn nicht leiden, aber ich glaube trotzdem nicht, dass er das getan hat. Außerdem – was soll ihm das bringen?«

»Stimmt. Aber das wird die Polizei wahrscheinlich kaum beeindrucken. Felix war am Tatort. Er hatte die Gelegenheit. Und nach den Angriffen auf seinen Großvater und seine andere Tante sieht es für ihn nicht so gut aus.«

»Weiß ich. Felix weiß das auch. Ich würde bloß gern wissen, wer das sonst noch weiß, weil Felix sagte, jemand würde ihn zum Sündenbock machen wollen – ich glaube, er hat recht!«

Michael schwieg. Felix war jung, arrogant und egozentrisch. Er hatte seinen Großvater noch kein einziges Mal im Krankenhaus besucht. Auch wenn es keinen offensichtlichen Grund für Felix gab, Joyce und Cora anzugreifen, sprach die Tatsache gegen ihn, dass er der Erbe seines

Großvaters war, und Evas Verschwinden machte es noch wahrscheinlicher, dass er nun alles erben würde. Kyles Behauptung, Felix sei unschuldig, hatte Michael nicht überzeugt. Falls er den Jungen verteidigen sollte, würde es einen Interessenkonflikt geben – da Edward Chance ebenfalls ein Opfer von einem der Anschläge war. Aber momentan war er der einzige Anwalt hier, und jemand musste herausfinden, wie die Anklage gegen Felix lautete. Langsam schritt Michael auf den Ring aus Polizisten zu, der Felix umgab, und stellte sich vor.

Kyle sah zu, wie der Anwalt sich einsetzte, obwohl es eher zögernd geschah. Er hätte gern gewusst, ob er seine Argumente für Felix' Unschuld überzeugender hätte vorbringen können – aber mittlerweile stellte er sich selbst die Frage, ob er sich da nicht irrte. Kyra trat zu ihm und sagte: »Die Polizei wird nicht glauben, dass man Felix eine Falle gestellt hat!«

»Es sieht übel aus. Sogar ich finde, es sieht verdächtig aus. Das Einzige, das für Felix spricht, ist: Keiner kann ein Motiv für ihn finden.«

Kyra verzog das Gesicht, aber sie schwieg. Sie tat Kyle leid. Er wusste, dass sie Felix lieber mochte, als sie zuzugeben bereit war. Aber gleichzeitig war er auch ziemlich wütend. Er hatte Eva überhaupt nicht geholfen. Wieder war ein Familienmitglied ermordet worden, und er hatte immer noch keinen Schimmer, wer der Mörder war. Er beobachtete das professionelle Vorgehen der Polizisten, die Aussagen aufnahmen, und kam sich dumm vor, weil er versucht hatte, das Problem nur mit Hilfe seiner Schwester zu lösen. Er lehnte sich an die kalte Wand und wartete darauf, dass die Polizei ihn auch befragte.

Er und Kyra standen schweigend schon mindestens eine Viertelstunde da, als noch eine Gruppe in die Halle gewandert kam. Sie kamen aus dem Park, und ihre schmutzigen Schuhe hinterließen grünbraune Abdrücke. Ein Polizist hatte sie bei ihrer Ankunft im Haus in Empfang genommen und zu der Versammlung in die Halle geführt. Richard Fairfax war der Erste, doch sein lautstarker Protest erstarb ihm auf den Lippen, als er seinen Sohn in Handschellen sah. Kyle blickte zur Seite – es war schon schlimm genug, dass *er* Felix nicht vertraute, aber noch schlimmer war die zweifelnde Miene des Vaters. Da sah Kyle noch jemanden kommen: seinen eigenen Vater.

Keith Stratton schien über den Anblick seiner Kinder gar nicht überrascht. Aber er hatte ja auch gewusst, dass sie an diesem Tag hier jobbten. Als er Kyles Schulter antippte und seinen Arm um Kyra legte, war seine Gegenwart für beide eine Beruhigung.

»Was ist denn los?«, fragte er. »Sieht nach Ärger aus.«

»Ich glaube, sie wollen Felix verhaften«, sagte Kyle. »Jemand hat noch eine von den Chance-Damen umgebracht – und die Polizei hält ihn für den mutmaßlichen Täter.«

»Ich weiß, dass er es nicht getan hat«, mischte sich Kyra ein. »Er war es nicht.«

»Aha.« Nun hatte die Polizeibeamtin Keith ebenfalls entdeckt, kam herbei und sah ihn fragend an.

»Wollten Sie etwas sagen?«, fragte sie höflich, aber Kyle fand, sie sah angespannt aus.

»Das sind meine beiden Kinder«, sagte Keith. »Sie haben den ganzen Tag hier gearbeitet, und wie man sehen kann, brauchen sie dringend eine Pause. Spricht irgendwas dagegen, dass ich sie mit nach Hause nehme?«

Das hatten die Geschwister nicht erwartet, und Kyle ärgerte sich darüber, dass sein Vater plötzlich so die Initiative ergriff.

»Papa!«, widersprach Kyra. »Ich will bei Felix bleiben.«

»Mr Fairfax wird die heutige Nacht auf dem Revier verbringen«, sagte die Beamtin. »Du kannst dich von ihm verabschieden, wenn du möchtest. Ich finde auch, dass ihr dann nach Hause gehen solltet.« Sie drehte sich zu Keith um. »Hinterlassen Sie Ihre Namen und Adresse bei dem Wachtmeister dort drüben, und wir werden uns demnächst an Sie wenden, um Ihre Aussagen aufzunehmen.«

»Danke.« Keith nickte. »Komm schon, Kyra. Wir gehen zusammen zu deinem Freund und verabschieden uns.«

Kyle folgte ihnen und befürchtete, Kyra würde eine Szene machen. Aber in Anwesenheit ihres Vaters und der Polizeibeamtin konnte sie sich anscheinend nicht wieder so entrüsten wie zuvor, als der Polizist Felix die Handschellen angelegt hatte.

»Das ist vielleicht ein Mist.« Felix sah an Kyra vorbei direkt Kyle an. Er rüttelte mit den Handschellen und schnitt eine Grimasse. »Danke, dass du den Anwalt angerufen hast. Das war echt klug.«

»Aber gern. Glaubst du, er kann dich da rausholen?«

»Ich weiß nicht mal, ob ich das möchte. Im Augenblick

hört sich eine hübsche, sichere Gefängniszelle besser an als alles das hier.« Er lachte unbeschwert, der Polizist runzelte die Stirn, und die Umstehenden sahen geschockt drein wegen Felix' scheinbarer Abgebrühtheit. Aber Kyle war nicht schockiert. Langsam begriff er, dass Felix sich umso blöder aufführte, je weniger andere Leute mitbekommen sollten, wie es ihm wirklich ging.

»Viel Glück«, brachte er nur heraus, und der Polizist sah argwöhnisch zu, als Kyra Felix umarmte. Aber nicht so argwöhnisch wie Helen Fairfax, die Kyra durch zusammengekniffene Augen missbilligend beobachtete.

»Kommt schon, ihr beiden.« Keith zog sie mit sich fort. »Ich hab das Auto direkt hier draußen abgestellt. Wir haben es nicht weit.«

Als sie durch das graue Dämmerlicht die Auffahrt hintergingen, fiel Keith auf, dass das Tor zum Parkplatz durch ein paar verbeulte und zerkratzte Autos blockiert wurde. Sein Vater hatte Glück gehabt, dass er seinen Wagen nicht auf dieser Wiese geparkt hatte.

»Papa, weißt du, dass Großvater hier geboren wurde? Dass seine Mutter ein Hausmädchen war und bei seiner Geburt gestorben ist?«

»Ja. Mein Vater hat mir das vor langer Zeit erzählt.

Kyle wunderte sich, weil er seinen Vater vorhin für ruhig und beherrscht gehalten hatte. Der war nicht ruhig, der machte sich Sorgen. Mehr Sorgen als jemals zuvor.

Während Keith Strattons Lieferwagen losfuhr, rollte ein Polizeibus mit dem Logo der hiesigen Polizei die gekieste Auffahrt hoch, an der Haustür vorbei bis zum Hof bei den Ställen. Dort hielt er neben dem Museumsshop. Der Fahrer stieg aus und betrat mit ein paar Technikern das Stallgebäude. Im ersten Stock schlugen sie in einer langen Dachkammer über dem Museumsshop ihr Hauptquartier auf.

Die verbliebenen Familienmitglieder, die immer noch in der Halle vernommen wurden, wussten nicht, dass das so geplant war. Die Computer, die Whiteboards und Tische, die die Polizisten dort hinbrachten, kamen aus dem Konferenzzimmer des hiesigen Polizeireviers: von der Mordkommission.

In England werden jährlich viele Menschen vermisst gemeldet. Viele dieser Fälle werden kaum untersucht. Das Verschwinden einer weißen Fünfzehnjährigen aus adligen Kreisen erregte zwar mehr Aufmerksamkeit als die meisten anderen, doch da es sich bei diesem Mädchen um eine Person mit psychischen Problemen handelte – wahrscheinlich ererbten – und weil sie unentschuldigt in der Schule gefehlt hatte, wurde dieser Fall eher als Davonlaufen gewertet und die Untersuchung eingestellt. Bei Evangeline Chance (auch bekannt als Eva) hatte sich die Suche auf zweimaliges Durchkämmen des Grundstücks beschränkt. Man hatte nichts gefunden.

Deshalb hatte der Fall geruht, bis eine Nachricht aus dem städtischen Krankenhaus die Aufmerksamkeit der Polizei wieder auf das Chance-Haus gelenkt hatte. Diesmal war das Opfer der Großvater des Mädchens – angeblich sei er gestürzt. Aber die Sanitäter hatten etwas an dem Haus oder der Familie verdächtig gefunden, und der Arzt in der Notaufnahme hatte in der Krankenakte »mögliche Körperverletzung« vermerkt.

Die Räder des Verwaltungssystems laufen langsam, wenn es keinen dringenden Handlungsbedarf gibt, und die zwei Fälle aus dem Chance-Haus wären vielleicht nicht miteinander in Verbindung gebracht worden, wenn nicht am 6. April, wenige Tage nach dem Unfall des Großvaters und zwei Wochen nach der Suche nach dem vermissten Mädchen, ein offizieller Suchtrupp eingesetzt worden wäre, um eine ältere Dame zu finden – eine anscheinend unfallgefährdete Cora Chance.

Bis zum Samstag, dem 12. April, war vor dem Krankenzimmer von Sir Edward und seiner Schwester Cora eine Wache postiert gewesen, und im Polizeihauptquartier war eine sehr aktive, wenn auch noch nicht sichtbare Untersuchung gestartet worden. Bis jetzt handelte es sich noch um die Suche nach einer vermissten Person, obwohl die damit Betrauten inzwischen anders darüber dachten. Aber Tilda Abbot, die Chefermittlerin, hatte sich strikt geweigert, dies eine Morduntersuchung zu nennen.

Tilda Abbot war die Polizeibeamtin, die am Nachmittag als Erste mit ihrem Kollegen beim Chance-Haus erschienen war. Immer aufgeregtere Nachrichten von den Sanitätern und dem Ärzteteam der Notaufnahme hatten sie dazu veranlasst, sich beim Chance-Haus ein Bild von der Lage zu machen. Schon wenige Minuten nach ihrer Ankunft war sie Zeugin eines möglichen Schießunfalls geworden, ein Kind wurde als vermisst gemeldet, und sie registrierten eine möglicherweise kriminelle Missachtung geltender Gesundheits- und Sicherheitsvorkehrungen. Der jüngere Beamte hatte Verstärkung angefordert, als ein weiterer Fall von Gewaltanwendung und Körperverletzung festgestellt wurde, und wenige Sekunden nach dieser Anforderung waren auf dem Revier mehrere Notrufe eingegangen, die einen Mord meldeten.

Jetzt übergab Tilda Abbot Felix in den Gewahrsam der Kollegen aus dem Polizeibus und überließ die Vernehmung der Menschen in der Halle ihren anderen Kollegen. Sie warf ihrem Wachtmeister einen auffordernden Blick zu und ging mit ihm zu den Ställen, wo dicke Elektrokabel aus dem Polizeiauto über die Treppe hoch zur neuen Ermittlungszentrale liefen.

Während der Wachtmeister in der improvisierten Küchenecke Kaffee kochte, schritt Tilda Abbot zu dem großen Whiteboard, das vor der Wand aufgestellt war, und nahm sich einen schwarzen Marker.

Ermittlungszentrale schrieb sie. Während ihr Kollege zusah, schrieb sie darunter vier Namen: Edward, Cora, Joyce, Eva. Um die beiden ersten Namen malte sie einen Kringel und fügte ›verletzt‹ hinzu. Unter dem dritten Namen stand in Klammern ›tot‹. Hinter den vierten Namen malte sie ein großes schwarzes Fragezeichen. Erst dann wandte sie sich zu Wachtmeister Peters um:

»Jetzt ist es eine Ermittlung in einer Mordsache. So hätte es längst heißen sollen. Vor drei Wochen ist das Mädchen verschwunden. Gibt es noch jemanden, der denkt, wir würden sie jetzt noch lebend finden?«

»Bestimmt nicht.« Peters brachte die beiden Becher mit schwarzem Kaffee. »Wollen Sie eine neue Suche starten?«

»Das müssen wir wohl, wenn jetzt auch noch ein Fünfjähriger verschwunden ist.« Tilda Abbot nahm den Becher entgegen, ohne den Blick von dem Whiteboard zu lösen. »Wollen bloß hoffen, dass wir das Kind bald finden. Aber ganz gleich, ob oder ob nicht, wünsche ich eine vollständige Durchsuchung dieses Grundstücks morgen früh beim ersten Tageslicht, und wir werden nicht aufhören, bis wir das verschwundene Mädchen gefunden haben.«

»Also nicht im Dunkeln?«

»Während der Nacht suchen wir im Haus, aber nur nach dem verschwundenen Kind. Der Mann mit dem Schnurrbart war beim Militär, und Sie haben ja gesehen, wie erfolgreich sein Suchtrupp war«, erwiderte sie trocken.

»Aber haben sie nicht nach Geistern gesucht?«, fragte Peters, doch Tilda Abbot zuckte mit den Schultern.

»Läuft auf dasselbe hinaus. Eine Leiche, die seit drei Wochen verschwunden ist, muss ziemlich tief vergraben sein. Aber wir werden sie finden. Und bis dahin rühren sich die Bewohner des Hauses nicht vom Fleck, ohne es uns zu sagen. Eigentlich möchte ich, dass sie alle in einem Hotel untergebracht werden. In diesem Haus ist eine wirksame Überwachung offensichtlich unmöglich.«

»Dann glauben Sie, dass der junge Mann der Täter ist?«, fragte Peters und erntete ein Stirnrunzeln.

»Ich glaube gar nichts, Wachtmeister. Ich sammle Beweise und lege diese Beweise dem Richter vor. Die Beweise werden zeigen, wer der Schuldige ist.«

»Jawohl«, sagte Peters, bedachte seine Vorgesetzte aber mit einem nachdenklichen Blick. Irgendwas hatte Kommissarin Abbot ihre übliche Gelassenheit geraubt.

Sie nahm den Marker und schrieb in kleinerer und irgendwie zweifelnder Schrägschrift ›Geister‹.

»Beweise.« Tilda Abbot schaute das Wort an. »Das ist es, was wir brauchen.« Der Marker war ohne Kappe, und sie hielt ihn hoch erhoben, aber sie bewegte sich nicht, und beide Polizisten starrten auf das Board.

Kompliziert, dachte Peters. Niemand wird zugeben wollen, dass er Gespenster gesehen hat, aber es war sonnenklar, dass alle, die sie heute befragt hatten, fast besessen von dem Thema waren. ›Geister‹ waren das Einzige, das alle bewegt hatte. Einige hatten nach Geistern gesucht, andere hatten sie zu sehen geglaubt, und wieder andere … Na ja, wenn man den Aussagen Glauben schenkte, dann war jemand heute zu einem Geist geworden. *Unheimlich,* dachte Peters und trank einen Schluck Kaffee. Irgendwas an diesem Haus war beunruhigend.

Im zweiten Stock des Hauses stand Eva ebenfalls vor einer Ermittlung. In einem Zimmer, wo bis vor wenigen Minuten noch eine Leiche gelegen und grauenvolle blutige Spuren hinterlassen hatte. Schwarzgelbes Absperrband verlief rund um den Tatort und schloss den Rest des Zimmers aus. Aber Geister konnte man nicht ausschließen.

Ungeachtet, in welcher Dimension Geister existierten, erbebte das Zimmer von Mord, Schrecken und Gewalt, von überraschter Schuld. Die Kiste mit den Kostbarkeiten waren ebenfalls versiegelt worden, aber ihr Funkeln war noch in beiden Welten sichtbar.

Über der Kiste hing eine schlaffe Gestalt, schemenhafte geisterhafte Finger kratzten über die goldenen Schmuckstücke, und durchscheinende Hände tauchten leer wieder auf, unfähig das zu ergreifen, was sie haben wollten.

»Tante Joyce«, sagte Eva, »bitte, hör auf.«

Der Geist, der einmal Joyce gewesen war, fummelte immer noch an der Schatulle herum, murmelte und flüsterte vor sich hin, eine Gedankenkette, so leicht wie Luft, und Eva fühlte den Inhalt ihrer Erzählung mehr, als sie ihn hörte.

»Etwas gefunden, endlich. Helen muss es hier versteckt haben. Traut mir nicht. Oder sonst wer – warum? Ist egal, genug hier, um den Kredit zu bezahlen, kann auch Ferien machen, vielleicht im Süden. Geh in den Schönheitssalon, vielleicht auch Botox, warum nicht? Brauche einen neuen Kerl, weil Christopher alles Interesse verloren hat – falls er jemals welches hatte. Männer sind blöd, flatterhaft. Weiß gar nicht, warum ich mich abmühe. Vielleicht finde ich im Urlaub einen besseren.«

»Tante Joyce«, versuchte Eva es wieder. Sie glitt nach vorn und versuchte, die Schulter ihrer Tante zu berühren.

»Kommt da wer?« Tante Joyce drehte sich um und riss die Augen auf, und Eva brauchte eine Sekunde, bis sie gemerkt hatte, dass ihre Tante nicht sie sah, sondern dass sie wieder den Moment durchlebte, als der Mord geschehen war. »Das hier ist privat ... Warten Sie, nein ... waren Sie das?«

Der vage Umriss von Joyce' Körper wurde gerüttelt und geschüttelt, litt unter der ihm angetanen Gewalt. Kratzer zerfleischten ihr Gesicht und ihre Arme, Schürfwunden röteten ihre Wangen und Unterarme. Dann kam das Geräusch der abgerissenen Brosche und das Zustechen mit der Nadel, ein Marienkäfer mit einem tödlichen Stich. Der Mörder war schon lange verschwunden, aber der Augenblick der Tat wurde wie durch einen unsichtbaren Täter nachgestellt, während Eva hilflos zusah und wusste, dass kein anderer Geist hier angriff, sondern dass es eine Wiederholung des Mordes war, die sie nicht verhindern konnte.

Joyce griff sich ins Gesicht und tastete darin herum, ihre Hände krallten sich verzweifelt um den obszönen Edelstein, der aus ihrem Auge herausragte. Aber das andere Auge trübte sich, der Stich hatte getroffen, und ihre Gegenwehr endete gnädig rasch.

Aber selbst als Joyce' Geist schlaff und leblos zusammensank, erhob sie sich wieder und bildete erneut den tastenden Nebelhauch. Ihre Stimme war dünner und schwächer, während sie versuchte, die Juwelen aus der Kiste zu holen.

»Hab was gefunden, endlich ...«

Eva stöhnte. Die Hexe hatte mit ihrem Angriff genau ins Ziel getroffen. Eva hatte ihre Tante Joyce nicht besonders gemocht und ihr immer eine Demütigung gewünscht. Jetzt war Eva der Wunsch erfüllt worden, und jetzt beschämte es sie, dass sie jemals solche Gedanken gehabt hatte. Jemanden so erniedrigt zu sehen, war schlimm. Joyces Anblick machte ihr klar, was Kyles Blicke bedeutet hatten, als er den Arm ausgestreckt hatte, um ihr Festigkeit zu geben. Er hatte Mitleid mit ihr gehabt, so wie sie jetzt mit diesem jämmerlichen Überbleibsel einer Toten.

»Tante Joyce, bitte hör mir zu. Jemand hat dich angegriffen – sag mir, wer das war.«

Eva wusste noch, wie Elsie dasselbe zu ihr gesagt hatte, weil sie nicht glauben konnte, dass man seinen Mörder nicht kennt. Schließlich hatte Elsie immer gewusst, wer sie ins Verderben gestürzt hatte.

Joyce stierte auf die Schmuckschatulle, warf einen verschlagenen Blick nach hinten und griff dann wieder nach den Edelsteinen. Diesmal merkte sie anscheinend gar nicht, dass sie sie nicht festhalten konnte.

»Helen hat einen Verdacht«, murmelte sie. »Sie hat gesagt, der Schmuck wäre verschwunden. Hatte mich im Verdacht.«

Eva bemühte sich, diesem Gemurmel irgendeinen Sinn zu entnehmen. Wie stolz sie darauf gewesen war, dass sie sich mit Elsie verständigen konnte und dass sie das Hausmädchen von ihren Racheplänen hatte abbringen können. Doch alle ihre Bemühungen, dass Joyce sie sah, waren misslungen, die Gedanken des Geists waren durch den Schock und das Entsetzen im Augenblick ihres Todes verwirrt, sie konnte Eva kaum wahrnehmen, aber das, was sie von Evas Anwesenheit spürte, versetzte sie in Panik. War dieses angstgepeinigte, kratzende Ding überhaupt noch Joyce? War das wirklich alles, was von ihr geblieben war?

»Tante Joyce«, versuchte sie es wieder. »Wer war es? War es Christopher Knight? Tante Helen? *Felix?*«

»Kommt da jemand?«, jammerte Tante Joyce kaum hörbar, und Eva seufzte, weil ihr klar war, dass alles jetzt wieder von neuem losging.

Dann durchbrach ein anderes Geräusch die Stille: Das

Knarren einer Diele. Noch ein Knarren folgte, lauter als das erste. Dieses Geräusch kannte Eva, die langsamen, schweren Schritte, die sich näherten. Es war das Geräusch, das von dem Blutfleck in der Halle ausgelöst wurde, von dem verrückten Geist, dem Mördergeist, dem Stalker.

Der frischgebackene Geist hörte das auch, hörte oder fühlte es, denn er sprang auf, griff wild in sein Gesicht und fummelte mit blutverschmierten Händen an seiner Marienkäferbrosche herum.

»Lauf weg!«, sagte Eva und versuchte, den Geist aus seinem Nebel der Verwirrung zu zerren. »Da kommt Gefahr. Du musst dich verstecken. Du musst weglaufen!«

Diesmal sah Joyce' Geist sie. Eva fühlte, wie er vor ihr schaudernd zurückwich, sich vor Angst und Schuld und Scham nach hinten neigte. Er schrak zurück, als wäre Eva der Feind – und immer noch näherten sich die Schritte. Die Tür des Zimmers öffnete sich vor einem Schatten, und dann erklangen die Schritte im Zimmer.

Eva gebrauchte ein Talent, von dem sie bisher nichts geahnt hatte, und warf ihre Gedanken aus dem Zimmer, warf sich aus der Festigkeit mit der gleichen Drehung ihrer Gedanken, mit der sie während des Anschlags der Hexe von Zimmer zu Zimmer gesprungen war.

Als sie sich wegwarf, gingen die Schritte an ihr vorbei, und Joyce' Geist begann eine panische Flucht. Die dunkle Kraft von beiden raste davon, der Stalker jagte hinter Tante Joyce' Geist her.

Ohne ihre Absicht, sich in dem Zimmer zu verankern, spürte Eva, wie sie in den dunklen Mahlstrom hineingesogen wurde, den sie schon von früher kannte, sie wurde zu einem Ort gezogen, der nach Blut und Exkrementen stank, Schmerz schnitt wie ein Draht durch ihre Handgelenke, Pfauen schrien nach Aufmerksamkeit.

»NEIN!« Sie schrie sich zurück in das Mordzimmer, zwang sich zurück in die Gegenwart, stellte sich die Gestalt der weißen Fechterin vor und schlüpfte hinein. Ihre rechte Hand umklammerte fest das Florett, und so rannte sie hinter den Geistern her, ihre Schritte knallten hart auf den Boden, als sie zurück in ihre Körperlichkeit stürmte.

Die Jagd hatte begonnen. Das Winseln von Tante Joyce' Gedanken huschte durch die weitverzweigten Korridore und um die engen Windungen der Treppen. Hinter ihr jagte die leere Grausamkeit des Stalkers, seine schweren Schritte hallten bei der gnadenlosen Verfolgung wider. Hinter den beiden kam Eva, sie flog durch die Flure, den Florettgriff fest in der Hand.

Sie kamen in das Cheviot-Zimmer, einem verhängnisvollen Ziel. In die hölzerne Wandverkleidung waren Jagdszenen geschnitzt, und der Fußboden war mit einem Mosaik von Beutetieren gefliest. Dekorative Vitrinen enthielten alte Tierpräparate, ausgestopfte Vögel posierten kunstvoll auf getrockneten Gräsern. Den Ehrenplatz nahm eine Fuchsfamilie ein, die Schnauzen zu einem ewig erfolglosen Knurren geöffnet. An den Wänden hingen Fische mit Schuppen und Flossen voller Staub. Hoch über ihnen waren die Hirschköpfe, die großen Geweihe warfen breite Schatten in das von Mondlicht beschienene Zimmer. Aus allen Richtungen glotzten Glasaugen blind in den Raum.

Joyce' Geist kauerte in einer Ecke, und der Stalker schritt auf sie zu. Er verfügte über genug eigene schwarze Macht, aber Eva spürte, dass er von einer ruchlosen Verbündeten noch mehr Kraft erhielt: Die Hexe sandte sie ihm und erfreute sich an der Qual des Chance-Geists. Eva erreichte die Türschwelle, als der Stalker sich nach vorn warf, die Schritte entluden sich in einer fast menschlichen Form, eine Art verkrüppeltes Frankenstein-Monster, das sich mit riesigen Fäusten auf Tante Joyce stürzte und an den letzten Fetzen von Joyce' Geist zerrte.

Eva schrak vor seiner mordgierigen Heftigkeit zurück und verwünschte dann ihre eigene Feigheit, während das jammernde und schluchzende Ding sich auflöste, das einmal Tante Joyce gewesen war. Eva stürzte nach vorn – zu spät.

Der Stalker hatte bereits Beute gemacht. Joyce' Geist war zerschreddert, von ihr war nur noch ein Flüstern geblieben, eine kaum wahrnehmbare Anwesenheit in einem Haus, das bereits von Geistern überquoll. Und jetzt wandte sich der Stalker Eva zu, bereit, wieder zu töten.

Es war so weit. Eva war vor ihm geflohen, als sie sich gerade erst in der Geisterwelt des Hauses eingefunden hatte. Diesmal griff sie an. Mit einem silbrigen Zischen hieb das Florett auf den monströsen Leib des Stalkers ein und hinterließ eine luftgefüllte Lücke in seiner schwarzen Schattengestalt. Der Stalker schlug aus fast doppelter Höhe zurück und versuchte, sie brutal niederzuprügeln. Sie umkreisten einander und schlugen abwechselnd zu.

Der Stalker hatte kein Gesicht. Sein Kopf war ein teigiger Klumpen auf einem missgestalteten Leib. Einstmals war das ein Mann gewesen, einer der verrückten Chances, aber dann war die Hexe in ihn eingedrungen, und er hatte wieder und wieder getötet. Selbst nach seinem Tod war er immer noch von einer so mörderischen Wut erfüllt, dass er weiter töten konnte. Ein tobender Geist, ein mordgieriger Geist, ein Instrument der Hexe, mit dem sie die Chances verfluchte.

Eva fühlte, wie seine Geschichte und die leere Grausamkeit seiner Gedanken ihr schlimmer zusetzten als seine Schläge. Sie verlor an Boden, wich zurück und presste sich gegen eine Vitrine. Sie suchte links und rechts nach Platz, um sich zu bewegen, und blickte in das hoffnungslose Knurren des Fuchses.

Der Stalker hob beide Arme und wollte sie wie einen Hammer niederdonnern lassen – als hinter Eva ein unheimliches Heulen ertönte, ein metallisch knirschendes Geräusch, als würde sich etwas von der Vitrine direkt gegen den gesichtslosen Kopf des Stalkers stürzen. Krallen gruben sich ein und rissen Lücken, als ein goldener Fellkörper auf dem Kopf des Stalkers landete, ein seltsamer Hut, der das Ungeheuer darunter zerfleischte, ein lebendiges Tier, das aus dem Schattenreich der Toten gesprungen war.

Ramses, der abessinische Kater.

Das war Evas Chance, das wusste sie und stieß ihr nadelspitzes Florett in die Brust des Stalkers, mitten ins Herz. Schatten loderten wie schwarze Flammen in der Dunkelheit, und etwas schrie in ihrem Kopf, der Stalker oder die Hexe, sie wusste es nicht. Aber ihr Stoß hatte getroffen und töten wollen, und das untote Leben des Monsters, das Tante Joyce' Geisterleben vernichtet hatte, war beendet. Keine moralische Rücksicht hatte ihren Stoß verlangsamt, und mit jedem Zentimeter ihres Seins hatte sie diesem Ding den Tod gewünscht.

Der Widerstand an der Spitze ihrer Waffe ließ nach, und die kreischenden Schatten verflüchtigten sich. Es gab den Stalker nicht mehr.

Eva und Ramses starrten dorthin, wo er eben noch gewesen war. Dann fauchte Ramses ein letztes Mal, hob ein Bein und begann, sich zu säubern, als ob nichts geschehen wäre.

Evas Beine hielten sie kaum noch aufrecht, dankbar sank sie auf den gefliesten Boden. Ramses unterbrach sein Putzen, um mit dem Kopf gegen ihr Knie zu stupsen, und miaute.

»Danke«, sagte Eva inbrünstig. »Ich glaube, das war sein Ende.« Sie sandte ihre Gedanken aus und ertastete, dass der Blutfleck am Fuß der Treppe verblasste. Sie hatte den Geistermörder getötet. Der Stalker war vertrieben, ein Element des Hexenfluchs beseitigt.

Du hast also gelernt zu töten, glitt die Stimme der Hexe tückisch in ihre Gedanken. *Genieß die Kostprobe. Das wird es umso süßer machen, wenn ich dich das Sterben lehre.*

18
Vermisst gemeldete Personen

Montag, 14. April

Die Polizei hatte länger gebraucht, als ihr lieb war, um all die verschiedenen Familienmitglieder, Geisterjäger, Angestellte und Zuschauer zu befragen. Doch schließlich hatte sie die Anwesenden in verschiedene Gruppen aufgeteilt. Von den Geisterjägern wurden die Namen und Adressen notiert, und man vergewisserte sich, dass niemand aus der Gruppe vermisst wurde. Nachdem man ihnen mitgeteilt hatte, dass man in Kürze ihre Aussagen aufnehmen würde, wurden sie nach Hause geschickt. Sie hatten es am besten getroffen und außerdem noch eine tolle Geschichte, die sie weitererzählen konnten.

Die Helfer, die man für die Suche nach der weinenden Frau im See angeworben hatte, waren schmutzig, müde und verlegen, weil sie ihre Geschichte ständig von neuem erzählen sollten. Aus ihnen hatten sich rasch zwei Gruppen gebildet: die Pragmatiker, die auf dem beharrten, was sie gesehen hatten, und die gute Samariter hatten sein wollen, und die Abergläubischen, die nicht mehr genau wussten, was sie gesehen hatten, und daraus ein reißerisches Theaterstück machten. Auch die wurden schließlich namentlich erfasst und zu warmen Bädern und besorgten Mitbewohnern nach Hause geschickt, nachdem man ihnen für die nächsten Tage einen Besuch der Polizei angekündigt hatte, um ihre Aussagen aufzunehmen.

Die Angestellten wurden gründlicher befragt. Sie sollten angeben, wie lange und wo sie was gemacht hatten. Es war schon nach Mitternacht, als die Letzten von ihnen endlich gehen durften und sich wünschten, sie hätten den Job niemals angenommen. Viele befürchteten eine Anklage wegen Verletzung geltender Gesundheits- und Sicherheitsbestimmungen.

Erst dann wandte die Polizei ihre Aufmerksamkeit dem verbliebenen jämmerlichen Häufchen in der Halle zu. Michael Stevenage hatte widerstrebend das Amt eines vorläufigen Rechtsbeistands für den Angeklagten übernommen und war mit Felix zum Polizeirevier gefahren. Christopher Knight, der Hinterbliebene des Mordopfers, unterhielt sich mit Lisle Langley, der man immer noch die Auswirkungen des Angriffs ansah. Tilda Abbot war von der soeben eingerichteten Einsatzzentrale zur Halle zurückgekehrt und versuchte, das Ehepaar Fairfax zu überreden, in ein Hotel zu gehen, doch bislang ohne Erfolg.

»Lächerlich«, sagte Mrs Fairfax. »Es ist einfach ungeheuerlich, dass Sie Felix festgenommen haben. Niemand hätte Joyce besser leiden können. Er hat Ihnen doch gesagt, dass er die Leiche nur gefunden hat. Bestimmt hat ein Dieb oder ein Verrückter sie überrascht. Sie sollten lieber die Leute verhören, die Sie alle gehen ließen.«

»Die werden wir auch befragen«, sagte Tilda Abbot geduldig. »Doch momentan wollen wir nur sichergehen, dass sich niemand mehr hier im Haus befindet. Mindestens eine Person wird noch vermisst.«

»Ach ja?« Richard Fairfax hatte immer noch nicht ganz begriffen, was geschehen war. Die schreckliche Ermordung seiner Schwägerin und die Verhaftung seines Sohnes hatten alles andere aus seinen Gedanken vertrieben. »Wer denn? Sie sprechen doch nicht von Evangeline? Denn falls Sie die meinen …« Er unterbrach sich peinlich berührt, und Tilda Abbot sah ihn nachdenklich an.

»Ich habe das verschwundene Kind gemeint. Nathan Plunkett, fünf Jahre alt. Er wird schon seit etlichen Stunden vermisst.«

Sie erwähnte nicht, dass der Junge zum letzten Mal während der vermutlichen Tatzeit gesehen worden war. Nathans Vater war von einem Streifenwagen nach Hause gebracht worden, um seiner Frau die Nachricht zu überbringen und Kleidungsstücke für die Spürhunde zu holen, damit sie mit der Suche beginnen konnten. Obwohl eine erste oberflächliche Durchsuchung des Hauses erfolglos geblieben war und nur die Beamten verärgert hatte, zögerte Tilda Abbot, eine intensive Suche zu starten. Auch Polizisten lassen sich nicht gern von zuckenden Schatten oder plötzlichen Geräuschen erschrecken, und sie konnten ihre Furcht nur schlecht verhehlen.

»Ich möchte Ihnen sehr empfehlen, sich ein Hotelzimmer zu nehmen«, wiederholte sie. »Dieses Haus ist momentan ein Tatort und zu weitläufig, um effektiv überwacht zu werden. Das bedeutet, wir werden stundenlang suchen müssen, einmal nach dem verschwundenen Kind und zum anderen nach Spuren, die der Mörder möglicherweise hinterlassen hat. Sie dürfen während der Durchsuchung nicht anwesend sein, und es ist bestimmt besser für Sie, wenn Sie sich heute Nacht erst einmal ausschlafen.«

»Schlafen, wenn mein Sohn verhaftet wurde?« Helen schnaubte. »Wie soll ich denn schlafen können, wenn jemand meine Schwester ermordet hat?«

Sie benimmt sich wie Lady Macbeth, dachte Tilda Abbot, der aufgefallen war, dass Helen Fairfax viel mehr von der Verhaftung ihres Sohnes betroffen war als von der Ermordung ihrer Schwester. Befürchtete sie etwa, ihr Sohn könnte der Täter sein? Irgendwie kam ihr die Wut übertrieben vor. Sie hätte gern Felix' Eltern verhört, aber dies war dafür kein geeigneter Zeitpunkt – selbst in Anwesenheit eines Anwalts, den sie mit Sicherheit fordern würden.

»Sie können nicht hierbleiben«, wiederholte Tilda Abbot mit Nachdruck. »Sie behindern eine polizeiliche Ermittlung. Wenn ich Sie offiziell verwarnen muss, werde ich das tun.«

Helen öffnete den Mund, um zu widersprechen, als ein grauenhafter Schrei ertönte. Alle Anwesenden zuckten zusammen, auch die Polizisten. Nur Tilda Abbot gelang es, sich auch noch nach der Geräuschquelle umzuwenden – es war nicht Helen Fairfax gewesen – obwohl sie ein lautes Organ besaß –, dieser Schrei war aus keiner menschlichen Kehle gekommen.

Sie sah die offenstehende Haustür. Auf der Schwelle stand ein Pfau mit ausgebreitetem Pfauenrad, der mit seinem gekrönten Kopf nach vorn zuckte, während er wieder seinen grauenerregenden Schrei ausstieß.

Hinter ihm tauchten zwei andere Pfauen auf und folgten ihm mit ruckartigen Schritten in die Halle.

»Schafft diese Vögel raus!«, befahl Tilda Abbot einem Untergebenen, doch ihre Worte gingen in dem ohrenbetäubenden Kreischen des zweiten Pfaus unter, der seine Schwanzfedern abwechselnd zum Rad auffächerte und wieder schloss, während er hinter seinem Anführer hertrippelte.

Lisle Langley griff sich mit bebenden Fingern an den Kopf, sie wand sich unter dem schmerzhaft lauten Kreischen, und Christopher Knight berührte besorgt ihre Hand. Obwohl ihre Beamten versuchten, die empörten Vögel aus der Halle zu scheuchen, fand Tilda Abbot diese Sorge unpassend bei einem Mann, der soeben seine Partnerin auf so tragische Weise verloren hatte.

»Schafft sie hier raus«, wiederholte sie zu ihrem Wachtmeister. »Schicken Sie diese Menschen hier nach Hause oder in Hotels und melden Sie mir, wenn die Hundestaffel eingetroffen ist.« Damit eilte sie zurück zur Einsatzzentrale und wich einem Pfau aus, der über ihren Kopf hinweg kreischend zum Treppengeländer flog und dort sitzen blieb.

Im Haus hörte Eva das Kreischen, aber sie zuckte nicht zusammen. Ihr kam es so vor, als hätte sie ihr Leben lang Pfauenschreie gehört, und seit ihrem Tod hatten sie fast ununterbrochen in ihrem Hinterkopf getönt wie weit entferntes Sirenengeheul.

Aber sie spürte auch die Ankunft der Polizei und den Anlass ihrer Suche. Das Kind, das sie heute Morgen hatte ankommen sehen, war in den fluchbeladenen Tiefen des Hauses verschwunden. Noch ein potentielles Opfer der Hexe, noch eine verirrte Seele, die gerettet werden musste.

Eva lauschte und hörte ein Durcheinander von leisen Geräuschen: das Haus, seine Geister und die Menschen in der Halle. Sie filterte alles Nebensächliche heraus und konzentrierte sich mit ihren anderen Sinnen auf die Geräuschquelle.

Da war sie.

Sie schwebte nach oben durch die Korridore und gelangte in einen engen Flur im dritten Stock. Der Flur führte um eine Ecke, und dahinter war eine große weiße Tür mit einem Oberlicht. Statt durch das Holz zu dringen, drückte sie die Klinke und öffnete die Tür. Dahinter lag ein langes, von Gaslampen erleuchtetes Zimmer.

In den Regalen standen Holzkisten mit Spielen, die noch die jahrhundertealten Firmennamen der Hersteller trugen. Reihen von sorgfältig bemalten Holz- und Zinnsoldaten standen zu Regimentern aufgestellt neben Krippen mit Hirten und Königen. Auf dem Boden standen vier Puppenhäuser aus verschiedenen Jahrhunderten und bildeten ein seltsames Dorf mit einer Arche, aus der Tiere paarweise über eine Reling flüchteten. Eisenbahnschienen kurvten über die Holzdielen, Lokomotiven zogen Fracht- und Personenwaggons an winzigen Bahnhöfen vorbei, wo Figurinen in ewigem Abschiedwinken erstarrt waren.

Das Betreten des Kinderzimmers war wie ein Eintritt in die Vergangenheit – ihre Vergangenheit. Evas früheste Erinnerungen galten diesem Zimmer, als sie die Miniaturlandschaften gottgleich arrangierte oder Armeen befehligte, die von einem Balthasar mit Turban auf einem Elefanten angeführt wurden. Als Fünfjährige hatte sie sich über diese Spielsachen gebeugt, hatte Ort und Zeit vergessen und sich Geschichten für ihren ersten Freund ausgedacht.

»Hallo, Sinje.« Sie nahm die Fechtmaske ab und lächelte dem Jungen zu, der auf der anderen Seite einer großen hölzernen Spielzeugkiste stand. »Weißt du noch, wer ich bin?«

»Hallo, Evi«, sagte der fünfjährige Geist. »Du bist schon lange nicht mehr spielen gekommen.« Man konnte ihn trotz des vernarbten Mundes gut verstehen.

»Ich bin auch jetzt nicht zum Spielen gekommen«, gestand sie.

»Ich weiß.« Sinje betrachtete ihr Florett. »Du jagst die bösen Geister.«

»Stimmt. Sind hier böse Geister reingekommen?«

Sinje schüttelte den Kopf, legte den Finger auf die Lippen und zeigte auf die Kiste, eine hölzerne Piratenschatztruhe mit Eisenbeschlägen.

»Wir haben uns versteckt«, sagte er.

Als Sinje einen Schritt zurücktrat, begriff Eva, was er ihr zu sagen versuchte. Sie bückte sich, öffnete die Schließen und klappte den Deckel auf. Darin kauerte eine kleine Gestalt und blinzelte verwirrt ins Licht.

»Hallo, Nathan. Alles okay – du kannst rauskommen. Zeit zum Nachhausegehen.«

Der kleine Junge kletterte verschlafen aus der Truhe und ergriff bereitwillig ihre Hand. Dann erinnerte er sich an die Höflichkeitsregeln, drehte sich um und sagte zu Sinje: »Danke, dass ich mit deinen Sachen spielen durfte und dass du mich vor den bösen Gespenstern versteckt hast.«

Sinje winkte, ein Kind, das in seiner Zeit verharren

musste wie die Figuren von dem Modellbahnhof. Eva winkte zurück. Dann klappte sie die Fechtmaske wieder herunter und führte Nathan durch das Spukhaus nach unten.

»Wo sind deine Gummistiefel?«, fragte Nathan und musterte Eva neugierig.

»Die hab ich ausgezogen. Wie findest du mein Florett?«

»Das ist toll. Es sieht ziemlich spitz aus. Kannst du damit die bösen Geister töten?«

⁂

Jetzt standen mehrere Polizeifahrzeuge vor dem Stallgebäude. Zwei Busse mit Suchtrupps und vier Hundestaffeln waren dazugekommen, große deutsche Schäferhunde, die an ihren Leinen zerrten. Es war kurz vor zwei, und Tilda Abbot machte sich auf eine schlaflose Nacht gefasst.

Wenigstens hatte der Wachtmeister berichten können, dass das Ehepaar Fairfax in das teuerste Hotel am Platz gefahren war. Lisle Langley und Christopher Knight hatten ebenfalls gehen dürfen, Langley fuhr zu ihrem Haus und Knight in ein bescheidenes Hotel in der Stadt. Endlich war das Chance-Haus leer – bis auf die Geister.

Tilda Abbot schob den unprofessionellen Gedanken beiseite und konzentrierte sich darauf, dem Suchtrupp das Haus zu zeigen. Nathans Vater begleitete sie und umklammerte einen Plüschpanda und einen Wollpulli. Hinter der Haustür begannen die Hunde zu bellen und zerrten stärker an den Leinen, als sie die sechs Pfauen sahen, die nun die Halle beherrschten.

»Ich hatte doch gesagt, Sie sollten diese Vögel verscheuchen«, ermahnte Tilda Abbot den Wachtmeister, und der nickte.

»Ich bin noch dabei«, sagte er. »Zum Schluss ging es mit den Menschen leichter. Man kann Vögeln nicht androhen, man würde sie wegen Behinderung der Polizei verhaften.«

»Wir können die Hunde nicht laufen lassen, solange die Vögel hier rumfliegen«, warnte einer der Hundeführer, als ob sie das nicht wüsste. »Das ist gegen die Sicherheitsbestimmungen.«

»Allmählich glaube ich, dass wir mal die Gesundheits- und Sicherheitsrisiken hier auflisten sollten. Okay, haltet die Hunde zurück. Wachtmeister, kümmern wir uns mal um die Vögel.«

Sie marschierte energisch ins Haus und sah sich nach einer Nische um, in die man die Vögel hineintreiben könnte. Doch sie sah nur einen offenen Raum und oben eine Brüstung, von der die Pfauen hochmütig auf sie herunterstarrten.

Doch außerdem kam auf der großen Treppe Stufe für Stufe ein kleiner Junge heruntergelaufen. In einer Faust hielt er einen Spielzeugsoldaten, mit der anderen Hand hielt er sich am Geländer fest. Tilda Abbot riss die Augen auf.

»Bist du Nathan?« Sie eilte zu dem Kind. »Hattest du dich verirrt?«

»Ich hab mich nicht verirrt!«, sagte das Kind entrüstet. »Ich habe mich mit Sinje vor den bösen Geistern versteckt. Da waren gruselige Schritte, und ich habe mich in einer Piratentruhe versteckt. Aber dann hat Eva mich gefunden und gesagt, ich könnte wieder rauskommen. Eva ist ein lieber Geist. Sie hat ihre Gummistiefel verloren, aber dafür hat sie jetzt ein Florett.«

Tilda Abbot merkte sich diese kleine Rede für später. Sie hob das Kind hoch, während der Wachtmeister neben ihr nicht wusste, ob er lachen oder stöhnen sollte, weil sie das Kind so problemlos gefunden hatten. Dann drehten sie sich um und gingen wieder nach draußen.

»Oh, Nathan!« Der Vater des Kleinen sank auf die Knie, weil seine Beine ihm den Dienst versagten. Das Kind auf Tilda Abbots Armen wand sich, bis sie es absetzte, und lief in die weitgeöffneten Arme seines Vaters.

»Bringen Sie ihn nach Hause, Mr Plunkett«, sagte Tilda Abbot. »Es geht ihm gut. Anscheinend hat er sich in irgendeinem Schrank versteckt. Und als er sich nicht mehr gefürchtet hat, ist er herausgekommen.«

»So war das gar nicht!« Der Junge sah sie empört an. »Das war ganz anders, nämlich …«

Aber Nathans Vater hatte jetzt keinen Nerv für Geschichten. Seine Miene zeigte die Mischung aus Zorn und Erleichterung von allen Eltern, deren verschwundenes Kind wiederaufgetaucht ist.

Tilda Abbot wandte sich nun dem Suchtrupp zu, der sie spöttisch betrachtete, weil sie offensichtlich einen unnötigen Einsatz befohlen hatte.

»Sie gehen noch nicht«, sagte sie. »Kommen Sie mit zur Einsatzzentrale auf eine Tasse Kaffee und Wasser für die Hunde. Ich werde den Kammerjäger kommen lassen, damit er die Vögel vertreibt, und dann möchte ich, dass Sie das Haus von oben bis unten genauestens durchsuchen.«

»Haben Sie denn nicht eben gerade das verschwundene

Kind gefunden?«, wandte einer der Männer ein. »Wonach sollen wir eigentlich suchen?«

»Ich mache Ihnen eine Liste. Aber nur damit Sie es wissen: Wir suchen nach Spuren von drei Mordversuchen, einem tatsächlichen Mord und nach einer vermissten Person, die vielleicht ebenfalls ermordet wurde. Und nach jedem noch so kleinen Beweis, dass sich die Mörder noch im Haus verstecken.«

Daraufhin schwiegen sie, und Tilda Abbot blickte zum Haus hin und dachte an das, was das Kind erzählt hatte. »Eva hat mich gefunden und hat gesagt, ich könnte jetzt rauskommen.« Es war zwar lächerlich, den Phantasien eines kleinen Jungen Glauben zu schenken, aber die Worte hatten sie frösteln lassen. Sie dachte an das einsame Wort auf dem Whiteboard. Was hatten Geister in einer Morduntersuchung verloren?

Eva stand in der Halle am Fuß der Treppe und betrachtete die Pfauen. Einer hockte unten auf dem Geländer, wo früher der Blutfleck auf dem Steinboden gewesen war. Da der Stalker nun verschwunden war, hatte sich auch der letzte Rest seines geisterhaften Nachlasses verflüchtigt. Zukünftige Generationen mussten nun nicht mehr darüberspringen, aus Angst, dass ihnen sonst Schritte auf der Treppe folgen würden. Natürlich würde es keine zukünftigen Generationen im Haus geben. Vielleicht würden stattdessen Hotelgäste an der Rezeption einchecken und fragen, wie sie zu Bar kämen.

Sie empfand ein seltsames Schuldgefühl, als hätte sie einen Teil der Geschichte des Hauses ausgelöscht, ganz gleich, wie schrecklich und von Unglück durchdrungen diese Geschichte gewesen war.

Dann betrat sie den Seitenkorridor, der zur Kellertür führte, und alles Schuldgefühl wich. Die Geister hatten ihren Platz im Haus, solange sie ihm nichts Böses zufügten, aber die, die es in ihrer Ruchlosigkeit verflucht hatten, mussten vertrieben werden.

Vor ihr war die Holztür. Das übrige Haus war leer, jetzt waren nur noch die Geister da. Aber Evas Sinne erreichten nicht die kalte Dunkelheit unter dem Haus. Der Keller war das Reich der Hexe, und die erfüllte ihn mit ihrem Wirbelsturm aus aufgewühltem Hass. Die Hexe musste wissen, dass Eva kam, aber jetzt redete sie nicht mehr in Gedanken mit ihr. Stattdessen schwang die schwere Tür auf wie eine Einladung in die Schwärze dahinter.

Mit dem Florett in der Hand stieg Eva langsam die Treppe hinunter. Ihre Schritte bestanden aus einem langen Gleiten, ihre freie Hand rutschte langsam am Geländer entlang. Dieses Mal nahm sie die Spinnweben kaum wahr, die in dem engen Durchgang hingen, schon lange konnte eine Spinne ihr keinen Schrecken mehr einjagen.

Unten wartete der Weinkeller, schon lange kein alltäglicher Kellerraum mehr, sondern der Eingang zum Reich der Hexe. Eva durchschritt ihn langsam und vorsichtig und wappnete sich für den nächsten Raum.

Hier war die Sammlung der Folterinstrumente, und sie hätte gern gewusst, was die Geisterjäger von diesem Raum halten würden. Bestimmt hätte auch der Unsensibelste die

Ausstrahlung gespürt, die von ihm ausging. Jetzt war es hier dunkel, und Evas Sicht wurde dadurch verändert. Sie sah nicht mehr wie beim letzten Mal die ausgestellten Gegenstände im Licht der Taschenlampe, sondern sie spürte diese gebogenen Geräte aus Eisen. Jedes Foltergerät war von der Todesangst seiner Opfer verkrustet, Schichten aus Schmerz und Scham und Angst verschmolzen mit der Erinnerung an die Folterer. Das waren kaltherzige, grausame Männer gewesen, die mit perverser Freude ihre abartigen chirurgischen Talente ausgeübt hatten; die ihr Werk bewunderten, wenn Finger zerquetscht, Fingernägel gezogen, Augen ausgestochen und den intimsten Körperstellen Gewalt angetan wurde. Die Schändlichkeit dieser Taten glühte durch die Jahrhunderte, und Evas Verstand schwamm in einem Meer von angesammelter Todesangst.

Sie ging an den Artefakten vorbei und achtete sorgsam darauf, dass ihre Gegenwart nicht deren Gegenwart überlagerte. Sie bahnte sich ihren Weg durch einen Irrgarten aus Schmerzen und wünschte sich, dass die Seelen der Opfer Frieden gefunden hatten und hier nicht herumwanderten, immer noch gebunden an die Folterer, die sie gequält hatten.

Wie die Hexe.

Die Hexe wartete.

Diesmal führte kein Licht Eva zu dem Tauchstuhl, aber sie fühlte seine Silhouette in der Dunkelheit vor ihr drohend aufragen. Während sie zwischen den Steinsäulen hindurchschwebte, spürte Eva die Woge des Fluchs in hohen Wellen aus dem Innern des Kellers heranrollen, jede erfüllt von den Empfindungen, die sie mit physischer Gewalt durchschüttelten: Ein Gestank nach Blut und Exkrementen vermischt mit verfaulender Nahrung, muffige feuchte Luft, ein Frösteln, das ihr Gänsehaut verursachte, ein Luftstoß stöhnte wie ein gequältes Tier, Dunkelheit legte sich wie eine grobe Binde über ihre Augen.

Die Hexe beobachtete sie. Die unirdische Dunkelheit, die Eva umgab, war keine Barriere zwischen ihr und dem dunklen Mittelpunkt des verfluchten Hauses. Die Hexe sah Eva näher kommen, sie glich einer Spinne, die den tänzelnden Flug einer Fliege erwartet, die sich der Mitte ihres Netzes nähert.

Im Haus der Strattons sah man hinter den Küchengardinen Licht. Alle vier Strattons saßen um den Küchentisch. Kyra und Kyle hingen müde auf ihren Stühlen, Becher mit kaltem Kaffee standen auf dem Tisch. Ihre Mutter kauerte auf der Stuhlkante wie die Zigarette auf dem Rand des Aschenbechers vor ihr: Sie hatte vor zwei Jahren das Rauchen aufgegeben und vorhin die Zigaretten aus dem Geheimversteck in einer alten Handtasche geholt. Keith hatte seinen Kaffee getrunken und danach noch zwei Becher mit einem großzügigen Schuss Whiskey.

»Ich habe immer ein Band zwischen mir und Adeline gespürt«, sagte er in das Schweigen hinein und warf seiner Frau einen Blick zu. »Als wir jung waren, sind wir ein paarmal miteinander ausgegangen. Sie hat mich nie zu sich nach Hause eingeladen – und ich wäre auch nie dorthin gegangen. Aber wir waren im Park spazieren. Addie war gern in dem Sommerhaus am See. Sie brachte Vorhänge aus Seide und Samt mit und hängte sie dort auf, als wäre es ein großes Zelt. Sie hatte auch Wein dort versteckt, und manchmal roch es da nach Hasch. Ich hatte den Eindruck, dass sie auch andere Männer dorthin einlud, aber darüber sprachen wir nicht. Sie erzählte immer davon, dass sie nicht in ihre Familie passte und weggehen wollte, dass sie sich aber nicht traute.«

Er seufzte, blickte die anderen nicht an, sondern sah wohl im Geist das exotische Zelt. Seine Frau schwieg. Exfreundinnen mochten Reizthemen für Ehefrauen sein, aber was sollte man zu einer sagen, die seit sechzehn Jahren tot war?

»Ich bin heute zum Sommerhaus gegangen. Ich wollte mich an Adeline erinnern – es ist das einzige Mal, dass ich an sie denke. Ich gehe jedes Jahr dorthin, wenn das Haus für die Saison eröffnet wird. Zu dieser Jahreszeit ist sie gestorben.« Er seufzte. »Ich habe am See immer so ein unheimliches Gefühl. Ich erinnere mich dann daran, wie ich das Baby gefunden habe, das auf dem Wasser schwamm, wie es in dem Binsenkorb lag und die Pfauen rundherum kreischten. Ihr hättet sie heute schreien hören sollen, durch den Dunst über dem See, sie schrien voller Wut. Es war wie damals, als alle nach Adeline suchten und uns die Zeit davonlief.«

»Glaubst du, dass ihr Geist da ist?«, fragte Kyle. »Irgendwo auf dem See?«

»Ich fand es spukig«, antwortete Keith. »Aber so ist mir immer zumute, wenn ich an sie denke.« Er schüttelte die Erinnerung ab und griff nach der Hand seiner Frau. Die

Eheringe tickten aneinander, als er ihre Hand mit seiner bedeckte. »Ich war in Adeline nie verliebt. Aber ich fühlte mich ihr verbunden, vielleicht weil sie – was wäre es? – meine Cousine war, irgend so was.«

»Cousine zweiten Grades«, sagte seine Frau. Sie war die Spezialistin ihrer eigenen Familiengeschichte und kannte sich in Verwandtschaftsbeziehungen aus. »Ihr Urgroßvater war dein Großvater.«

»Es gibt also eine Verbindung zwischen uns und den Chances«, sagte Kyle. »Nicht, dass ich dazugehören möchte – ich würde Felix nicht als Verwandten haben wollen, und wenn ich dafür Geld kriegen würde. Aber es gibt eine Verbindung zwischen ihnen und uns.«

»Ich wünschte, ich hätte vorher gewusst, dass wir mit den Chances verwandt sind«, sagte Kyra. »Oder wie Evas Mutter gestorben ist. Oder wie es in diesem Riesenhaus zugegangen ist. In der Schule haben wir immer gedacht, Eva wäre stinkreich und dass sie diese alten Klamotten nur trug, weil sie sich wegen uns keine Mühe machen wollte; dass sie hochnäsig war, weil sie uns nie zu sich eingeladen hat. Wir dachten, sie würde von goldenen Tellern essen und zu Hause Seidenkleider tragen.«

»Ihr habt sie gemobbt«, sagte Kyle. »Wenn ihr mehr über sie gewusst hättet, hättest du ihr wahrscheinlich die Schuld daran gegeben, was Elspeth Stratton passiert ist. Dass man sie gezwungen hat, das Kind von diesem Vergewaltiger zu bekommen, und dass sie daran gestorben ist. Da hättet ihr sie bloß noch mehr gemobbt, nicht weniger.«

Kyra fühlte sich mies. »Ja, könnte sein«, gab sie zu und verzog bei dem Gedanken das Gesicht.

»Ich finde es nicht gut, dass ihr beide diese Geister seht«, mischte sich ihre Mutter ein. »Mir gefällt das nicht, dass dieser Stratton-Geist euch angegriffen hat. Ich finde es nicht gut, dass der Geist von diesem Chance-Mädchen euch um Hilfe bittet. Man sollte sich nie mit dem Übernatürlichen einlassen – das ist gefährlich. Wenigstens seid ihr heil aus diesem Haus wieder rausgekommen, aber ich würde mit euch am liebsten zur Kirche gehen und den Pastor bitten, dass er euch mit Weihwasser besprengt.«

»Das könnte nicht schaden«, sagte Kyle. »Weil ich nämlich wieder zum Haus gehe.«

»Ganz bestimmt nicht.« Die Augen seiner Mutter weiteten sich vor Schreck. »Nein, du gehst ganz sicherlich nicht zurück dahin.«

»Doch«, widersprach Kyle. »Ich muss. Ich muss zu Eva.« Er brach ab, aber zu seiner Überraschung wurde er von Kyra unterstützt.

»Ich auch«, sagte sie. »Ich muss mit ihr darüber sprechen, was mit Felix los war. Vielleicht hat sie was gesehen, was ihm helfen kann.« Sie sah ihre Mutter bittend an und fuhr fort: »Er ist in Polizeigewahrsam. Wegen etwas, das er nicht getan hat. Und wenn die Polizei das Testament findet und herauskriegt, dass er der Einzige ist, der von Evas Tod profitiert, dann denkt sie bestimmt, dass er auch die Anschläge auf die anderen verübt hat und dass er seine Tante ermordet hat. Auf dieser Familie lastet ein Fluch, und der wird ihn vernichten, wenn wir ihm nicht helfen.«

»Wie soll denn das Reden mit Evangelines Geist helfen können?«, fragte Keith. »Hast du nicht erzählt, dass der Geist nicht weiß, wer sie ermordet hat? Kannst du nicht darauf vertrauen, dass die Polizei die Wahrheit herausfindet, ohne dass du in die Geisterwelt eindringen musst?« Er grinste verlegen, aber keins seiner Kinder lächelte.

»Nicht, wenn die Geister die Untersuchung vermasseln«, sagte Kyle. »Überleg doch mal: Wenn Felix seine Aussage macht, ist es entweder die Wahrheit, und die Polizei glaubt ihm nicht, oder er lügt das Blaue vom Himmel runter, und dann glauben sie ihm noch weniger. Kyras Sorgen sind berechtigt.«

»Kyle hat recht mit Eva«, kam seine Schwester ihm zu Hilfe. »Ich war in der Schule gemein zu ihr, aber ich bin kein Monster. Ich will nicht, dass sie auf ewige Zeiten in einer Art Arrest gefangen ist und als Geist im Haus herumspuken muss. Vielleicht sollten wir die Polizei davon überzeugen, dass sie nach ihrer Leiche sucht; dann findet sie möglicherweise Ruhe. Und wir könnten den Pastor dazu bringen, dass er Weihwasser über sie kippt – wie Mama vorgeschlagen hat.«

»Egal, heute Nacht geht niemand mehr irgendwohin«, sagte ihre Mutter bestimmt. »Es ist schon sehr spät. Ihr zwei müsst endlich schlafen.«

»Wir sprechen morgen darüber«, versprach Keith. »Aber eure Mutter hat recht, schlaft euch erst mal aus.«

Eva hatte geglaubt, sie wäre alle Phantomschmerzen ihres Körpers losgeworden, aber auf der Schwelle zum Reich der Hexe krampfte sich ihr Magen vor lauter Übelkeit zusammen, sie musste unwillkürlich würgen bei dem Geruch, der sie zu strangulieren schien, verstärkt durch einen rasenden Hunger, als würde ihr Bauch sich selbst verschlingen. Ihr Gespür für das Haus um sie herum verflüchtigte sich, sie wurde in einen dunklen Winkel ihres Verstands verbannt, ihre Hand- und Fußgelenke schmerzten, als wäre sie und nicht die Hexe an den Tauchstuhl gefesselt. Ihre Haut brannte und fror gleichzeitig, fieberhaftes Jucken gefolgt von eisigem Schaudern.

In ihrem Kopf lachte die Hexe. *Hast du etwa gedacht, dir könnte nichts mehr weh tun? Hast du geglaubt, du wärst von allen Schmerzen befreit? Das hier ist meine Folterkammer, Chance-Kind. Dies ist die Folterbank, an die du gefesselt bist.*

»Nein.« Eva zwang sich die Augen zu öffnen und trotz der Dunkelheit etwas zu sehen, selbst wenn es die dunklen Höhlen der Hexenaugen waren. Ihre Fingernägel schmerzten, scharfe Stiche wie von Holzsplittern. Sie fühlte sich schmutzig, als starre sie vor Dreck. War das ihr Wimmern, ihr atemloses Stöhnen und Ächzen? Sie wusste nicht mehr, wo sie war, ihr Kopf dröhnte, ihre Schläfen pochten wegen heftiger Schmerzattacken. Was tat sie hier? Wie hatte sie jemals die Hexe bekämpfen wollen?

Du hast gedacht, du wärst frei und ich gefesselt, sagte die Hexe. *Aber ich habe jeden Quadratmeter dieses Hauses mit meinen Verwünschungen getränkt, und jetzt bist du die Gefesselte. Du bist verloren, Eva Chance. Du bist in die Falle gegangen. Ein Geistmädchen durchlebt ihre letzten Sekunden. Eine begrabene Tote.*

Eva wollte sich bewegen, sehen, atmen. Mit jedem dunklen Gedanken schienen die Mauern näher zu rücken. Sie ertrank in der Finsternis, während die Hexe in ihren Kopf eindrang. Sie war ein verängstigtes kleines Mädchen mit unerträglichen Schmerzen.

Im Strudel der Finsternis war die Luft erfüllt vom Gestank nach Blut und Exkrementen, ihr Körper litt unter der eisigen Kälte, ihre Handgelenke brannten von messerscharfen Schnitten. Pfauen kreischten, und die Hexe lachte.

Letzte Chance.
Vertane Chance.
Keine Chances mehr.

19
Klinik und Knast

Kyle legte sich ins Bett, aber er konnte nicht schlafen. Er starrte in die samtige Dunkelheit seines Zimmers und dachte an Eva und die Chances, bis sich in seinem Kopf alles drehte. Ihn quälte die Gewissheit, dass kaum noch Zeit blieb, um Eva zu retten, und der Gedanke, dass sie sich allein in dem Spukhaus aufhielt, bereitete ihm Höllenqualen.

Kyle wusste, was mit ihm passiert war. Er hatte sich auf die hoffnungsloseste und unmöglichste Weise in jemanden verliebt. Er verspürte einen seltsamen Neid auf Kyra, die in einer ähnlichen Situation mit dem eingesperrten Felix war, aber sie hatte wenigstens die Hoffnung, dass alles gut werden würde. Kyle war diese Möglichkeit verwehrt.

Er schlug die Bettdecke zurück, stand auf und zog sich an. Hier herumzuliegen war sinnlos. Er musste etwas tun. Leise verließ er sein Zimmer mit den Schuhen in der Hand, um seine Eltern nicht aufzuwecken, während er den Flur entlang- und die Treppe hinunterschlich. In der Küche zog er die Schuhe an, und als er sie zuschnürte, sah er einen dünnen Lichtstrahl unter der Garagentür. Es war noch jemand wach.

Schon bevor er die Tür öffnete, wusste er, dass es Kyra war. Sie war ebenfalls nicht überrascht, und ihr müder Blick verriet ihm, dass sie auch nicht hatte schlafen können.

Wie viele Menschen benutzten die Strattons die Garage nicht, um ein Auto darin unterzustellen. Stattdessen hatte ihr Vater hier seine Privatwerkstatt. An den Wänden hingen Reihen von Werkzeugen, und ein ramponierter Holztisch in der Mitte des Raums trug die Narben von Schraubzwingen und Meißeln.

Kyra stand dort und blickte auf etwas hinunter. Es war ein Grundriss, der Plan vom Chance-Haus. Kyle erkannte die Handschrift seines Vaters mit Randbemerkungen, was noch zu tun wäre. Es handelte sich also um den Plan, den die Bauarbeiter während der Renovierungen benutzt hatten.

Kyra hatte ihn an der einen Seite mit einer Schachtel beschwert, einer flachen Schachtel mit dem Bild einer Lupe auf dem Deckel. Daneben lagen ein Kartenstapel, zwei Würfel und ein paar bunte Figürchen.

»Spielst du Cluedo auf dem Plan des Hauses?«, fragte er.

»Hast du vielleicht einen besseren Einfall? Schau mal.« Sie zeigte auf eine gelbe Figur, die sie auf das Zimmer gestellt hatte, in dem ›Bibliothek‹ stand. Daneben lag ein anderes Teil von dem Brettspiel, ein Leuchter.

»Oberst Gatow in der Bibliothek mit dem Leuchter«, sagte Kyle automatisch.

»Oder Edward Chance in der Bibliothek mit einem unbekannten stumpfen Gegenstand«, wurde er von Kyra verbessert. »Dort hat man ihn bewusstlos aufgefunden, und es hieß, er hätte eine Beule am Kopf gehabt.«

»Du spielst die Mordversuche nach.« Kyle begriff allmählich. Er suchte auf der Karte den Park und das Sommerhaus am See. Dort waren eine weiße Figur und das Seil.

»Das ist Cora Chance, beinahe erwürgt im Sommerhaus.«

»Stimmt.« Kyra deutete auf die rote Figur im Ostflügel, die neben einem Dolch lag. »Und das ist Joyce Chance, erstochen von einer Broschennadel. Cluedo hat kein Schmuckstück, aber der Dolch kam dem am nächsten.«

»Du hast Eva vergessen«, sagte Kyle.

Kyra runzelte die Stirn. »Ganz und gar nicht.« Sie öffnete die Hand und zeigte ihm die blaue Figur. »Ich hab nur nicht gewusst, wo ich sie hinstellen soll.«

Kyle nahm die kleine blaue Figur. Ihr Anblick machte ihn traurig.

»Blau ist nicht Frau Weiß«, sagte er.

»Aber mir schien sie trotzdem zu Eva zu passen«, erwiderte Kyra und sah immer noch auf den Plan. »Glaubst du immer noch, dass ihre Leiche im Keller ist? Auf diesem Plan ist kein Keller.«

»Keine Ahnung.« Kyle drehte das Figürchen in seinen Fingern hin und her. »Vielleicht, wahrscheinlich. Aber was hilft es, wenn wir wissen, wo sie gestorben ist?«

»Ich versuche nur, mir das vorzustellen. Irgendwie muss das alles einen Sinn ergeben. Die Polizei hält Felix für den Mörder, aber sie irrt sich. Du weißt, dass sie sich irrt, nicht wahr?«

»Klar. Felix hat mich überzeugt. Aber wenn er es nicht war – wer dann? Christopher Knight?«

»Knight hat die Geistertouren vorgeschlagen. Und Felix hat gedacht, dass Mr X sich die Geistertouren irgendwie zunutze macht – es war für den Mörder ein Vorteil, dass alle an Geister dachten.«

»Aber das Haus *ist* voller Geister«, wandte Kyle ein. »Die Besucher hätten sie auf jeden Fall gesehen.«

»Nicht unbedingt. Denk mal an die Gärtner. Die hatten jede Menge Pech, und das hat sie abergläubisch gemacht, und es wurde viel über Geister geredet, aber niemand hat wirklich einen gesehen. Wenn es nicht diese Geistertouren gegeben hätte, hätten alle diese Unfälle für Pech gehalten oder für die Einbildung von abergläubischen Leuten.«

»Glaubst du, dass alle diese Unfälle geplant waren? Eva war sich sicher, dass die Hexe dahintersteckte.«

»Die Leute dachten auch zuerst, der Sturz von Sir Edward wäre ein Unfall gewesen. Und vielleicht sollte Coras Tod auch wie ein Unfall aussehen.«

»Aber das ergibt trotzdem keinen Sinn.« Kyle umklammerte immer noch die Figur.

»Nee, stimmt. Jetzt vergiss aber mal kurz diesen Geisterkram. Lass uns mal annehmen, dass dieser Mr X, wer immer das auch ist, einen Grund für seine Anschläge hatte.«

Sie zeigte nacheinander auf die Spielfiguren.

»Edward Chance in der Bibliothek – vielleicht änderte er gerade sein Testament oder machte dort irgendwas anderes, das für Mr X ein Problem darstellte. Cora Chance am See: Vielleicht hat sie etwas Verdächtiges gehört oder gesehen – warum sollte er sie sonst umbringen wollen? Joyce Chance im Ostflügel – hat sie nicht im Familienschatz rumgewühlt? Vielleicht hatte X das Zeug gestohlen, was sie gefunden hat.« Kyra überlegte kurz. »Oh, ich habe Miss Langley vergessen, die wurde ja auch niedergeschlagen, auf der Hintertreppe, nicht? Gib mir mal die blaue Figur, das kann sie sein, weil wir ja nicht wissen, wo wir Eva hinstellen sollen.«

»Nimm eine andere.« Kyle wollte das pfauenblaue Figürchen nicht hergeben. »Professor Bloom zum Beispiel. Vielleicht haben ja die Geister Miss Langley angegriffen, wie die Frau, die über das Geländer stürzte, und der Typ mit dem Pistolenschuss – das war bestimmt nicht Mr X.«

Kyra nahm die Figur von Professor Bloom und stellte sie auf die Hintertreppe und legte nach kurzer Überlegung das Heizungsrohr neben ihn.

»Wir sollten uns mal mit Miss Langley unterhalten«, sagte sie. »Vielleicht hat sie etwas gesehen, das uns einen Hinweis gibt.« Sie blickte auf. »Hör endlich auf, an der Figur rumzufummeln. Das ist Frau Weiß und nicht Eva.«

»Kannst du dich noch an den Moment erinnern, als Evas Geist verblasst ist?« Kyle starrte immer noch auf die Figur, als fände er dort alle Antworten. »Plötzlich war sie voller Blut und Abschürfungen.«

Kyra schauderte. »Gruselig.«

»Und wenn ihr Körper jetzt so aussieht? Mit zerbrochenen Knochen, voll von blutigen Wunden. Was, wenn das der schlimme Ort war, an den sie gezerrt wurde – dort, wo ihre Leiche ist?«

»Hör auf. Du redest dich bloß ins Unglück. Solche Gedanken helfen uns nicht weiter.«

»Blut und Dreck, hat sie gesagt.« Kyle sah auf seine geschlossene Faust hinab. »Blut und Dreck und Pfauenschreie.«

»Kyle ...«

Kyra legt die Hand auf seinen Arm, aber er schüttelte sie ab und streckte seine Hand mit der blauen Figur zwischen den Fingerspitzen über den Plan, als würde sie von einer unsichtbaren Gewalt gezogen.

»Nicht im Keller. Irgendwo bei den Pfauen, wo wir noch nicht gesucht haben, dort, wo alles anfing. Wo Eva geboren wurde – und starb.« Er stellte die kleine Figur sanft auf die Insel in der Mitte des Sees. »Dort ist sie. Wo die Pfauen leben – dort muss Evas Leiche sein.«

⁂

Nach einer heftigeren Debatte, als sie es sich gewünscht hätte, schloss Tilda Abbot mit den Suchteams einen Kompromiss. Sie würden im Morgengrauen mit der Suche beginnen. In den letzten Nachtstunden blieb ihr nur eine Notbesetzung, die die vorhandenen Beweise sammelte und versuchte, sinnvolle Zusammenhänge zu entdecken. Das Whiteboard war nun von krakeligen Notizen und Pfeilen und ab und zu von gelben Klebezetteln bedeckt, nur ein Wort stand völlig isoliert da. Niemand hatte ›Geister‹ mit irgendetwas anderem verbunden.

Tilda Abbot lief hin und her und wartete ungeduldig auf die Morgendämmerung. Immer wenn ein neuer Bericht eintraf, verschlang sie ihn begierig. Auf ihrem Tisch lag ein Stapel Notizen, und sie überlegte bereits, in welcher Reihenfolge sie die Verdächtigen verhören wollte. Felix Fairfax war bestimmt ein schwieriger Gesprächspartner, das wusste sie. Vielleicht sollte sie erst einmal die Aussagen der anderen Anwesenden aufnehmen?

Um 5 Uhr 30, eine halbe Stunde vor der Morgendämmerung, klingelte das Telefon, und sie schrak zusammen.

»Kommissarin Abbot«, sagte sie in den Hörer. Am anderen Ende war das Revier, und die ersten Worte des

Wachhabenden vertrieben mit einem Schlag ihre Langeweile.

»Es hat einen Todesfall gegeben. Ein Hundehalter hat ein brennendes Auto gemeldet. Als die Beamten hinkamen, fanden sie eine Leiche in dem Fahrzeug. Verkohlt, alle Hilfe zu spät. Eine Identifizierung wird erst nach der forensischen Untersuchung möglich sein, aber wir kennen die Autobesitzerin. Joyce Chance, Ihr Mordopfer. Haben Sie eine Idee, wer ihr Auto letzte Nacht gefahren haben könnte?«

»Geben Sie mir fünf Minuten.« Sie beendet den Anruf, schnappte sich ihren Mantel und lief zur Tür der Einsatzzentrale. »Man hat eine Leiche gefunden«, teilte sie dem Wachtmeister mit. »Noch eine Leiche. Verschieben Sie die Hausdurchsuchung, und kommen Sie mit.«

In der Garage blickten Kyle und Kyra sich über den Plan hinweg an. Kyra empfand plötzlich Mitleid mit ihrem Bruder. Seine Besessenheit wegen Eva hatte sie zunächst genervt, aber jetzt tat er ihr leid. Eva war tot, und selbst wenn sie das Geheimnis ihres Todes lösten, würde das nichts ändern. Aber vielleicht würde die Entdeckung ihrer Leiche ihrem Geist Ruhe bringen. Vielleicht würde es auch Kyle helfen, wenn er wüsste, dass dieses Mädchen seinen Frieden gefunden hatte.

Dennoch war es ihr wichtiger, Felix zu helfen. Wenn sie den wahren Täter fand, würde Felix freigelassen. Vielleicht würde die Entdeckung von Evas Leiche den letzten Hinweis auf den Mörder liefern. Aber als sie auf den Plan mit den Cluedo-Figuren sah, war ihr, als befänden sie sich bereits dicht vor der Antwort. Sie war da – sie konnte sie nur noch nicht sehen.

Aus Kyles Tasche erklang die Titelmelodie der *Sopranos*, und beide fuhren zusammen. Kyle holte das Handy heraus und sah auf das Display.

»Unbekannter Teilnehmer.« Dann drückte er auf die Taste und sagte »Hallo?«

Kyra hörte dem Telefongespräch zu. Kyle schwieg kurz, dann sagte er: »Wirklich? Warum ich? Jetzt? Na gut, okay, ich komme.« Er legte das Handy auf den Tisch und sah Kyra an. »Das war der Anwalt, Michael Stevenage. Ich soll mich im Krankenhaus mit ihm treffen. Evas Großvater will mich sehen.«

»Warum dich?«

Kyle zuckte die Achseln. »Das hat er nicht gesagt. Aber ich wollte ihn neulich besuchen, das weißt du doch. Eva hatte mich darum gebeten. Vielleicht ist das der Grund.« Er steckte das Handy wieder ein. »Egal, ich hab gesagt, ich komme. Ich werde versuchen, mehr über die Insel im See herauszufinden. Wenn sich da einer auskennt, dann bestimmt Evas Großvater.«

»Du willst nach dem Krankenhaus dorthin? Wenn die Polizei das erfährt, kriegst du Ärger. Warum erzählst du ihnen nicht einfach, dass deiner Meinung nach die Leiche dort ist?«

»Weil sie mir sofort glauben werden, dass Evas Geist Pfauen hört.« Kyle schüttelte den Kopf. »Außerdem hat Felix mich doch beauftragt, die Leiche zu finden, weißt du nicht mehr? Er sollte sich doch freuen, wenn es mir gelingt – besonders wenn ich etwas finde, das den Verdacht von ihm nimmt.« Er ging zur Garagentür und öffnete sie. »Sag Mama und Paps, sie sollen sich keine Sorgen machen.«

Damit war er weg.

Kyra blickte in das schwache Morgenlicht, das durch die offene Tür drang. Wenn Besucher im Krankenhaus erlaubt waren, waren sie das vielleicht auch auf der Polizeiwache. Und außerdem wollte sie ganz bestimmt nicht hier herumhängen und darauf warten, dass ihre Eltern aufwachten und ihr verboten, wegzugehen.

Sie schloss die Garagentür leise hinter sich und joggte in die Stadt.

Tilda Abbot stand einige Meter entfernt von der verrußten Hülle des einstmals gelben VW-Käfers und sah den Forensikern bei ihrer Arbeit zu. Die grinsende Leiche auf dem Fahrersitz sah überhaupt nicht mehr aus wie der gutaussehende junge Mann im Designer-Anzug, mit dem sie erst vor wenigen Stunden gesprochen hatte.

Aber ein paar rasche Anrufe hatten bewiesen, dass Knight gestern Nacht nie in seinem Hotel angekommen war, ganz zu schweigen vom Einchecken. Helen und Richard Fairfax waren in ihr Hotel gefahren und hatten sich so schlecht benommen, dass der Angestellte vom Empfang sich nur zu gut an sie erinnerte. Ein weiterer Anruf bei der Nummer, die ihr Lisle Langley gegeben hatte, brachte die Aufgelistete selbst an die Strippe, verschlafen und verwirrt, weil sie so früh geweckt wurde, aber eindeutig lebendig. Nur Knight wurde vermisst.

Tilda Abbot zwang sich, das verschrumpelte Fleisch anzusehen, das noch am Schädel klebte, die skelettartigen Finger, die das Steuerrad umklammerten. Wenigstens war es ein schneller Tod gewesen, dachte sie. Das Auto war von der Straße abgekommen und direkt gegen einen Baum geprallt. Vielleicht hatte Knight davon gar nichts mehr mitbekommen. Aber in einer Sache war sie sich ganz sicher: Hierbei handelte es sich nicht um einen Unfall. Es hatte zu viele sogenannte Unfälle in der Chance-Familie und ihrer Umgebung gegeben, als dass sie das glauben konnte. Ganz gleich ob Selbstmord oder Mord – Knights Abgang von dieser Welt war mit Absicht herbeigeführt worden.

Er hatte ein Alibi für Joyce' Ermordung gehabt – warum sollte er sich also umbringen? Er war über den Verlust seiner Partnerin weniger verzweifelt als schockiert und entsetzt gewesen. Es erschien ihr unwahrscheinlich, dass er schon die ganze Zeit der Schuldige gewesen war, und nun empfand sie so etwas wie ein schlechtes Gewissen. Es war viel wahrscheinlicher, dass Knight etwas gewusst hatte, etwas gesehen hatte, vielleicht dasselbe, was die anderen Opfer gesehen hatten – und dass man ihn jetzt für immer zum Schweigen gebracht hatte.

Tilda Abbot rieb sich die Stirn. Irgendwo gab es darauf eine Antwort. Irgendwo gab es Verbindungen zwischen den Unfällen, den verschwundenen Personen und den Mordversuchen. Wie in einem völlig verhedderten Fadenknäuel oder lauter miteinander verknoteten Halsketten gab es irgendwo ein loses Ende, an dem sie ziehen konnte, bis das

Ganze irgendeinen Sinn ergab – sie musste es nur finden. Mit gerunzelten Brauen zermarterte sie ihr Hirn nach der Lösung des Rätsels.

※

Es war noch keine Besuchszeit, und im Krankenhaus war es so früh am Morgen still. Niemand hielt Kyle an, als er in den zweiten Stock zur Station 8 ging.

Michael wartete auf ihn vor dem Schwesternzimmer.

»Danke, dass du gekommen bist«, sagte Michael. »Ich hatte gestern Abend keine Gelegenheit mehr, mit dir zu sprechen, aber ich wollte mich noch mal dafür bedanken, dass du mich angerufen hast. Leider hält die Polizei Felix immer noch für den Täter, es sieht nicht gut für ihn aus. Ich habe dir ja schon gesagt, dass ich einen Interessenkonflikt befürchte. Nachdem man Felix seine Rechte verlesen hatte, bin ich hergekommen, um Sir Edward von der Verhaftung seines Enkels Mitteilung zu machen. Er war natürlich äußerst schockiert.«

»Aber was habe ich damit zu tun?«, fragte Kyle.

»Sir Edward wollte von mir wissen, ob es nach meiner Ansicht irgendwelche Gründe für die Anklage gibt«, sagte Michael verlegen. »Ich war mir unsicher. Aber ich habe ihm dann erzählt, dass wir uns im Krankenhaus begegnet sind und was du über Eva gesagt hast ...« Er brach ab und sah Kyle hoffnungsvoll an. »Sir Edward wollte selber mit dir sprechen.«

»Aha.« Kyle sah auf die geschlossene Tür von Zimmer 8A. »Äh ... jetzt?«

»Wenn du bereit bist. Er ist wach und erwartet dich.«

In dem Privatzimmer standen zwei Betten mit grünen Vorhängen, die so weit auseinandergezogen waren, dass man die Kranken sehen konnte. Miss Cora sah nicht so aus, als wäre sie zu einer Unterhaltung fähig. Sie lag mit geschlossenen Augen im ersten Bett. Ihr Kopf war bandagiert und ihr Gesicht leichenblass und welk. Ein zweigeteilter Schlauch steckte in ihren Nasenlöchern, sein anderes Ende steckte in einer Art Pumpe, und ein anderer Schlauch führte aus ihrem Arm in einen Plastikbeutel, der offensichtlich mit Blut gefüllt war. Ein dritter Schlauch kringelte sich unter der Decke zu einem anderen Plastikbeutel am Fuß des Betts, den Kyle lieber nicht gesehen hätte.

Der andere Zimmerbewohner saß aufrecht im Bett gegenüber. Sir Edward Chance trug ein altmodisches Nachthemd und wirkte darin schmal und gebrechlich. Auch seine Haut sah dünn aus, faltig und runzlig, seine wenigen weißen Haare hingen zerzaust um seinen Kopf. Aber seine Haltung war untadelig, sein Rücken kerzengerade, und seine Augen waren völlig klar, als er Kyle mit einer Eindringlichkeit betrachtete, die den Jungen durch das Zimmer eilen ließ.

»Guten Morgen ... äh ... Sir. Ich heiße Kyle. Mr Stevenage hat gesagt, Sie wollten mich sprechen?«

»Das stimmt«, sagte der alte Mann. »Und jetzt, wo ich dich sehe, muss ich sagen, dass ich erstaunt bin. Du siehst aus wie ein Chance, dein Kinn und deine Stirn erinnern mich an meinen Großvater. Wie es heißt, war er kein angenehmer Mensch, deshalb ist es wahrscheinlich ganz gut, dass die Ähnlichkeit nicht auffallender ist. Ich heiße übrigens Edward. Edward Chance.«

Kyle setzte sich auf den Stuhl neben dem Bett und überlegte, wie er die Ähnlichkeit erklären sollte. Evas Großvater war viel scharfsinniger, als er erwartet hatte.

»Schon möglich, dass wir miteinander verwandt sind. Meine Urgroßmutter war im Haus angestellt ...«

»Eine so alte Geschichte, dass man sieben Romane daraus machen könnte«, sagte Sir Edward und verzog das Gesicht. »Wieder ein Minuspunkt für den schlechten Charakter meines Großvaters. Bist du deshalb wütend?«

»Das wäre ich bestimmt, wenn ich klarer denken könnte. Was ist mit Ihnen? Wie geht es Ihnen?«, versuchte er, das Thema zu wechseln.

»Ich bin müde«, sagte Sir Edward. »Ich bin neunzig. Ich bin immer müde. Ich habe zwei Töchter überlebt, und eine dritte liegt da und ringt um den letzten Atemzug. Ich komme mir vor wie König Lear.«

»Den hatten wir im Unterricht. Das ist doch der, der nicht kapiert hat, dass seine jüngste Tochter ihn wirklich geliebt hat. Ist es das, was Sie sagen wollen?«

»Anscheinend ist der Unterricht heutzutage besser, als ich dachte.« Der alte Mann sah überrascht aus, und Kyle rutschte verlegen auf dem Stuhl hin und her.

»Ich bin nicht besonders gut in der Schule. Wahrscheinlich hab ich mich nur daran erinnert, weil ich auch den Film gesehen habe. Der war ziemlich traurig.«

»Ich bin meistens auch ziemlich traurig. Aber ich möchte dich nicht mit meinem Jammern behelligen. Ich möchte mit dir über meine Enkel sprechen. Über Felix. Und Eva.«

»Gut. Was möchten Sie wissen?«

»Mein Anwalt ist ein junger Mann. Von meiner Warte aus scheint er genauso jung zu sein wie du. Er geht mit seinem uralten Klienten sehr behutsam um und versucht, mich zu schützen. Er will meinen Enkel nicht vertreten, das merke ich. Der Interessenkonflikt macht ihm Sorgen. Er hält den Jungen für schuldig oder glaubt, dass er für schuldig befunden wird, obwohl er unschuldig ist – und ich weiß nicht, was schlimmer ist. Sag mir, was denkst du?«

»Das zweite«, antwortete Kyle ohne zu zögern. »Ich glaube, Felix wirkt schuldig wie Hölle, aber ich glaube nicht, dass er hinter den Mordanschlägen steckt. Ich glaube nicht, dass er Ihre Enkelin ermordet hat. Ehrlich gesagt – ich glaube, er hat kaum bemerkt, dass es Eva gab – bis es sie nicht mehr gab.«

»Danke.« Sir Edward lehnte sich in seine Kissen zurück. »Obwohl es ziemlich seltsam ist, dass ich mich für das Urteil eines Knaben bedanke. Es ist ... schlimm, seinen Enkel für einen Mörder zu halten.«

»Ganz bestimmt.« Kyle erinnerte sich an den Gesichtsausdruck von Felix' Vater. Dem erging es ähnlich. Außerdem war Sir Edward auch das Opfer eines Mordanschlags gewesen. Er musste sich gefragt haben, ob Felix ihn beseitigen wollte, damit er erben konnte.

»Jetzt erzähl mir von meiner Enkelin«, sagte der alte Mann. »Von meiner Evangeline.«

»Ich bin Ihrer Enkelin nie begegnet.« Kyle hielt inne, aber der alte Mann wartete geduldig auf sein Weitersprechen. »Ich bin Eva nie begegnet, als sie noch gelebt hat. Aber ich habe in Ihrem Haus Evas Geist gesehen.«

»Ich habe sie auch gesehen.« Die Trauer trieb Sir Edward Tränen in die Augen. »Als man mich im Notarztwagen wegbrachte, dachte ich, sie versucht, mich zu erreichen. Dann kamen wir unten ans Tor, und sie verschwand.«

»So habe ich sie auch gesehen. Eben noch da – und in der nächsten Sekunde war sie verschwunden. Mir tut Ihr Verlust schrecklich leid, Sir Edward. Ich wünschte – ich wünschte, ich wäre ihr begegnet, als sie noch gelebt hat.«

»Das sehe ich.« Der alte Mann sah sehr bekümmert aus. »Das sehe ich.« Er seufzte. »Weißt du über mein Testament Bescheid?« Er nickte, als Kyle ihn peinlich berührt ansah. »Ich wollte immer, dass Felix das Haus erbt. Er hat genug Geld von der Fairfax-Familie und ist der Erbe seines Vaters. Ich hatte gehofft, er würde sich der Situation gewachsen zeigen, wenn er das Haus erbt, und es nicht verkaufen.«

Kyle dachte darüber nach. Vielleicht hätte es Felix gefallen, den Schlossherrn zu spielen. Außerdem war er verrückt genug, um das Haus zu behalten, wenn alle wollten, dass er es verkaufte.

»Ich wollte auch für meine Evangeline sorgen«, fuhr Sir Edward fort. »Ich hatte gedacht, wenn ich ihr das Inventar vermache, wäre sie an die Familie gebunden. Dann müssten die anderen sie in ihre Entscheidungen einbeziehen. Michael Stevenage hat mich vor der Teilung meines Besitzes gewarnt, aber ich habe nicht auf ihn gehört. Falls das der Grund für diese Anschläge ist, gebe ich mir die Schuld. Es ist ein schlimmer Gedanke, dass eins meiner Enkelkinder das andere wegen des Besitzes ermorden könnte …« Er schüttelte den Kopf. »Ich wäre ganz gewiss wie Lear, wenn ich meine Nachkommen dazu bringen würde. Ich würde mir ewig die Schuld dafür geben.«

»Ich glaube nicht, dass es Ihre Schuld war. Eva hat etwas von einem Fluch gesagt.«

»Einem Fluch?« Er horchte auf. »Ist jemand im Keller gewesen?«

»Ich«, gestand Kyle. »Ein Mal.«

»Ein Mal ist genug«, sagte Sir Edward. »Genug für einen Chance, auch wenn er nur entfernt verwandt ist. Ich habe Eva nie in den Keller gehen lassen, ich wollte nicht, dass sie sieht, was dort unten ist. Die Chances haben schreckliche Dinge getan, junger Mann. Das ist das Schlimme an der eigenen Geschichte – dass man die Schande kennt. Ich hätte schon vor langer Zeit die Sammlung loswerden sollen, aber das hätte so ausgesehen, als würde ich mich aus der Verantwortung stehlen. Und wo zieht man die Grenze: Das Haus ist voller Relikte aus der Kolonialzeit, aus der Zeit des Imperialismus und der Sklaverei. Welcher Gegenstand wurde nicht mit Schmerzen bezahlt? Das ist die dunkle Seite unseres Stolzes.« Er holte tief Luft. »Falls es einen Fluch gibt, dann kommt er von dem Blut an unseren Händen. Und keine Seife der Welt kann das abwaschen.«

»Eva hat gesagt, hinter dem Fluch wäre eine Hexe, eine Geisterhexe.«

»Sie will, dass die Chances leiden. Und es gibt keine Möglichkeit, das Haus von ihr zu befreien. Der Fluch im Keller zerstört unser aller Leben. Meine Tochter Adeline war davon besessen – deshalb ist sie immer wieder davongerannt. Ich hätte sie weglaufen lassen sollen – dann wäre sie jetzt wenigstens irgendwo, von wo sie zurückkommen könnte.«

»Danach wollte ich Sie fragen. Als Eva geboren wurde und ihre Mutter starb ... man hat das Baby doch bei der Insel gefunden, nicht wahr?«

»Im Schilf. Aber ... also, jetzt fällt es mir ein, sie wurde von einem Stratton gefunden. Von deinem Vater?«

»Ja. Und ihre Mutter Adeline ... verzeihen Sie, Sir Edward, die Erinnerung daran muss für Sie schmerzlich sein.«

»Wir haben Adeline eine Woche später gefunden, sie hing im Schilf fest.« Sir Edward seufzte. »Ihre Augen waren wie Perlen ... ich glaube, sie hat sich ertränkt. Um vom Haus und vom Fluch der Chances befreit zu sein. Vielleicht hat Evangeline dasselbe getan.«

»Nein, das glaube ich nicht. Ich glaube, sie wurde ermordet. Aber warum ist Adeline überhaupt auf den See hinausgerudert?«

»Weil sie da am weitesten vom Haus entfernt war, könnte ich mir denken. Sie hat die Grotte immer geliebt. Die muss jetzt in einem fürchterlichen Zustand sein – wir haben sie nie wieder zugänglich gemacht. Aber als Adeline ein junges Mädchen war, sind wir an warmen Sommertagen oft dorthin gegangen. In der Grotte ist es kühl, Wasser plätschert und rinnt von den Wänden. Und dort ist man am weitesten vom Haus entfernt. Ich glaube, dort hat sie sich sicher gefühlt.« Er überlegte. »Ich weiß nicht, warum sie das Boot genommen hat. Sie hätte auch den Tunnel nehmen können.«

»Den Tunnel?« Kyle hatte die Augen aufgerissen, aber Sir Edward schien das nicht aufzufallen.

»Er beginnt im Sommerhaus und führt unter dem See zur Grotte. In den Zeiten vor Kühlschränken wurde sie als Eishaus genutzt, und es war leichter, durch den Tunnel dorthin zu gelangen als mit dem Boot.«

»Danke.« Ein anderes Puzzleteil hatte seinen Platz gefunden. Kyle wusste nun, wie Coras Angreifer entkommen konnte, ohne Fußspuren im Schnee zu hinterlassen. Und er wusste, wie er schnell und problemlos zur Insel gelangen konnte.

»Kann ich sonst noch irgendwas für Sie tun, Sir Edward?«, fragte er. »Irgendwas?«

Edward Chance schloss die Augen, und Kyle begriff, dass der alte Mann die Wahrheit gesagt hatte, dass er nämlich müde war. Er war todmüde, und Kyle wünschte, ihm würde etwas einfallen, das dem alten Mann Mut machen konnte.

»Wenn du sie wiedersiehst, sag meiner Evangeline auf Wiedersehen von mir«, sagte Sir Edward leise. »Sag ihr, wenn es ein Leben nach dem Tod gibt, dann suche ich sie dort.«

»Ist das alles? Das ist … nicht viel.«

»Es ist alles, was ich zu hoffen wage. Wenn du Orpheus wärst, mein Junge, dann könntest du in die Unterwelt reisen und sie aus dem Hades zurückbringen. Aber in unserer Welt ist das nicht möglich. Sag ihr einfach auf Wiedersehen, das genügt.«

Auf der Polizeiwache herrschte trotz der frühen Stunde ein geschäftiges Treiben. Kyra ließ sich beim Eintreten absichtlich viel Zeit und erfuhr so, dass eine große Durchsuchung des Chance-Hauses geplant war und sich nur wegen eines kürzlichen Vorfalls verzögert hatte. Sie hätte gern herausgefunden, was sonst noch seit Felix' Verhaftung passiert war, aber da hatte der Wachtmeister sie schon gesehen, und deshalb ging sie zu seinem Tresen.

»Ich möchte gern Felix besuchen. Felix Fairfax. Er wurde gestern verhaftet.«

Wie erwartet, wollte der Beamte sie nicht zu ihm lassen. Zuerst verweigerte er es ihr rundheraus, obwohl er zugeben musste, dass Felix bislang noch keines Verbrechens angeklagt war. Kyra blieb hartnäckig und erkundigte sich, ob es irgendein Gesetz gäbe, warum sie Felix nicht besuchen dürfe. Der Beamte konterte mit der Frage, ob sie mit ihm verwandt wäre.

»Selbstverständlich. Er ist mein Cousin. Mein Urgroßvater war ein Chance.«

Der Wachhabende zögerte. Dann klingelte das Telefon, er nahm den Anruf entgegen und drehte während der gedämpften Unterhaltung den Kopf weg. Kyra blieb so nahe wie möglich bei ihm stehen und hörte nach ein paar Minuten erst ihren Namen und dann den von Felix. Aber mehr bekam sie nicht mit. Schließlich beendete der Wachhabende das Gespräch.

»Sie können Mr Fairfax besuchen«, sagte er widerstrebend. »Aber wir müssen Sie dabei überwachen, und Sie müssen hier unterschreiben, dass Sie damit einverstanden sind.«

»Gut.« Kyra unterschrieb, ohne zu zögern. Aber ihr Hirn arbeitete im Overdrive daran, was sie Felix sagen konnte, ohne dass man es gegen ihn verwenden würde.

Als sie Felix schließlich gegenübertrat, geschah das in der deprimierenden Atmosphäre eines polizeilichen Verhörraums, das Aufnahmegerät lief, und ein Polizist hielt sich im Raum auf. Felix wurde in Handschellen hereingeführt, er trug ein T-Shirt und Jogginghosen, die ihm ein paar Nummern zu groß waren. Er ließ sich ohne seine gewohnte Arroganz auf den Stuhl ihr gegenüber fallen, aber seine leuchtend grünen Augen blickten unter den gesenkten Wimpern wachsam und nachdenklich.

»Wie geht es dir?«, fragte Kyra, und Felix zuckte mit den Schultern.

»Müde. Und du?«

»Ich habe nicht geschlafen.« Sie sah auf das Tonbandgerät. Wenn sie etwas Mehrdeutiges sagte, machte sie sich vielleicht verdächtig. Sie musste es schlau anstellen.

»Ich weiß, dass du deine Tante nicht ermordet hast. Oder die anderen Mordanschläge verübt hast. Irgendwann wird die Polizei auch darauf kommen. Irgendwo muss es Beweise geben, dass du es nicht warst.«

»Hoffentlich. Sie haben mich bislang noch nicht wegen Einzelheiten verhört. Aber ich habe für keinen der Anschläge ein richtiges Alibi.«

»Außer für den ersten«, sagte Kyra. »Eva ist doch schon lange vor deiner Ankunft verschwunden. Hast du denn dafür ein Alibi?«

»Kein überzeugendes. Ich habe in der Bibliothek einen Bericht gefunden, in dem steht, dass man sie am 17. März als vermisst gemeldet hat. Zu der Zeit war ich allein in unserer Londoner Wohnung. Ich kann nicht beweisen, dass ich nicht heimlich hierhergefahren bin und sie ermordet habe. Ich hab den bösen Verdacht, dass die Polizei nach Beweisen sucht, die mich mit den Mordanschlägen und den Morden in Verbindung bringen – und nicht, dass sie nach Entlastungsbeweisen sucht. Und der Anwalt meines Großvaters war schrecklich zugeknöpft, er hat noch nicht in das Mandat eingewilligt. Mein Vater hat seinen Anwalt angerufen, aber der Typ ist noch nicht eingetroffen – und die Polizei will heute das Haus durchsuchen.«

Kyra nickte und fragte sich, ob Kyle inzwischen beim Haus angekommen war. Sie bewegten sich nun auf gefährlichem Terrain, und Felix' Blick verriet ihr, dass er sich genau wie sie darüber im Klaren war, dass sie wegen des laufenden Tonbandgeräts vorsichtig sein mussten.

»Du hättest jemanden dafür bezahlen sollen, dass er alles durchsucht. Dann hätte der vielleicht inzwischen was gefunden. Vielleicht hätten sie herausbekommen, was mit Evas Leiche passiert ist.«

Felix schwieg kurz, während Kyra hoffte, dass er die Botschaft kapiert hatte, die sie ihm zwischen den Zeilen hatte zukommen lassen.

»Vielleicht hast du recht. Aber wenn ich jemanden damit beauftragt hätte und der etwas gefunden hätte, würden sie mich wahrscheinlich wegen Fälschung von Beweisen drankriegen. Ich hätte an so etwas denken sollen, als ich Joyce' Leiche gefunden habe. Wenn ich bei ihrem Anblick nach der Polizei geschrien hätte, würde ich jetzt nicht in der Scheiße stecken.«

»Wahrscheinlich hängt alles davon ab, wie klug die Polizei ist.« Kyra warf dem Polizisten, der sie beobachtete, einen verstohlenen Blick zu. Sie wusste nicht genau, was Felix ihr mitteilen wollte.

»Klar doch.« Felix lachte spöttisch. »Ich hoffe, sie sind klug genug und finden raus, dass ich nicht der Täter bin.«

»Das reicht jetzt.« Der Polizist sah misstrauisch aus, als hätten sie direkt unter seiner Nase etwas Verbotenes getan. »Ihre Zeit ist jetzt um.«

»Viel Glück, Felix.« Kyra stand auf. »Sag mir, wenn ich irgendwas für dich tun kann.«

»Mir fällt nichts ein«, log Felix. »Aber danke, dass du gekommen bist.«

Mit hängenden Schultern verließ Kyra die Polizeiwache und versuchte, traurig und deprimiert auszusehen. Sie ging langsam und blieb noch ein paarmal stehen, bis sie um die Ecke gebogen war. Dann rannte sie los. Wenn sie schnell genug war, konnte sie Kyle vielleicht einholen, bevor er beim Haus ankam.

20
Auf Leben und Tod

Kyra erreichte das Tor zur Auffahrt, als Kyle gerade hindurchgehen wollte. Er zuckte zusammen, als sie nach ihm rief, doch dann zog er sie schnell zwischen die Sträucher am Rand der Auffahrt.

»Eine Sekunde lang habe ich geglaubt, du wärst von der Polizei«, sagte er.

»Da hast du gar nicht so unrecht. Ich bin zum Revier gegangen. Sie wollen heute eine große Hausdurchsuchung starten und sind bestimmt bald da.«

»Dann halt mich nicht auf. Evas Großvater hat erzählt, dass es einen Tunnel unter dem See gibt. Er beginnt im Sommerhaus und endet in der Grotte auf der Insel. Evas Leiche ist in der Grotte. Das weiß ich.«

»Dann erklärt das ja auch, warum der Angreifer von Miss Cora entkommen konnte«, schlussfolgerte Kyra sofort. »Kyle, das musst du der Polizei sagen.«

»Das mach ich auch, wenn ich Gewissheit habe. Wenn die Polizei Evas Leiche findet, wird sie sie wegbringen. Und ich habe ihrem Großvater versprochen, dass ich ihr seinen Abschiedsgruß bringe.«

»Aber ...«

»Vielleicht ist es dafür schon zu spät.«

Beide schraken bei den Worten einer dritten Stimme zusammen. Und sie waren erleichtert, dass sie von einem Geist und nicht von einem Polizisten kam, schließlich konnte die Polizei jeden Moment eintreffen. Aber es war nicht Eva.

Hinter ihnen stand Elspeth Stratton oder Elsie, wie Eva sie genannt hatte. Kyra hätte gern gewusst, ob sie es sich nur einbildete oder ob der Geist jetzt etwas durchscheinender aussah, als wäre es für ihn anstrengend, sich so weit vom Haus zu entfernen. Eine Art Flimmern umgab sie wie ein Hitzeschleier, weshalb man sie nur undeutlich sehen konnte.

»Eva ist verschwunden«, sagte Elsie. »Sie hat heute Nacht den Stalker vernichtet und wollte dann zur Hexe. Ich habe sie in den Keller gehen sehen, ganz in Weiß mit einem Florett in der Hand – und sie ist nicht wiedergekommen.«

»Der Keller.« Kyle stöhnte. »Ich habe mal geglaubt, Evas Leiche läge dort, aber jetzt glaube ich das nicht mehr.«

»Ihre Leiche hat damit nichts zu tun«, sagte Elsie scharf. »Die Hexe ist im Keller. Dort ist sie am mächtigsten, und ihre Macht wächst. Jedes Mal, wenn jemand verletzt wird oder Angst hat, wächst die Macht, besonders dann, wenn es einen Chance trifft. Ihr größter Wunsch ist die Zerstörung der Familie. Nur weil Eva ein Geist ist, bedeutet das noch lange nicht, dass sie nicht verletzt werden kann – oder für immer vernichtet.«

»Was sagst du da? Dass diese Hexe Evas Geist zerstört hat? Dass sie auf immer und ewig verschwunden ist?«

»Oder in der Hölle«, sagte Elsie düster.

»Vielleicht ist ihre Leiche am See«, sagte Kyle. »Falls die Hexe sie zurück zu ihrem Körper getrieben hat ... dann könnte sie doch dort sein, oder?«

»Vielleicht«, gab Elsie zu. »Falls sie irgendwo ist. Die Hexe ist wie der Stalker. Sie kann andere Geister töten. Vielleicht kann sie auch Lebende töten. Deshalb bin ich ans Tor gekommen: um euch zu warnen. Ihr dürft nicht zurück zum Haus kommen. Der Fluch, der auf den Chances lastet, trifft auch euch – das habe ich erst begriffen, als Eva es mir erklärt hat. Falls die Hexe Bescheid wüsste, würde sie euch auch verfolgen. Sie wird erst zufrieden sein, wenn alle Chances verschwunden sind und das Haus eine baufällige Ruine ist.«

Die Zwillinge sahen zu dem Haus hinüber, das sich vor dem heller werdenden Himmel abzeichnete.

»Nein«, sagte Kyle. »Wir können nicht einfach aufgeben und wegrennen. Wir müssen etwas tun.«

»Kyle hat recht«, stimmte Kyra ihm zu. »Felix sitzt im Knast. Evas Geist ist verschwunden. Es gibt nur noch uns. Auch wenn wir den Mörder nicht finden, so können wir doch vielleicht die Chances von dem Fluch befreien. Vielleicht können wir die Hexe besiegen.«

»NEIN!« Elsie umklammerte Kyras Arm, eiskalte Hände mit eingerissenen Nägeln. Ihre Urgroßmutter lachte schrill, als Kyra reflexartig von der Berührung zurückzuckte. »Ihr habt immer noch Angst vor mir. Aber ich bin ein Nichts gegen die mächtigen Geister. Ich konnte mich mit Eva nicht vergleichen, und sie hat gegen die Hexe gekämpft und verloren.«

»Vielleicht auch nicht«, sagte Kyra. »Vielleicht kämpft

sie immer noch. Vielleicht könnte unsere Hilfe entscheidend sein.«

»Der Keller ist erfüllt vom Bösen«, sagte Kyle. »Und wir können nicht gegen die Geister kämpfen. Aber vielleicht finden wir dort einen Hinweis auf den Verbleib von Evas Leiche. Wir sollten zum See gehen.«

»Ich bin für den Keller«, sagte Kyra. »Oder wir gehen zu beiden Orten, wenn es notwendig ist. Aber irgendwer muss diese Hexe besiegen, bevor sie noch mehr Unglück bringt.« Aus der schieren Verzweiflung kam ihr ein Gedanke. »Und ich weiß auch, wie.«

»Im Keller haben wir nichts verloren«, beharrte Kyle. »Da ist Eva nicht. Der Keller gehört dieser Hexe, und er ist gefährlich.«

»Alles ist gefährlich.« Kyra überlegte blitzschnell. »Okay, Kyle, hör mir mal zu. Warum erzählen wir nicht der Polizei, was Sir Edward dir gesagt hat – das mit dem Tunnel unter dem See. Das passt doch zu dem Mordanschlag auf Miss Cora. Und dort könnte Evas Leiche sein.« Schon während sie sprach, wusste sie, dass Kyle dagegen sein würde, dass *er* die Leiche finden wollte. Aber das gehörte zu ihrem Plan.

»Das wissen wir nicht sicher. Und wenn Evas Geist unter dem See ist, werden die Polizisten ihn dann sehen können? Sie sind keine Chances mit übernatürlichen Kräften und kennen Eva nicht.«

»Na gut. Dann geh du zum See, und ich informiere die Polizei. Bis ich meine Aussage gemacht habe, bleibt dir Zeit, Eva zu finden. Okay?«

»Okay. Klingt gut.«

Aber als er sich in Richtung See aufmachte und Kyra die Auffahrt weiter hochlief, spürte sie Elsies Blicke auf sich gerichtet. Elsie sah misstrauisch aus.

Sie ist genauso misstrauisch wie ich, dachte Kyra. *Aber wenn sie herausfindet, dass ich gelogen habe, ist es bereits viel zu spät.*

Nachdenklich verließ Michael Stevenage das Krankenhaus. Weder Kyle noch Sir Edward hatten ihm gesagt, worüber sie gesprochen hatten. Kyle war gleich davongeeilt. »Wenn Sie nicht an Geister glauben, hat es eh keinen Zweck«, hatte Kyle gesagt. Sir Edward war eingenickt, und Michael hatte ihn nicht wecken wollen.

Er gähnte, als er durch die Stadt fuhr. Er brauchte eine Dusche und frische Kleidung, selbst wenn es zu spät zum Schlafen war, und so fuhr er nach Hause.

Auf der Umgehungsstraße gab es eine Umleitung, offenbar wegen eines Unfalls. Er folgte den provisorischen Schildern und fuhr langsamer, dann erkannte er den ausgebrannten VW und fuhr dorthin.

»Kein Anhalten«, sagte ein Polizist, als der Anwalt das Fenster herunterließ.

»Aber ich kenne das Auto«, behauptete Michael Stevenage. »Es gehört einem Mitglied der Familie Chance. Ich bin ihr Anwalt.« Er zog seine Karte heraus, schlug dann aber einen anderen Kurs ein, als er eine vertraute Person erkannte. »Da drüben ist Kommissarin Abbott. Sie kennt mich.«

Glücklicherweise erkannte die Beamtin ihn tatsächlich,

obwohl sie über sein unerwartetes Auftauchen nicht besonders erfreut schien. Doch sie war so höflich und informierte ihn über diesen neuesten Vorfall.

»Es ist Knight. Das Auto hat Miss Joyce gehört, aber er war der Fahrer.« Als ihr jemand aus ihrem Team zuwinkte, entschuldigte sie sich und ging zum Unfallwagen. Ungeduldig wartete Michael Stevenage auf ihre Rückkehr. Doch als sie kam, musterte sie ihn mit stählernem Blick.

»Das Bremsseil war durchgescheuert«, sagte sie knapp. »Aber das war keine Materialschwäche, sondern Vorsatz. Und es gab einen zusätzlichen Kanister mit Benzin im Auto, der explodiert ist. Das war kein Unfall. Jemand wollte diesen Mann umbringen.«

»Dann war das nicht Felix, denn der ist seit gestern Abend im Gefängnis«, legte der Anwalt los, aber die Kommissarin unterbrach ihn.

»Nicht so eilig, Mr Stevenage. Das Bremsseil kann schon vor längerer Zeit angesägt worden sein. Falls Sie also momentan nichts anderes zu tun haben, schlage ich Ihnen vor, Sie begleiten mich zur Vernehmung zurück zum Chance-Haus. Ich möchte Ihnen dringend dazu raten.«

Michael Stevenage wurde flau im Magen. Er fragte sich, ob seine zufällige Anwesenheit hier den Verdacht von Felix nun auf ihn gelenkt hatte.

»Eigentlich wollte ich nach Hause. Ich wohne in dieser Straße.«

»Sehr praktisch«, erwiderte Tilda Abbot trocken. »Trotzdem denke ich, es wäre am besten, wenn Sie jetzt mit mir mitkämen. Lassen Sie Ihr Auto hier, ich nehme Sie mit.«

Sie sah zu dem verkohlten Autogerippe hinüber, um ihr Argument zu unterstreichen. Michael Stevenage wusste, wann er verloren hatte, und folgte ihr zu ihrem Auto.

⁂

Kyra fand das Gesuchte in der Spülküche. Sie hatte es beim Aufräumen entdeckt. Ein schwerer silbriger Kanister stand in einer dunklen Ecke. Als sie ihn in einen Jutesack steckte und zur Tür zerrte, klammerte sich Elsie an ihren Arm und bat sie, damit aufzuhören.

Aber Kyra hatte sich mittlerweile an die eiskalten Hände gewöhnt und wusste, dass Elsie ihr nicht weh tun würde.

»Das klappt schon«, behauptete sie. »Los, komm, Urgroßmutter, lass mich los und hilf mir lieber. Das wiegt eine Tonne.«

»Geh nicht in den Keller«, flehte der Geist. »Du ahnst ja nicht, wie gefährlich Geister sein können.«

»Klar doch. Du hast mir das selbst bewiesen, weißt du nicht mehr? Du hast doch auch die Chances vernichten wollen. Jetzt bekommst du die Gelegenheit, das wiedergutzumachen. Hilf mir!«

»Du hast Kyle versprochen, du würdest das nicht tun, du hast gesagt, du wolltest der Polizei von dem Tunnel erzählen, während er nach Eva sucht«, versuchte es Elsie erneut.

»Weiß ich. Ich hab gelogen.«

Sie hatte deshalb ein schlechtes Gewissen. Aber es war sinnvoll gewesen, sich zu trennen, und obwohl Kyle darauf bestanden hatte, dass der Keller zu gefährlich sei, wollte Kyra unbedingt den Fluch beenden, der auf der Chance-Familie lastete – mehr Felix zuliebe als ihretwegen. Sie hatte Kyle belogen, damit er Eva fand. Aber sie hatte nie vorgehabt, von ihrem Plan abzulassen.

»Die Hexe ist böse. Sie ist uralt und grausam und heimtückisch«, schluchzte Elsie. »Bitte tu's nicht.«

»Hör mal, Elsie. Ich schulde das Eva. Ich schulde ihr das, weil ich sie seit dem fünften Schuljahr gequält habe. Ich schulde ihr das für jedes Mal, das ich mich über sie lustig gemacht habe. Mein Bruder ist in sie verknallt. Er glaubt, er kann sie irgendwie retten, wenn er ihre Leiche findet. Tsss, vielleicht hofft er sogar, dass er die Schlafende küssen und sie wieder zum Leben erwecken kann – und dann findet er in irgendeinem Winkel dieser bescheuerten Grotte eine verwesende Leiche. Sie ist tot, und ihr Geist ist verschwunden. Aber das hier können wir noch für sie tun.«

»Lügnerin«, fauchte Elsie und zerrte an Kyras Arm, während die den schweren Sack durch den Flur schleifte. »Das tust du gar nicht für Eva. Und es war nicht Kyle, der sein Herz an eine Chance verloren hat. Du tust das für Felix. Für diesen Verführer …«

»Ganz genau«, sagte Kyra trotzig. »Wenn ich den Fluch beende, finden wir vielleicht die Wahrheit heraus. Vielleicht sucht die Polizei dann endlich nach Beweisen, die Felix entlasten.« Sie ließ den Sack los und drehte sich zum Geist ihrer Ahnin um. »Und ich tue das auch für mich. Und für dich, Uromi. Willst du auf ewig eine Leibeigene dieser Hexe bleiben? Ich tue das für uns. Für unsere Familie, für Evas Familie, für alle, die mit diesem Spukhaus verbunden sind.«

»Sie wird dich töten«, flüsterte Elsie mit gebrochener Stimme.

»Glaub ich nicht. Und falls doch – dann komme ich einfach als Geist zurück, und wir jagen sie gemeinsam. Aber wäre es nicht viel einfacher, wenn du mir jetzt helfen würdest?«

Sie drückte die Klinke der Kellertür nach unten.

Als die glitzernde Oberfläche des Sees vor ihm auftauchte, sah Kyle zum Sommerhaus hinüber und lief weiter. Er hatte das schreckliche Gefühl, dass er sich in dieser Sache total idiotisch verhielt. Es gab keine logischen Gründe für seine Vermutungen oder Gefühle, nur die Theorie, dass Evas Leiche in der Grotte lag und die leise Ahnung, dass Evas Geist auch dort sein könnte. Er wusste, dass Kyra seine Hoffnung nicht teilte, aber er hatte sie immerhin davon überzeugen können, dass die Hexe zu gefährlich war.

Kyle verlangsamte seine Schritte, als er das Sommerhaus erreichte, und ihm wurde plötzlich flau bei dem Gedanken, dass er seine Schwester bisher noch nie von etwas hatte überzeugen können. Er hoffte, sein Gefühl beruhte nur auf einer Einbildung – und es wäre keine Vorahnung, dass seine Zwillingsschwester etwas sehr Dummes und Gefährliches vorhatte.

»Ich sollte ganz still sein«, sagte er sich, als er das Sommerhaus betrat. »Das hier ist auch ziemlich bescheuert.« Nicht die kleinste Spur von einem geheimen Tunnel. Das kleine weiße Gebäude hatte keine Wände, nur schlanke Säulen, und die einzige Möblierung war der Kreis von Bänken, die in den Steinboden einzementiert waren. Kyle tastete die Bänke und den Boden nach verborgenen Schaltern ab und kämpfte gegen das wachsende Gefühl an, dass ihm die Zeit davonlief.

Er trat von der zeltförmigen Steinkonstruktion zurück und versuchte es mit Logik. Schließlich war sein Vater Bauunternehmer, und Baupläne wurden nicht mit teuflischer List entworfen – sondern alles war immer sehr gut zu sehen. Und Dienstboten, die einen Sack voll Eis holen kamen, würden nicht jedes Mal Bodenplatten hochstemmen wollen. Es musste eine Art Hebelsystem geben.

Kyle ging wieder zu den Bänken und stieß und zerrte an ihnen herum, nicht mit Gewalt, sondern aus den überraschendsten Winkeln. Als würde man die Rückplatte eines Handys abnehmen. Man konnte stoßen und rütteln und einen Schraubenzieher in die Ritzen schieben, aber wenn man endlich die richtige Druckstelle hatte, kam einem das verdammte Ding wie von allein entgegen – als hätte man sich nicht stundenlang damit abgemüht. Und genau in diesem Augenblick gab die Bank unter seinem Druck nach. Man musste also ein Seitenteil aus Marmor herausziehen und anheben, als würde man ein Sofabett ausziehen. Dann glitt die ganze Bank zur Seite, und im Boden tat sich ein dunkles Loch auf, Stufen führten hinunter in die Dunkelheit.

Zu dumm, dachte Kyle. Er hatte keine Taschenlampe mitgenommen.

Die Kellertreppe war eng und voller Spinnweben, aber Kyra redete sich ein, dass so alle Kellertreppen aussähen. Ihr Gartenschuppen zu Hause war auch voller Spinnen. Sie zog den Sack hinter sich her und versuchte, die raue Jute mit einer Hand festzuhalten, während sie in der anderen eine Taschenlampe hielt und den Weg vor sich beleuchtete. Sie hatte sie aus der Spülküche mitgenommen, weil sie sich gedacht hatte, dass es hier dunkel sein würde.

Es war finster. Finster und still und irgendwie normal. Sie folgte dem Lichtstrahl in die Dunkelheit und kam zum Weinkeller. Dort blieb sie stehen, um Atem zu holen und sich auf das Kommende vorzubereiten. Da hörte sie das Trappeln von eiligen Schritten hinter sich. Es war natürlich Elsie, aber diese Elsie wollte jetzt mithelfen. Sie hatte auch einen Sack dabei, so klumpig und schwer wie Kyras, aber sie hatte sich ihn mit geübtem Griff über die Schulter geworfen.

»Das sollte helfen«, sagte sie. »Ich musste das damals jeden Morgen tun. Natürlich habe ich es dann die Treppe rauf- und nicht runtergetragen.«

Der Geist zeigte mehr als nur Mut, fiel Kyra auf. Die seltsame Unbestimmtheit war verschwunden, und die schwarzweiße Gestalt zeichnete sich deutlich vor den grauen Kellerwänden ab. Sie strahlte Entschlossenheit aus, und Kyra lächelte in sich hinein. Sie hatte den Geist dazu gebracht, ihr zu helfen, und jetzt hatte sie eine Verbündete an ihrer Seite. Sie durchschritten einen Torbogen zu den Räumen mit der Folterwerkzeugsammlung. Die Werkzeuge glänzten im Licht der Taschenlampe, als Kyra und Elsie zwischen ihnen hindurchgingen.

Hier unten war es eiskalt, die Kälte drang aus den Wänden und durch den Boden. Ein drückendes Schweigen hing in den Gewölben. Sogar das Licht schien schwächer zu werden, und Kyra schüttelte die Lampe ein bisschen – ihr war eingefallen, wie gruselig der Wintergarten im Dunkeln gewesen war.

»Wo entlang?«, flüsterte sie.

»Da hinüber«, sagte Elsie leise und wies mit dem Kinn nach vorn. Dann hauchte sie noch leiser: »Sie weiß, dass wir kommen. Sie findet uns jämmerlich. Eine Dienstbotin und ihre Urenkelin. Wir sind keine Bedrohung für sie. Sie will, dass wir kommen.«

Der Lichtstrahl fiel auf den Tauchstuhl, eine scharf umrissene schwarze Silhouette; schwarzes Holz, mit Eisenbeschlägen zusammengefügt. Der Stuhl war leer, soweit Kyra sehen konnte, aber die Dunkelheit um ihn herum schien dichter, die Kälte schneidender und die Atmosphäre drückend wie bei einem Gewitter. Kyra ging zu dem Tauchstuhl und zwang sich, nicht an ihren Plan zu denken, weil die Hexe nicht ihre Gedanken lesen sollte. Aber nach einem Schritt hielt sie inne. Die Dunkelheit, die den Tauchstuhl umgab, begann sich zu drehen, schlängelte sich zum Schatten einer Gestalt. Sie saß wie eine dorthin platzierte Puppe auf dem Stuhl, die Arme lagen auf den schwarzen hölzernen Armlehnen, die Beine waren an die dicken Balken der Stuhlbeine gefesselt. Die Hüfte und die Schulter wirkten verrenkt und ausgekugelt und qualvoll verzerrt, die Handgelenke und Fußknöchel waren mit eisernen Schellen angekettet, und ein Bandeisen presste den Hals gegen die Stuhllehne.

Die Gestalt war dünn wie ein Skelett, nur eine mumifizierte Hautschicht hielt die Knochen noch zusammen. Um den Schädel hingen Spinnweben, und während Kyra dorthin starrte, krabbelte eine Spinne aus einer leeren Augenhöhle.

»Die Hexe«, stöhnte Elsie, und der Sack entglitt ihren kraftlosen Händen.

Ich sehe dich. Die Wörter kamen nicht von der verschleierten Gestalt, sondern ertönten in Kyras Kopf. *Ich sehe dich und weiß, wovor du dich fürchtest.*

Und mit einem letzten Aufflackern erlosch der Lichtstrahl.

Die ersten paar Meter waren kein Problem. Es drang genug Tageslicht durch den Einstieg, um über die schmale Treppe den Weg hinunter in den Eingang des Tunnels zu finden. Doch danach nahm das Licht mit jedem von Kyles Schritten ab, bis er schließlich in völliger Dunkelheit weiterging.

Hier unten war es kalt und feucht. Seine rechte Hand ertastete an der Tunnelwand raues Gestein und glitschiges nachgiebiges Zeug, das Moos oder Schimmel sein konnte. Er stolperte über Steine und manchmal patschte er durch eine Pfütze.

In der Linken hielt Kyle sein Handy und tippte in kurzen Abständen darauf, damit das Display aufleuchtete. Es war nur ein schwaches Licht und durchdrang nur wenige Zentimeter der Dunkelheit. Vorsichtig tastete er sich voran, falls sich plötzlich im Boden ein Loch auftat oder er über eine Leiche stolperte.

Über Evas Leiche.

Ihm fiel ein, was Evas Großvater über Adelines Leiche gesagt hatte. *Ihre Augen waren wie Perlen,* hatte er gesagt. Im Krankenzimmer hatte sich das poetisch angehört. Im Tunnel klang es nun grauenvoll.

›Ich bin so ein Idiot‹, sagte sich Kyle voller Bitterkeit. Warum hatte er darauf bestanden, den Tunnel allein zu erforschen? Als er die Stufen hinunterschritt, hatte er einen Augenblick lang ein Déjà-vu-Gefühl gehabt, ein Bild von Kyra, die ebenfalls eine Treppe in die Dunkelheit hinabstieg. Er wusste mit grimmiger Sicherheit, dass seine Schwester ihn belogen hatte und genau das tat, was er ihr geraten hatte nicht zu tun.

Na klar. Wann hatte sie jemals das getan, was man ihr gesagt hatte?

Sollte er weitergehen oder umdrehen? Mit jedem Schritt war er sich sicherer, dass Kyra in Gefahr war. Aber gleichzeitig fühlte er mit jedem Schritt, dass er sich der Lösung des Rätsels näherte und Eva finden würde – tot und untot.

Er wusste nicht genau, wie weit er im Tunnel vorangekommen war – er hatte vergessen, seine Schritte zu zählen. Aber er hoffte, dass er etwa die Hälfte des Wegs zurückgelegt hatte, als ein kratzendes Geräusch durch den engen Durchgang hallte – das Geräusch der Steinbank, die sich bewegte.

Kyra hatte also doch der Polizei Bescheid gesagt, dachte er erleichtert. Eine Sekunde später fragte er sich, warum sie die Bank bewegen mussten, wenn doch der Eingang bereits offen war? Als Antwort donnerte ein *Rumms* durch den Tunnel: Der Eingang war verschlossen worden.

Die Polizei hätte die Öffnung nicht verschlossen und Kyra genauso wenig. Da kam ein anderer. Jemand, der den Geheimgang kannte. Jemand, der das Geheimnis wahren wollte. Jemand, der wusste, dass Kyle vor ihm war.

Kyle platschte schneller durch die nächste Pfütze. Er war allein in der Dunkelheit mit dem Mörder auf den Fersen. Er musste das andere Tunnelende finden, bevor der ihn einholte.

∽✥∾

Kyra stand wie erstarrt da. Nicht wegen der Finsternis – sondern weil sie die Gegenwart der Hexe spürte. Elsie hatte sie gewarnt, Kyle hatte sie gewarnt. Sogar Evas Verschwinden war eine Warnung gewesen, aber Kyra hatte nicht darauf gehört.

Ein Teil ihres Verstands hatte behauptet, Geister gäbe es nicht und sie davon überzeugt, dass die Angst der anderen vor der Hexe Aberglaube wäre. Doch ein anderer Teil ihres Verstands fürchtete Gespenster und hatte ihr falschen Mut eingeflößt. Felix hatte damals gesagt, er hätte sich mit den Geistertouren einverstanden erklärt, um sich dieser Herausforderung und dem Übernatürlichen zu stellen. Sie hatte dasselbe getan, und jetzt war die Hexe in ihrem Kopf.

Jämmerlich. Die Stimme der Hexe war wie die schlimmsten Gedanken über sich selber. *Es ist ja kaum der Mühe wert, mich an so einer mickrigen Chance zu rächen. Evangeline war eine echte Herausforderung. Du bist nicht mal amüsant. Eine Bäuerin mit Träumen von einer mit Gold gepflasterten Großstadt. Du weißt doch, dass sich keiner deiner Träume erfüllen wird? Du wirst von einem Dorfdeppen einen Stall voller Kinder kriegen und für einen Hungerlohn die Häuser der Reichen putzen.*

Das war eine trostlose, hoffnungslose Zukunft, und die Vorstellung deprimierte Kyra. Sie kam sich müde, dumm und klein vor.

Du weißt nur, wie man Menschen dazu bringt, dass sie das tun, was du willst. Unbedeutende Spießer wie du. Da, wo es darauf ankommt, bist du machtlos. Du bist eine Dienstbotin wie deine Ahnfrau. Eine Dienstbotin und das Kind von Dienstboten. Ein mickriges Nichts, mit dem sich Männer vergnügen, bis sie ihr Aussehen verliert und nur noch das blasse Nichts übrig ist, für das niemand Verwendung hat.

Die Atmosphäre war jetzt so lähmend, so schwer und drückend, dass Kyra nur mit Anstrengung aufrecht stehen konnte. Die nutzlose Taschenlampe lag schwer in ihrer Hand, und sie fühlte, wie sie ihr entglitt, und wollte sie loslassen.

Doch eiskalte Finger umschlossen ihre Hand und zwangen sie, die Taschenlampe festzuhalten. Elsies Hand. Sie sprach nicht, aber sie tat etwas. Kyra wurde von einem Energiestrom durchflutet, der durch diesen kalten Griff in sie eindrang. Die Taschenlampe wurde ebenfalls davon erfasst, denn Elsies Griff beschwor in dem dunklen Raum ein schwaches Licht herauf. Da waren wieder der Tauchstuhl und die schattenhaften Umrisse der Hexe, die darin gefangen war.

Kyra konnte nicht in diese leeren Augenhöhlen blicken. Die Hexe konnte sagen, was sie wollte, denken, was sie wollte, und sie dazu zwingen, es zu glauben. Sie war die Stimme aller Zweifel, die man jemals gehabt hatte, ihr Echo schwoll durch die Bosheit an.

»Und was bist du?«, murmelte Kyra. »Ein Haufen Müll in einem alten Keller.«

Sie wollte in ihren Sack greifen, doch Elsie war schneller.

»Meiner zuerst«, sagte der Geist ihrer Urgroßmutter und entleerte den Sack am Fuß des Tauchstuhls. Sie verteilte Holzscheite auf dem Fußboden, größere Scheite rollten bis zu den Stuhlbeinen, kleinere Äste rutschten hinterher. »Ich musste immer die Kaminfeuer für die Familie und ihre Gäste anzünden«, sagte Elsie. »Jetzt bist du dran.«

Kyra wusste nicht, ob Elsie mit ihr oder mit der Hexe redete, aber die Zeit drängte. Sie öffnete sorgfältig ihren Sack und drehte den Verschluss des Kanisters auf. Ein neuer Geruch erfüllte den Raum, eine Chemikalie, die die Augen tränen ließ.

»Paraffin«, sagte Kyra und begoss den Tauchstuhl damit von oben bis unten – den Kanister warf sie hinterher. »Ich hatte an Exorzismus gedacht, aber das hier scheint mir besser. Du spukst in diesem Stuhl, ja? Was willst du tun, wenn du nicht mehr darin spuken kannst?«

Sie holte aus ihrer Tasche ein silbriges Einmalfeuerzeug und schlug den Funken, bis die Flamme fröhlich brannte. Die Hexe in ihrem Kopf schwieg, und Kyra lächelte boshaft.

»Macht dir das Angst?«, fragte sie und warf das Feuerzeug unter den Tauchstuhl.

Kyle hörte im Laufen hinter sich Wasser spritzen. Und schlimmer noch: Die Dunkelheit wurde heller. Wer immer ihm in den Tunnel gefolgt war, hatte die Umsicht besessen, eine Taschenlampe mitzunehmen, und nun erreichte ihn der Lichtstrahl.

Kyle hatte im Sport bei Orientierungsläufen mitgemacht, aber ein schlüpfriger, glitschiger Steintunnelboden war keine gute Rennfläche, und je schneller er rannte, desto mehr verlor er die Kontrolle, er schlitterte durch Pfützen, stieß sich die Füße an herumliegenden Steinen und schürfte sich die Hände an den Wänden auf, wo der Tunnel enger wurde. Er schlug mit der Hand gegen die Wand, schrammte sich die Fingerknöchel und ließ sein Handy fallen. Es knallte auf den Boden, gefolgt von einem Platschen, und er rannte fluchend weiter. Aber immer noch drang Licht aus dem Tunnel hinter ihm.

Seine panische Flucht kam zu einem plötzlichen Halt, als er gegen ein Hindernis rannte. Eine Barriere, die sich sehr von der festen Steinwand des Tunnels unterschied: eine Holztür. Kyle drehte an dem Türknauf, vergeblich. Die Tür war verriegelt.

Das Licht hinter ihm wurde heller. Er steckte in einer Sackgasse, und der Mörder kam immer näher.

⁂

Das Feuerzeug brannte mitten in dem Holzhaufen. Eine lange Flammenzunge streckte sich aus und leckte an den Scheiten. Flämmchen flackerten über die Holzscheite, und Zweige knisterten. Ein Feuerstreifen überquerte den Paraffinteich unter dem Tauchstuhl. Das Feuer brannte nun lichterloh.

Es kletterte an den Beinen des Tauchstuhls empor, hob sich wie Schlingpflanzen von den Rinnsalen des Paraffins, ließ neue Flammen in Rot, Gelb, Blau und Grün erblühen. Das Feuer eroberte die Dunkelheit inmitten des Stuhls. Schmolz die Hexe, oder zog sie sich zurück? Schwarzer Rauch stieg von dem Holzstapel auf, und Kyra trat einen Schritt zurück und noch einen.

Das Feuer brüllte und spie neue Flammenzungen, stieg von den Scheiten auf und umwand den Tauchstuhl. Das Paraffin brannte schnell und heftig, und im Herzen des Infernos war die Hexe.

Sie stürzte aus dem lodernden Feuer, eine kochende Wolke aus Rauch und Asche, ein formloses Etwas, das sich in der Luft über ihnen wand und krümmte. Die Hexe schrie in ihren Köpfen, sie schrie, wie sie vielleicht vor langer Zeit geschrien hatte, als sie starb. Kyra und Elsie drehten sich um und wollten vor dem brennenden schreienden Etwas im Herzen der Dunkelheit flüchten.

Der ätzende und erstickende Rauch verfolgte sie, er brauste aus dem brennenden Stuhl, begleitet von den grellen Schreien der Hexe. Und in der kochenden Schwärze begriff Kyra etwas, der Horror durchstach sie dabei wie ein Messer. Die Hexe schrie nicht, das war ein triumphierendes Gelächter.

Ihr habt mich nicht getötet – ihr habt mich befreit. Dieser Stuhl war ein Gefängnis. Jetzt habe ich einen besseren Platz gefunden. Einen, der für meine Macht viel besser geeignet ist.

Dann war die diabolische Geistererscheinung an ihnen vorbei und frei, während das Feuer loderte und den Tauchstuhl verschlang – aber nicht die Hexe.

Ein schauerliches Geräusch drang durch den Tunnel, ein anschwellendes, kreischendes Geheul. Kyle gefror das Blut in den Adern, dann erkannte er, dass es sich um irres, unmenschliches Gelächter handelte.

Eine dunkle Gestalt näherte sich im Tunnel, hinter dem grellen Licht der Laterne waren nur ihre Umrisse erkennbar. Kyle kniff die Augen zusammen und versuchte, die Person zu erkennen. Hinter dem Lichtkegel der Taschenlampe wirkte sie dünn und lang, mehr wie ein Schatten als eine menschliche Gestalt. Bereit zum Angriff ballte er die Fäuste, und dann sah er schwarz und schwer die Waffe in der rechten Hand, und wie gebannt blieb er im Lichtstrahl stehen. Aus dieser Nähe war es unmöglich, ein Ziel zu verfehlen.

Das Lachen knallte wie eine Peitsche und hallte von den Wänden wider. Das Licht schwang kurz wie verrückt umher, und dann schoss ein metallener Gegenstand auf ihn zu und fiel mit einem dumpfen Klirren zu Boden. Das Licht pendelte sich wieder ein, und Kyle sah den Schlüssel auf dem glänzenden feuchten Boden.

»Nimm ihn«, krächzte eine Stimme hinter der Laterne. »Schließ die Tür auf. Du bist bis hierher gekommen. Jetzt sieh dir an, was auf der anderen Seite ist.«

Kyra floh aus dem brennenden Keller, der Rauch quoll durch die Kellertür. Ihre Augen tränten und jeder keuchende Atemzug brannte in der Kehle und der Lunge. Elsie folgte ihr bleich und zitternd, das Grauen stand ihr in den Augen.

»Sie ist nicht verbrannt. Sie ist nicht gestorben!«

»Ich weiß, ich weiß.« Kyra blickte wild um sich. Wo war es? Sie sah den roten Kasten auf der anderen Seite der Halle und taumelte darauf zu. Sie schlug mit dem Ende der Taschenlampe dagegen und hörte das Splittern von Glas, bevor der Feueralarm zu heulen begann.

»Wo ist sie hingegangen?« Elsie folgte Kyra durch die Haustür nach draußen.

»Du bist die mit den übernatürlichen Kräften, sag du's mir«, zischte Kyra.

Elsie runzelte die Stirn und schien sich zu konzentrieren. Aber Kyras Worte hatten tief in ihr ein Gefühl für Gefahr ausgelöst, einen weiteren übernatürlichen Sinn, den sie besaß.

Geist und Mädchen starrten einander an.

»Kyle«, sagten sie gleichzeitig.

Dann rannten sie los.

21
Modernd im Grab

Die Dunkelheit bedeckte Eva wie eine Decke – oder wie ein Leichentuch. Das war der Traum, den sie am Morgen ihres sechzehnten Geburtstags geträumt hatte. Die Klaustrophobie, die Eiseskälte, ihr schmerzverkrampfter Körper, der modernde Verwesungsgeruch, der ihr anhaftete.

Sie steckte in der Falle. Aber in ihrem Kopf war die Stimme der Hexe.

Du bist immer hier gewesen. Egal, was du gedacht hast, egal, was du getan hast. Du bist immer hier in der Dunkelheit gewesen. Du bist die begrabene Tote.

Die Hexe irrte sich nicht. Eva wusste das, wie man in Träumen etwas weiß. Sie wusste es und fürchtete sich davor. Jeder Muskel, jede Sehne, jeder Nerv von ihr spannte sich an, um irgendwo anders zu sein – und wenn es nur in ihrer Phantasie war.

Ein fernes Wasserrinseln beschwor eine Erinnerung herauf, eine graue, verblasste Erinnerung, in der sie benommen dahinschwebte.

Das Geräusch von Rudern, die in Wasser eintauchten, das Gluckern und Plätschern, ein weiches Dahingleiten von grünem Wasser unter einem schaukelnden Ruderboot erinnerte sie an einen nebligen Märzmorgen. War sie nicht schon einmal hier gewesen? Wasser schwappte gegen die

Baumwurzeln, das Ruderboot umrundete die Längsseite der Insel und bewegte sich auf das Gebüsch zu und schreckte die Pfauen aus ihren Nestern auf, als es in einen fast unsichtbaren Kanal einbog, in eine Durchfahrt zwischen tiefgebeugten Bäumen.

Vor ihr lag ein von Algen überzogener Felsen voller Löcher, ein plumper Anlegesteg mit einem eisernen Ring, der an dem Felsen befestigt war. Sie erinnerte sich, wie ihre Hände aus dem Bootstau einen Knoten gebunden hatten, an das Gefühl von Rostflocken an ihren Fingern, eine traumartige Bewusstlosigkeit, als sie aus dem Boot stieg und den in die Felswand gehauenen Eingang zur Grotte sah.

Eva wollte diesen dunklen Tunnel nicht betreten. Er raunte von dunklen Gewölben, von Decken mit Stalaktiten, Teichen mit stehendem Wasser und dunklen Gängen ohne Ausgang. Sie wollte nicht weitergehen, aber der Eingang stand weit offen, die höhlenartigen Tiefen riefen nach ihr und zogen sie in ihrem Bann.

Es gab kein Entkommen. Sie hatte sich an diesem Märzmorgen ein für alle Mal entschieden. Ihre Erinnerung führte sie vorwärts, und unter dem Gelächter der Hexe und dem Kreischen der Pfauen betrat sie den Eingang zur Höhle.

⁕

Kyras Herz hämmerte, als sie rannte, Elsie schwebte neben ihr wie ein übernatürliches Navi. Unterbrochen von Richtungsanweisungen, die nicht komplizierter als ›links‹ und ›rechts‹ und ›durchs Wäldchen‹ lauteten, berichtete Elsie, was sie erspürte.

»Kyle ist unter der Insel. Jemand ist ihm im Dunkeln gefolgt. Der Verfolger bietet der Hexe eine Hülle, in der sie weiterleben kann. Die Hexe lacht über Kyle, die Hexe ist im Kopf des Mörders. Die Hexe lacht, sie lacht …«

»Hör auf«, keuchte Kyra. Sie rannte den Hügel hoch und überprüfte ihr Handy, als sie auf das weiße Sommerhaus zulief. »Jemand ist Kyle gefolgt? Wer?«

»Ich weiß es nicht.« Elsie flirrte vor Anstrengung, weil sie sich so weit vom Haus entfernt hatte. »Ich kann ihn nicht erreichen.«

»Dann muss ich es versuchen«, sagte Kyra, als sie beim Sommerhaus ankamen.

Die nächsten fünf Minuten erschienen ihr wie hundert Millionen Jahre, während sie den Boden nach dem Tunneleingang absuchte, den Kyle hier vermutet hatte.

»Er muss hier sein«, sagte sie. »Kyle ist hineingegangen, nicht wahr?« Sie drückte gegen eine der Steinbänke und dann gegen eine andere. »Nun kommt schon, bewegt euch, ihr Scheißdinger! Los!«

Elsie kniete sich neben sie, ein kalter Luftzug wehte, als sie ihre Kräfte gegen die Bank einsetzte. Dann glitt etwas beiseite, der Stein erzitterte, ein mahlendes Rumpeln ertönte und hörte plötzlich wieder auf.

»Es ist verriegelt«, Kyra fluchte. Dann sprang sie auf, ballte und streckte die Fäuste und überlegte, was sie tun sollte.

Kyle fummelte mit dem Schlüssel im Schlüsselloch herum, ihn schauderte, als er sich zu dem unheimlichen Gegner mit der Waffe umdrehte.

Der lachte immer noch in sich hinein. Er war bestimmt verrückt, dachte Kyle – aber nicht zu wahnsinnig, um abzudrücken. Kyle musste den Augenblick abwarten, in dem die Wachsamkeit des anderen nachließ, dann würde er die Gelegenheit ergreifen und fliehen.

Der Schlüssel drehte sich leicht im Schloss, es schien geölt worden zu sein, und die Türangeln drehten sich fast geräuschlos, als sich die Flügel öffneten.

Jenseits der Tür war der Tunnel breiter und es war nicht mehr ganz so dunkel. Licht drang herein und bündelte sich unter einer felsigen Decke. Nahebei tröpfelte und gluckste Wasser.

»Geh weiter«, sagte die Stimme hinter ihm. »Es ist nicht mehr weit.«

»Warum tun Sie das?«, fragte Kyle, weil er den Unbekannten zum Reden verlocken wollte. Er hatte gedacht, er würde die Stimme diesmal erkennen. Wenn sie nicht lachte, klang sie vertrauter, menschlicher.

»Alles zu seiner Zeit.« Ein unheimliches Kichern und ein schmerzhafter Stoß in seinen Rücken. Kyle zuckte zusammen und marschierte weiter, ließ sich weiter in das Innerste der Grotte treiben.

Vor dem Sommerhaus fingerte Kyra ihr Handy aus der Tasche. Kein Empfang.

Sie fluchte lauthals und schmiss es fast in den See, aber dann ging ihr noch rechtzeitig auf, wie dumm das wäre. Und wie lächerlich. Sie betrachtete das nutzlose Handy und drückte 999, falls man durch irgendein Wunder auch ohne Netz einen Notruf senden konnte.

»Kannst du nicht helfen?«, fragte sie und wandte sich an Elsie, die hilflos die Hände hob.

»Es gibt nur wenige, die mich sehen können. Ich kann es versuchen, aber was soll ich sagen? Selbst wenn sie mich sehen, wer wird schon auf das Gerede einer Toten achten?«

Kyra stellte sich die Reaktion eines Polizisten vor, schüttelte den Kopf und suchte nach einer Alternative.

»Du könntest unseren Vater warnen. Er weiß von dir, Kyle und ich haben ihm gestern Nacht alles erzählt. Geh und such ihn und sag ihm, was passiert ist. Ihm fällt schon etwas ein. Ganz bestimmt.«

»Wenn er sich nicht in der Nähe vom Haus befindet, kann ich ihn nicht erreichen«, warnte Elsie.

»Versuch es trotzdem. Wenn man nicht weiterkommt, muss man zurückgehen.«

Der Geist beäugte sie zweifelnd und verschwand dann zögernd. Als jetzt plötzlich Kyras Handy klingelte, ließ sie es fast fallen.

»Hier ist die Notrufzentrale«, sagte die Stimme am anderen Ende. »Bitte sagen Sie uns, was wir für Sie tun können.«

»Polizei! Schnell!«, sagte Kyra und schon legte sie stammelnd los: »Ich bin Kyra Stratton, ich bin im Chance-Haus, aber unten beim See, mein Handy hat kaum noch Empfang. Mein Bruder wird auf der Insel von jemandem gefangen gehalten, ich glaube, diese Person hat auch Joyce Chance gestern ermordet. Momentan läuft eine Mordermittlung. Felix Fairfax wurde festgenommen, aber er ist nicht der Mörder. Der Mörder befindet sich genau jetzt auf der Insel.«

Schon während der Informationsschwall aus ihr herausströmte, hätte sich Kyra am liebsten selbst einen Tritt versetzt, weil alles so unwirklich klang wie eine Szene aus einem Roman von Enid Blyton. Sie wollte unbedingt alle Einzelheiten mitteilen, bevor ihr Handy den Geist aufgab, und hatte mehr oder weniger zusammenhanglos drauflosgequasselt.

»Ist dein Bruder in Gefahr?«, fragte der Mensch am anderen Ende. Kyra schrie fast die Antwort in der Bemühung, ihre Worte überzeugend klingen zu lassen.

»Er wird in einer Höhle gefangengehalten, von jemandem, der mindestens zwei Menschen ermordet und zwei ins Krankenhaus gebracht hat. Wie schätzen Sie seine Chancen ein?«

Die einzige Antwort war ein eintöniges Summen, bevor das Handy ausging, die Verbindung war abgebrochen. Kyra versuchte, ruhiger zu atmen.

Kyle war bestimmt okay. Elsie würde Keith Stratton finden, und der Mensch am Notruf würde ihr glauben. Vielleicht rannte ihr Vater schon zum Auto, und ein Polizeitrupp und ein Notarztteam liefen zu ihren Fahrzeugen. Vielleicht hatten sie ein Boot oder einen Hubschrauber, der sie schnell genug herbringen würde.

Aber Kyles Leben hing von lauter ›Vielleichts‹ ab, und das war für Kyra nicht genug.

Sie sah zu dem halbverfallenen Bootshaus am Ufer und hoffte, dass zumindest *ein* Boot fahrtüchtig war.

⸙

Die Luft in der Grotte war feucht und kalt. Das stehende Wasser in den Pfützen stank nach modernden Pflanzen. Die Luft war erstickend, ein ekliger Geruch drang durch den Tunnel. Licht zuckte unregelmäßig an den Wänden auf und ab, blasse Sonnenstrahlen sickerten durch den Kalkstein, gerade so viel, dass die Schwärze in den Tunnels noch schwärzer wirkte. Wasser gluckerte und plätscherte wie weit entferntes belustigtes Kichern.

Evas Gedanken schwebten in die vertraute Dunkelheit. Dieser Ort war die Quelle der Dunkelheit in ihrem Kopf, die Dunkelheit, die von Anbeginn an ihr zog, sogar der Gestank war der gleiche: Blut und Exkremente und verfaulende Nahrung.

Die Erinnerung spulte sich ab, eine Aufnahme aus der Vergangenheit, jeder Augenblick war festgehalten, eine Seite nach der anderen wurde umgeblättert und brachte sie einer unvermeidlichen grausigen Erkenntnis näher. Die letzten Minuten ihres Lebens glitten nacheinander vor ihren inneren Augen ab.

Eva sah sich an einem Stapel schlichter Holzkisten vorbeigehen, genau solchen Umzugskisten, wie sie während der Renovierung im ganzen Haus herumstanden. Wie Joyce hatte sie einen Deckel hochgehoben und das glänzende Edelmetall darin gesehen. Die Kisten waren der Beweis für einen geplanten Diebstahl. Entsetzt über ihre Entdeckung hatte sie in der feuchten Dunkelheit gehockt und sich gefragt, wer den Schmuck dort versteckt hatte, und dann hatte sie das Geräusch von nahenden Schritten gehört.

Diese Schritte hallten in ihrem Kopf wider, während ihr Traum sich weiter abspulte und die Grotte sich zu einer großen Höhle erweiterte. Die Erinnerung *schmerzte* und zog und zerrte an ihr, ein plötzlicher Stich durchzuckte ihren Kopf und ihre Sicht verschwamm. Ihre Hände kratzten und scharrten auf Felsen herum, als etwas anderes in ihrem Kopf detonierte. Wie Joyce war sie von hinten angegriffen worden. Sie hatte die Augen vor den wirbelnden Bildern aus Fels und Stein geschlossen. Irgendetwas band ihre Handgelenke und Fußknöchel zusammen, irgendetwas hob sie hoch und fesselte sie.

Und dann gab es nur noch Dunkelheit und das spöttische Gelächter der Hexe in ihrem Kopf.

Dann weißt du jetzt ja alles, Chance-Kind. Du hast versucht, diesen Erinnerungen zu entfliehen, dem Schmerz deines Körpers zu entkommen und die Kraft deines Verstands zu nutzen. Aber ich bin die einzige Hexe im Haus, und deshalb habe ich dich dorthin zurückgebracht, wo du hingehörst.

Das war keine Erinnerung mehr. Dies war der dunkle Ort, an den die Hexe sie geschickt hatte. Die Hexe hatte ihren Verstand dorthin zurückstürzen lassen, wo ihre Leiche begraben war.

Ich habe noch eine Überraschung für dich, flüsterte die Hexe. *Und für ihn.*

»Ich habe eine Überraschung für dich«, sagte jemand in der Dunkelheit. »Du sollst sie zu sehen bekommen, bevor du stirbst.«

Kyle wurde übel, und er dachte an seine Schwester. Die ganze Zeit hatte er sich Sorgen gemacht, dass Kyra etwas Gefährliches tun würde, und nun war er es, der ermordet würde. Aber dem Gedanken an Kyra folgte nicht das unheimliche Gefühl, dass sie sich irgendwo im Keller aufhielt. Stattdessen fühlte er ihre Nähe, sie wusste, dass er in Gefahr war und eilte zu ihm, um ihn zu retten. Er musste Zeit herausschinden.

»Was für eine Überraschung?«, fragte er möglichst unbekümmert. »Ich habe schon einen Geheimgang entdeckt. Da muss es schon was Besonderes sein, um das zu übertrumpfen. Sie sind durch den verschwunden, nachdem Sie Miss Cora erwürgen wollten, ja?«

»Oh, es ist etwas viel Besseres.« Ein Lachen klang mit. »Ich habe mir das schon sehr lange aufgehoben.«

Eva schwebte in der Dunkelheit, die Vergangenheit und die Gegenwart schienen miteinander zu verschmelzen, sie wurden von der wachsamen Bosheit der Hexe zusammengebunden.

Mach die Augen auf, flüsterte die Hexe. *Schau hin, wo dein Körper liegt.*

Evas Lider waren schwer. Alle ihre Geisterkräfte schienen sie verlassen zu haben. Hier war der Gestank nach Blut und Fäkalien stärker, er kam von einem Gezeitentümpel, und Eva musste würgen. Licht flackerte in dem dunklen Raum auf, und die Hexe hockte voll freudiger Vorahnung hinten in Evas Kopf.

Ein Felsbrocken lag in der Mitte der Höhle in einem Tümpel, ein abgebrochener Stalaktit. Auf dem Felsen saß ein gefesselter Körper mit Drahtschlingen um Handgelenke und Knöchel, der geknebelte Kopf war unter dem tropfenden Stalaktiten nach hinten gebeugt. Der Körper trug ein zerschlissenes Kleid, der Kopf war von einer wirren Mähne umgeben, die Arme und Beine waren nackt. Der Körper war abgemagert und geschrumpft, die Wangen hohl, die Glieder wie dürre Zweige, die Hände und Füße wund und blutüberströmt und die Schenkel von Exkrementen verkrustet.

Es war Evas Körper, und als sie ihn anstarrte, öffnete er die Augen – und sie wurde in diese schwache Hülle zurückgerissen und war wieder in die Welt der Lebenden geworfen.

⁕

Der Strahl der Taschenlampe durchbohrte die Finsternis und beleuchtete wie ein Scheinwerfer die gefesselte Gestalt, die an eine abgebrochene Steinsäule in der Mitte der Höhle gefesselt war. Das war der Anblick, vor dem er sich gefürchtet hatte, die Leiche eines ermordeten Mädchens, das er zuletzt als Geist gesehen hatte.

Eva schlug die Augen auf. Kyle blieb eine Sekunde, um in das entsetzte Gesicht zu blicken, ihre Augen im Licht der Laterne aufblitzen zu sehen, als sie an ihm vorbeischaute und sich ihre Augen weiteten. Der Pistolenlauf schlug hart auf seinen Kopf, und er sah nichts mehr.

22
Tod eines Geistes

Die schwarzgekleidete Gestalt stellte die Laterne neben den Felsen und betrachtete den Körper des Mädchens. Der Knebel im Mund der Gefesselten war nass von dem Wasser des Stalaktiten über ihr, ein dünnes Rinnsal tropfte von oben Leben in sie hinein. Wirklich erstaunlich, dass jemand so lange in der kalten dunklen Höhle mit nichts als diesen Wassertropfen überleben konnte. Und dennoch folgten die Blicke des Mädchens den Bewegungen der Laterne.

»Kleine verlorene Chance.« Die Worte hallten in der dunklen Höhle wider. »Du hättest nie hierherkommen sollen. Alles lief bestens, bis du meine Sammlung entdeckt hast. Aber ich war gnädig, nicht wahr? Ich hätte dich damals töten können, doch ich ließ dich am Leben. Bist du mir dankbar dafür?«

Das Mädchen gab einen Laut von sich, kein Wort, nicht mal ein Stöhnen, nur ein schwaches Wimmern.

»Du musstest immer überall herumgeistern.« Ein ärgerlicher Blick traf das hilflose Mädchen. »Als du über mein Geheimnis gestolpert bist, musste ich dich zum Schweigen bringen. Aber du warst nur der Anfang von dem ganzen Ärger. Dein Großvater hatte dir alles hinterlassen, hunderttausend Objekte, die man inventarisieren musste, mitsamt denen, die ich mir genommen hatte. Früher oder später hätte er die Schuld dafür nicht mehr den Geistern in die Schuhe geschoben, nämlich dann, wenn er gemerkt hätte, dass nur die kostbarsten Dinge verschwunden waren. Ich musste ihn daran hindern. Aber ich habe ihn nicht getötet, ein harter Schlag auf den Kopf hat gereicht, um ihn aus dem Weg zu schaffen. Du solltest mir dankbar sein. Es wäre leicht genug gewesen, die Sache ganz durchzuziehen und seinen Kopf zu zertrümmern, als er hilflos dalag.«

Nun richtete sich der Blick auf den bewusstlos daliegenden Kyle, der halb im Tümpel lag.

»Es war ja so einfach. Niemand hatte mich im Verdacht. Auch als ich im Sommerhaus aus dem Tunnel stieg, war Cora nur überrascht von meinem Anblick, sie hatte den Tunnel unter dem See vergessen. Aber ich konnte die alte Närrin doch nicht aller Welt von meinem Geheimgang erzählen lassen. Sonst hätte man meine Sammlung gefunden, und alles wäre vorbei gewesen. Ich musste sie aus dem Weg räumen, und damals dachte ich auch, das sei mir gelungen. Zu ihrem Glück hatte es an diesem Morgen geschneit, und ich musste durch den unterirdischen Gang zurückgehen. Ich hatte fest damit gerechnet, dass sie an Unterkühlung sterben würde, aber stattdessen hat dieser blöde Junge sie noch lebendig aufgefunden.«

Die schwarzgekleidete Gestalt schüttelte den Kopf voller Bedauern, dass man ihren Plan vereitelt hatte.

»Joyce war fast zu leicht. Ich habe sie überrascht, als sie in meinem Schatz herumschnüffelte, in der einen Kiste, die ich noch nicht hatte wegbringen können. Sie hätte alles selbst gestohlen, wenn sie die Möglichkeit gehabt hätte, immer hat sie neugierig in Schubfächern herumspioniert und nach Kostbarkeiten gesucht. Ich hatte gehofft, ich könnte ihr den Diebstahl anhängen, aber leider kam sie zu früh und hat alles vermasselt, sie hatte zu viel gesehen. Ich war wirklich gnädig – die alte Schachtel war ja bei jedem Besuch bedauernswerter, immer mit einem neuen Kerl im Schlepptau. Und Christopher« – die Stimme troff vor Verachtung – »war eine völlige Niete. So leicht an der Nase herumzuführen. Schon nach wenigen Worten über Geister beim Apéritif im Salon schlug er dann während des Dinners die Geistertouren vor, als wäre das seine Idee gewesen. Die Geistertouren waren ein perfektes Ablenkungsmanöver, jeder fürchtete sich vor seinem eigenen Schatten und war viel zu beschäftigt, um mitzukriegen, was wirklich los war. Ich ließ verschiedene Mitarbeiter die Kisten packen und sie herumtragen. Die Beschriftungen waren leicht zu vertauschen, und ein paar ließ ich in den Park bringen, dann konnte ich sie zum Tunnel tragen, wenn es niemand sah.

Wenn Christopher nicht diese Touristen herumgeführt hätte, wäre er ebenfalls ein guter Sündenbock gewesen. Felix hätte auch gepasst. Aber Christopher wurde nach Joyce' Tod misstrauisch, er verlangte einen Anteil an der Beute, andernfalls würde er zur Polizei gehen. Nicht die geringste Achtung vor seiner toten Geliebten – so ein rückgratloser winselnder Wurm von einem Mann! Man kann mir doch bestimmt nicht vorwerfen, dass ich seinen Tod geplant habe! Vor allem, weil die Polizei davon so hübsch abgelenkt wurde. Sein Autounfall war leicht zu arrangieren. Ein angesägtes Kabel, ein Kanister Benzin und eine langsam brennende Zündschnur.

Und dieser Knabe war auch keine große Herausforderung.« Kyle wurde ein verächtlicher Tritt versetzt. »Diese Landeier sind schwer von Begriff. Er hätte auf jeden Fall einen klaren Kopf behalten sollen. Na ja, er wird dir zumindest Gesellschaft leisten. Siehst du, meine Liebe«, die Stimme näherte sich wieder dem abgebrochenen Stalagtiten, »ich werde dich jetzt töten müssen. Zuerst hatte ich gedacht, ich könnte dich wieder freilassen, aber irgendwie haben sich die Dinge inzwischen verselbständigt, und jetzt stellst du für mich eine Gefahr dar. Seltsam, wie alles gekommen ist. Als ob es auf diese Weise enden sollte.

Dann wollen wir uns jetzt verabschieden, Eva. Ich würde gern glauben, dass wir uns immer gut verstanden haben und unter anderen Umständen vielleicht Freunde geworden wären.«

Das sterbende, an den Stalagtiten gefesselte Mädchen wurde prüfend betrachtet. Konnten diese stumpfen Augen noch etwas sehen? Nach der ersten Woche ihrer Gefangenschaft hatte das Mädchen nicht mehr gegen die Fesseln angekämpft.

»Eva? Willst du noch etwas sagen?«

Ein schwarzer Schal wurde zurechtgezupft und die schwarze Wollmütze zurückgeschoben, so dass das glänzende kastanienbraune Haar zu sehen war. Lisle Langley hatte in Schwarz schon immer gut ausgesehen.

Eva sah in das Gesicht ihrer Mörderin und wusste, dass sie sterben würde. Die letzten Wochen waren schließlich nur die Probe gewesen und nicht das Hauptereignis. Jetzt würde ihr Leben enden wie das der Hexe, gefesselt an einen Folterstuhl, während ihre Mörderin sich an ihrem Anblick weidete.

Kein Wunder, dass sie in Gedanken immer die Pfauen hatte kreischen hören. Sie schrien auch jetzt. Mit traumhafter Sicherheit wusste sie, dass das Haus die Vögel gerufen hatte als Warnung und Erinnerung, unheilvolle Blicke, Unglück und Auslöser ihrer Ängste. Die Pfauen waren der Schlüssel gewesen, das Kreuz auf der Karte, das Puzzleteil, das sie nie gefunden hatte.

Sie befeuchtete ihre Lippen, schmeckte Kalk auf der Zunge und versuchte, zu sprechen.

»Hexe«, flüsterte sie.

Langsam breitete sich ein grausames Lächeln auf Lisle Langleys Gesicht aus. Das war kein menschliches Antlitz, es war das Lächeln von etwas, das seit fünfhundert Jahren tot war. Es war das Lächeln der Spinne, die im Kopf der Mörderin ihre Intrigen spann.

Ja, sagte die Hexe. *Ich habe dich belogen, Chance-Kind. Du warst doch noch nicht tot. Aber ich habe nicht gelogen, als ich sagte, dass du allen egal warst. Ich habe nicht gelogen, als ich gesagt habe, dass dich niemand gesehen hat. Du bist in meiner Geisterwelt herumgeschwebt. Aber jetzt bist du wieder dort, wo du hergekommen bist und wo es keine Chances mehr gibt.*

Während die Hexe in Evas Kopf flüsterte, hob Lisle Langley die Waffe und bewegte sich vorwärts, sie zeigte immer noch das Lächeln der Hexe auf der menschlichen Maske ihres Gesichts.

»Schluss damit«, sagte eine helle Stimme auf der anderen Seite der Höhle. »Runter mit der Pistole.«

Es war Kyra Stratton.

Eva schaute fassungslos an der von der Hexe beherrschten Lisle Langley vorbei zu dem Quälgeist ihrer Kindheit, die am Rand des Tümpels stand.

»Es ist vorbei«, sagte Kyra. »Die Polizei ist auf dem Weg hierher und mein Vater ebenfalls. Sie werden jeden Augenblick hier sein. Sie können niemals Eva und Kyle ermorden und dann noch mit Ihrer Beute entkommen. Geben Sie auf. Wenn Sie einen Gutachter bekommen, der Ihnen Ihren Wahnsinn attestiert, dann wird Ihre Strafe vielleicht nicht zu hart sein.«

»Wie bist du hierhergekommen?« Lisle Langley hatte die Beherrschung über ihre Gesichtszüge wiedergefunden, als sie sich zu Kyra umdrehte.

»Sie haben den Tunneleingang blockiert, aber man muss nicht besonders geschickt sein, um ein Boot zu rudern.«

»Kluges Mädchen.« Lisle umklammerte die Waffe fester. »Zu klug. Ich habe die Polizei auf eine sinnlose Verfolgungsjagd durch die Stadt geschickt, die ist niemals rechtzeitig hier, um mich am Abreisen zu hindern. Schade, dass ich das meiste von meiner Beute zurücklassen muss, aber ich weiß, wann ich Schluss machen muss.« Sie langte nach dem Griff einer unauffälligen schwarzen Reisetasche zwischen den Kistenstapeln. »Und ich brauche auch nicht viel Zeit, um mit den beiden hier fertig zu werden – sie sind wehrlos und am Ende ihrer Kräfte. Ich brauche nur noch Zeit, um dich auszuschalten.«

Dann löschte sie sorgsam die Laterne aus.

Es folgten ein plätscherndes Geräusch und ein Fluch, dann ein Keuchen, man hörte ein Handgemenge und leises, spöttisches Gelächter.

»Du kannst nicht gewinnen, Mädchen.« Diesmal war Lisle Langleys Stimme die Stimme der Hexe.

Ich bin stärker geworden, während du im Sterben gelegen hast, flüsterte die Hexe in Evas Kopf. *Jetzt werde ich weiterleben, und du wirst zu einem Geist werden. Vielleicht wird dein Hass in fünfhundert Jahren so mächtig sein wie meiner.*

Wieder trafen Körper aufeinander, es gab ein hässliches metallisches Kratzen auf Stein.

Lisle Langley hatte den Vorteil, dass sie sich in der Grotte gut auskannte, und die Hexe, die ihre Gedanken beherrschte, vermittelte ihr das Wissen, wo sie sich in der Dunkelheit befand. Kyra wusste das nicht. Ihr Plan hatte einzig darin bestanden, Lisle Langley lange genug von der Erschießung ihrer Gefangenen abzulenken. Eva wusste nicht, dass Kyras mutige Worte von der Polizei ein Bluff gewesen waren, aber sie fürchtete, dass die Verwalterin recht hatte und die Hilfe zu spät eintreffen würde.

Eva versucht sich zu bewegen und wurde fast ohnmächtig, als eine neue Schmerzenswelle ihre Gedanken verdunkelte; die Drähte schnitten in ihr Fleisch, und ihr Körper war nur noch eine misshandelte Hülle. Noch eine Schmerzenswoge, und das Seil würde reißen und der Ballon endlich wegschweben.

Aber ihre Gedanken waren in den letzten zwei Wochen frei herumgewandert, sie hatte als Geist im Haus herumgespukt, während ihr Körper in der Höhle zum Skelett abmagerte. Während sie in der Geisterwelt gelebt hatte, fand sie zu ihrer eigenen Stärke, sie drang durch Türen, sie hatte Wegweiser und Schilder verrückt, sie hatte unglückliche Besucher aus Fallen und Gefangenschaft befreit.

Eva ließ los.

Sie ließ ihren Körper und all seinen irdischen Schmerz einfach los. Ich verabschiede mich von meinem Fleisch, dachte sie, als sie ihren Körper verließ. Ein letzter Mummenschanz.

Als Geist schritt sie durch die Höhle und wich in der Finsternis der herumtapsenden Verrückten aus. Sie kniete sich neben Kyle und berührte mit ihren kalten Lippen kurz seine Stirn.

»Wach auf«, flüsterte sie. »Rette dich und deine Schwester.«

Dann huschte sie wie eine Motte im Dunkeln an der Lisle-Hexe vorbei.

Du bist nicht frei, dachte sie. Du bist fester gefesselt als zuvor. Um frei zu sein, musst du loslassen. Etwas explodierte, ein Schuss hallte in der Höhle wider. Kyra schrie auf, und Kyle tauchte kämpfend aus dem Wasser auf. Er rang mit Lisle, drehte ihren Arm schmerzhaft um, dann flog die Waffe hoch und landete mit einem lauten Platsch im Wasser.

Danach hörte man das Keuchen von zwei kämpfenden Menschen, bis Kyra rief: »Sie haut ab!«

»Stopp sie!« Kyle suchte nach der Laterne und zündete sie eben noch rechtzeitig an, um Lisle Langleys Schatten um eine Biegung in der Höhle verschwinden zu sehen.

Kyra rannte zu dem Tunnel und drehte sich verzweifelt um. »Sie nimmt das Boot.«

Die Grotte hatte mehr als einen Ausgang, und Kyra war über den felsigen Landungssteg in die Höhle gekommen. Jetzt hatte die Mörderin das Boot und ruderte mit dem Koffer im Heck davon.

Kyle straffte sich zum Sprung, dann trat er vom Rand zurück. Er dachte an den kalten Mund, der seine Haut gestreift hatte: eine Danksagung, ein Abschied.

»Miss Langley ist nicht wichtig.« Er drehte sich um. Dann stolperte er durch das Wasser zu dem Stalagmiten in der Mitte der Höhle. Die Augen des Mädchens waren geschlossen, als er die Drähte löste, die sich in ihren Körper eingeschnitten hatten, während sie ihn an den Felsen fesselten. Dann hob er sie hoch.

»Kyle?« Kyras Stimme zitterte. »Was tust du da?«

»Für mich ist das nicht das Ende«, sagte er.

Mit einem eleganten Schwung der Ruder bewegte die Mörderin das Boot hinaus auf den See. Die Hexe fuhr mit ihr mit und sandte Wellen der Heimtücke über das Wasser zurück. Der von ihr besessene Körper war schwach: ein Sarkophag aus Knochen und Blut. Doch er hatte sie bereits einmal besiegt, und der verbliebene Fetzen von Lisle Langleys Verstand krümmte sich unter dem übermächtigen Schatten der Hexe.

Die Schultern der Mörderin schmerzten beim Anheben der Ruder, doch die Hexe verlieh ihr übernatürliche Kräfte. Geist und Mörderin verschmolzen miteinander beim Versuch zu fliehen. Sie hatten ihre Feinde nicht zerstören können, aber ihr Hass auf die Familie Chance war stark genug, um nicht aufzugeben.

Die Ruder bewegten sich nicht mehr. Lisle riss an ihnen,

und die Wellen rund um das Boot legten sich. Am Ufer kam ein Polizeikonvoi den Seepfad entlanggerast.

Im See entstand ein Strudel, und aus seiner Tiefe erhob sich eine gespenstische Form aus dem grünen Algenreich. Bleiche Hände griffen nach den Rudern und entzogen sie dem Griff der Ruderin, und die Ruder versanken im See. Eine fahle Gestalt glitt wie eine Meerjungfrau zum Bug des Ruderboots.

Hexe, flüsterte sie. *Du wolltest meine Tochter holen. Aber sie hat dich besiegt.*

Adeline. Die Lisle-Hexe starrte in den See. *Du bist doch tot.*

Aber nicht vergessen, flüsterte das Seejungfrau-Gespenst. *Ich habe meine Tochter vor deiner Schlechtigkeit beschützt. Und jetzt wirst du es sein, die verschwunden und vergessen sein wird.*

Die Wellen wurden stärker und klatschten an die Seiten des Ruderboots. Bald schwamm die Tasche mit dem Schmuck im grünen Wasser, hüpfte und sank durch die plötzlich entstandenen Lücken zwischen den Holzplanken. Lisle Langley schöpfte mit den Händen hektisch Wasser, während die Polizisten sich am Seeufer verteilten und zusahen, wie sie ziellos umhertrieb und immer tiefer sank.

Gefesselt! Ausgetrickst! Verflucht! schrie die Hexe, als Lisles Kopf im Wasser versank.

23
Grausamster Monat April

Mittwoch, 30. April
Zwischen den beruhigend pastellblau gestrichenen Wänden eines privaten Krankenzimmers saß ein alter Mann neben einem Einzelbett. Das Mädchen im Bett sah aus wie eine Kriegsveteranin. Dicke weiße Verbände umringten ihre Handgelenke, ein Gewirr von Schläuchen schlängelte sich in ihren Körper und wieder heraus, tauschte dabei Lebensflüssigkeit aus und ernährte sie intravenös. Die Krankenakte am Bettende listete viele Leiden auf, von lebensbedrohlichen (Lungenentzündung und Bronchitis) bis zu peinlichen (Ekzeme und Hämorrhoiden). Hautabschürfungen, Hämatome und Geschwüre waren auf der unterkühlten, bleichen Haut immer noch sichtbar, und von den skelettähnlichen Fingern bis zu den fast erfrorenen Zehen war das Mädchen schrecklich dünn, das Opfer eines Hungermonats.

Aber sie lebte. Sie schlief in einem Koma wie das, aus dem ihre Tante nie mehr erwacht war – Cora war aus dem Leben geglitten, als Eva in das Leben zurückgekehrt war.

Die Tür ging auf, und die Zwillinge kamen herein. Kyra hielt eine riesengroße Genesungskarte in der einen und einen Blumenstrauß in der anderen Hand.

»Die Blumen kommen von unserem Vater«, erklärte sie

und beugte den Strauß so vor, dass man sie sehen konnte. »Es sind Binsen. Symbolisch, nehme ich an. Die Karte ist von unserer Klasse. Es sind nicht direkt Genesungswünsche, sondern eher Entschuldigungen wie ›tut uns leid, dass wir so fies zu dir waren‹.« Sie schnitt eine Grimasse. »Ich weiß nicht, ob sie die haben will.«

»Leg sie zu den anderen«, sagte Evas Großvater. »Wenn sie aufwacht, wird sie das selbst entscheiden.« Er nickte dem blonden Jungen neben Kyra zu. Man hatte ihm die Haare zu einem Flaum abrasiert, durch den man die üble Narbe über seinem rechten Ohr erkennen konnte. Noch hielten Stiche das malträtierte Fleisch zusammen. »Hallo, Orpheus.«

»Er heißt Kyle«, widersprach Kyra, aber Kyle knuffte sie in die Seite.

»Das weiß Mr Chance. Orpheus hat seine Freundin aus der Hölle geholt. Jedenfalls beinahe.« Sein Versuch zu lächeln missglückte. »Es hat sich noch nichts geändert?«

»Nein.« Sir Edward schüttelte den Kopf.

Die Zwillinge setzten sich, Kyra ans Fenster und Kyle auf seinen üblichen Platz auf der anderen Seite des Bettes. Wie Sir Edward hatte er das Krankenhaus in den letzten beiden Wochen nicht verlassen. Zuerst musste er am Kopf operiert werden, und als er aus der Narkose aufwachte, hatte er herausgefunden, dass Eva auf derselben Station lag, immer noch in kritischem Zustand, aber sie lebte.

Kyra hatte alles besser überstanden, aber sie hatte ihren Eltern alles beichten müssen. Keith und Sally Stratton waren gleichzeitig mit der Polizei am Seeufer erschienen und sahen gerade noch, wie ein böse zugerichteter blutender

Kyle Eva aus dem Tunnel schleppte, gefolgt von Kyra, die eine Tasche voller Diamanten und Saphire trug.

»Das sind Beweise«, sagte sie und reichte sie dem leitenden Polizisten, der sie anstarrte, als wäre sie das letzte Teil in einem sehr schwierigen Puzzle. »Und es gibt noch mehr Beweisstücke in der Grotte. Lauter Kisten voller Sachen, die Miss Langley stehlen wollte.«

Das war keine besonders eloquente Rede gewesen, aber es war bei weitem das Klügste, was an diesem seltsamen Tag gesagt wurde. Die Polizisten mussten Verstärkung herbeirufen, nachdem sie die Mörderin aus dem See gezogen hatten. Die Sanitäter hatten sie reanimiert, und sie war wie eine Rachegöttin wieder zum Leben erwacht, hatte Wasser gespuckt und geflucht und die Polizisten tätlich angegriffen, hatte behauptet, sie verfüge über übernatürliche Kräfte und dass auf Eva und den Chances ein jahrhundertealter Fluch lasten würde.

Einheimische Frau behauptet, sie sei von Geistern aus einem Spukhaus besessen lautete die Schlagzeile, gefolgt von der Horrorgeschichte, wie *Lisle Langley (36) ihre Stellung als Hausverwalterin missbraucht hatte, um einen Neunzigjährigen zu bestehlen und seine junge Enkelin in einem improvisierten Gefängnis in einer geheimen Höhle gefangen zu halten. Ihr Amoklauf hatte drei Opfer gekostet: erwürgt, erdolcht und in Brand gesteckt!* Darauf folgte ein beeindruckender Bericht von ihren Verbrechen. *Sechzehnjährige Zwillinge traten dem Monster in seinem Versteck heldenhaft entgegen und retteten ihre unschuldige Schulkameradin.*

Die Zwillinge hatten sich daraufhin im Krankenhaus

versteckt, weil sie dieses Heldengeschrei peinlich fanden. Kyle hoffte von ganzem Herzen, dass Eva aufwachte, und Kyra wurde übel, wenn man sie lobte, weil sie Eva das Leben gerettet hätte, denn sie wusste sehr wohl, dass sie nicht Eva hatte retten wollen. *Adliger zu Unrecht verdächtigt – kann nun sein Studium in Oxford beginnen.*

Kyle und Felix hatten sich widerstrebend miteinander vertragen. Kyle akzeptierte, dass Felix sich mit seiner Schwester traf, solange Felix sich wie ein menschliches Wesen mit echten menschlichen Gefühlen benahm. Bisher hatte er das ziemlich gut hingekriegt: Die Hälfte der Blumenpracht in Evas Krankenzimmer war von ihm geschickt worden, und – das war noch wichtiger – er zahlte aus seiner Tasche die wichtigsten Renovierungsarbeiten am Haus, sogar die in den vom Feuer beschädigten Kellerräumen. Dieser Vorfall war ebenfalls der Mörderin angelastet worden, und Kyra hatte keinerlei Notwendigkeit gesehen, das zu korrigieren.

Helen und Richard Fairfax waren dermaßen erleichtert, dass ihr geliebter Sprössling doch kein Mörder war, dass sie das Thema Testament nie mehr angeschnitten hatten, sondern sich ganz der Aufgabe widmeten, die Beerdigungen von Cora und Joyce zu organisieren. Christopher Knights Leiche lag noch immer im Leichenschauhaus der Gerichtsmedizin, weil niemand ihn reklamiert hatte, aber wahrscheinlich würde das schlechte Gewissen der Fairfaxes ihn ebenfalls auf deren Kosten beerdigen lassen.

Felix war nicht der Einzige, der sich um Wiedergutmachung bemühte. Kyra war mit einem Karton voller Fachliteratur in Sachen Finanzen erschienen, und nun grübelten

Sir Edward und sie über den finanziellen Problemen des Chance-Hauses. In den vergangenen zwei Wochen hatte Kyra abwechselnd für ihre Abschlussprüfungen gelernt und sich mit Lisle Langleys Buchführung abgemüht. Die Verwalterin hatte nicht nur die kostbarsten Kunstgegenstände aus dem Haus gestohlen, sie hatte gleichzeitig von dem Reparaturfonds Gelder abgezweigt und die Bücher dann gefälscht, um ihren Diebstahl zu verschleiern.

»Wirklich unglaublich«, sagte Kyra. »Sie hätte jederzeit erwischt werden können. Aber niemand hat sie verdächtigt. Alles, was sie tat, wurde entweder den Geistern in die Schuhe geschoben oder dem Zufall, oder es wurde gar nicht bemerkt.«

»Sie war sehr effizient«, sagte Sir Edward grimmig. »Ich habe sie wegen ihrer Kompetenz bewundert. Jetzt sehe ich, wie sie den Diebstahl ganz kaltblütig geplant hat. Aber die Gewalttätigkeiten passen einfach nicht zu ihr.«

Das war auch Lisle Langleys Verteidigung gewesen. Nachdem sie aus dem See gerettet und von den Sanitätern reanimiert worden war, hatte jemand das Bewusstsein wiedererlangt, den keiner ihrer Kollegen oder Freunde wiedererkannt hätte: eine kreischende Verrückte, die ruhiggestellt werden musste, und trotzdem waren immer noch sechs Gefängniswärter in Kampfausrüstung notwendig, um sie aus ihrer Zelle zu holen.

Es würde eine Ewigkeit dauern, bis Michael Stevenage mit sturer Beharrlichkeit jedes auch noch so winzige Beweisstück gesammelt hatte, damit eine Verurteilung wegen Diebstahls zusammen mit der Mordanklage vor Gericht kam. Aber es sah schon jetzt danach aus, dass sie ihre

Strafe wohl eher in einem psychiatrischen Krankenhaus und nicht in einem Gefängnis absitzen würde.

Kyra fand diesen Trick verdächtig, sie hielt das für Lisle Langleys letzte List. Kyle stimmte da nicht mit ihr überein. Er war von der Mörderin durch den Tunnel verfolgt worden und glaubte gern, dass man zu ihrer Festnahme mehrere Gefängniswärter in Kampfausrüstung gebraucht hatte. Das war keine normale Frau gewesen, die in der Dunkelheit gelacht hatte, die war von einem bösen Geist besessen gewesen. Und wenn Kyra mit ihrem Versuch, die Hexe vom Tauchstuhl zu vertreiben, erfolgreich gewesen war, dann wäre die logischste Zuflucht der Hexe in den dunklen Windungen von Lisles Hirn gewesen. Er träumte jede Nacht davon: von dem wieder zum Leben erwachten Gespenst, von der besessenen Frau, von zwei dunklen Hirnen, die einander umkreisten, grausamen Seelen, die sich zueinander hingezogen fühlten.

»Deine Gedanken sehen sehr schwarz aus, mein Junge«, sagte Sir Edward, als er von den Rechnungsbüchern aufsah und sein Blick sich mit Kyles kreuzte.

»Der April ist fast vorbei. Es ist schon Wochen her, dass wir Eva gefunden haben. Warum wacht sie nicht auf?«

»Weil sie vielleicht lange im dunklen Tal des Todes herumgewandert ist. Vielleicht braucht sie noch länger, um den Weg nach Hause zu finden«, sagte der alte Mann sanft.

»Aber sie ist hier. Die Ärzte sagen, sie könnte jede Minute aufwachen. Und dann muss sie lernen, wieder zu leben.«

»Sie hat gedacht, sie würde sterben.« Kyle sah Eva an. Er hatte sie als eine schimmernde Vision wahrgenommen, ihr Kuss hatte sein Gesicht gestreift, ihre Stimme sich flüsternd von ihm verabschiedet. Er hatte sie lebendig nie gekannt, und sogar jetzt fand er es schwierig, sie als einen wirklichen Menschen zu begreifen.

Kyras Handy klingelte, und sie fischte es eifrig aus der Tasche und drückte es ans Ohr.

»Felix!« Sie grinste, lief bereits zu der Fenstertür und schlüpfte nach draußen in den hübschen Garten, der hinter den Privatzimmern lag. Kyle und Sir Edward sahen, wie sie sich unter einen Baum setzte und ihre gesammelte Aufmerksamkeit dem Telefon in ihrer Hand widmete.

»Sie passen zueinander«, bemerkte Sir Edward. »Ich hoffe nur, dass eure Ahnfrau sich deshalb nicht im Grabe dreht.«

»Ich glaube, sie hat es zum Schluss akzeptiert«, sagte Kyle. »Mein Vater hat auch ihr Grab auf dem Friedhof gefunden, nachdem er jetzt wusste, wonach er suchen musste. Es gab keine Inschrift, aber laut Kirchenbüchern wurde Elspeth Stratton in einem Armengrab beerdigt. Mein Vater will eine Inschrift anbringen lassen, irgendwas wie ›sie vergalt Böses mit Gutem‹ oder so. Ich denke, er wird alles tun, damit sie zur Ruhe kommt. Wenn einem in der Dusche ein Geist erscheint, dann will man, dass er wieder zur Ruhe kommt.« Er versuchte ein Lachen. »Sie hat zu ihm gesagt, er soll die Polizei rufen, weil sonst eine Hexe seine Kinder umbringt. Papa geht jetzt nur noch mit seinem Handy ins Badezimmer.«

»Sag deinem Vater, ich möchte mich an den Kosten für die Inschrift gern beteiligen. Falls er es mir gestattet.«

»Ich frage ihn. Aber er hat bestimmt nichts dagegen. Ich glaube, das wäre nur gerecht.«

»Das finde ich auch.« Sir Edward griff nach seinem Stock und richtete sich langsam auf. »Nein, lass nur, mein Junge. Ich glaube, ich schaffe es auch ohne Hilfe zur Toilette. Bleib du bei meiner Enkelin. Ich möchte nicht, dass sie allein ist.«

Kyle lehnte sich auf dem Stuhl zurück und betrachtete die reglose Gestalt im Krankenbett, sah, wie ein schwacher Puls an ihrem Hals pochte.

»Eva«, sagte er, »Evangeline.« Er berührte ihre Hand mit seiner. Langsam streichelte er ihre dünnen Finger und vermied die verbundenen Fingerspitzen, die sie sich in der Grotte blutig gekratzt hatte. Halb verhungert, misshandelt und gefoltert war sie immer noch sein wunderbares Mädchen. Er beugte sich vor und berührte mit den Lippen ihre kühle Stirn.

»Eva, wach auf.«

Langsam richtete er sich auf, und plötzlich sah er in klare, braune Augen, die ihn anschauten. Ihre Finger in seiner Hand bewegten sich, und ein Flüstern durchbrach die Stille des Zimmers.

»Mir ist, als hätte ich hundert Jahre geschlafen«, sagte Eva Chance.

Danksagung

Ich werde durch ein Netzwerk von Freunden und Kollegen unterstützt, die mich gleichermaßen mit Ermutigung und Kritik versorgen. Es sind viel zu viele, um sie alle zu nennen, aber einige ehrenvolle Erwähnungen müssen sein.

Ich stehe tief in der Schuld meiner Mutter, Mary Hoffman, einer Literatur-Expertin, deren Fußspuren ich folge. Meine Agentin, Pat White, und ihre Assistentin, Claire Wilson, helfen mir immer, mein Schiff durch die Klippen der Veröffentlichung zu steuern. Meine Verlegerin, Jasmine Richards, und ihre Assistentin, Michelle Harrison, haben hart gearbeitet, um aus diesem Buch das Bestmögliche zu machen. Wie immer danke ich meiner Lektorin Kate Williams für ihre Sorgfalt im Detail und ihre klugen Vorschläge. Alle Fehler sind natürlich meine eigenen.

In den letzten Jahren konnte ich immer auf den Witz, die Weisheit und den Wein von Writers Square zurückgreifen. Dank auch an Frances Harding, Ralph Lovegrove und Deirdre Ruane für ihre kritischen Anmerkungen und für mehr verschiedene Entwürfe dieser Erzählung, als man sich vorstellen kann.

Dank an euch alle, Freunde und Fans, die mir auf meiner Website, Facebook, Twitter, Library Thing und anderen Seiten folgen, und an das soziale Netzwerk quer durch das Web.

Kapitelübersicht

Prolog: Sechzehn Jahre zuvor ... **7**
1 April, April ... **12**
2 Das schwarze Schaf ... **30**
3 Der dreizehnte Gast ... **50**
4 Das unsichtbare Mädchen ... **70**
5 Elster und Kuckuck ... **89**
6 Corpus Delicti ... **110**
7 Fußspuren im Schnee ... **134**
8 Sehen ist Glauben ... **159**
9 Jagdsaison ... **175**
10 Anmerkungen zu einem Mord ... **198**
11 Samtseile ... **211**
12 Tag der offenen Tür ... **228**
13 Wie in einem dunklen Spiegel ... **234**
14 Rätselraten um X ... **260**
15 Geistertour ... **283**
16 Alarm! ... **307**
17 Mordkommission ... **329**
18 Vermisst gemeldete Personen ... **355**
19 Klinik und Knast ... **375**
20 Auf Leben und Tod ... **397**
21 Modernd im Grab ... **418**
22 Tod eines Geistes ... **428**
23 Grausamster Monat April ... **438**